고품격 짝사랑

Noble Crush

신유담 장편소설

高品格 単恋

고품격
짝사랑

가하

CONTENTS

고품격 짝사랑

지은이 신유담
펴낸이 이형기
펴낸곳 도서출판 가하

초판인쇄   2016년 6월 3일
초판발행   2016년 6월 10일
출판등록   2008년 10월 15일 제 318-2008-00100호

서울 영등포구 양평로 67, 1209 (당산동5가, 한강포스빌)
전화 02-2631-2846   팩스 02-2631-1846
www.ixbook.co.kr

ISBN 979-11-300-0723-6 03810

값 12,000원

유이령

기상청의 예보와는 달리 장례를 치르는 사흘 내내 비가 왔다.

가족이 없는 것에 비해 장례식장은 붐비는 편이었다. 유원호 옹(翁)이 살아생전 뿌린 덕이었다. 몇 안 되는 정통 한국 유학을 배울 수 있는 서당을 운영했던 그의 학생들이 장성한 어른이 되어 자리를 지켰다. 직접적으로 가르침을 받은 적은 없어도 오가며 정을 나눴던 마을 사람들도 모두 와서 고인이 좋은 곳에 가기를 빌어주었다.

그래도 쓸쓸한 것은 아들 내외를 먼저 보내고 오롯이 어린 손녀 하나만 상주자리를 지키고 있었기 때문이다.

유이령. 24세.

눈가가 붉게 짓물러 있었지만 얇고 붉은 입술을 굳게 다물고 마지막까지 함께해준 손님들에게 인사를 하고 있는 이령은 단단해 보였다. 커다란 눈이나 창백한 하얀 피부 탓에 얼핏 유약해 보이기도 하건만 적어도 그녀를 직접 대면한 사람들은 그런 이야기를 할 수 없었다. 키가 큰 것도 아니고 덩치가 좋은 편도 아니었지만 그녀는 뿌리 깊이 꼿꼿한 사람이었다.

"하이고…… 이령아, 고생했다."

"아저씨."

왕래가 많았던 슈퍼집 박 씨는 이령보다 더 벌게진 눈을 하고 그녀의 손을 잡았다. 어린 시절부터, 정확히 말하자면 이령이 태어나기 전부터 그는 유원호 옹과 인연이 있었다. 한때 겉멋에 취해 비뚤어질 뻔한 그가 정신을 차린 것은 유원호 옹으로부터 호된 꾸지람을 듣고 나서였다. 일찍 돌아가신 아버지 대신 유원호 옹을 어른으로 모신다고 여겼던 그로서는 이령이 딸이나 다름없었다.

문제는…….

"이령아, 너 마음이 많이 상했지. 나는 네가 너무 걱정된단다."

문제는 ― 이령 앞에서만 ― 로봇처럼 어색한 표준어를 구사하는 아들놈 박중호. 평소엔 박 씨보다 더 구수한 사투리를 구사하는 놈이 세련된 도시 남자인 척하는데 박 씨는 절로 주먹이 쥐어졌다.

"오빠, 고마워요."

"고맙긴. 우리 아버지는 항상 널 딸처럼 여긴다고 하셨지. 요즘은 며느리도 딸이라고……."

"이노마가 미쳤나! 니는 가서 마카 정리나 하그라!"

이놈의 아들이 주제 파악도 못 하고 호시탐탐 이령을 노리는 거다. 친아버지로서 환영할 일이라고 생각하면 천만의 말씀! 어디 감히 힘 센 것 빼고는 자랑할 데 없는 시커먼 촌놈이 이령을?

입이 댓 발 나와 일하러 터벅터벅 가는 아들놈의 뒤통수를 한 번 째려봐준 박 씨는 다시 다정한 눈을 이령에게 돌렸다.

이령은 참 고왔다. 미인이기도 했지만 일찍이 부모님을 여의고 엄한 할아버지 아래에서 자라 성정이 반듯하고 단아했다. 좋은 남자를 만났으면 좋겠다는 아버지의 마음을 엉뚱하게 여기서 느끼는 박 씨다.

"아저씨 안 계셨으면 어떻게 할까 싶어요."

"하이고, 나는 이제 니가 우짤 낀가……. 아이다, 아이다."

박 씨가 고개를 저었다. 이제 막 할아버지 유골함을 안아 든 아이였다. 복잡한 문제는 천천히 이야기해도 될 거라 그렇게 생각했다.

"일단 쉬아라! 내 저노마 시켜서 쌀도 올려놓고……."

"아니에요. 이제 저 혼잔데…… 와서 조금씩 사가지고 가면 돼요."

"치아라! 그런 걱정은 하덜 말고. 올라가서 아아무 생각 없이 쉬는 기다."

"……예."

이령이 희미하게 웃었다. 웃는 게 아니라, 느낀 정에 대한 감사의 표시였다.

박 씨를 비롯해 마을 사람들이 없었으면 어떻게 했을까?

할아버지는 정말 갑작스레 돌아가셨고, 이령은 대비할 틈이 거의 없었다. 노인이니 여기저기 안 아픈 데야 없었겠지만 티 한번 내지 않은 할아버지였는데…….

이령은 가슴 한구석에 강한 통증을 느꼈다. 왜 전혀 생각도 못 했을까? 할아버지가 이렇게 갑자기 돌아가실 수 있다는 걸…….

사람은 이렇게 갑자기 사라질 수도 있구나.

전혀 실감이 나지 않아 이령은 자꾸만 주변을 둘러보게 되었다. 정말 없나? 정말 사라진 건가?

그리고 그 빈자리 때문에 옆에 있어주는 사람이 더 많이, 소중해지는 거다. 당연히 여겼다는 것이 죄스러울 정도로…… 시시각각 그 존재를 실감하지 않으면 안 되는 것처럼.

"아저씨!"

이령은 박 씨를 덥석 끌어안았다. 마치 당장이라도 터지려고 대기하고 있었던 것처럼 눈물이 뺨을 타고 흘러내려 박 씨의 어깨를 적셨다.

"아이고…… 이령아…….."

박 씨가 안타까운 목소리로 이령의 이름을 부르며 몇 번이나 등을 다독여주었다.

"괜찮다! 괜찮을 끼다! 내도 있고…… 또…….."

"아부지! 뭐 하시는 겁니꺼?"

언제 달려왔는지 중호가 달려와 눈을 부라리며 박 씨와 이령을 떼어놓았다. 그리고는 자신의 넓은 품에 안기라는 듯 툭툭 가슴을 때려댄다.

"이령아…… 어험!"

박 씨가 팔을 벌린 아들의 손모가지를 잡아 비틀었다. 투닥이는 두 사람을 보면서 이령이 눈물을 닦아내고 웃었다.

계속 울고 있을 수만은 없다.

나이 상으로는 어른이지만 사실상 할아버지의 보호 아래 아무것도 모르고 지냈던 그녀였다.

유원호 옹은 과도하리만큼 이령을 과보호하는 편이었다. 하지 말라는 것도 많았고 지켜야 할 약속도 많았다. 어렸을 때야 반항도 많이 했는데, 조금 자라고 나서…… 할아버지의 마음을 어렴풋이나마 알게 된 후로 이령 역시 교육받은 대로 얌전하게만 지냈다.

그리고 이제 혼자…….

드디어 인생의 많은 결정을 혼자 내리게 된 이령은 어떤 세상을 만나게 될까.

이령이 울타리 문을 밀고 들어오자 턱을 바닥에 깔고 누워 있던 호구(8세, 셰퍼드)가 눈이 반짝해 달려들었다.

"우리 호구…… 누나 보고 싶었어?"

유골함을 마루에 고이 올려놓은 이령이 호구의 머리를 쓰다듬었다. 아무것도 모르는 호구는 그녀의 손을 핥으며 반가워했다.

"이제 혼자……."

아까부터 계속 머릿속에 맴도는 말을 이령은 중얼거려보았다.

혼자가 될 거라는 생각을 어떻게 단 한 번도 하지 않았었는지 신기할 정도였다. 이미 아버지의 죽음을 겪어놓고도.

하기야, 아버지가 돌아가신 건 너무나 어릴 때라 기억조차 잘 나지 않는다. 항상 대나무처럼 곧았던 할아버지가 코끝이 빨개져서 울고 계셨던 것만이 기억에 남아 있었다. 결국 누군가를 잃는다는 것이 뭔지는 잘 몰랐던 셈이다.

그렇게 아버지가 돌아가시고 나서 할아버지와 함께 지리산에 들어와 살았다. 어렸을 때는 마냥 좋았다. 할아버지에게 공맹을 배우고, 남는 시간에는 산과 계곡을 뛰어놀았다.

조금 크고 나서는 마을로 내려가 살고 싶은 마음이 없지 않았지만 잠깐이었다. 외물[1](外物)이란 모두 다 허상이라 말하는 공맹의 말씀이 옳았다. 다 욕심이고 다 부질없었다.

문제는…… 이제 어떻게 살아야 하는가.

"할아버지…… 말씀을 주의 깊게 들을 걸 그랬어요."

할아버지는 항상 혼자가 되었을 때에 대해 이야기했다. 어떻게 살아야 하고, 무얼 해야 하며, 지켜야 할 것은 무엇이고……. 그 이야기를 들으면서도 막상 이날에 대해 상상하지 않았다니, 어리석었다.

---

1) 바깥세계의 사물.

이령은 자꾸만 무거워지려는 몸을 억지로 일으켜 마루 위로 올랐다. 문을 열자 며칠 비워놓았던 집에서 먼지 냄새가 났다.

유골함을 책상 위에 모시고, 이령은 팔을 걷었다.

"청소부터!"

그러다가 문득 보니 호구가 마루에 턱을 괴고 헥헥 거리며 이령을 올려다보고 있었다. 아무것도 모르는 눈에 기쁨이 가득했다. 아무래도 호구도 그녀를 그리워했던 듯하다. 그 맑은 눈동자를 보자니 가슴이 뭉클해졌다.

혼자가 아니잖아.

"들어올래?"

까짓 발자국 좀 찍히면 어떠냐고……. 할아버지 살아생전에는 꿈에도 꾸지 못하던 일을 이령은 쾌히 질렀다. 이제 둘밖에 없는데 더 많이 의지하며 살아야 하지 않겠는가?

신이 난 호구가 펄쩍 마루 위로 올라 겅중겅중 뛰기 시작했다.

"호구야! 네 덩치를 생각해야지!"

야단을 치면서도 이령은 일어나는 소란이 싫지 않았다. 어쩌면 어느새 조금쯤 웃고 있을지도 몰랐다.

무슨 일이 있어도 씩씩하게 살라고, 할아버지는 그렇게 말씀하셨다.

이령도 그렇게 생각했다.

할아버지는 어쨌든 그녀와 항상 함께하실 테니까.

할아버지만 이령과 함께하는 건 아니라는 걸 알게 되기까지는 오랜 시간이 걸리지 않았다.

호구 때문이 아니라도 혼자일 시간이 거의 없을 수도 있었다.

다음 날, 약국집 이세팔(29세, 약사)이 꽃과 떡, 케이크 등을 가지고 방문하다.

다다음 날, 슈퍼집 박중호(28세, 차기 슈퍼 후계자)가 쌀과 반찬류를 가지고 방문하다.

다다다음 날, 약국집 이세팔와 슈퍼집 박중호, 양계장 최 씨가 동시에 이것저것을 가지고 방문하다.

다다다다음 날, 일일이 다 쓰기 어려운 남자들이 방문하다.

다다다다다음 날, 참다못한 슈퍼집 박 씨가 올라와 진치고 있는 남자들을 두들겨 패 내쫓다.

다다다다다다음 날, 지리산 협정이 이루어지다.

[지리산 협정]

01. 이령이 마을로 내려오기 전에 마을 남자들은 산에 올라가지 않는다.

01. 이령이 마을로 내려왔을 때도 귀찮게 말을 시키지 않는다. 최소 10보 이상의 거리를 유지한다.

01. 이령에게 선물을 가능하나 지정된 장소에 놓아두고 돌아온다.

01. 이령과의 만남을 원할 시 슈퍼에 편지를 맡기고 이령의 직접적 허락을 받은 후 만난다.

최세훈

도무지 방심할 수가 없는 바닥이었다. 자기 자신의 욕망추구에 충실하기 위해 타인의 욕망추구를 인정하기로 한 최세훈이지만 가끔은 놀랍다. 무엇을 상상하든 그 이상을 본달까?

"욕심은 인간의 본성이지. 근데 그 욕심을 노골적으로 드러내거나 직접적으로 추구하는 건 아니지 않아? 어떻게 사람이 원하는 걸 다 가져? 애도 아니고!"

허 실장은 혀를 쯧쯧, 차는 세훈의 모습을 룸미러로 슬쩍 훔쳐보았다.

저기서 지금 인간의 본성을 논하는 남자, 최세훈이 누구인가? 연예계의 미다스 손, 손대는 것마다 빵빵 터져서 영화, 드라마, 가요 등등 쇼 비즈니스 계를 꽉 잡고 있는 이 시대 엔터테인먼트 계의 황제다.

동시에…….

철이 들고 난 후, 아니, 철이 들기 전부터 못됐기로 둘째가라면 서러울 남자, 자기만 알기로 우주 으뜸일 남자, 자기 하고 싶은 대로 못하면 병이 나는 희대의 놀부!

누군가 최세훈에게 친구가 없다고 말할 때는, 그가 왕따를 당한다는 의미가 아니라 세상 전부를 왕따 시키고 있는 중이란 뜻이다.

한마디로 욕심 많은 사람, 그 욕심을 노골적으로 드러내거나 직접적으로 추구하는 데 이골이 난 사람, 원하는 건 다 갖는 사람…….

그런데 뭐? 애도 아니고……? 그럼 넌 뭔데? 최 어린이님?

"안 그래?"

입술을 비틀던 허 실장은 짧게 날아온 질문에 솔직히 대답했다.

"그렇습니다! 대표님!"

최세훈은 자긴 안 그런단 말 안 했다. 욕심이 인간 본성인 것도 맞고, 그 욕심을 노골적으로 드러내거나 직접적으로 추구하는 건 아닌 것도 맞고. 원하는 걸 다 가질 수 없는 것도 맞고. 그러려고 하면 애인 것도 맞고.

맞다. 최세훈은 항상 맞다. 한 번쯤 틀리는 걸 보고 싶기도 하지만 그런 일이 잘 안 일어난다. 결정적으로…….

"사기를 치려면 좀 잘 치든가!"

이런 성격의 소유자이기도 하고. 노골적으로 부도덕한 데야 당할 수가 없다. 잘 속였으면 되는데 못 속였으니 잡아 족치겠다는 최세훈의 논리에 대적하기란 무척 힘들다.

"너도 정신 차려. 사기를 잘 칠 거 아니면 그냥 반듯하게 살라고."

"네, 네. 훌륭한 말씀이십니다."

그렇게 교훈적인 말씀을 듣고 있는 동안, 차가 목적지에 도착했다.

장스 제작사에 비상이 걸린 것은 최세훈이 탄 차가 건물 앞에 서는 그 순간부터였다. 담배 한 대를 피우러 나왔던 직원은 차에서 내리는 최세훈의 긴 다리를 발견하자마자 휴대전화를 꺼내 들었다.

그래서 장스 제작사가 위치한 5층 건물의 엘리베이터 문이 열렸을 때는 직원이 이미 스크럼을 짠 채 결사항전의 자세로 버티고 서 있었다.

"약속은 하고 오셨습니까?"

말이 끝나자 질문한 남자의 손에는 아메리카노 컵이 들려 있었다.

방금 전까지 엘리베이터에서 세훈이 쭉 빨아 마시고 얼음만 남은 컵이었다. 세훈이 내밀긴 했는데, 그가 왜 받았는지는 미스터리였다. 저절로 그렇게 되었다, 라고밖에 할 수 없었다.

그리고 세훈이 한 걸음 내밀었을 때…… 절대 안 비켜주려던 직원들이 스르륵 홍해 갈라지듯 갈라져 길을 내어준 것도 같은 이치였다.

"야! 비켜주면 어떻게 해? 막으랬는데!"

세훈과 허 실장, 박 실장, 지 실장이 바람과 같이 사라지는 뒷모습을 보며 미션에 실패한 직원들끼리 옆구리를 찔렀다.

"막고 싶었죠! 그러는 김 대리님은 왜 비켰어요?"

"내가 비켰냐? 네가 손을 푸니까 나도 모르게……."

"에이, 겁나 빠르게 피해주더만! 난 김 대리님이 바닥 닦아주는 줄 알았어요! 뭐!"

상대가 최세훈이기 때문이었다.

평생직장이란 개념이 사라진 이 시대에, 엔터테인먼트 계에서 떠날 생각이 아니라면 최세훈을 거스르는 건 좋지 않다.

장 대표를 막 존경하고 지켜주고 싶은 것도 아니고…… 이럴 때는 몸을 사리는 것이 최고다.

문이 쾅 열리자 장 대표는 저도 모르게 벌떡 일어났다. 그리고 번개처럼 앉았다. 의자에 기댄 채 느긋하게 맞이하려고 했는데 실패했다.

풍채만큼이나 당당하고 막무가내인 걸로 유명한 장 대표인데 최세훈 앞에서 그게 안 되는 이유를 알다가도 모르겠다.

말은 바른말이지, 최세훈이야 키만 멀끔하게 컸지 삐쩍 말라 힘도 못 쓰게 생긴 모델 같고 그야말로 후덕한 인격이 배에 두둑하게 달라붙은 대표 중에 대표! 진짜, 참, 트루 대표 상(像) 아니냔 말이다.

그런데 왜 쫄지? 왜 쫄까?

"최, 최 대표……."

심지어 말도 더듬고.

"이, 이렇게 연락도 없이이이!"

또 더듬고.

"흠흠."

세훈이 다가와 앉는 동안 장 대표는 마음을 가다듬었다. 나이를 보나 몸무게를 보나 밀릴 거 하나 없었다.

"이 사람! 감독님과 미팅 중인데! 야, 야, 약속이라도 잡고 와야지."

젠장. 자꾸 더듬네.

"이야기가 요상하게 진행되고 있다는 이야기가 있어서요."

세훈이 빙그레 웃으며 말했다. 할 수 있는 이야기였다. 문장에도 전혀 문제가 없었다. 그런데 웬일일까? 그는 웃고 있는데 회의실 안의 모든 사람은 동시에 한기를 느꼈다.

최세훈의 재주였다.

"그……."

"물론 아니겠지만."

뭔가 말해보려 애쓰는 장 대표의 말을 세훈이 잘랐다. 그리고 웃음기가 얼굴에서 사라졌다.

"우리 쪽 투자가 40, 우리 보고 들어오는 투자가 30, 총합이 70이 우린데……, 뇌가 있는 사람이 그걸 까먹을 계획을 세우겠어요?"

"그, 그게……."

저도 모르게 장 대표의 시선이 송 감독에게로 향했다. 프로페셔널인 듯, 예술가인 듯 돈을 좋아하는 송 감독은 아까부터 최세훈에게 조금도 밀리지 않고 거만하게 소파에 기대 사태를 관망 중이었다.

애당초 장 대표가 프로젝트 시작부터 정해져 있던 초이 엔터테인먼트 쪽의 윤지원을 밀어내고 장스 제작사의 대표배우 김남혁을 남자 주인공으로 쓰겠다는 원대한 꿈을 꾸게 된 것은 다 감독 탓이었다.

이 일을 하면서 노골적인 자신의 욕망을 예술로 포장할 수 있는 감독을 내 편 만드는 것만큼 좋은 일이 어디 있겠는가?

"최 대표! 이게 다아 일을 잘하자고 하는 거야. 프로젝트가 잘되는 게 중요하지 않아? 정해져 있다고 다 그대로 해야 하나? 최 대표같이 돈 만지는 사람들은 몰라. 우리 예술을 하는 사람들은 필! 느! 낌! 이라는 게 있거든? 내가 좀 봤는데 윤지원이는 약해, 약해! 느낌이 없어, 애가! 앵글 안에 넣어놨을 때 따악! 오는 게 없단 말이야."

송 감독이 장 대표 쪽을 힐끗 봤다. '장단을 맞춰라!'라는 사인이었다. 아주 잠깐 진짜 윤지원이가 약해서 송 감독이 남자 주인공을 바꾸고 싶어 하는 거라 착각하고 있던 장 대표가 푸르륵 정신을 차렸다.

"그, 그래! 내가 꼭 우리 남혁이를 밀고 싶어서 이러는 게 아니고 감독님이이이이이이이…… . 그림이이이이이이…… ."

최세훈이 또 웃었다.

"그러니까…… ."

또 한기가 돌았다.

"감독님은 이런 느낌이 필요하신 거군요?"

송 감독이 저도 모르게 으스스 어깨를 떠는데 세훈의 뒤에 서 있던 박 실장이 액자 하나를 척 하고 책상 위에 세웠다. 그 액자의 정체를 알아본 건 장 대표였다.

"으아니? 이건 우리 남혁이 사진이네?"

엘리베이터에서 회의실까지 곧장 걸어오는 기나긴 복도의 벽은 모두 장스 제작사의 소속 연예인들의 프로필 사진으로 채워져 있었다. 그중에서도 김남혁의 사진은 특별히 잘 나온 사진이었다. 흑백이라서 실제보다 더 꿈틀거리는 역동적인 등 근육! 저 근육을 만들기 위해 김남혁이 얼마나 고생했는지 아는 사람들은 다 안다.

"으이구…… 최 대표, 이건 또 언제 떼어 왔어? 최 대표도 차암 성질……."

못됐다고 말하려고 했는데 세훈과 눈이 딱 마주쳤다. 딸꾹 하고 목구멍이 불 난 듯 아파왔다.

"……있어서 난 참 좋더라!"

장 대표는 환하게 웃었다.

"이 바닥이 성질 없으면 살아남을 수가 없거든! 내가 최 대표보다 나이는 더 먹었지만…… 이런 건 배워야 돼. 말보다 행동이 앞서는 거……. 아우, 좋다! 좋아! 님 좀 짱!"

엄지손가락까지 추켜세우며 세훈의 비위를 맞추면서 장 대표는 내가 왜 이러나 고민했다. 나쁜 일 처음 하는 것도 아닌데 왜 이렇게 비굴할까? 응? 왜?

"솔직히 최 대표가 보기에도 느낌 있지 않아? 응? 최 대표도 필 있는 사람이잖아. 봐봐. 응?"

송 감독이 얼른 나섰다.

"봐봐아아. 어여!"

귀여운 척까지 한다.

마지못한 듯 세훈이 시선을 돌려 사진을 쳐다보았다. 장 대표와 감독, 뒤에 서 있던 허 실장, 박 실장, 지 실장의 시선도 사진으로 향했다.

"흠……."

세훈의 고개가 왼쪽으로 갸우뚱 기울어졌다. 장 대표와 감독, 허 실장, 박 실장, 지 실장의 고개도 왼쪽으로 갸우뚱 기울어졌다.

"흐음……."

세훈의 고개가 오른쪽으로 갸우뚱 기울어졌다. 장 대표와 감독, 허 실장, 박 실장, 지 실장의 고개도 오른쪽으로 갸우뚱 기울어졌다.

"그러고 보면 느낌이 있는 것 같기도 하고……."

세훈이 중얼거렸다.

"그렇지? 그렇지?"

장 대표와 송 감독이 합창하듯 외쳤다. 어차피 감각 있는 사람은 많지 않다. 우기면 그렇다고 믿는 게 예술이다. 변기 갖다놓고도 예술이라고 우기는 세상에 사람 얼굴 가지고 할 말이 좀 많은가?

폭탄이 떨어진 건 다음 순간이었다.

"그러니까 얘를 쓰겠다는 게…… 감독님이 은행 빚 싹 다 갚고 이사한 다음 차를 바꾼 것과도, 기념으로 몰디브 가족여행을 갔다 온 것과도 아아무 연관이 없다는 거죠?"

딸꾹, 하고 이번에는 실제로 딸꾹질이 터졌다. 조용해진 회의실에 장 대표의 딸꾹질이 처연하게 울리기 시작했다.

슬픈 딸꾹질을 덮은 건 세훈의 목소리였다. 그는 상냥하게 웃고 있었지만 그 방의 누구도 그가 지금 진심으로 웃고 있다고 생각하지 않았다.

"김남혁이 아버지가 아들 하나 연예인으로 띄우기 위해서는 못할 게 없는 지방 유지라든가, 엔터 사업에 투자하려고 돈 싸들고 대기 중이라는 것과도 전혀 상관없을 겁니다. 그렇죠?"

어지간히 뻔뻔한 장 대표도 이쯤 되면 할 말을 잃고 딸꾹질만 하지만, 송 감독은 달랐다. 자신과 속궁합이 잘 맞는 순으로 여배우를 캐스팅한다든지, 돈 싸들고 오면 뭐든 다 만든다는 명성답게도 그는 안면을 몰수했다.

"지금 최 대표 뭐 하는 거야? 내가 그런 사람으로 보여?"

"아뇨."

다들 세훈이 '네.'라고 대답할 줄 알았기 때문에 움찔했다. 심지어 세훈이 '네.'라고 하면 아니라고 딱 잡아뗄 준비를 하던 송 감독조차 잉? 해서 고개를 들었다.

세훈의 표정에서 읽을 수 있는 건 아무것도 없었다.

"그냥 확인하는 겁니다. 순전히 예술적인 의미에서, 이 사진에서 느낄 수 있는 무언가 때문에 감독님이 지원이가 아닌 김남혁을 메인에 걸고 싶어 하는 걸 말이죠."

이쯤 되면 혼란스럽다. 넘어온 건가? 하지만 은행 빚, 차, 거기에 몰디브 여행까지 알고 있다면 속는 게 바본데?

장 대표는 상황이 심히 불길하다고 생각했지만 송 감독은 그보다 최세훈을 몰랐다.

"내 평생의 작품생활을 걸고 말할 수 있어! 봐봐."

송 감독의 손가락이 사진으로 향했다.

"느낌 있잖아. 이 등짝! 어깨에서 떨어지는 이 근육의 굴곡, 고개를 비틀고 있는 각도! 뒷모습으로 이런 분위기 낼 수 있는 애가 흔해?

애, 크게 될 거야. 두고 봐!"

세훈이 웃었다.

그리고 사무실 내부의 온도가 또 하강했다. 지금까지의 한기는 한기도 아니었구나 싶은, 북풍한설 뺨치는 한기가 감돌았다.

"감사합니다. 저도 그렇게 생각합니다. 지원이는 분명 크게 될 애죠."

"그, 그래. 역시 최 대표는 알아볼……."

왜 이렇게 순순해? 싶기도 했지만 일이 잘 풀린다 생각하던 송 감독이 고개를 갸웃했다. 뭔가 이상했다.

"응? 지원이?"

세훈이 몹시 기분 좋은 얼굴로 손가락을 튕겼다.

박 실장이 사진 하나를 더 꺼냈다.

"!"

장 대표와 송 감독이 동시에 눈이 튀어나올 것 같은 표정을 지었다.

얼핏 보기에는 같아 보이는, 그러나 제대로 보면 사람이 다르다는 게 보이는 사진이었다. 뒷모습이긴 해도 나란히 비교하자 명확하게 보였다.

지금까지 그들이 보고 있던 사진은 윤지원이었던 것이다!

장 대표는 세훈이 방금 전, 회의실로 쳐들어오기 전에 사진을 떼어 왔을 거라 생각했다. 반은 맞았다. 세훈은 같은 각도로 찍은 지원의 사진을 하나 더 갖고 왔으니까. 장 대표든 송 감독이든 절대로 못 알아볼 거라고 생각하고 한 짓이었다.

급작스럽게 지원의 사진을 찍느라 좀 바쁘긴 했지만 결과는 대성공!

세훈이 여유 만만한 태도로 말했다.

"어떻게…… 눈빛 교환할 시간 좀 드릴까요?"

승리를 거둔 뒤 장스 제작사를 나서는 세훈, 허 실장, 박 실장, 지 실장의 모습은 마치 80년대 홍콩 영화의 히어로들처럼 근사했다. 때마침 불어온 바람이 그들의 머리카락을 날려주었다. 배경음악이라도 깔린다면 영화의 한 장면이 아닐 수 없었다.

"그런데요."

분위기를 깬 것은 초이 엔터테인먼트의 안주인이라 할 수 있는 허 실장이었다. 한마디로 뒷수습 담당이랄까? 그렇다 보니 자꾸만 세심해질 수밖에 없다.

"왜 그냥 나오세요? 헛짓 말고 지원이로 가라고 못 박아야죠!"

허 실장을 빤히 보던 세훈이 물었다.

"네가 왜 안 되는 줄 알아?"

간만에 답을 아는 질문을 받은 허 실장이 발랄하게 대답했다.

"대표님이 제 머리 위에 앉아서 저를 마구 짓누르셔서요?"

"아니, 성질 급해서."

"잉?"

알아듣지 못하는 허 실장의 머리 위로 뿅뿅 물음표가 떠올랐다.

"아니이, 성질이 급한 게 아니라 세상 없어도오, 우리는 밖에 있고 저 사람들은 쩌어기 안에 있으면 대화가 되나? 뭐가 되려면 붙어 있어야지! 왜 나와 왜? 할 말 다 하고 나와야지 왜 그냥 나와? 계약 날아가면 우린 손해가 이만저만이 아닌데!"

"하나 더 추가. 상황 파악도 못 해. 지금 엎어지면 쟤들 손해가 더 커? 우리 손해가 더 커?"

물론, 언제나 그렇듯 세훈이 옳았다. 프로젝트가 엎어지면 초이 엔터테인먼트도 손해를 보지만 장스 제작사도 마찬가지다. 손해액으로 따지면 비슷하겠지만, 규모가 큰 초이 엔터테인먼트에 비해 장스 제작사는 타격이 훨씬 클 거다.

"그래도 정확한 게 좋은데……."

"휴대전화 꺼내봐."

허 실장이 계속 아쉬워하자 세훈이 턱짓했다.

"휴대전화요? 제 전화기요? 왜요?"

허 실장이 뒤적뒤적 전화기를 꺼내자 낚아챈 세훈이 모두가 볼 수 있도록 휴대전화를 쳐들었다.

"오, 사, 삼……."

오오, 하면서 허. 박. 지. 일명 허박지 실장들의 시선이 세훈이 들고 있는 허 실장의 휴대전화에 집중되었다.

전화가 온다. 전화가 온다. 전화가 온다.

"이……."

오나?

"일……."

오겠지?

바람이 횡, 하고 불어와 동그랗게 둘러선 남자들 사이를 휘젓고 날아갔다. 휴대전화 액정화면은 여전히 깜깜하기만 하다.

"이것 봐, 이것 봐."

크게 실망한 허 실장이 세훈의 손에서 휴대전화를 낚아챘다.

"기다리는 게 얼마나 힘든데. 온갖 나쁜 성질 다 갖고 있으면서 왜 급하진 않은 건데요? 그깟 자존심이 뭐라고! 왜 기다려야 해? 알아서 기게 하나 지랄해서 못 박고 가나 결과는 똑같은데……! 그놈의 잘난 척! 그놈의 잘난 척! '어떻게…… 눈빛 교환할 시간 좀 드릴까요?'"

허 실장이 흉내 낸 세훈이 너무 리얼해 박 실장과 지 실장이 동시에 터졌다. 그러나 허 실장은 진지했다. 그는 진심이었다.

"이게 뭐야! 어쩔 거야! 그냥 까불지 말고 윤지원이로 가라고 말하면 간단한 걸 왜 이렇게 어렵게 만들어! 그 인간들이 모르쇠로 나오면 어쩌려고! 대표님은 도대체 사람이 왜…….."

휴대전화가 울리기 시작한 순간은, 허 실장이 세훈의 멱살을 잡기 직전이었다. 액정 화면에 뜬 건 장 대표의 얼굴이었다.

"……이렇게 완벽하세요?"

허 실장이 세훈을 덥석 끌어안았다.

세훈이 질색하는 얼굴로 허 실장을 뻥 차냈다.

그래도 허 실장은 행복했다. 세훈이 일하는 방식이 좀 더 이해하기 쉬우면 좋았겠지만.

"여보세요오?…… 아아, 우리 대표님이야 아주 마아니 화가 나셨죠. 왜 그르셨어요. ……물론 제가 자알 말씀드렸죠. 전 두 분이 그런 분 아니라는 거 알죠오오오오."

신이 나서 너스레를 떠는 허 실장을 바라보는 세훈의 얼굴은 무심한 듯 시크할 뿐이다. 일은 이렇게 하는 거라는 걸 얘는 언제 깨달을까?

돌아선 세훈이 성큼성큼 길을 가로질렀다.

하늘은 높았고 날은 맑았으며, 오늘도 정의를 실현했다.

몹시도 당연한 최세훈의 하루.

서로 다른 사람

"와……."

기차에서 내리는 그 순간부터 커다래진 이령의 눈 크기는 좀처럼 회복될 기미를 보이지 않았다.

산에서 내려와 서울로 올 때, 슈퍼집 박 씨로부터 절대 촌티를 내지 말라는 말을 누누이 들었다. 눈뜨고 코 베어 간다는 서울이라 촌사람인 티가 나면 별별 잡놈들이 다 붙는다는 거다.

그러나 어쩌랴? 커진 눈은 이리저리 분주하게 움직이고 벌어진 입은 다물어질 기미를 보이지 않는걸.

"우와……."

건물들은 높고, 자동차는 많았다.

거리를 꽉 채운 사람들…… 길거리에 즐비한 수많은 먹거리들과 생전 처음 본 좋은 냄새가 나는 가게들. 유리창 너머 예쁜 옷들과 보기만 해도 웃음 나게 아기자기한 핀들.

도무지 시선을 뗄 수가 없었다. 이령은 온통 정신을 빼앗긴 채 두리번두리번, 세상 촌티란 촌티는 다 내는 중이었다.

"가만, 정신 차리고."

고개를 절레절레 저은 이령은 뺨을 팡팡 두드렸다. 혼이 나갈 때 나가더라도 상경한 목적은 이루고 난 다음의 일이다.

가방을 뒤져 명함을 꺼낸 이령은 주변을 두리번거렸다. 이번에는 버스 정류장을 확인하기 위해서다. 그러나 웬일인가? 어려웠다. 마을을 뱅글뱅글 도는 마을버스와는 수준이 달랐다. 노선이 어떻게 된 건지, 버스가 오는 건지 가는 건지 너무나 어려웠다.

"저기요……."

결국 이령은 지나가는 아줌마 하나를 붙잡았다.

"여기 가려고 하면 어떻게 가야 해요?"

"응?"

작은 키, 후덕한 몸집에 뽀글 파마를 한 사람 좋은 얼굴의 아줌마가 명함을 들여다보았다.

"이쪽은…… 건너편에서 버스를 타야지!"

"아."

"쩌쪽 육교로 길 건넌 다음에 761번 버스를 타요. 121번도 가나? 그건 잘 모르겠네. 확인해보고."

"감사합니다."

친절한 사람이다! 하고 인사했을 때였다.

"아가씨!"

아줌마가 덥석 손을 잡았다.

"예?"

두 손을 감싸는 커다란 손은 다소 투박했지만 따뜻했다.

"혹시 도를 알아요?"

"예?"

"기가 맑은데 우환이 있네, 그래. 최근에 맘 상하는 일 있지 않았어요?"

이령은 진심으로 놀랐다.

"어, 어떻게 아셨어요? 저희 할아버지께서 돌아가셨거든요!"

아줌마가 회심의 미소를 지었다.

"내가 기를 공부하는 사람이라서 그래요. 다 보면 보이거든. 그래서 말인데……."

15분 후.
"아가씨, 이러지 마. 나는 공자고 맹자고 몰라."
"그게 아니고요……. 순자 왈, 제자지의사초지정야 충신애경지지의[2](祭者志意思慕之情也 忠信愛敬之至矣)이라 하셨으니 진실한 마음이 있다면……. 자, 잠깐만요!"
이령은 대화하다 말고 자꾸만 등을 보이는 아줌마의 팔을 잡았다.
"아, 이상한 아가씨네! 난 그런 거 관심 없다니까 왜 자꾸 붙잡아? 나 바빠요!"

방금 전까지 조상의 은덕이 크다며 제사를 권해놓고 아줌마는 갑자기 바빠졌다.
"어머! 죄송해요! 바쁘신지 모르고!"
이령은 사죄했다. 하지만 이상한 건 사실이었다. 먼저 질문도 던지고 대화 좀 하자고 해놓고선 막상 이야기를 시작하자 화난 기색이 역력한 거다.
가끔 이령은 눈치 없다는 소리를 들었다. 어렸을 때부터 할아버지 옆에서 자랐기 때문에 정서적 자극이 부족한 게 아니냐는 소리도 들었다. 할아버지조차 늘 '내가 너를 너무 고지식하게 키운 모양이다.'라고 걱정하셨다.

---

2) 제사는 추모하는 마음의 표현이며 참된 마음과 믿음, 사랑과 공경을 지극하게 하는 것.

"놔요!"

결국 이령의 손을 뿌리친 아줌마는 몹시도 빠른 걸음으로 멀어졌다.

약간 서운해서, 이령은 아줌마의 뒷모습을 바라보았다. 조상에 대해 대화를 나눌 수 있는 좋은 기회라 생각했는데.

마을 사람들은 친절했지만 대부분 할아버지와 나누던 대화 — 공맹의 도와 인간의 도리, 예의범절, 조상 등 — 를 하기는 어려웠다. 공부한다는 기에 대해서도 듣고 싶었는데…….

"휴우…….''

오랜만의 대화 상대를 향한 아쉬움을 삼키며 이령은 육교로 향했다.

"세상은 세렝게티야. 무슨 일이 일어날지 몰라."

"응응."

"넋 놓고 있다가는 당하기 딱 좋지."

"응응."

"…….''

"응, 으응?"

차트에 끼적끼적 낙서를 하며 대충 기계적으로 대답하던 종현은 서늘함을 느끼고 고개를 들었다.

"!"

최세훈이 책상 위에 양반다리를 하고 앉아 있었다! 분명 환자 자리에 앉아 있어야 하는 앤데?

"어어? 너…….''

세훈이 무섭게 종현을 노려보았다.

"아, 왜 또오……."

쓰고 있던 차트를 슬쩍 당겨 감추며 종현이 비굴하게 웃었다. 영어 필기체로 써서 그렇지 이게 다 최세훈 욕인데……. 'jiraldo byung' 'michinnom' 등등 직접적이고 노골적인 쌍욕인데 알아봤을까?

"나한테 집중해. 내가 지금 시간당 얼마를 내고 있는데 딴짓이야?"

"네가 언제 오라고 했냐?"

말없이 세훈이 종현 책상 위의 홍보 팸플릿을 집어 들었다.

얼마 전 종현이 정신상담학회장이 되면서 만든 것이었다. '언제라도, 당신을 이해하기 위해 기다리고 있습니다.'라는 문장의 폰트를 정성스레 고르던 날이 생각났다.

진짜 좋은 의사가 되고 싶었는데.

문제는 최세훈 때문에 의사가 된 걸 후회할 때가 생긴다는 거다.

"딴짓하는 거 아니야……. 차트 쓰는 거지. 의사들은 다…… 이런 거 해."

종현이 그만 책상에서 내려오라고 눈짓했다.

세훈이 꼼짝도 않고 종현을 쳐다보았다.

종현이 비싼 책상이라는 텔레파시를 보냈다.

세훈이 자기 구두도 비싸다고 텔레파시를 보냈다.

결국 진 건…… 종현이다.

"너는 다아 좋은데 가끔 느어무 부정적이더라. 세렝게티라니……. 우리가 사는 세상이 또 그렇게 뭐 살벌한 건 아니지이……."

하지만 이미 세훈은 비위가 상했다. 그가 제일 싫어하는 게 무엇이냐 하면 자기 말 안 듣는 거, 집중 안 하는 거!

"하긴…….."

입술을 비틀어 올리며 세훈이 책상에서 풀쩍 뛰어내렸다.

"형은 참 긍정적이지."

세훈의 눈빛이 사악하게 빛난다.

"내가 또 형이 그런 면을 존경하잖아. 나라면 절대 안 그럴 거 같은데 되지도 않는 주식에 투자했다가 전세금 다아 날렸을 때도 괜찮다며 남자가 우는 거 아니라고 웃었고…….."

간신히 잊고 있던 종현의 상처가 쩌억, 입을 벌렸다.

"나 같으면 저얼대 못 참을 거 같은데 1년 사귄 여친이 형과 나의 친분을 이용해 데뷔하려고 작정한 여우라는 걸 알았을 때도 그럴 수 있다며 긍정적이었지."

"헙!"

이번에는 입으로 비명이 터져 나올 뻔했다. 역시 잊고 있었다. 어쩐지 어리고 예쁜 여자가 그를 만나준다 싶더니 알고 보니 연예인 지망생, 그것도 세훈을 목적으로 종현을 징검다리 삼았던 나쁜 여자였다.

"그뿐이야? 나라면 아주 돌아버렸을 텐데 친구랍시고…… 그 뭐야? 얼마더라? 돈 엄청 빌려 가놓고 못 받은 정도가 아니라 빚쟁이 취급하면서 의리 없다고 소문냈다면서? 친구들이 잘 알지도 못하면서 쪼잔하다고 형 엄청 깐다고 하지 않았어?"

"허어억!"

종현이 주먹을 불끈 쥐었다. 동네 친구였다. 불알친구라고 부를 만한 그런 친구. 그래서 엄청 급하다기에 빌려줬다. 종현에게도 부담스러운 금액이었지만. 당시 친구끼리 돈거래 하는 거 아니라며 비관적인 세훈을 정 없다고 나무랐다.

결과는…….

"너…….."

최세훈은 옳다. 못돼 처먹었지만 적어도 틀린 말은 하지 않았다. 그의 말은 정답일 때가 많다.

"여기 왜 오냐?"

홀로 완벽하신 분이 왜 여기 오느냐고!

종현은 울부짖었는데 세훈은 벌써 저만치 책장 앞에서 딴청 중이었다.

"의대에서는 사람이 왜 병원에 오는지는 안 가르쳐주나 보지?"

이쯤 되니 종현은 세훈이 그의 속을 뒤집으려고 비싼 진료비 내고 한 시간씩 상담을 받는다는 확신이 들었다. 미친 짓이지만, 여긴 정신과고, 미친놈이 오는 데니까!

그래도 한 번만 더 참아보자……는 마음이 든 건 문종현이 숙련된 상담의이기 때문이다.

"다리 부러진 건 엑스레이 찍으면 되지만 네 머릿속에서 일어나는 일은 네가 말 안 하면 모르거든."

세훈이 빙그레 웃었다.

"환자가 어디가 어떻게 아픈지 왜 아픈지까지 다 말해줘야 한다니, 정신과란 날로 먹는 거구나."

문종현은 숙련된 상담의가 아니기로 마음먹었다.

"너!"

종현이 벌떡 일어났다.

"넌 웃지 마! 절대 웃지 마! 웃는 게 더 꼴 보기 싫어! 으아아아아아

아아아아! 너 도대체 왜 와? 네가 무슨 마음의 병이 있다고 와? 나 괴롭히려고 오는 거지? 나 미치는 꼴 보려고 오지? 어? 그치이이이이이이이이이? 으아아아아아아아아!"

짧고 굵게 세훈이 충고했다.

"형, 흥분하면 콧구멍 커지네. 흉하다."

"으아아아아아아아아아아아아아아!"

육교에 올라서자마자 이령의 눈에 들어온 것은 육교 한가운데서 엎드려 구걸하고 있는 노인이었다. 화려한 도시와는 어울리지 않는 모습, 바쁘게 지나가는 사람들이 돌아보지 않는 조그마한 몸집이 마음을 직격했다.

화려한 도시와는 어울리지 않는 모습, 바쁘게 지나가는 사람들이 돌아보지 않는 조그마한 몸집이 마음을 직격했다. 꾀죄죄한 몰골에 거칠게 부르튼 손……. 정신을 차렸을 때는 할아버지 앞에 쪼그리고 앉아 있었다.

"할아버지."

"으응?"

고개를 수그리고 있던 할아버지가 눈을 게슴츠레 뜨고 이령을 바라보았다. 그러더니 눈꼬리를 축 늘어뜨리고 우는소리를 낸다.

"배고파. 천 원만 줘."

이령은 얼른 지갑을 꺼냈다.

"여기요……."

이령이 삼천 원을 내밀자 할아버지가 눈을 홉뜨고는 슬쩍 한마디를 보탰다.

"이천 원만 더 주면 오늘은 들어갈 건데……."

잠깐 난감해서 이령이 망설였다. 돌아갈 차비를 빼고는 빠듯한 상황이었다.

"콜록! 콜록! 콜록!"

갑자기 할아버지가 격하게 기침을 시작했다. 어깨를 들썩이며 가슴을 탕탕 치는 것이 폐병이 있지 않나 걱정될 정도로 기침에 쇳소리가 묻어 있다.

"에이."

잠깐 망설였던 걸 반성하며 이령은 이천 원을 마저 꺼내 할아버지의 손에 쥐어드렸다.

그때!

"아저씨! 거기! 거기! 또 와 있네!"

요란한 호루라기 소리와 함께 공무집행 완장을 찬 남자들이 달려오기 시작했다. 동시에 방금까지 주름투성이였던 할아버지의 얼굴이 갑자기 확 회춘하며 사십 대 정도로 변했다.

"된장 씨발라먹을!"

잽싸게 깔개와 냄비 그릇을 챙긴 아저씨가 벌떡 일어나 뛰기 시작했다. 흡사 우사인 볼트 같은 스피드였다. 방금 전까지는 거동은커녕 제대로 숨 쉬는 것조차 힘들어 보였는데, 달리는 손과 발의 각도가 훈련받은 선수나 다름없었다.

"아저씨! 서요! 여기서 그러면 안 된다니까!"

이령은 멍하니 선 채 멀어져가는 할아버지, 아니 아저씨를 바라보았다.

"내가 세상은 세렝게티랬지?"

분을 못 이겨 발악발악을 한 끝에 지쳐 의자에 늘어진 종현이 마지막 힘을 모아 숨 쉬는데 집중하는 위로 마지막 일격이 가해졌다.

"이렇게 별거 아닌 일로 흥분해서 어떻게 살래?"

"야아아아아아!"

더 이상 소리지를 힘이 남아 있지 않다고 생각했을 때도 힘은 남아 있다. 이것이 최후의 단말마인 걸까? 아니면 회광반조?

다시 한 번 벌떡 일어났던 종현이 흐물흐물 바닥에 누워버렸다.

"지독한…… 허억허억…… 놈. 나쁜…… 놈. 헉헉. 날…… 괴롭히기 위해…… 허어어억…… 태어난 놈. 너…… 허억허억 나 미치는 꼴보려고…… 허억, 그러는 거지? 그렇지?"

누워서 숨을 헐떡이는 종현의 옆에 쭈그리고 앉은 세훈이 쯧쯔 혀를 찼다.

"내가 비싼 돈 내고 형을 미치게 만들어서 좋을 게 뭐 있어?"

자꾸 반복되는 이야기지만, 최세훈은 옳다.

"나는 열심히 말하고 있어. 그러면 그 안에서 문제를 찾아내야 하는 게 형의 일이지."

분하지만 맞다.

"하지만…… 너 하는 이야기를 들으면……."

이성적이기 위해 노력의 결과로 종현은 속으로'만' 욕할 수 있었다.

너 하는 이야기를 들으면 미친 왕자병이라는 진단밖에 안 나온다고! 이 자식아!

물론 정신과 상담을 요하는 사람들이 다 우중충하고 자기 비하에 시달리는 건 아니다. 세상에는 별별 사람이 다 있고, 정신과는 바로 그런 사람들의 집합소라고 해도 과언이 아니다. 다만 최세훈은……
최세훈은…… 최세훈은…… 아아, 말로 할 수가 없다. 뭐 이런 존재
가 있나 싶은 인간. 문종현으로서는 도저히 감당하기 어려운 신인류
에 가까운 인간인 것이다.

그러는데 위이잉 하고 휴대전화 진동하는 소리가 들렸다. 세훈은
휴대전화를 슬쩍 보고 도로 집어넣었다.

종현은 기겁하겠지만, 그는 아직 이야기를 다 하지 못했다.

"아, 이 양반이 왜 또 전화를 안 받아!"

한낮의 거리, 완전히 당황한 허 실장이 두리번거리며 짜증을 부렸
다. 허 실장 외에도 '나 보디가드요.' 하고 양복을 빼입은 남자들이 주
변을 이리저리 수색 중이었다.

"저리로 가봐! 저리…….."

"어?"

애꿎은 보디가드들의 엉덩이만 차고 있는데 눈이 번쩍 뜨였다.

노점상에서 떡볶이를 먹던 여자와 보디가드 한 명의 눈이 딱 마주
친 거다. 그들이 찾던 바로 그 여자였다.

"꺄아아아악! 살려줘요!"

먹던 떡볶이를 집어 던지고 강민주, 대한민국 최고의 섹시 아이콘
이 뛰기 시작했다.

강민주.

대한민국에 모르는 사람이 없다는 최고의 히트 아이템, 최세훈의
역작 (중의 하나).

열네 살의 나이에 연기자로 데뷔해 당돌하고 발칙한 연기력으로 모두의 시선을 끈 후, 내는 앨범마다, 캐스팅된 드라마, 영화마다, 출연한 예능마다 히트시킨 최고의 아이돌이다.

　다소 강하게 생긴 마스크에 아찔한 몸매는 의외로 호탕하고 귀여운 성격과 막무가내의 애교로 전방위적인 매력으로 승화되었다.

　말 그대로 이 시대의 여신!

　어린 시절 성공한 많은 스타들이 그렇듯 까칠하고 자기중심적일 거라 예상하는 사람이 많았지만, 사실 강민주는 털털하고 정 많은 성격이었다. 그녀를 만난 사람은 누구나 팬이 되었다.

　그런 강민주에게 딱 하나 약점이 있었으니…… 바로, 식탐이다.

　"야…… 야! 거기 서어어어어어!"

　허 실장이 허덕이며 쫓아가는 이유도 바로 그 망할 식탐 때문이다. 일단 뭐에 꽂히면 반드시 먹어야만 하는 그 마음을 허 실장은 이해할 수 없었다. 그가 이해할 수 있는 건 촬영을 집어치우고 도망갈 때마다 잡아와야 하는 고통이었으니까.

　보통 하기 싫은 촬영도 잘 참고 하는 민주인데 일단 뭔가 먹는 거에 꽂히면 그런 거 없다. 싫은 촬영 때문에 스트레스를 받으면 더더욱 식탐이 심해졌고, 쇼생크 탈출 버금가는 스케일로 도망쳐 먹고야 말았다. 이게 나쁜 이유는 스케줄이 망가지는 것도 있지만…… 먹으면 붓는다는 거다.

　"후덕한 모습 찍히면 석 달 열흘 괴로워할 거면서……."

　인간은 이다지도 한 치 앞을 못 보고 당장의 욕망에만 충실한가.

　허 실장은 이 바닥 일을 하면서 도를 닦을 것만 같았다.

　"거기서 강민…… 웁!"

허 실장은 물색없이 민주의 이름을 부르려는 보디가드의 입을 확 틀어막았다. 사람들이 힐끔거리긴 해도 모르니까 지금 이 정도이다. 천하의 강민주가 대로를 달리고 있는 중이라는 걸 사람들이 알면…… 오, 마이, 갓! 무조건 일이 커지기 전에 수습해야만 했다.

"쫓아가! 조용히!"

울고 싶은 마음으로 허 실장이 뛰기 시작했다. 그에게 인생은 단 한 번도 쉬웠던 적이 없다.

도시가 안 맞나 봐…….

도를 믿는 아줌마와 아저씨인지 할아버지인지 구별이 잘 안 가는 할저씨에게 연타를 얻어맞은 이령은 터덜터덜 힘없이 걸으며 생각했다.

알 수 없는 일투성이였다.

아줌마는 왜 먼저 대화 좀 하자고 해놓고 화를 내고 가버린 걸까?

할저씨로 넘어오면 더 어려워진다. 일단, 존재론적인 의문부터다. 그 할저씨는 할아버지일까 아저씨일까? 분명 덜덜 떨며 숨쉬기도 어려워 보였는데 그 파이팅 넘치는 뜀박질은…… 뭘까?

온통 이해 안 가는 일뿐이다. 역시 도시는 만만한 곳이 아니었다. 처음 내려와서 감탄했던 것은 하룻강아지 범 무서운 줄 모른다는 계열의 용기이었다. 이제는 어리둥절하기만 할 뿐이다. 어서 지리산으로 돌아가고 싶다.

"어?"

그런 이령 곁을 긴 머리의 아가씨 하나가 스치고 지나갔다. 머리를 노랗게 물들인 아가씨였다. 어깨가 슬쩍 부딪치자 살짝 고개를 돌려

건네는 눈인사가 인상적이었다.

그래서 멀어지는 뒷모습을 멍하니 보고 있는데 시커먼 남자들이 우르르 그 뒤를 쫓아가는 게 아닌가?

"어어?"

이령의 눈이 휘둥그레졌다. 이건 누가 봐도 위험한 상황이었다.

저도 모르게 발이 뛰기 시작했다.

"야야…… 좀 그만하자."

간신히 민주를 코너에 몰아넣은 허 실장이 숨을 몰아쉬었다.

"나 운동 안 하는 거 너 알잖아. 나한테 이러는 거 아니다? 아오…… 뛸 때마다 눈앞에서 예수님이 보였다가…… 부처님이 보였다가……. 어흑! 이제 가자…… 응?"

그러나 민주는 이쯤에서 그만둘 생각이 전혀 없는 듯 보였다.

"꺄아아아아아아아아악!"

터져 나온 비명의 강도로 짐작해보건대 아직 덜 먹었다. 아무래도 좀 더 먹어야 근로 의욕이 샘솟을 모양이었지만 또 그대로 둘 수 없는 것이 허 실장 입장이기도 했다. 하지만 민주가 그의 사정을 봐줄 리 없고…….

"살려주세요! 도와주세요! 납치범이야! 불이야! 엄마야아아아아아아아!"

사람들이 웅성거리기 시작했다. 민주를 몰아넣은 골목 쪽으로 시선이 모였다. 허 실장은 완전히 당황했다.

사람들이 모이면 여러 가지 문제가 생기지만 무엇보다…… 요즘 같은 시대에 이러고 있는 게 스마트폰 동영상으로 찍혀 배포되면, 허 실장은 죽는다. 누구 손에? 최세훈 손에.

이럴 경우에는 차라리…….

"아하하! 여러분? 오해하지 마세요. 쟤 누군지 자알 보시는 겁니다."

민주 얼굴 모르는 사람은 서울 시내에 없을 테니까…… 커밍아웃하고 예능 찍는 중이라고 우기는 거다.

"꺄아악! 노와주세요! 납치범이에요!"

"이게 다 촬영인…… 꾸웨에에엑!"

열심히 변명하고 있는데 뻑! 하고 단호하고 절도 있는 타격음과 함께 허 실장의 비명이 울려 퍼졌다.

모두가 놀랐다. 시간이 잠시 멈춘 듯했다. 이윽고 영화처럼 머리를 움켜쥔 허 실장이 앞으로 푹 쓰러질 때까지.

사람들의 시선이 어디서 주워 들었는지 모를 각목을 들고 서 있는 결연한 표정의 여자에게로 모아졌다.

"대책 없는 애들이 이해가 안 가."

종현이야 끙끙 앓든 말든 세훈은 다리를 꼬고 자기 하고 싶은 이야기를 다 하는 중이었다. 아까부터 계속 울리고 있는 휴대전화도 완전무시.

"뭐든 저지르고 봐. 대표적으로 연애! 연애를 하려고 하면 일 단계, 이 단계, 삼 단계…… 이렇게 하면 저렇게 될 테니까 요렇게 해서 그렇게 하면 되겠다, 하고 계획을 세우면 되는 거 아냐? 아무 생각 없이 일단 좋아하니까 들이대고 보고……."

"야, 좋아하는데 그게 되냐?"

들다 못한 종현이 한마디 쏘아붙였다.

"아니? 좋아하는 거랑 무슨 상관이야? 좋아하면 다 호구 돼? 짝사랑이야? 좋아하는 건 좋아하는 거고, 관계는 관계지. 솔직히 연애든 뭐든 모든 관계는 계약이다. 주고받을 게 확실해야 이루어지는 거라고."

말 안 하느니만 못 했지만.

"형은 그게 잘 안 되나?"

말하지 말걸.

"아아, 맞다. 형 안 되지. 그때 걔……, 아…… 맞다."

진짜진짜진짜 말하지 말걸.

"야!"

"왜?"

"동정하려면 돈으로 줘!"

나름 개그였는데, 그것도 상대에 따라 먹히는 거다.

세훈은 마치 진짜 종현이 돈이라도 달라고 한 것처럼 애잔하다는 눈빛을 보냈다. 차라리 비웃을 때가 낫지 자존감 있는 사람이라면 못 견딜 눈빛이었다.

가장 괴로운 건, 의사로서 자존심 상하게도 말하다 보면 말린다는 거다.

최세훈에게는 – 어째서인지 – 극약이지만, 문종현도 사실 나름 능력 있는 의사다. 학창시절부터 공부도 잘했고 좋은 의사라고 칭송해 주는 환자도 적지 않다.

그럼에도 불구하고 최세훈 앞에만 서면 머리가 멍해지고 배운 게 생각이 안 난다. 고양이 앞의 쥐 증후군? 그런 걸까? 나중에 생각해

보면 맞는 말 하나 없는데 막상 눈앞에 있으면 도무지 반박을 못 하는 거다.

"나 간다."

더 이상은 안 되겠다는 듯 최세훈이 일어섰다.

"어어? 가게?"

이것저것 다 집어치우고 일단 기뻐서 종현은 웃고 말았다.

"시간 다 됐잖아. 다음 환자 기다리지."

"그렇지. 그렇지. 또 네가 남한테 피해는 안 주지."

단박에 기분이 좋아져서 종현이 고개를 끄덕였다. 최세훈만 안 오면 참 행복할 그는, 긍정적인 사람이었다.

"전화도 계속 오고."

세훈이 고개를 절레절레 저었다.

"하여튼 나 없으면 일이 안 된다니까."

"그러게. 네가 그렇게나 중요한 사람이다, 야."

갑자기 세훈이 종현을 빤히 쳐다보았다.

"왜애?"

"아니, 그냥 너무 기분 좋아 보이니까 거슬리네."

"아이, 또…… 왜…….."

최세훈은 문종현을 어떻게 우울하게 만드는지 정확히 알고 있었다. 필요한 건 단 한 마디였다.

"다음주에 또 올게."

"……어."

금방 어깨를 늘어뜨리고 시무룩해진 종현을 보고 가볍게 웃은 세훈이 도도하게 돌아섰다.

아까부터 허 실장이 미친 듯이 전화를 해대고 있었다.

"말해."

차에 올라타며 통화버튼을 누른 세훈은 짧고 굵게 말했다. 그러자 수화기를 통해 거의 절규에 가까운 외침이 터져 나왔다.

– 대표님! 왜 이제야 전화를 받으세요!

"내가 월급 줘, 네가 월급 줘?"

– 네에?

"내가 언제 전화를 받을지를 왜 네가 정해?"

생각지도 못한 대답에 전화기 저편이 잠시 조용해졌다. 블루투스를 연결시키며 세훈이 한마디 했다.

"할 말 없으면 끊고."

막 차를 출발시키는데 끊는다면 진짜 끊는 세훈의 성격을 아는 허 실장이 다급하게 목소리를 냈다.

– 할 말 있어요! 할 말 많아요!

"뭔데?"

– 대표님…… 제가 지금 머리를 다쳤는데요.

"할 말 없는 모양인데?"

– …….

"말하는 거 보면 크게 다친 거 같진 않고. 그렇다면 내가 굳이 네가 다쳤다는 사실을 알아야 할 필요가 없고. 따뜻한 위로의 말을 듣고 싶어서 건 거라면……."

– 그렇다면?

"넌 죽었어."

– 그럴 줄 알고!

허 실장의 목소리가 발랄하게 바뀌었다.

– 다른 이유가 있지용!

"뭔데?"

– 민주가요…….

허 실장의 목소리에서 불길함을 느낀 세훈이 살짝 이를 악물었다.

"그래, 민주. 오늘 촬스 쌤 화보 촬영하고 오후에는 부산 행사 뛰어야 하는 바로 그 민주 말이지?"

– 네. 그 민주가요…….

"요즘 스트레스가 많아 보여 도망치지 않게 특별히 주의하라고 했던 그 민주."

다시 한 번, 전화기 저편이 조용해졌다.

– 대표님…….

"응?"

세훈의 목소리가 상냥해졌다. 허 실장은 이럴 때가 가장 위험한 순간이라는 걸 알았다. 그리고 허 실장이 알고 있다는 것을 세훈도 알았다.

일촉즉발!

– 민주가 사라졌어요!

차가 끼이이이이이익! 하고 시끄러운 브레이크 음을 내며 정차했다.

"넌 그 얘기를 왜 지금에서야 해!"

다시 급출발한 차가 중앙선을 넘어 거칠게 유턴했다.

우연한 운명, 분명한 악연

도시가 안 맞나 봐…….

어쩔 줄 모르고 멍하니 선 이령은 눈앞의 남자를 보며 고개를 갸웃거렸다. 이상한 일만 연속으로 일어나다 보니 이제는 아무 생각도 안 나고 그냥 멍하기만 했다.

분명 여자가 위기에 빠진 것처럼 보였는데…….

그런데 그 여자는 어디로 가버리고 눈앞의 남자는…… 왜 저렇게 쩔쩔매는 걸까? 누구랑 통화 중이길래?

"그, 그러니까 제 머리가 깨져서……. 아, 아뇨. 그건 절대 중요하지 않죠. 머리가 아니라 머리, 어깨, 무릎, 발, 무릎, 발이 다 깨졌어도……. 아뇨 아뇨, 제가 지금 노래를 부를 리가……."

이령도 어렸을 때 할아버지에게 혼난 적이 많다. 그러나 좀 다르다. 할아버지는 야단을 칠 때 치더라도 이령이 뭘 잘못했는지를 따져묻고 어떻게 해야 할지 나아갈 방향을 알려주셨던 것 같다. 그래서 이령은 혼나면서도 전혀 기분이 나쁘지 않았었다.

"애들이 절 걱정하다 민주를 놓……쳤으면 큰일이죠. 절대 그런 일은 일어나지 않았습니다. 놓친 건 절대로 민주가 날렵하고 재빠르기가 일지매 뺨을 치는 수준이라 그런 거죠. 암요. 그럼은요!"

그러나 눈앞의 남자는, 뭘 잘못하긴 한 건지 어떻게 할 건지 전혀 모르는 것 같았다. 그냥 보기에는 입에서 나오는 대로 말하는 것만 같다.

"카메라 리허설이요? ……아, 시간을 끌라고요. 하, 하지만 할 애

45

가 없는……."

휴대전화에서 버럭 하는 큰 소리가 멀리 떨어진 이령의 귀까지 들려왔다. 그 스피커에 귀를 대고 있던 남자는 거의 귀청이 떨어질 정도의 타격을 입고 비틀댔다.

"……데 하는 게 또 제 능력이고 소임이죠. 걱정하지 마세요. 어떻게든…… 협!"

또 소리를 지르는지 남자가 귀에서 휴대전화를 떼고 눈을 질끈 감았다. 전화 상대가 누군지는 몰라도 예의가 없다는 것은 분명했다. 윗사람이든 뭐든 사람에게 저렇게 대하는 건 옳지 않으니까.

그나저나…… 어떻게 해야 할까?

이령이 구해주려던 여자는 없고, 자신이 각목으로 때린 남자는 깨진 머리를 부여잡은 채 누군가에게 혼나고 있는 이 상황을 어떻게 해석해야 할지 모르고 주춤대고 있을 때였다.

"아오!"

방금 전까지 쩔쩔매던 남자의 목소리 톤이 바뀌었다. 돌아보니 전화를 끊고 휴대전화를 주머니에 넣은 다음이었다.

"이 성질머리! 이 못된 성질머리!"

남자는 이리 성큼 저리 성큼 난리를 치기 시작했다.

"전화를 안 받아놓고…… 응? 왜 그 이야기를 지금 하느냐고? 어?"

남자가 허공에 대고 주먹질을 시작했다.

"전화를 안 받는데 어떻게 말을 해? 어? 어? 어?"

뭐가 있나…… 하고 이령이 허공을 기웃거렸다. 휴대전화는 끊은 거 같은데, 누군가 대화 상대가 있는 걸까?

"지 전화 받는 때는 지가 정하고! 내가 말할 때도 지가 정하고! 민주 촬영에 민주가 튀었는데 내가 지금 카메라 리허설 할 애를 어디서 구…….”

신 내린 것처럼 떠들던 남자가 확 돌아서다 이령과 마주쳤다.

“했네?”

남자의 눈빛이 희번덕 빛났다.

신호대기에 걸린 차 안에서 세훈은 휴대전화의 주소록을 열었다.

세훈의 휴대전화에는 민주 폴더가 따로 있었다. 정확히 말하자면 민주가 집착하는 맛집 목록.

‘민주집착까페’, ‘민주집착주꾸미’, ‘민주집착빙수집’, ‘민주집착오 겹살’ 등등 맛집 목록을 쭉 내리던 세훈이 스튜디오 가까운 집부터 전화를 걸기 시작했다.

“여보세요? 난데…… 민주 거기 있지?”

“살려주세요!”

다가온 허 실장이 이령의 손목을 잡으며 무릎을 꿇었다.

“네네?”

맞는 것보다 더 놀란 이령의 눈이 휘둥그레졌다.

“……이게 아니지.”

자기도 이상한지 벌떡 일어나며 허 실장이 머리를 저었다.

“아주 비는 게 몸에 뱄구만. 누구 때문에.”

이를 아드득 간 허 실장이 보이지 않는 누군가를 노려보던 살벌한 눈빛을 그대로 이령에게 향했다. 허공으로 들어 올려진 그의 집게손가락이 정확히 깨진 머리를 가리켰다.

"이거 보여요?"

안 보일 리가 없다.

"네."

"어이구? 대답은 잘하네. 다행이네. 안 보이면 어쩌나 했는데 눈은 좋아. 눈이라도 좋아야지. 어?"

순간적으로 이령은 아까 남자를 윽박지르던 전화 상대가 왜 그렇게 무례했는지 공감할 뻔했다. 이 남자…… 참 밉살스럽게 잘 비아냥 거린다.

"이거 폭행이에요."

그가 상처를 누르고 있던 피가 묻은 손수건을 과장되게 펄럭였다.

"경찰서 갈래요?"

"가야죠."

이령이 반응에 허 실장이 어? 하고 움찔했다. 이게 아닌데?

"저는 길거리에서 여자가 납치되고 있으니까 도우려는 거였지만 뭔가 잘못했다면 시시비비를 가리는 게 맞겠죠. 경찰서에 가요."

"납치는 무슨!"

허 실장이 버럭 소리를 질렀다. 경찰서에 가면 큰일이니까 눙치고 지나가려는 의도도 있었지만 진짜 열 받는 것도 사실이었다.

한번 놓쳐서 그 짜디짠 떡볶이를 먹게 한 거야 그렇다 치더라도 여기서 잡았으면 해결되었을 거다. 최세훈 모르게 넘어가는 일까지는 몰라도 욕 퍼레이드를 예약하는 일까지는 없었을 거다. 짧고 굵게 욕먹으면 끝날 일을…….

"납치 막으려다 지금 사람 죽게 생긴 거 알아요?"

"네? 누가 죽어요?"

"내가!"

허 실장이 길길이 뛰기 시작했다.

"그 인간은 날 씹어 먹고! 갈아 먹고! 뜯어먹고! 해체해서 뼈까지 싹 발라먹고 없는 씨까지 만들어 씨 발라먹을 그런 놈이라고요! 왜?"

허 실장이 뒤에서 어쩔 줄 모르고 헤매고 있는 보디가드들을 가리 켰다.

"쟤들이 지켜야 하는 민주를 놓쳤다고! 어? 누구 때문에?"

이번에 그 손가락은 곧장 이령에게로 향했다.

"님 때문에!"

도시가 안 맞아…….

멍하니 선 채 쏟아지는 허 실장의 웅변을 들으며 이령이 한 생각이 다. 지금 그녀는 허 실장이 한 말을 절반도 이해할 수가 없었다. 죽으 면 누가 죽는다는 건지, 사람을 씹어 먹고, 갈아 먹고, 뜯어먹고, 뼈 를 싹 발라먹을 흉악무도한 사람이 진짜 존재한다는 건지, 민주라는 사람이 범죄자도 아닌데 왜 잡아야 하는지 도무지 알 수가 없었다.

그때 허 실장의 눈빛이 화살처럼 이령에게 꽂혔다.

"선택해요. 경찰서 갈래요, 아니면 생명을 구하는 숭고한 일에 도 전해볼래요?"

끝끝내 마지막까지 도시 사람들의 화법을 도저히 이해하지 못하겠 다고 생각하며 이령은 눈을 질끈 감았다.

자신이 좋아하는 커피숍에 최세훈이 나타났을 때, 민주는 그렇게 놀라지 않았다.

대한민국을 대표하는 아이돌이자 초이 엔터테인먼트를 하드캐리

하는 스타 중의 한 명으로서 민주는 자신의 의무를 알고 있었다. 그저 의무와 권리 사이에서 줄다리기를 할 뿐이다.

스타라는 게 좋은 것도 많지만 힘든 일도 많고, 평범한 사람들이 얻는 이상을 얻기도 하지만 당연한 것을 박탈당하기도 한다.

스트레스를 받다 빵 터지지 말고 알아서 튀라고, 그러면 알아서 잡아다 일을 시키겠다며 그것까지도 자신의 일이라고 말한 것은 최세훈이다.

그리고 그것이 민주가 세훈을 좋아하는 이유고.

"나와."

세훈이 민주의 팔목을 붙잡아 일으켜 끌고 나왔다. 휘핑크림이 가득 올라간 커피를 뺏지 않는 건 그가 좋은 남자라는 증거.

"촬스 쌤 촬영은 싫어요. 진부해."

"알아."

"아는데?"

"네가 참아."

"왜?"

"먹히잖아. 어떻게 사람이 하고 싶은 것만 하고 살아?"

"쳇. 자기는 그러면서."

세훈이 차 안에 민주를 밀어 넣고 문을 쾅 닫았다.

다디단 커피를 쭉 빨아 먹으면서 민주는 입을 비쭉였다. 하여튼 자기가 듣기 싫은 말은 못 들은 척하지.

"아, 맞다."

운전석으로 돌아온 세훈이 차에 올라타자 민주가 눈을 크게 떴다.

"허 실장님 괜찮아요?"

"걔가 왜?"

차를 거칠게 출발시키며 세훈이 무심하게 되물었다.

"몰라요? 나 이번엔 거의 잡힐 뻔했는데 웬 시골 촌뜨기같이 생긴 애가 몽둥이로 허 실장님 머리를 빠악! 나 진짜 깜놀했는데!"

"깜놀해서 기회를 틈타 도망쳤어?"

"뭐……. 아, 맛있다."

민주는 커피를 다시 한 번 쭈욱 빨아 마셨다.

결국 최세훈도 강민주도 허 실장의 안부 따위에는 관심이 없었던 셈이다. 가여운 허 실장.

번쩍번쩍 플래시가 터지는 스튜디오……. 허 실장은 팔짱을 낀 채 냉정한 표정으로 촬영을 지켜보고 있었다. 발을 초조하게 구르고 있지만 않았다면 아무도 그가 조마조마하다는 걸 몰랐으리라.

"무슨 일이야? 민주 어디 갔어?"

찰스가 다가와서 허 실장의 허리를 쿡 찔렀다.

"가긴 어딜 가요? 메이크업이 좀 길어지는 거죠. 애가 찰쓰 샘 촬영은 좀 더 신경 쓰잖아요. 워낙에 잘 맞으니까."

"쟨 뭔데?"

"뭐긴 뭐예요? 카메라 리허설 겸……."

말이 안 되는 말을 말같이 하는 것이 허 실장의 의무였다. 머리가 데굴데굴 굴렀다.

"우리 회사 신인인데 한번 그림 따보려는 거죠. 아시문서."

찰스가 잠깐 '내가 뭘 알지?' 하는 표정을 짓더니 눈썹을 느끼하게 치켜세웠다.

"아하? 내 셔터 맛을 뵈어주고 싶은 거구나?"

허 실장의 입술이 비틀어졌다. 이노무 예술가들은…… 다들 자기 잘난 줄만 알아. 촬스가 잘 찍는 건 사실이지만 그 정도는…….

"그렇죠! 어뜨케 알았을까나! 역시 우리 촬스 쌤 센스는 증말……. 모르는 게 뭐예요? 난 아부하는 것처럼 보일까 봐 말 안 하려고 했더니!"

"아유, 그런 거면 진즉 이야기하지이! 난 또 그것도 모르고 성 군 시켰잖아아!"

촬스가 신이 나서 엉덩이를 흔들며 카메라 쪽으로 다가갔다.

허 실장은 안도의 한숨을 내쉬었다. 촬스 기 살려준 것도 좋은 거고, 초이 엔터테인먼트가 연예인 관리 못 한다는 소문이 나지 않게 된 것도 좋은 일이고…….

이제 최세훈이 시간 맞춰 강민주만 잡아오면 되는데…….

대기하고 있던 스타일리스트들에게 민주를 넘기고 나서야 세훈은 목을 꽉 조르고 있던 넥타이를 느슨하게 늦췄다.

잠깐 차에 기대 숨을 돌리며 세훈은 생각했다. 원래 그의 오늘 일정은 종현의 사무실에서 나온 후 마사지나 받으며 우아하게 여가를 즐길 예정이었다. 어제도, 그제도, 그끄제도…… 정확히 말하면 일주일이 넘게 밤 12시 이전에 집에 들어간 적이 없다. 오늘만은 꼭 온몸 구석구석 세심하게 꺾어주는 마사지숍 원장님 손길 아래 지친 몸을 풀어보리라 그렇게 생각했었다.

그런데…….

시계를 보니 예약 시간은 벌써 지나 있었다. 내일부터는 다시 일정이 꽉 차 있으니 편하게 쉬려는 계획은 날아간 셈이다. 그것이 누구의 실수로 인한 것인지는 생각할 필요도 없다.

몸을 일으킨 세훈이 스튜디오 계단을 오르기 시작했다. 원래 촬영을 볼 예정은 전혀 없었지만 허 실장과의 대화의 시간이 필요할 것 같았다.

순간 등골이 서늘해진 허 실장이 크게 기침을 했다.

바쁘게 지나가던 스태프들이 세훈을 알아보고 인사를 건넸다. 장비들이 복잡하게 쌓여 있는 복도를 지나자 촬스 쌤의 목소리가 들렸다. 본 촬영 때는 분위기를 살리기 위해 음악도 틀지만, 지금은 아니었다.

세훈은 다소 북적이고 산만한 분위기 속을 가르고 들어섰다.

목적달성을 위해(=허 실장을 잡아 족치기 위해) 넓은 촬영장 내부를 한번 휘돌아보았을 때다. 가장 먼저 시선에 들어온 것은 허 실장이 아니었다.

여자.

터지는 플래시, 초보임에 분명한 표정과 포즈…….

그러나 조명이 부서지는 미묘한 찰나.

세훈은 단 한 번도 들어보지 못한 음악이 흐르고 있다고 생각했다. 본 촬영이 아니니 음악 같은 건 없다는 사실을 알고 있는데도, 그의 귀는 분명, 어떤 음악을 들었다.

시선을 완전히 빼앗긴 채 세훈은 그 음악 소리에 열중했다.

점점 크레셴도를 그리는 드럼 소리가 다름 아닌 그의 심장 소리라는 것은 깨닫지 못했지만.

분명한 악연

종현은 병원에 앉아 있었다. 다만 언제나 그렇듯 '상담자'의 위치에 앉아 있는 게 아니라 '내담자'의 자리…… 즉 환자로서 앉아 있는 거다.

훈련을 위한 '역할 바꾸기' 같은 게 아니다. 실제로 그는 상담이 필요해 진료비를 내고 앉아 있었다.

"환자를 증오합니다."

상담이라기보다 고해에 가까운 종현의 고백에 의사가 움찔했다.

"음, 우리 같은 일을 하다 보면 별의별 사람을 다 만나게 되는 것이 사실이죠. 아닌 사람도 있지만 대부분은 심적으로 병이 있다 보니 불편한 문제를 일으키는 경우가 많고요."

"아니요. 걘 그냥 저랑 안 맞아요."

"……계속 말씀하세요."

종현의 숨소리가 거칠어졌다.

"최세훈을 처음 만난 건 대학교 때였어요."

최세훈은 대학교 내의 유명한 스타였다.

잘생기고 몸매 좋고 스타일리시하고…… 지금처럼 성공까지 해버릴 줄은 그때야 몰랐지만, 당시의 기준으로도 킹카 중의 킹카임을 부정할 수는 없다. 못된 성격은 그때나 지금이나 똑같았지만 아는 사람은 많지 않았다. 아니, 아는 사람이 있었는지도 의문스럽다. 최세훈을 나쁘게 이야기하는 사람은 전혀 없었으니까.

간단한 이유다. 뭐든 나서서 진행하고, 또 성공시키니까.

시험을 봐도 최세훈과 팀을 이루면 A+는 맡아놓은 일이고, 조별과제는 말할 필요가 없다.

소소한 운동회부터 축제까지 그와 하면 뭘 하든 대박! 다소 급진적일지 몰라도 신박한 아이디어와 이십 대 초반의 스케일이라고는 믿을 수 없는 추진력과 결단력, 그리고 무조건 자신이 옳다고 믿는 강한 신념이 융합된 결과는 어마어마했다.

상황이 이렇다 보니 강압적이고 자기만 아는 독선적인 성격은 매력으로 받아들여질 뿐이었다.

반면 문종현은…… 착한 남자였다.

최세훈이 수많은 여학우들을 친구라는 미명아래 상사병으로 씨름하게 만드는 동안 문종현은 그 여학우들을 짝사랑했다. 처음 최세훈이라는 이름을 들은 것도 '경영대의 킹카'를 좋아해서 너와 사귈 수 없다고 여자에게 차이는 그 순간이었다.

지금도 문종현의 수치로 남아 있는 것이, 도대체 어떤 놈인가 한번 보려고 몰래 경영대를 찾아갔을 때였다.

물론 찾아간 게 수치가 아니고 인정한 게 수치다. 슬쩍 보고 아아, 나보다는 저놈이 낫지…… 라고 생각해버린 거다.

그리고 우연히 교양 수업에 마주치게 되었는데…….

뭐라고 해야 할까? 종현은 세훈이 강의실 문을 열고 들어오는 그 순간이 지금도 생생했다.

잘 맞는 회색 셔츠에 검은 바지를 입고 있었다. 딱히 특별한 차림은 아니었고 그냥 편안하게 입은 것뿐인데도 셔츠 깃이라든지 살짝 걷어붙인 팔이 묘하게 시선을 잡아끌었다.

강의실은 앞문으로밖에 들어올 수 없는 계단식 반원형의 집중 강의실이었다. 수많은 학생들이 그 문으로 들어왔으나 최세훈이 들어오는 순간 달라지던 강의실의 공기. 남자 여자 할 거 없이 시선이 움직였다. 더 기가 막힌 것은 최세훈은 그 술렁이는 분위기를 이상하게 생각하지도 않고 자리를 찾아 앉았다는 거다.

그 자리가 우연히도 종현의 대각선 앞자리였기 때문에 종현은 계속 세훈을 힐끗거릴 수 있었다. 뭔가 허점을 찾고 싶은 마음이기도 했고, 또, 그냥 잘생겨서이기도 했다. 어떻게 생각하면 헤어스타일도 몸도 그저 그런데, 그러니까 종현도 비싼 미용실 가고 운동 좀 하면 저렇게 될 수 있을 것도 같은데, 다시 생각하면 죽었다 깨어나지 않은 이상 저런 남자는 될 수 없을 것 같다.

「여기요.」

정신을 차렸을 때는 세훈이 책상을 똑똑 두드리며 종현의 주의를 환기시키고 있었다. 다 안다는 듯한 그 눈빛이 뭘 의미하는지 바로 알았어야 했는데…….

「내 얼굴을 뚫어버리려면 그 정도로는 안 될 거예요.」

미친 건지 몰라도 얼굴이 빨개졌다.

「아, 아니…….」

「이번 학기에 받아본 시선 중 가장 뜨겁네.」

「그, 그런 게 아니고요.」

후배라는 걸 알았지만 이상하게 존댓말이 나왔다.

「게이예요?」

「아니에요!」

소리를 버럭 지르자 세훈은 뭘 그렇게 과민반응을 하느냐는 표정을 지었다. 그리고 한 말이 걸작이었다.

「아, 난 게이한테도 인기가 있는 편이라. 혹시 그런 거면 난 노말이라고 말해주려고 했죠. 난 각자의 성적 취향은 존중받아야 한다고 생각하고, 짝사랑은 시간 낭비잖습니까.」

아니면 됐다는 듯이 싱긋 웃고 쿨하게 수업 준비를 시작한 세훈을 멍하니 보느라 그의 말이 얼마나 재수 없는지를 깨달은 것은 한참 후였다. 게이한테도 인기가 있는 편이라니? 게이한테'도' 인기가 있는 편이라니?

말 그대로 자뻑 황제!

"하지만 아무리 잘생기고 몸매 좋고 스타일리시하고…… 뭐 다 좋아도 말씀하신 것처럼 성격이 자뻑이라면 그 사실만으로도 싫어하는 부류가 분명히 있었을 텐데요?"

의사가 물었다.

"있었죠."

"누구요?"

"저요! 저는 격렬하게, 단 한 순간의 예외도 없이 최세훈이 싫어요! 싫습니다! 싫다고요!"

의사가 이해할 수 없다는 표정을 지었다.

"싫은데 왜 아직까지도 인연을 맺고 계신 거죠? 보통의 경우 싫은 사람과는 만나지 않는데요."

"그게 그 강의에서 같은 조가 되었거든요. 그러면서 연락처를 주고받게 되었는데 그 이후로 이 자식이 심심하면 전화하기 시작하면서……."

"싫으면 안 받으면 되잖아요."

"그 자식이랑 놀면 맛있는 걸 먹었거든요. 비싼 술도요. ……예쁜 여자들도 만날 수 있었고."

의사의 표정이 썩기 시작했다.

"군대 갔을 때 소포 보내준 것도 그놈뿐이었구요. 울 엄마도 편지 한 통 보내고 땡이었는데 그놈은 분기별로, 또 내 생일에도 먹을 걸 박스로 보내줬어요. 덕분에 군대 생활은 좀 편했고."

"좋은 사람인데요?"

종현의 입술이 댓 발은 나왔다.

"날 못살게 군다고요."

"어떻게요?"

종현의 입술이 여섯 발로 늘어났다.

"걘 그냥도 잘났거든요. 그런데 자기가 잘난 걸 숨기지도 않아요. 겸손하지가 않다고요, 사람이."

"없는 말을 하거나 거짓말을 하는 건 아니잖아요. 그런데 왜 화를 내는 거죠?"

"왜냐면……."

종현은 깊이 심호흡을 했다. 정신과 의사이므로 그는 지금이 중요한 부분이라는 걸 안다. 여기를 넘어가야 마음의 병을 치유할 수 있다. 솔직해져야 했다.

"저도 잘난 놈인데 그놈이 더 잘난 거 같아서요."

뱉으니까…… 좀 시원한가?

"전 의사잖아요. 그것도 우리나라 최고의 대학 출신! 공부 진짜 열심히 했거든요! 그런데 그놈이란 말하다 보면 막 말리고 뭔가 내가 모자란 것 같고……. 사실 생긴 것만 따지자면 제가 더 지적으로 생겼거든요. 말 잘할 거 같고. 그놈은 딱 비리비리 모델 상(像)이에요. 처음에는 잘생겼다고 생각했는데 자꾸 보면 곱상하기만 하고 질릴 스타일이라고요! 그런데 이상하게 자꾸…….”

“진다?”

“그렇죠.”

“결국 지금 환자분의 문제는 자기 자신에게 있는 겁니다. 제가 보기에 환자분은 자기 자신보다 그 남자분을 더 좋아하시는 거 같은데요.”

“네에?”

“지금 말씀하신 것만 봐서 그 남자분은 자기 일에 만족하고 자기 자신이 뭘 원하는지 알고 또한 상대를 배려하는 것에도 큰 문제가 없는 분이네요. 심지어 자기 자신에게 문제가 있다고 여기면 상담이라는 고급 수단을 통해 해결하려고 하는 적극성을 가지고 있고요. 그런 남자분이 환자분께서는 좋으신 거죠. 그런 사람이 되고 싶은데 안 되니까 화가 나는 겁니다.”

그, 그런가?

종현이 눈을 껌뻑였다. 그가…… 최세훈이 되고 싶었던가? ……아닌 거 같은데? 그냥 그 잘난 척하는 면상이 싫은 것뿐인데? 단순 질투데?

그저 최세훈이 문종현의 천적이라고 느낄 뿐이다. 그리하여 언젠가, 최세훈도 꼭 천적을 만나기를. 아무 이유 없이 약해지고, 이상하게 어려운, 절대로 제 맘대로 되지 않는데 그렇다고 안 볼 수도 없는 그런 사람을 만나길 바랄 뿐이다.

"그나저나……."

종현의 맘도 모르고 자신의 진단이 맘에 든 듯 차트를 휘갈겨 적던 의사가 진지한 표정을 했다.

"지적인 건 솔직히 의사죠. 그것도 우리 학교 나왔으면 끝 아닙니까? 경영대가 댈 바가 아니죠."

자뻑은 병도 아니라는 것이 증명되는 순간이었다. 도대체 자뻑 아닌 남자가 있긴 한 걸까?

본 촬영이 시작되고 나서도 세훈은 꼼짝도 않고 지켜보고 있었다.

민주의 촬영은 순조로웠지만, 시선은 그리 가 있되 세훈이 보는 것은 민주가 아니었다.

아까…… 뭐였지?

민주는 처음 보는 순간부터 될성부른 나무였다. 전형적인 미인상은 아니었지만 건강미가 있었고, 독특하고 직선적인 매력이 온몸에 넘쳐흘렀다. 그리고 그에 바탕이 된 섹시함……. 예쁘지 않아서 안 될 거라고 말하는 사람도 많았지만 무시하고 민주를 키운 건 세훈이었다.

결과는? 대박이었다.

지금의 의상이나 화장, 조명은 그런 민주에게 맞춘 것이었다. 화려하고 생기 넘치는 강민주.

그런데…….

아까 자리를 채우고 있던 여자애는 굳이 말하자면 민주와는 정반대였다. 이목구비가 크고 뚜렷하긴 했지만 화려하다기보다는 곱고 예쁘장했다. 묘하게 인상이 선명한 것은 사실이지만 활기가 넘치는 스타일은 아니었다. 세훈이 가장 중요시 여기는 '매력'은 단순히 예쁜 데서 발산되지 않는다. 연예인을 만드는 것은 분명 그 이상의 반짝임인 것이다.

하지만 뭔가 있었다.

분명히 뭔가 있긴 했다.

문제는…… 그게 뭔지 모르겠다는 거.

전에 없던 일이었다.

세훈의 성공신화의 이유는 간단했다. 세훈은 어떤 드라마든, 영화든, 노래든 연예인이든 한번 보는 순간 성공과 실패를 가를 수 있었다. 장점과 단점이 선명하게 보이고, 어떻게 해야 제대로 만들어낼 수 있을지가 머릿속에 뚜렷하게 그려졌다. 한번 아닌 것이 기가 된 적도 없고, 한번 기였던 것이 아니었던 적도 없다.

그런데 이번에는 기인 것도, 아닌 것도 아니었다.

"흠……."

그리고 세훈이 고뇌하는 동안, 스튜디오 내에는 더더욱 고뇌하는 한 사람이 더 있었다.

당장에 자근자근 밟힐 줄 알았던 허 실장은 세훈이 아무 말도 안 하자 더더욱 불안해하는 중이었다. 화가 난 게 분명한데 가지도 않고 욕도 않으니 사람이 미치고 팔짝 뛸 것 같았다. 차라리 시원하게 몇 대 맞고 끝나는 게 몇 배 나았다.

그렇게 똥마려운 강아지처럼 끙끙대던 허 실장은 슬쩍 다가가 세훈 옆에 섰다.

"민주가 애가 차암 괜찮은데 그놈의 식탐이……."

말을 걸며 허 실장은 조심스레 눈치를 살폈다.

"그나저나 대표님은 뭘 해도 크게 되셨을 거 같아요. 흥신소를 해도 대성했죠. 애를 어떻게 이렇게 잘 찾…… 으…… 여보세요?"

세훈은 허 실장이 유령이라도 되는 것처럼 굴었다. 아예 무시하는 거다. 그렇다고 가만히 있으면 허 실장이 아니었다.

"아이고, 우리 대표님, 사람을 무시하는데도 이렇게 잘생기셨으니 좀만 다정한 성품이었으면 사람들이 깜! 빡!"

'죽었을 거예요.'라고 하려던 순간 허 실장은 죽을 뻔했다. 심징마비로.

세훈이 고개만 휙 돌려 그를 노려보는데 왜 이렇게 무섭냐.

하지만 허 실장이 세훈과 함께 일한 것도 하루 이틀이 아니었다. 세훈이 고개를 돌리는 0.75초, 그 짧은 순간 동안 허 실장도 표정을 싹 바꾼 것이다. 사랑과 존경의 표정. 세훈을 알고 난 후 는 것은 눈동자를 빛내는 능력뿐이다.

"너……."

"네, 저요."

"아까 걔 어디 있어?"

"걔요? 누구 말씀하세요?"

세훈의 표정이 확 구겨졌다.

"아! 그 아가씨요!"

허 실장이 얼른 웃었다.

"아, 그 아가씨가 바로 제 머리를 깨뜨린 그 아가씨인데요…… 요기…… 요기가 아주 빡! 근데 제가 병원도 안 가고…….."

"내가 그게 궁금할 거 같아?"

"아뇨."

"그럼 뭐가 궁금할 거 같아?"

"그 아가씨가 어디 있는지요."

"그런데 넌 왜 이러고 있어?"

왜냐면…… 어디 있는지 몰라서 그랬다. 쓸데없는 말을 늘어놓으며 열심히 머리를 굴려보는데 생각이 안 났다.

세훈이 민주를 잡아왔다는 데 안심하느라 뇌세포의 절반을 사용하고, 얼마나 혼날까 두려움에 떠느라 남은 뇌세포의 절반을, 그리고 왜 안 혼내는지 궁금해하느라 남은 뇌세포를 다 썼더니 머리가 텅 빈 것 같았다.

분명히 지금 민주가 입고 있는 옷이 아까 그 아가씨가 입은 옷이니 옷은 갈아입었을 텐데…….

그때였다.

"실장님! 대표님!"

이령은 화가 나 있었다.

이제 확신할 수 있었다. '도시가 잘 안 맞나 봐…….'가 아니라 '도시 정말 안 맞아!' 다.

꼭 머리 깨진 남자의 협박이 두려워서는 아니었고, 정말 납치가 아니었다면 그녀의 잘못도 있다고 생각했다. 잘 알 수 없는 도시의 법칙을 그녀가 몰랐으니 책임을 져야 한다고.

그래서 와서, 시키는 대로 옷을 입고 화장을 하고 카메라 앞에 섰다.

그런데…….

"저기, 제 옷 좀…….'

도시 사람들의 특징은 다른 사람 말을 안 듣는다는 거다.

주는 옷으로 갈아입은 후 그녀의 옷은 들고 나왔었다. 어정쩡하게 옷을 챙겨 들고 있으니 '누군가'가 자신에게 달라며 옷을 받아갔는데 이제 그 '누군가'는 보이질 않는다. 급하다며 의상을 내놓으라고 해서 일단 옷은 벗었는데 갈아입을 옷 같은 것도 주지 않는다.

다들 이령의 말이 안 들리는 것처럼 저마다의 일에 바빴다.

파티션으로 겨우 가려놓은 피팅룸 안에 있는 거라고는 구두나 스타킹, 어디에 쓰는 건지 알 수 없는 요란한 장식품들뿐.

혼자 남겨져 어찌할 바를 모르고 있는데 문이 벌컥 열렸다.

"자 이제 정리……."

"꺄아아아아아악!"

"왜, 왜요? 무슨 일이에요?"

성큼 들어오는 남자'들'의 목소리에 이령이 다급하게 외쳤다.

"드, 들어오지 마세요!"

하지만 도시 사람들의 법칙. 도무지 말을 듣지 않는다.

"왜요? 무슨 일인데요?"

홀딱 벗고 있는 이령을 가리고 있는 파티션을 붙잡는 남자의 손에 급박해진 이령이 잡히는 대로 구두를 던졌다.

"꺄아아아아아아아아악!"

세훈과 허 실장이 피팅룸 앞에 도착했을 때는 정리를 하려고 들어가려다 저지당한 스태프들이 웅성대고 있었다.

"뭐야? 못 들어오게 한다고? 왜?"

"애가 좀 폭력성향이 있는 거 같아요. 좀 아까도 갑자기 각목을 휘

둘러 제 머리, 요기가 빡!"

허 실장의 말에 세훈이 무섭게 노려보았다.

"……깨졌지만 중요하지 않죠."

"들어가."

"네?"

"들어가서 데리고 나오라고."

허 실장이 슬쩍 눈치를 봤다. 다른 스태프가 못 들어가고 있을 때는 다 이유가 있을 텐데?

하지만 대표는 최세훈, 비서 겸 실장이라고 쓰고 노예라고 읽는 건 허 실장…… 이 상황에 둘 중 하나가 움직여야 한다면 당연히 허 실장이다.

그리하여 허 실장은 쭈뼛쭈뼛 피팅룸 안으로 들어갔다.

그리고 3초 만에 이령이 던진 구두 힐에 이마를 찍히고 후퇴했다.

"쯧쯧……."

이상하게 여겨질 수도 있지만 허 실장은 최세훈이 고개를 가로저으며 혀를 차는 게 좋았다. 그다음에는 최세훈이 직접 움직이기 때문이다. 그러므로 허 실장은 무시당하는 게 너무너무 좋았다. 무시당하는 거 짱이다!

"비켜!"

세훈은 허 실장을 밀어내고 피팅룸 안으로 들어갔다.

옷걸이와 구두, 구두상자 같은 것이 빠른 속도로 날아왔다. 그걸 던지는 건 파티션 너머의 손이다. 도대체 왜 피팅룸을 점거하고 있는지는…… 지금부터 알아볼 참이었다.

"그만해!"

"꺄아아아아아!"

날아오는 소품들을 훅훅 쳐내며 성큼 파티션의 코앞까지 거리를 좁힌 세훈은 막 헤어핀 박스를 던지려던 손목을 붙잡았다.

"일단 나와서 제대로……."

"꺄아아아아아아아!"

세훈이 가장 싫어하는 것 중 하나가 비명을 질러대는 것이다. 귀청이 떨어질 것 같았다. 그래서 공포영화도 안 보는데!

"의미 불명의 큰소리를 내는 거야말로 정신의 연약함을……, 헉!"

성질을 부리며 큰 키를 이용해 파티션 너머를 들여다보았던 세훈의 동공이 확장되었다. 장담컨대, 철이 든 후 가장 바보 같은 표정을 지었음에 틀림없다. 왜냐면, 파티션 너머를 봤을 때 벗고 있는 여자의 모습을 볼 거라고는 상상도 못 했으니까.

보통의 경우 최세훈이 예측 못 하는 일이 그렇게 많지 않다.

세훈이 쥐고 있던 여자의 손목이 바르르 떨었다.

"어, 저…… 자, 잠깐 이건 실……."

세훈은 하고픈 말을 다 하지 못했다. 여자가 이를 악물더니 '꺄아아아아아앙!' 하고 지금까지와는 비교도 안 되는 소리를 질렀기 때문이다.

동시에 눈앞에서 번쩍 하고 불빛이 터졌다.

여자의 주. 먹. 이 세훈의 얼굴을 향해 정면으로 날아왔다.

못된 남자 vs 만만치 않은 여자

건축 디자이너 허윤서가 지은 청담동의 건물을 통째로 쓰고 있는 초이 엔터테인먼트에서 세훈의 사무실은 가장 위층, 도시의 스카이라인이 한눈에 들어오는 곳이다.

바쁜 해가 서쪽으로 기울어지기 시작해 붉은빛을 뿌리는 시간……

통유리 창을 통해 보이는 화려한 도시의 모습을 뒤로한 채 자신의 의자에 앉아 있는 세훈의 눈동자에는 아무것도 담겨 있지 않았다.

한마디로 머어어어엉.

"대표님, 괜찮으세요?"

완전히 넋이 나가버린 세훈을 수습하고, 이령까지 야무지게 챙겨서 회사로 돌아온 허 실장은 벌써 백스물일곱 번째 같은 질문을 하고 있었다.

"실장님, 여기……."

박 실장이 얼음수건을 만들어 와 허 실장에게 건넸다.

조심조심 얼음수건을 아직도 붉은 세훈 콧잔등에 대어주며 허 실장이 눈치를 살폈다. 아까부터 자기 이름도 모르는 사람처럼 구는 이유는 이해할 만했다. 콧잔등은커녕 엉덩이도 안 맞고 자란 사람이었다. 여자에게, 그것도 주먹으로 쥐어 박혔다는 사실은 말 그대로 컬쳐쇼크였을 거다.

"대표니임?"

"어? 어어……."

이 와중에도 세훈은 푸드덕 정신을 차리고는 시크한 척 고개를 끄덕였다. 하지만 묻는 질문이 이따위였으므로 그렇게 효과적이진 않았다.

"여, 여기가 어디야?"

허 실장은 한숨을 내쉬었다.

"회사로 돌아왔어요. 아까아까요. 벌써 세 번째 질문하셨어요. ……혹시나 궁금하실까 봐 말씀드리자면, 대표님은 우리나라 최고의 기획사 대표님이시고, 돈 엄청 많으시고, 자존심 엄청 세시고, 잘생기시고 몸매 좋으시고 시크 하시고 훌륭하세요."

문득 허 실장은 최세훈이 정상인가 아닌가 시험할 수 있을 것 같았다.

"그리고 저한테 이번 달에 보너스 100퍼센트를 주시기로 약속하……."

세훈이 인상을 북 쓰며 허 실장을 노려보았다. 그래서 허 실장은 그가 몹시도 괜찮다는 것을 알 수 있었다.

"아이…… 참…… 아까부터 '여긴 어디? 난 누구?' 이런 걸 묻고 싶어 하시는 거 같아서. 아니었구나. 괜찮으셨구나. 다행이에요. 전 늘 그렇듯 대표님만 괜찮으시면……."

"너……."

평소처럼 못되게 말하려던 세훈이 뺨을 감싸 쥐며 끙끙 앓기 시작했다. 정확히 아픈 부위는 뺨이 아니라 턱, 혹은 잇몸 어디쯤이었다. 멍이라도 든 것처럼 욱신거리는데…… 정말 이런 기분은 처음이었다.

"문 원장님 모실까요?"

허 실장은 - 그가 알기로 - 그 자신을 제외하고 가장 불쌍한 최세훈의 희생양의 이름을 댔다.

"아니! 나한테 지금 필요한 건 의사가 아니라 변호사야!"

세훈이 숨을 몰아쉬었다.

"걔…… 나 때린 애…… 걔가 걔지? 카메라 리허설한 애."

"그리고 제 머리를 깬 애이기도 하고요."

"헐? 네 머리도 걔가 깼어?"

벌써 열 번은 얘기한 거 같은데 최세훈은 한 대 쥐어박히고 나서야 유이령의 폭력성에 관심을 가진 듯했다.

"전 피도 났어요. 요기…… 요기요!"

"헐……. 걔 뭐야? 미친 애야? 무슨 애가 이렇게 폭력적이야? 날 때렸어! 그것도 여자애가? 이런 여자 처음이야! 내가…… 맞았어?"

질문인가 싶었지만 허 실장을 일단 냉큼 대답했다.

"맞으셨죠."

"내가 왜? 울 엄마랑 아빠도 나한테 매 든 적이 없는데? 알지? 나 완전 반듯하고 예의 바른 거?"

"알죠."

이상하게 사람 성질을 건드리긴 하지만 최세훈이 무례한 건 또 아니다. 이게 참…… 모호한 문제이긴 한데 그렇게 말할 수는 없다.

"나 완전 곱게 컸는데?"

"그렇죠. 대표님을 보면서 깨달은 게 애는 좀 막 키우고 때릴 때는 좀 패면서 키워야…… 할 거 같지 않죠? 대표님이 딱 좋게 크셨어요. 제 생각은 그래요. 하지만!"

세훈이 눈살을 찌푸렸다.

"천 변호사님을 모시기 전에!"

허 실장이 집게손가락을 척 세웠다.

"중요한 점 하나를 짚고 넘어가야 할 것 같네요."

"뭔데?"

"일단, 유이령이라는 그 아가씨는 우리 회사와 어떤 계약관계도 없다는 거……. 그냥 어쩌다 보니 끌려와서 우릴 도와준 건데 그 꼬라지를 당했다는 말씀."

"무슨 꼬라지? 걔가 당한 꼬라지가 뭔데?"

"계약도 안 하고 리허설 했는데 홀딱 벗겨진 채 피팅룸에 고립된 거요?"

"계약한 애도 아닌데 왜 카메라 리허설을 해?"

"대표님이 시키셔서요?"

"내가?"

세훈의 눈빛이 사나워졌다. 허 실장은 즉각 말을 바꿨다.

"대표님이 시키신 일을 완수하기 위해 제가 그랬네요. 어쨌든 중요한 건…… 유이령 씨는 이 바닥에 대해 아무것도 모르다 보니 좀 당황할 수도 있고 그런 거죠. 또 챙겨줄 사람도 없고요."

"챙겨줄 사람이 왜 없어?"

"매니저도 없는데 누가 챙겨요?"

세훈의 시선이 곧장 허 실장에게 꽂혔다. 허 실장은 누구? 누구? 하면서 천진난만한 눈망울을 굴리다가 세훈의 눈빛이 지나치게 뜨겁다는 걸 깨달았다. 보통 세훈은 사람을 직시하는 편이긴 했지만 지금 그의 눈빛은 그 이상을 말하고 있었다.

"저, 저요?"

"네가 걔를 끌어들였으면 네가 책임져야지."

"그, 그런가요?"

"그럼 걔를 끌어들였는지 아닌지도 모르는 내가 책임지리?"

잠깐 침묵이 내려앉았다.

"이상하게도……."

세훈의 시선이 아래로 내려갔다. 허 실장이 아주 자연스럽게 무릎을 꿇었기 때문이다.

"제가 자꾸 깜빡! 하네요. 원래 안 이러는데 머리가 깨지는 바람에……."

하는데 세훈이 책상을 탕 소리가 나게 두드렸다. 저놈의 머리가 깨졌다는 소리는 몇 번째 듣는 건지 모르겠다. 허 실장은 다 나쁜데 자기 몸이 끔찍한 게 제일 나빴다. 지가 뭐라고!

"물론 머리가 아니라 산통이 다 깨졌더라도 할 일은 해야 하는 거지만…… 흑흑, 제가 부족해서…… 모자라서어어어……. 흑흑."

세훈이 인상을 구겼다.

"너…… 울면 다 된다고 생각하지."

사실이 그러했으므로 이번에 허 실장은 대답을 생략했다.

가방을 움켜쥔 채 이령은 이를 악물었다. 벌써 몇 번이나 자리에서 일어났다가 앉았다…… 이대로 가버리고 싶은 성질과 예의 없이 굴 수 없는 마음 사이에서 그녀는 방황하는 중이었다.

결국 이령의 옷을 가지고 간 사람은 못 찾았다. 당연히 옷은 어디 있는지 알 수 없었고 찾아볼 테니 그동안 입고 있으라고 한 옷은…… 맘에 안 들었다.

제일 맘에 안 드는 부분은 남의 옷을 입고 있는지라 그냥 사라져버릴 수는 없다는 거였다.

이러지도 못하고, 저러지도 못하고.

"왜 안 오는 거야?"

잠깐만 기다리라더니.

이령이 앉아 있는 방은 무척 넓었다. 사실 과하게 넓었다. 가구가 없어서 더 그래 보이는지도 몰랐다. 용도를 알기 힘든 방이었다. 소파도 있고 의자 테이블도 있지만 그 외에는 텅 비었고 거울은 과하게 크고. 응접실이라기에는 인테리어가 너무 없고 사무실이라기에는 집기가 너무 없다. 이런 공간에 있어본 적이 없는 이령은 가만히 앉아 있는 것 자체가 너무나도 불편했다.

그때 커다란 문이 열렸다. 들어온 건 세훈과 허 실장이었다.

"이봐요!"

이령이 쌓이고 쌓였던 울분을 막 분출하려는데 성큼 다가온 세훈이 그녀의 팔을 붙잡았다. 그리고는 질질 끌고 가다시피 소파에 앉힌다.

힘이 달려 자리에 앉긴 했으나 화가 치솟아 이령은 맞은편으로 가 앉는 세훈을 노려보았다. 그녀는 그가 싫었다. 최악의 상황에서 마주쳐서라고 생각했는데 두 번째 옷을 입고 본 지금도 싫다. 강압적이고 자기만 아는 스타일은 딱 질색이었다.

"지금 사람을 이리저리 끌고 다니면서……."

그러나 본격적으로 따지려는 이령의 말을 막은 것은 세훈이 아니었다.

"끌고 다닌 게 문제가 아니에요. 그쪽은 사람을 쳤으면서! 그러면서 뭐 좀 손목 잡혀 끌린 걸로 따지려고 하는 거예요?"

세훈의 등 뒤에서 허 실장이 얄밉게 반박했다. 할 말은 많으나 때린 부분으로 가면 이령 쪽도 그렇게 당당하지만은 않으므로 입을 다물려고 했을 때다. 허 실장이 한 마디를 더 보탰다.

"폭력이 얼마나 무서운 건데! 겁도 없이! ……손 나가는 것도 습관인 거 알아요? 사람을 어떻게 그렇게 잘 때려? 하루에 두 번씩이나! 그것도 한 번은 연장을 써서!"

이렇게 나오면 이령도 참을 수 없었다.

"길거리에는 그 무서운 폭력을 여자에게 행사하려던 걸로 보였어요. 도대체 연약한 여자 하나에 남자 너덧이 붙어서…… 그게 말이 돼요?"

"왜 말이 안 돼? 이 평등 시대에 그게 무슨 상관이라고!"

"그렇게 따지면 나한테 좀 얻어맞은 게 뭐 대순데!"

이령이 버럭 소리를 지르자 허 실장이 엄머 엄머 하고 수선을 떨었다. 하지만 그녀는 아직 할 말을 다 못 했다.

"그리고 아깐 뭐랬어요? 살려달라며요? 어떤 성질 개 같은 인간이 자기를 뜯어먹고 삶아 먹고…… 또 뭐랬지? 하여튼 죽일 거라면서 생명을 구하는 숭고한 일을 해보자면서요? 하도 살려달라길래 저는 도와드린 기억밖에 없다고요."

그러자 '성질 개 같은 인간'이 이렇게 말했다.

"다른 기억도 있을 텐데?"

그 '성질 개 같은 인간'의 손가락이 아닌 듯 자연스럽게 아직도 약간 부어 있는 콧잔등에 가 있었다.

다시 한 번, 이령은 위축되었다. 저도 모르게 손바닥도 아니고 주먹이 나간 건…… 왜인지 모르겠다. 평생 처음 있는 일이라 그녀도 자신이 그렇게 주먹을 잘 쓰는지 몰랐다.

잠깐 어색한 분위기가 감돌았다.

그리고…….

"그러니까 왜 사람이 홀딱 벗고 있는데 들어오고 난리에요?"

"요즘은 뺨 한 대만 쳐도 백만 원인 거 알아 몰라?"

둘이 동시에 벌떡 일어나며 따졌다.

자기 사신이 피해본 부분만 부각한, 아주 지극히 자기중심적인 주장들이었다. 동시에 상대의 주장에 찔리는 부분이 없지 않아 있었으므로 두 사람은 숨을 몰아쉬며 동시에 다시 앉았다.

다시 어색한 분위기.

그러다가…….

"그럼 그 상황에 주먹이 안 날아가면…… 가만히 있어요? 다 보고 있는데? 왜 그걸 보고 서 있어요?"

"벗고 있으면 벗고 있다 말하면 되지, 왜 꿱꿱 정체 모를 소리를 질러? 한국말 몰라?"

동시에 소리를 지른 두 사람은 서로 누가 더라고 말할 수 없을 정도로 똑같이 어이없어했다.

내가 그걸 보고 서 있었다고?

왜 벗고 있다고 말을 안 했냐고?

"그럼 내가 거기서 홀딱 벗고 있다고 고래고래 소리라도 질렀어야 했다는 거예요?"

"얘 좀 봐. 내가 또 뭘 보고 서 있었다고 그래? 너무 예상외의 사태를 만나니까 잠깐 넋이 나갔던 거지."

"그런 상황에 할 말 다 하는 사람이 어디 있다고? 딱 보면 뭔가 아니다 싶은 느낌이 없어요? 사람이?"

"야야, 너 볼 것도 없었어. 다 가리고 있어서. 애가 가슴은 작은데 손이 엄청 크네."

"뭐요? 지금 말 다 했어요?"

"다 못 했는데? 뭔가 아니다 싶은 느낌이 없느냐니. 나 완전 느낌 있는 사람이야. 느낌 하나로 지금까지 먹고살아왔는데 네가 그 느낌 을 부정하면 안 되지. 그건 세계에 대한 부정이지."

이령의 얼굴이 빨갛게 익기 시작했다. 말로는 도저히 최세훈을 이길 수 없다는 것을 그녀는 막 깨닫는 참이다. 대학교육 다 받은 허박지 실장들이 노예처럼 일하고, 전문의 자격증이 있는 문종현조차 당할 때는 다 이유가 있는 법이다.

"지금…….""

"어허이, 어허이, 잠깐! 잠깐만요!"

이령이 막 터지려고 하는데 허 실장이 끼어들었다.

"자자, 두 분 모두 잠깐 릴렉스으."

첨예하게 대치하느라 점점 붙다 못해 코끝이 닿을 것 같은 두 사람 사이에 끼어들며 허 실장이 방긋방긋 웃었다.

"이야, 두 분 참 닮으셨다아아……. 보통 이 정도면 둘 중 하나는 참는데 한 분도 안 참으시네. 이러다가 여기서 3차 대전이 시작되겠어요. 그러면 안 되겠죠? 하나뿐인 우리 지구는 소중하잖아요. 그게 아니라도 6.25 전쟁 끝난 지 이제 간신히 50년 좀 지났는데 우리 이러지 말아요. 100년은 가야죠. 하하하하…… 하하…… 하…… 하."

허 실장이 너스레를 떨든 말든 세훈과 이령은 서로를 꿰뚫어버릴 듯 노려보는 것을 멈추지 않았다.

그러나 겉으로 보기엔 둘 다 이성을 잃고 분노를 불태우는 것으로 보였을망정 내부 사정은 좀 달랐다. 이령 쪽이 그동안 겪어보지 못한 상황에 치를 떨고 있었다면, 세훈 쪽은 좀 더 침착했다.

세훈은 찬찬히 이령을 위아래로 뜯어보았다. 지극히 사업적인 견지에서. 한 사람의 매력을 발견해 최대화시켜 파는 것이 직업인 그에게는 숨 쉬는 것만큼이나 자연스러운 과정이었다. 분한 나머지 들썩이는 가슴이나, 헐렁한 셔츠를 입고 있음에도 나쁘지 않은 몸매, 꽉 움켜쥔 손, 무엇보다 한 치도 밀리지 않는 표정 같은 것……

하지만…… 알 수 없는 일이었다.

아까 스튜디오에서의 그 느낌은 아니었다. 카메라 플래시가 터지던 그 순간…… 초보라고 말하기에도 부끄러울 정도인 초짜다 보니 표정 하나 제대로 짓지 못하던 그 순간임에도 무언가 선명하게 눈에 확 박히던 그 느낌. 물론 화장을 지웠으니 좀 달라지기는 했겠지만, 지금은 그게 뭔지 알 수 없었다.

정말, 그건 뭐였을까? 마치 전류가 흐르는 듯했던 그 느낌은.

세훈의 분류방식에 따르자면 이령은 '평범한 인상'이었다. 분명 밖에서는 예쁘다는 소리 좀 들었을 거고, 어쩌면 동네에 팬클럽 정도 구성될 수도 있을 거다. 한마디로 얼짱이 유행하던 시절의 그런 느낌? 커다란 눈의 눈동자는 좀 크고 코는 오밀조밀, 입술은 도톰하니 귀엽다. 여기에 피부까지 하야니까 남자들이 딱 좋아하는 그런 얼굴이다.

세훈이 좋아하는 연예인 감은 아니었다. 세훈은 민주처럼 좀 더 화려하고 생기 넘치는 타입을 좋아했다. 예쁜장보다는 대담이 그가 추구하는 아이템이었다.

그런데 아까는 뭐였을까? 왜 그랬을까?

그때였다.

지지 않고 세훈을 노려보던 이령이 상대를 말자는 듯 시선을 돌리며 흐트러져 있던 머리카락을 쓸어 올렸다. 염색을 안 한 진한 검은 머리카락이 손가락 결을 따라 뒤로 넘어갔다가 다시 흐트러졌다.

하얀 목덜미가 드러났다가 머리카락 사이로 가려졌다.

눈을 감았다가 뜨는 동작이 마치 슬로비디오처럼 보였다. 긴 속눈썹이 닫혔다가 열리며 커다란 동공이 그를 향했다.

세훈은…… 눈을 깜빡이지도 못했다.

"어?"

방금……?

"대표님?"

허 실장이 의아한 표정으로 세훈을 불렀다.

"왜 이렇게…… 얼굴이 빨가세요?"

회사 복도, 이령과 허 실장을 안무연습실에 두고 나와 창틀에 걸터앉은 세훈은 심각한 목소리로 이야기 중이었다.

누구와? 종현과.

- 넌 왜 그러냐아…… 이제 전화로도 나를 괴롭히는 거냐아아…….

거의 우는 목소리로 종현이 징징댔다. 하지만 언제나 그랬듯 세훈이 관심 있는 건 자기가 하는 이야기뿐, 종현의 말은 한쪽 귀로 들어와서 다른 쪽 귀로 빠져나간다.

"딱히 임팩트는 없지만 키워봐도 괜찮겠지? 간만에…… 뭔가 느낌이 있단 말이야."

결국 포기하는 건 언제나 그렇듯이 문종현.

– ……예뻐?

"응."

– 그럼 키워봐.

"형이 뭘 안다고 키우라 마라야?"

전화기 저편에서 종현은 땅이 꺼질 것 같은 한숨을 내쉬었다.

– 내 말이! 내가 뭘 안다고 나한테 묻는 건데?

"형한테 묻는 거 아닌데. 그냥 혼잣말하면 좀 그러니까 전화한 거야."

– 야! 너 말인데 $%%$&%&$%$&%!

길길이 날뛰는 목소리가 새어나오는 휴대전화를 가만히 귀에 대고 있던 세훈은 종현이 제풀에 지쳐 조용해지자 차분하게 말했다.

"그런데 내가 이렇게 애매한 상황에서 계약해본 적이 없어서. 플랜 없이 돈 쓰는 거 싫어하는 거 알잖아."

– 야, 이 새끼야! 너 하고 싶은 말만 하지 말고 내 말을 좀 들으라고 이%$&%&$%$!

세훈이 밖으로 나가고 난 후 안무연습실에 남은 것은 '머리가 깨진 남자'와 '머리를 깬 여자'였다. 처음부터 노골적으로 밉상이었던 세훈은 그렇다 치더라도 오해로 인해 다치게 만든 허 실장에게 – 설혹 허 실장 역시도 얄미운 구석이 많다 하더라도 세훈에 비하면 새 발의 피였기 때문에 – 이령은 미안한 마음이 있었다.

그래서 부루퉁한 표정의 허 실장이 다가왔을 때는 살짝 움찔했다.

그런데…….

"이 손이에요?"

"예?"

허 실장이 집게손가락을 내밀어 이령의 왼손을 가리켰다.

"아까 피팅룸에서 대표님 쥐어박은 손이요. 이 손이냐고요."

"아, 오른손······ 인데요?"

방금까지 무표정이었던 허 실장의 얼굴이 언제 그랬냐는 듯 환해졌다.

"우리 그 손으로 하이파이브 한번 할까요?"

사람들이 생각하는 것보다 허 실장은 최세훈에게 불만이 없었다. 사람들은 허 실장이 당장이라도 최세훈을 죽이고 싶어 할 거로 생각했지만 그렇지는 않다는 뜻이다. 사회생활이 다 거기서 거기인 데다 허 실장은 소박한 사람이었으므로 그냥 몇 대 쥐어박으면 소원이 없을 거라 생각하는 정도였다.

그리고 오늘 그 소원이 이루어졌다.

얼떨떨해하는 이령의 손을 이렇게 하이파이브, 저렇게 하이파이브, 요렇게 하이파이브, 조렇게 하이파이브, 그렇게 하이파이브 하면서 허 실장은 올해 최고의 쾌감을 느꼈다. 아니, 인생 최고의 쾌감이라고 해도 과장이 아니다.

이 손이 내 손이었어야 하는데!

그렇게 즐거운데 문득 등골이 서늘해졌다.

허 실장은 이 느낌을 알고 있었다.

"대표님."

즉시 신실한 표정이 되어 허 실장은 돌아섰다.

"제가 대표님을 쥐어박은 발칙한 손을 때리고 있었습니다."

이령이 헐…… 하고 입을 떡 벌렸다.

"여자라 힘은 쓰지 않으려 했는데 너무 분해서! 어떻게 우리 소등한 대표님을!"

팔짱을 낀 채 허 실장이 이렇게 하이파이브, 저렇게 하이파이브, 요렇게 하이파이브, 조렇게 하이파이브, 그렇게 하이파이브 하는 모습을 다 보고 있었던 세훈이 차갑게 물었다.

"내 눈에는 하이파이브 하는 것처럼 보였는데?"

"오해십니다. 대표님."

이령은 오로지 뭐 이런 사람들이 다 있나 싶을 뿐이었다. 그러나 그녀는 아직까지 절반도 보지 못한 셈이었다.

허 실장을 한참 노려보던 세훈이 이령에게 돌아서더니 이렇게 말한 것이다.

"좋아. 이렇게 하자."

뭘 이렇게 하자는 건지 이령은 알 수가 없었다. 방금 전 욱했던 것도 후회가 되었다. 그냥 옷이나 돌려받고 지리산으로 돌아가고 싶은 마음이 굴뚝같았다. 너무 지친 나머지 상경의 목적도 이루지 못할 듯했다.

"너도 실수가 있었지만 내 실수가 커. 인정하지. 난 내 잘못을 쿨하게 인정하는 사람이니까."

"무슨 말씀인지 알겠어요, 저도 잘못……."

"사죄하는 의미로 너 키워줄게."

쌍방 잘못으로 이야기가 정리된다고 생각했던 이령이 정지했다. 세훈은 자기가 거부할 수 없는 제안을 했다는 얼굴로 의기양양하게 그녀를 쳐다보고 있었다.

"뭘 해요?"

"너 키워준다고."

"저 다 컸는데요?"

이번에 정지된 것은 세훈이었다.

"아, 저 유이령 씨……."

'하이파이브'의 시간을 가진 후로 이령을 좀 더 가깝게 여기게 된 허 실장이 살가운 태도로 끼어들었다.

"아이참, 대표님도…… 그렇게 말씀하시면 유이령 씨가 어떻게 알아요? 대표님이 좀 유명한 건 사실이지만 원빈도 아니고……. 유이령 씨, 우리 대표님이 그렇게 안 보이는 건 알지만 유우우우명한 기획자거든요. 연예계의 미다스 손이라고…… 손대는 것마다 빵빵 터져서 영화, 드라마, 음반…… 기획을 하면 기획으로 터지고 제작을 하면 또 제작으로 터지고, 어우, 그뿐인가? 연예인 매니지먼트를 하면 그 연예인이 단숨에 울트라초특급메가스타!"

"그러니까 안 한다고요."

허 실장도 정지했다.

잠깐 시간이 정지한 것과 같은 순간이 있었다. 아무도 움직이지 않고, 심지어 숨도 쉬지 않는 것 같은 순간.

가장 먼저 회복한 건 유이령이지만 움직인 건 허 실장이었다.

"헤헤…… 대표님, 안 하신다는데요?"

"왜?"

세훈이 평상시 그의 화법대로 짧고 굵게 물었다.

"아까도 말씀드렸지만 처음부터 어떤 일인지 알았다면 리허설인가? 스튜디오의 일도 안 도와드렸을 거예요. 저는 연예계 쪽에 관심이 전혀 없어요."

이령이 평상시 그의 화법대로 자세하고 정확하게 설명했다. 하지만 그게 먹히는 것은 그녀가 알고 있는 지리산 아래 작은 마을뿐인 듯했다.

느린 박수 소리가 안무연습실을 메아리친 거다.

짝. 짝. 짝.

세훈이었다.

"너 생각보다 똑똑하다. 내가 느낀 게 아이큐였나?"

이번에는 이령뿐 아니라 허 실장도 이게 무슨 소린가 싶어 눈을 깜빡일 수밖에 없었다.

"요즘 애들은 너무 들이대긴 하지. 어떻게든 한번 떠보려고 아등바등하는 것만큼 매력 없는 게 또 없거든. 사실 제대로 된 스타들은 다 그래. 길 가다가 우연히…… 친구 오디션 보는 데 따라왔다가……. 네가 그 사실을 알고 있었다면 좋아. 잘했어. 방금 나 쪼끔 더 매력을 느낀 것 같아."

이령이 한숨을 내쉬었다.

"비례물시, 비례물청, 비례물언, 비례물동[3](非禮勿視 非禮勿聽 非禮勿言 非禮勿動)이라더니……."

세훈과 허 실장의 고개가 동시에 갸우뚱했다. 의아한 얼굴로 눈동자만 굴리던 두 사람은 눈이 마주치자 속닥이기 시작했다.

---

3) 예가 아니면 보지 말고, 듣지 말고, 말하지 말고, 행동하지 말라.

"뭐래? 쟤 교포야?"

"저야 모르죠. 그리고 보면 좀 화교 같은 느낌이 있기도 해요?"

두 사람이 알아들었든 못 알아들었든 이령에게는 중요한 문제가 아니었다.

"제 옷 돌려주시면 전 갈게요."

"옷?"

세훈이 까맣게 잊어버린 얼굴로 되물었다. 허 실장이 얼른 그의 옆 구리를 쿡 찔렀다.

"옷 잃어버려서 그 난리를 친 거잖아요. 저 옷은 제가 그냥 의상실 에 있는 거 대강 입힌 거예요. 저래 봬도 프라다…….."

"프라단데 핏이 왜 저래?"

"남자 옷이라서요."

한심하다는 얼굴로 세훈이 허 실장을 노려보았다. 그러나 스타일 이 생명인 세훈은 퇴근이 생명인 허 실장을 이해할 수 없다. 허 실장 입장에선 괜스레 일이 늦어져 퇴근이 늦어지느니 아무 옷이나 입혀 후딱 데려오는 게 더 좋았던 것이다.

그리고 지금은 이령을 설득시켜 이 두 사람의 대치를 끝내는 게 중 요하고.

허 실장이 이렇게나 (퇴근)생각이 깊은 사람이다.

"죄송한데…… 이령 씨 옷은 못 찾아요."

"네?"

당연히, 찾고 있는 중이라 생각했던 이령은 황당했다.

"왜요?"

그러는데 세훈이 툭 끼어들었다.

"그냥 한 벌 사! 지금 중요한 게 그건 아니잖아!"

그리고 세훈의 말은 이령을 폭발시켰다.

"진짜 이상한 사람이네! 왜 내 옷이 중요한지 아닌지를 그쪽이 정해요?"

진저리를 친 이령은 돌아섰다. 더 이상 도시 사람들과 말 섞기가 싫어졌다. 특히 최세훈! 희멀겋고 멀쩡하게 생겨서 입만 열면 주먹이 우는 말만 뱉어냈다.

"너 지금 뭐 하는 거야?"

세훈이 이령의 팔을 붙잡아 돌려세웠다. 그 손을 팍 쳐내며 이령이 쏘아붙였다.

"연예계의 미다스 손은 머리는 안 좋은가 봐요? 내가 가방 들고 돌아섰을 때는 뭐 하는 거겠어요? 우리 호구도 내가 가려고 한다고 생각할 거 같은데?"

"머, 머, 머리?"

세훈이 허, 하고 뜨거운 숨을 뱉었다.

"와…… 와…… 와……."

진정한 건 거의 기적과도 같은 자제력이었다.

"그만해. 튕기는 것도 적당히 해야 매력적이지 너 질린다?"

"매달리는 것만큼 질리겠어요? 도대체 나한테 왜 이래요?"

세훈의 입이 쩍 벌어졌다.

"와…… 와…… 와……."

두 사람 사이가 점점 뜨거워지는 바람에 허 실장은 한 걸음 물러나야만 했다.

처음에는 몰랐는데 과연 최세훈은 옳았다.

이제는 허 실장 역시 확신할 수 있었다. 유이령은 대박이었다.

돈이 되는 대박 아이템인지 뭔지는 몰라도, 최세훈 용(用) 부적으로 어떻게든 영입하고 싶은 인재였다. 이 정도로 최세훈과 맞상대가 되는 인물은 남녀노소를 통틀어 본 적이 없었다. 최세훈이 왜 저러는지 알 수 없었는데 이제는 그도 유이령이 탐났다.

"너…… 정말……."

"전 이만 갈게요. 이 옷은 여기 주소로 나중에 돌려드릴게요."

다시 돌아섰던 이령은 이번에도 멈춰야 했다. 세훈이 또다시 돌려세운 거다. 그냥 이성적으로 대응하기에 이령은 많이 성질이 나 있었다. 세훈도 만만치 않았기 때문에 상황은 나빴다. 고집으로 말하자면 두 사람 다 막상막하 돌아서고 돌려세우고, 밀고 당기고…… 누가 보면 춤추나 싶을 정도로 악착같이 싸우는 거다.

그리고 이런 박자 싸움이 끝나는 가장 쉬운 방법은 엇박이다.

"아, 진짜 이상한 사람이네!"

참지 못한 이령이 양손으로 세훈을 냅다 밀었다. 세훈은 이령이 당연히 돌아설 줄 알고 잡아당기는 중이었으므로 힘은 두 배가 되었다.

콰당탕탕탕탕!

완전히 균형을 잃은 세훈이 마룻바닥에 얼마나 호되게 넘어졌는지 거의 건물이 흔들리는 듯한 진동이 느껴졌다.

유이령도 놀랐고 허 실장도 놀랐다.

세훈이 놀라지 않은 이유는…… 기절했기 때문이었다.

바쁘게 안무연습실을 나선 이령은 몇 번이나 돌아보며 엘리베이터 쪽으로 향했다. 세훈이 기절한 것을 확인한 허 실장이 가라고 해서 나오긴 했지만 이래도 되나 알 수가 없었다.

다치진 않았을까?

"미치겠네."

이령이 머리를 마구 헝클었다. 오늘만 벌써 세 번째다. 왜 이렇게 힘이 넘치는 걸까? 아니면 도시의 남자들이 힘이 없는 걸까? 확실한 건 도시가 그녀에게 나쁜 영향을 미치고 있는 것 같다는 거다.

"무슨 남자기 그렇게 휘두르면 휘두르는 대로 휙휙 넘어가?"

다친 건 아니겠지.

지금이라도 다시 돌아가 봐야 하나 망설이는 동안 땡! 하고 엘리베이터 벨이 울리며 문이 열렸다.

허 실장이 이령에게 가라고 한 이유는 간단했다. 둘 다 만만찮은 고집쟁이로 이대로라면 절대 둘 중 한 사람이 굽히는 일은 일어나지 않는다. 그렇게 되면 퇴근이 늦어지는데 그럴 수는 없는 일이었다.

"대표님, 대표님?"

허 실장은 뻗어서 눈을 감고 있는 세훈의 어깨를 슬슬 흔들었다.

자고 있는 ― 기절한 거지만 ― 세훈은 참 잘생겼다. 연예인을 눈이 빠지도록 보는 허 실장이 보기에도 세훈은 미남이었다. 왜 모델, 배우, 가수, 투자자 할 거 없이 XX염색체를 가진 여자라면 최세훈에게 목매는지 이해할 수 있을 것 같기도 했다. 하다못해 팬질하러 왔던 팬클럽 회장이 대표에게 반하는 판이니 말 다 했다.

"입만 안 열면 참 매력덩어리인데."

"누가?"

"누구긴 우리……."

섬뜩해서 아래를 내려다보자 세훈과 눈이 딱 마주쳤다.

"옴모나! 대표님!"

강시처럼 몸을 벌떡 일으킨 세훈이 인상을 찌푸렸다.

"아이고 머리야……."

머리를 감싸 쥐고 숨을 몰아쉬던 세훈이 손가락 사이로 주변을 돌아보며 끙끙댔다.

"얘 어디 갔어?"

"갔죠."

"가?"

어찌나 황당했는지 세훈은 머리를 쪼개놓을 것 같은 두통을 다 잊어버렸다.

가? 사람을 패서 기절까지 시켜놓고?

"넌 그냥 가게 내버려뒀어? 또 날 쳤는데?"

"잡아봤는데 대표님도 못 이기는 애를 제가 어떻게 이겨요? 확 밀렸죠! 저도 기절했다가 방금 깨어났어요."

입만 열면 거짓말이라고…… 하다 보니 이렇게까지 할 수 있나 싶어 허 실장은 스스로가 자랑스러웠다.

"솔직히 계속 있어봤자 대표님하고 제가 번갈아가며 얻어맞기만 하고…… 그냥 보냈어요! 잊읍시다! 뭐 별거라고!"

세훈은 살짝 인상을 찡그린 채 별말이 없었다. 이럴 때면 대부분 못이기는 듯 넘어올 때였다. 허 실장은 얼른 말을 돌리기로 했다.

"그나저나 대표님 보약 한 제 해 잡수셔야겠어요. 조그만 여자애가 휘두르는 대로 이렇게……."

그러는데 세훈이 허 실장의 말을 툭 잘라먹고 들어왔다.

87

"쟤 혹시 약 하는 거 아닐까? 아까 그 뭐…… 비례물…… 례물시…… 그거 말이야. 그게 중국에서 들어온 약이고 금단현상 때문에 이러는 거면……"

허 실장이 한쪽 입꼬리를 비틀었다.

"그러겠어요?"

잠깐 생각하던 세훈도 한숨을 내쉬었다.

"그렇겠지?"

세훈이 일어나 툭툭 털기 시작했다.

"그렇다면……."

같이 일어나 없는 먼지를 털어주던 허 실장이 묻는다.

"그렇다며언?"

"빨랑 가서 잡아야지!"

세훈이 성큼성큼 안무연습실을 가로질러 문을 쾅 열고 나갔다. 문을 열 때쯤에는 거의 뛰고 있었다.

"대, 대표님?"

혼자 남겨진 허 실장은 도무지 알 수가 없었다. 솔직히 말하자면, 최세훈이 저러는 거 처음 봤다. 언제나 끝 간 데 없이 쿨하던 사람인데 이 집착은 도대체 뭐란 말인가?

찜찜하지 않은 건 아니었지만, 건물을 나서는 순간 이령은 그냥 두고 나오길 잘했다고 생각했다. 다치지는 않았을 거고, 설혹 조금 다쳤더라도 허 실장이라는 사람이 알아서 잘 챙겨줄 거였다. 이령이 참견할 일이 아니었다.

그렇게 생각하게 된 이유는…… 조금 아쉬운 마음이 들어서였다.

믿어지지 않지만, 짜증나는 상황의 연속이었는데 이제 끝이라고 생각하니 미묘하게 마음 한구석에 미련이 생기는 거다.

연예인.

물론 그 남자 말을 믿는 건 아니지만.

연예인.

절대로 하지 않을 일이지만.

이령은 고개를 마구 저었다.

말도 안 되게 엮여서 화장을 하고 평소에 입지 않던 옷을 입고 카메라 앞에 섰던 거…… 그리고 말도 안 되는 남자를 만나 언쟁을 하고 싸운 거…… 좋았던 일은 하나도 없지만 평소에 겪을 수 없는 일이니까, 그래서 기분이 약간 이상한 것뿐이다.

"뭐, 이제 됐어."

얼른 상경의 목적이나 달성하고 다시 조용한 지리산으로 돌아가야겠다고 생각하며 이령은 잘 챙겨두었던 명함을 꺼내 들었다.

"버스가……."

아까 그 육교에서 바로 버스를 타고 갔으면 벌써 도착했을 텐데, 엉뚱한 일에 말려들어 일이 어려워졌다.

"또 누군가에게 물어봐야겠네."

두리번거리던 이령이 지나가던 아저씨를 잡아 명함 속의 주소로 가는 법을 물어보고 있을 때다. 아까는 버스 한번 타면 됐는데 난데없이 휘둘리느라 동선이 꼬여 어디서 뭘 갈아타고 또 갈아타고…… 어려운 설명을 열심히 듣고 있는데 갑자기 아저씨가 말을 멈췄다.

"?"

뭔가 하고 고개를 들자, 아저씨의 시선은 이령의 뒤에 꽂혀 있었다. 정확히 말하면 최세훈에게. 언제부터인지 세훈이 소리도 없이 바짝 다가와 서 있었다.

"?"

잠시 기묘한 표정으로 이령을 내려다보던 세훈이 단정하게 아저씨를 향해 말했다.

"가던 길 가시면 될 것 같습니다. 얘는 지금 어디 못 갈 거 같으니까요."

예의 바른 태도였다. 방금 전 회사 안에서 날뛰던 망아지는 누군가 싶을 정도로 말짱한.

"감사합니다."

"어? 예…… 예."

살짝 목례하는 세훈을 보고 아저씨가 애매모호한 태도로 이령을 바라보았다. 아는 사람이냐는 뜻인데 어려운 문제다. 유이령은 최세훈은 아는가 모르는가.

"저, 저 그냥 가려고요……."

이령이 세훈을 향해 조그맣게 말했다. 세훈이 망나니처럼 굴 때는 큰소리칠 수 있었는데 지극히 정상인처럼 구니까 갑자기 낯설어진다.

세훈은 예의 기묘한 표정으로 다시 한 번 이령을 응시했다. 그리고…….

"너, 여긴 왜 가려고 하는데?"

세훈의 기나긴 손가락이 이령의 손에서 명함을 집어 들었다.

방해자

장한배, 장스 제작사의 대표인 그가 회사를 설립한 것은 초이 엔터테인먼트보다 먼저였다. 몇 안 되는 연예인을 데리고 고군분투하던 매니지먼트 회사에서 지금처럼 제작까지 손을 대는 멀티 엔터테인먼트 회사로 성장한 것은 세훈이 초이 엔터테인먼트를 세운 과정을 몽땅, 전부, 깡그리 다 벤치마킹한 거긴 하지만, 따지고 보면 선배다.

매일 초이 엔터테인먼트의 연예인을 베껴서 낸다고 인터넷에서는 말이 많지만 어쨌든 이 바닥에서는 이름 좀 날릴까 말까 하는 중이고.

(이 바닥에서 뜨는 일이 얼마나 힘든지 안다면 날릴까 말까 정도도 대단한 거다.)

또한 굳이 짚고 넘어갈 필요는 없겠지만 심심하니까 이야기해보자면, 최세훈보다 나이도 더 많고, 군번도 한참 위다.

그런데 왜 최세훈 앞에서 장한배는 작아지는가.

언제나 언제나 그것이 문제였다.

나름 일 잘하고(=사바사바 잘하고) 적당히 훈훈한 외모에(=후덕한 인격의 배에) 넘치는 유머감각(=사람들이 왜 인상을 쓰는지는 모르겠고)으로 선배, 후배, 동료, 직원 할 거 없이 각광을 받고 있는 그인데 왜 최세훈하고만 엉키면 뭔가 찝찝하고 불편하고 침울해지는 걸까.

세계 7대 불가사의 뺨치는 미스터리가 아닐 수 없다.

불편하면 안 보고 살면 그만이다 싶지만, 그것도 쉽지가 않다.

일단 최세훈 자체가 어지간한 연예인 양 뺨을 후려치고도 남는 유명인사인 데다…… 신경 쓰여! 희한하게 신경 쓰여! 어째서 최세훈의 이름을 하루에도 열두 번씩 녹색 창에 검색해보고 있는지 장 대표 스스로도 알다가도 모를 일이었다. 자기 연예인 검색은 깜빡 잊어도 최세훈 이름을 검색하지 않고 넘어간 날이 없으니.

이번만 해도 공동제작을 안 하고 싶은데 할 수밖에 없었던 것이, 안 하면 제작 자체가 불가능했다. 어떻게 한번 뒤통수를 쳐보려다가 앞통수를 되게 맞았지만.

그랬으므로 이날, 장 대표의 태세가 다소 오버스러웠다고 하더라도 이해해줄 만한 일이었다.

세훈은 장 대표가 끌고 온 법무팀의 변호사들을 보며 눈을 가늘게 떴다. 그가 알고 있는 장스 제작사의 규모로 역산해보면, 지금 장 대표는 자신의 법무팀은 물론 법무팀의 친구까지 끌고 왔다.

"흐음……."

세훈이 가볍게 콧소리를 내며 다리를 꼬자 깐깐한 표정을 한 남자 변호사가 안경을 추어올렸다.

"폭력과 뺑소니로 고소하겠다고 협박하셨다고요……. 검토 결과로는 이쪽에서 노동법 위반과 납치, 감금, 성추행 등으로 고소할 수 있을 듯합니다만?"

세훈의 뒤에 서 있던 허 실장의 입이 딱 벌어졌다. 본능적으로 세훈의 뒤통수를 내려다보았지만, 읽을 수 있는 것은 아무것도 없었다.

"계약서도 안 쓰고 업무를 시킨 점. 보수에 대한 정확한 합의가 없었던 점 등, 포인트가 되는 지점이 한둘이 아니네요. 어떻게 할까요?"

"대, 대표님."

세훈의 어깨 너머로 허 실장이 얼굴을 들이밀었다.

"이게 뭐예요?"

"지금 나한테 묻니?"

세훈의 목소리가 착 가라앉아 있어서 허 실장은 비로소 그가 화가 나 있다는 것을 깨달았다. 그럴 만하다. 그럴 만해.

'그렇죠? 제가 왜 지금 대표님께 여쭸을까요?' 하고 헤헤 웃는 허 실장의 얼굴 위로 어느새 기울어진 노을이 붉게 물들었다.

각 연습실, 안무실, 사무실 모두 통유리로 하지 말 걸 그랬어, 하고 세훈은 이를 갈았다. 다소 민망한 듯한 표정으로 이쪽을 힐끔대는 이 령을 기사라도 된 듯 감싼 채 희희낙락하는 장 대표의 얼굴 혈색이 너무 좋아 보여 화딱지가 났다.

한밤, 사무실.

"생각해봤는데 우리가 중요한 사실을 놓쳤더라고요!"

장 대표가 이령을 데리고 나간 이후부터 계속 저기압인 세훈의 눈치를 살피던 허 실장이 슬며시 말을 걸었다.

"뭘?"

"우리가 노동법도 위반했고, 납치, 감금, 성추행 비스름한 것도 했지만!"

"우리?"

"아니 아니, 제가요."

"너 그런 적 있어?"

"아니 아니, 쟤들이 했다니까아아아 그런 거죠. 사실 전 아무 짓도 안 했죠."

허 실장이 울상을 지었다.

"어쨌든 중요한 건 우리도 우리, 아니, 저도 저지만 저쪽도 잘한 건 없다 이거죠."

"못한 건 또 뭔데?"

"제 머리가 깨졌잖아요!"

세훈이 의자 깊숙이 몸을 기댄 채 양손을 꼬고 있는 다리 위에 걸친 채 단정하게 허 실장을 바라보았다. 곧장 날아드는 시선이 허 실장 얼굴의 구석구석을 훑어 내렸다. 분명히 피도 나고 그랬댔는데 이제는 너무나 빤질빤질 건강미가 넘치기만 한 얼굴.

"그, 그렇죠?"

세훈의 안색을 살피던 허 실장 얼굴 위의 희망이 빠르게 사라졌다.

"……아닌가……요?"

"생각해보면 말이야……."

"네! 제 머리……."

"걔가 널 쥐어박았으면 경찰서를 가야지, 왜 카메라 앞에 세워?"

기가 막히다. 어이가 없다. 어처구니가 없다. 황당하다.

허 실장이 동시에 느낀 감정이다.

"아, 아니, 누가 느닷없이 카메라 리허설을 하라니까 어쩔 수 없……."

갑자기 허 실장이 정색했다.

"그리고 제가 쥐어터진 건 아니죠. 엄밀히 따지자면 쥐어터진 건 대표님이잖아요."

얻어맞은 적 따위는 없다는 듯 멋진 자세로 앉아 있던 세훈이 흠흠하고 헛기침을 했다. 하루에만 두 번 얻어맞은 것은 흔한 경험이 아니다.

우리나라 엔터 계의 최전선, 고급스러운 건물의 최신식 사무실에 앉아 있는 두 사람은 순식간에 민망해졌다.

"유이령 씨가 보통 여자는 아닌 거 같아요. 우리 둘을 24시간 내에 동시에 쥐어 패는 게 아무나 할 수 있는 일은 아니잖아요?"

허 실장의 말에 최세훈이 정색하고 선을 그었다.

"왜 묻어가려고 해? 난 모르겠지만 넌 아니잖아. 자주 쥐어터지잖아. 고로 너는 부끄러울 것도 없고 자존심 상할 것도 없지만……."

그리고는 곧장 폭발했다

"나는! 나는! 나느으으으으은!"

벌떡 일어난 세훈이 사무실을 빠르게 돌아다니며 숨을 거칠게 몰아쉬기 시작했다.

"장풍땡이 의기양양한 거 봤어? 언제부터 지가 그렇게 애들을 끌고 다녔다고…… 응? 90년대 홍콩영화야? 이거 하려고 애들 양복 맞춰준 거 아냐? 아니면 장례식장 가려던 애들 끌고 왔어? 왜 다들 까만 양복이야?"

"그거 대표님이 잘하시는 거잖아요. 허박지 삼총사 항상 폼 나게 끌고 다닌다고 다들 멋있어 죽겠다고……. 장 대표님이 따라 하고 싶어 몸살 나는 중이었으니까 이 기회에……."

"나는! 폼 나잖아!"

세훈이 가슴을 탕탕 두드렸다. 장한배 따위와 비교된다는 그 자체를 참을 수가 없었다.

"와……, 미치겠네. 내가 장풍땡이한테 밀리다니. 이런 기분 처음이야. 걔랑 장풍땡이랑 무슨 관계래? 걔는 왜 장풍땡이 명함을 갖고 있어? 왜 장풍땡이 회사에 가려고 했어? 장풍땡이는 왜 전화 한 통하니까 오버오버 하면서 쫓아왔어?"

허 실장은 세훈이 길길이 날뛰도록 내버려두었다.

교육과 훈련, 놀라운 자제심으로 잘 가려놓긴 했지만 최세훈은 피가 뜨거운 남자였다. 열정도 넘치고 질투도 많고 욕심도 크고 에너지도 폭발하는 스타일.

한마디로 지고는 못 산다.

차라리 이렇게 길길이 날뛰는 것이 낫다. 속에서 부글부글 끓고 있는 용암만큼 위험한 게 없으니까.

아니나 다를까, 있는 소리 없는 소리 다 지르고 난 후 세훈은 다시 단정히 의자에 앉았다. 아직 가슴은 들썩이고 있었고 숨도 가빴지만, 눈빛은 다시 냉철해졌다.

그리고 이럴 때, 최세훈이 뭘 물을지 허 실장은 알고 있었다.

"그래서,"

방금까지의 발악과 흥분이 거짓말인 것처럼 세훈이 조용한 목소리로 물었다.

"당장 장똥, 아니, 장 대표와 유이령이 무슨 관곈지 알아 와."

"벌써 알지용!"

장 대표와 유이령이 회사를 나선 이후로 지금 이때까지 허 실장을 끌고 다니면서 들들 볶았으니 알아볼 시간이 없었다는 것쯤 알 텐데 이 반전에도 세훈은 뚱했다.

"그럼 뭐 해? 빨리 말하지 않고."

세훈이 몸속의 열기를 방출하는 동안 박 실장이 메일로 쏴준 정보로 무장(?)했다고 자랑하고, 알고 보면 자신이 꽤 괜찮은 직원임을 어필하려고 했던 허 실장의 입이 댓 발 나왔다.

얘는 뭘 해도 놀라는 법이 없어.

"말 안 해?"

"해요! 해요! ……쳇! ……장 대표 취미가 등산인 거 아시죠?"

"내가 내 취미도 잘 모르겠는데 남의 취미를 알아야 해?"

싸늘한 세훈의 반응에 허 실장이 투덜댔다.

"음청 유명한데……. 산 음청 올라가는데 살 음청 안 빠지는 양반이라."

세훈이 팔짱을 끼고 눈을 가늘게 떴다. 그만큼 남의 일에 관심 없는 사람이 또 있으랴? 자기 자신에게 관심 갖느라 바빠 도무지 남 이야기가 재미가 없었다.

어쩔 수 없이 허 실장은 원하는 반응을 얻지 못한 채 이야기를 이어나갈 수밖에 없었다. 그는 남 이야기 엄청 좋아하는 평범한 사람인데 대표랑 취향이 안 맞아서 직장생활 못 해먹겠다, 정말.

"그러니까 장 대표가 취미생활 하던 중이었대요."

에베레스트 등정까지는 아니더라도 국내는 안 올라가본 산이 없다고 자부하는 장한배가 길을 잃은 것은, '59마시쩽' 때문이었다.

'59마시쩽'은 입안에서 살살 녹는 맛이 일품인 당대 최고의 유행 빵이었다. 아기 손바닥만 한 크기에 칼로리 폭탄인 건 그 맛을 생각하면 어쩔 수 없는 일이다. 그리고 우연한 기회에 한번 맛보게 된 장한배는 즉각 그 맛에 중독되었다.

고로 지리산 등반 계획을 세우며 빵을 챙겨가지 않을 이유가 없었다.

문제는…… 들고 갈 수 있는 빵은 한계가 있고, 일행들이 하나씩 먹으면 그가 먹을 양이 줄어든다는 건데…….

그리하여 장한배는 잠시 대열을 이탈했고, 길을 잃었다.

남 안 주고 혼자 먹으려다가…….

「아, 어떡하지?」

휴대전화를 확인해보았지만 깊은 산이라 신호가 터지지 않았다. 몰래 먹으려고 등산로를 이탈한 터라 좌를 보고 우를 봐도 길이 없어 동서남북이 가늠되지 않는 상황이었다.

「산에는 해가 빨리 지는데…….」

장한배는 한숨을 쉬었다.

「해지면 배고픈데…….」

빵을 그렇게 처먹었는데 두려움 탓인지 벌써 배가 고파 오는 것 같았다.

그렇게 헤매고 헤매는 동안, 상황은 심각해졌다. 배가 너무 고팠다. 보통 사람에 비해 체구가 큰 장한배는 보통 사람보다 더 많이 먹어야 했다. 등산이라는 하드코어 운동을 하기 위해서는 더욱 그랬다.

배가 고파지자 발이 자꾸 땅을 헛짚기 시작했다. 한번 구르고 일어나면 방금 어디서 걸어오고 있었는지도 생각이 나지 않았다.

당황하면서 헤매는 동안 해가 지고 밤이 깊었다.

상황은 점점 더 나빠졌다. 아까도 고만고만했던 나무들은 어둠의 장막 속에서 더욱 비슷해 보이고, 길은 분간할 수 없었다. 멀리서 자꾸 우우우우, 하고 늑대 우는 듯한 소리가 들리는 건 기분 탓일까? 우리나라엔 야생늑대가 없다고 한 거 같은데.

날도 서늘하니 굶주렸던(?) 하얀니의 후예들이 그를 습격하는 망상에 공포심이 깊어졌을 때였다.

저 멀리서 불빛이 보였다.

눈을 깜빡이며 장한배는 거리를 가늠해보았다. 먼 거리일까? 아닐까? 사방이 너무 깜깜하니 거리를 가늠하기 어려웠다.

그때 아주 가까운 곳에서 '크르르르' 하는 늑대의 울음소리가 들렸다.

숨을 몰아쉬며 장한배는 걸음을 멈췄다.

티브이의 시사 교양 프로에서 공포에 질린 사람은 없는 감각을 만들어낸다고 했다. 켜지지 않는 냉동차에서 동사한 남자 같은 이야기……. 그러니까 지금 들은 짐승의 으르렁거리는 소리도 그런 거겠지? 어렸을 적 읽은 '하얀니'에 대한 공포가 만들어낸 리얼한 환상이 청각화 된 거겠지?

심장이 두근거렸다. 등에서 식은땀이 났다. 등골이 후끈 달아오른다.

입을 반쯤 벌린 채 장한배는 눈동자만 굴렸다.

당장이라도 울창한 옆의 숲길에서 사나운 짐승이 튀어나와 그의 목을 물어뜯는 상상이 그를 괴롭혔다.

하지만 더 무서운 건…… 짐승이 아니면 어떻게 해? 귀신이면…… 어떻게 해?

자꾸만 머릿속을 맴도는 무서운 생각을 지워버리려 장한배는 애썼다. 그러나 웬일…… 생각하지 않으려 하면 할수록 더 선명해지는 머릿속의 그림들을 어쩌면 좋단 말인가!

자신의 숨소리가 낯설게 들릴 정도로 바짝 곤두선 신경이 옆 숲길에서 바스락거리는 소리를 포착해낸 것은 그때였다.

아주 가까이에서, 분명 바람 지나가는 소리와는 다른 소리가 났다!

안 돼!

숨을 몰아쉬며 뒷걸음질 친 장한배는 나무에 등을 기댔다. 무의미하다는 건 알지만 최소한 뒤쪽이라도 방어하기 위해서였다.

앞을 노려보며 그는 퉁퉁한 양손 주먹을 쥐어 올렸다.

그리고 아무 경고 없이, 아주 가까운 곳이 번쩍! 하고 밝아졌다.

「우워어어어어어어어어어억!」

잔뜩 긴장하고 있던 장한배가 그대로 엉덩방아를 찧으며 얼굴을 감쌌다.

「누구……세요?」

하지만 들려온 가녀린 목소리는 귀신의 것이 아니었다. 빨간 휴지 줄까, 파란 휴지를 줄까 같은 것도 묻지 않았다.

고개를 들었을 때 장한배가 본 것은 자꾸 꺼지는 플래시를 탁탁 두드리며 고개를 갸웃거리고 있는 이령이었다.

"내가 말이야."

가만히 듣고 있던 세훈이 턱을 괴었다. 그리고 가볍게 숨을 내쉬며 사람 속을 뒤집기 시작했다.

"네가 왜 안 된다고 그랬지?"

입술이 댓 발이 나와서 허 실장이 손가락을 꼽기 시작했다.

"성질 급하고, 상황파악 못 하고……."

"하나 더 추가. 재미도 없고 의미도 없는 이야기를 길게 해. 장뚱땡이가 지리산 가서 전설의 고향 놀이를 한 게 나하고 무슨 상관이야?"

"재미는 없을지 모르지만 의미는 있거든요."

"그럼 다이렉트로 의미 있는 파트로 들어가. 네 급한 성질을 발휘 해보라고."

사실 허 실장은 이야기를 좀 더 드라마틱하게 하고 싶었다.

한 남자가 — 뚱땡이고, 좀 비열하고, 자기중심적이고, 사람 뒤통수 치는 게 취미인 — 산에서 길을 잃었다가 한 여자를 만나고, 그 여자 의 집에서 단. 둘. 이. 하룻밤을 보낸 후에 생긴 유대감, 그리하여 하 나밖에 없던 가족인 할아버지를 얼마 전에 여읜 여자의 외로움에 대 한 동정심을 품고 도와주기 위해 노력하는 그런 이야기…….

그런데 이렇게 나온다면…….

"뭐, 그렇게 알게 되었다는 거예요. 그 아가씨가 지리산에 혼자 산 대요. 아아무도 없는 심산유곡에서 티브이도, 휴대전화도, 컴퓨터도 없이 혼자."

"왜?"

"헐…… 제가 알 리 없…….

뭐 그런 걸 묻느냐는 듯한 얼굴이었던 허 실장이 반전 넘치게 방긋 웃었다.

"……지 않죠. 어렸을 때부터 할아버지와 살았는데 얼마 전에 갑자 기 돌아가셨대요. 부모님은 더 일찍 돌아가셨고요."

"그렇다 치고. 그날 만났다 치고. 근데 왜 법무팀을 끌고 와 폼을 잡아? 지가 무슨 공주님을 구하는 기사야?"

"그런 기분이었을 수도 있겠는데요. 이건 제 의견인데…….

허 실장은 세훈이 전혀 상상하지 못한 말을 이었다.

"한눈에 뻑 간 거 같거든요."

병이 났다

"한눈에 **뻑** 간 거 같거든요."

응? 세훈이 미간에 주름을 잡았다. 저 '뻑 가다'는 의미가 세훈이 아는 그 의미 맞나?

"뻑 간 게 뭐야?"

"반했다고요. 필링 러. 브."

중학교까지만 한국에서 다니고 고등학교는 영국에서, 대학교는 미국에서 나온 세훈에게 발맞춰 허 실장이 혀를 굴렸다.

"뭐어? 미친 거 아냐? 나이 차이가 얼만데!"

"사랑에 나이 차이가 무슨 의미예요? 마음이 가는 걸."

"염치가 있어야지!"

"그럴 만해요. 하루 신세 진 것도 모자라 뭐 아침식사로 구첩반상을 차려줬다나 뭐라나……."

"구첩반사앙?"

"꽂힐 수밖에 없죠. 왕한테 진상하던 상 말고는 최고의 밥상이라던데. 왜 남자를 공략하려면 그 위장을 공략하라는 말도 있잖아요."

"장풍땡이를 공략하고 말 거나 있어?"

"공략하지 않아도 제멋대로 당하는 부류가 있는데 제가 알기로 장 대표가 쪼꼼……."

"하! 그래서……!"

기가 막혀서 세훈이 혀를 끌끌 찼다.

"어쩐지…… 옷도 요상하게 입었다 했어."

오늘따라 평상시의 후줄근한 – 물론 그들도 비싼 테일러드 양복이 겠지만 – 느낌이 아닌 뭔가 빵빵하고 뭔가 희한한 그런 옷차림이 유난히도 눈길을 끌더라니! 잘 보이려고 한 짓이란 말이지.

"진짜 센스 하고는……. 졸부도 아니고 그게 뭐야?"

잠깐 눈동자를 굴리던 허 실장이 슬쩍 끼어들었다.

"그 옷…… 대표님도 갖고 계신 건데용."

"뭐?"

허 실장이 내민 태블릿을 확인한 세훈이 인상을 북 구겼다.

소화한 느낌이 너무 달라 못 알아봤다. 얼마 전에 한 인터뷰에서 입고 있던 사진 그대로, 심지어 시계에 구두까지 고스란히 베껴 입었다.

세훈은 충격을 받았다.

"이럴 리가 없어."

"에이, 왜요? 장 대표가 대표님 거 베끼는 게 한두 번이에요? 전에는 스캔들도 따라냈잖아요. 그래서 상대 모델이 고소한다 어쩐다 난리였죠."

"아니, 그게 아니라…… 이 옷…… 우리나라엔 안 들어오는 거라고 했단 말이야. 파리에서 공수해 왔다고."

"왜 이러시나요. 장 대표도 파리 갔다 왔겠죠! 여권 있고! 비행기 탈 줄 아는 사람인데!"

세훈이 한숨을 내쉬었다. 이 악연.

"그래서? 어떻게 된 건데? 살려줘서 고마우면 돈으로 보상을 하든지. 반했으면 연애를 하든지."

"했죠. 장 대표나 대표님이나 그런 상황에서는 일단 물질적인 보상부터 생각하는 속물드……을 싫어하지만 돈 얘기는 뭐 좋아하시죠.

비즈니스맨이니까!"

눈치를 보던 허 실장이 얼른 말을 돌렸다.

"그런데 됐다고 했답니다. 보상 같은 건 필요 없다고요. 심지어 하루 숙박비, 식사비도 받지 않았대요."

"돈을 싫다고 했다고?"

정. 말. 이해가 가지 않는다는 표정으로 세훈이 물었다. 그가 알기로 하늘 아래 돈 싫어하는 사람은 없었다. 그리고 세훈이 전혀 이해하지 못한다는 것을 허 실장은 이해했다.

"뭐 어른으로부터 교육받은 게 어쩌구…… 바르게 살아야 하고 어쩌구…… 지리산에 살잖아요. 돈 개념이 없는 게 분명해요. 대표님은 잘 이해가 안 가시겠지만 세상엔 돈에 초연한 사람들이 있거든요. 이번에 서울에 내려온 것도, 장 대표가 상의 없이 사람을 시켜서 집에 휴대전화를 놓고 튀었나 봐요. 그거 갖다 주러 내려왔던 거래요."

"아아, 그래서 장뚱땡이 명함을 들고 있었군."

이야기하던 세훈이 고개를 갸웃했다.

"아니, 까짓 휴대전화가 얼마나 한다고 그걸 돌려주러 와?"

"요즘 단통법 땜에 비싸요."

"그래?"

"어쨌든 왜 연예인이 되고 싶지 않다고 하는지도 대강 이해가 가죠."

세훈은 인상을 찌푸린 채 곰곰이 생각을 시작했다.

지리산이라고? 연예인이 되고 싶지 않아?

최세훈은 자본주의의 신봉자다.

자본주의에서 가장 마음에 드는 부분은 '이윤추구를 목적으로 한다'는 점이다.

'자본주의'라는 말 자체가 사회주의자들이 비난을 목적으로 사용하기 시작한 데서 비롯되었다는 점에서, 사람들이 흔히 가질 수 있는 거부감에 대해서는 자각하고 있다. 그래서 만약 명예라든지 체면, 긍지 같은 애매모호한 개념을 옹호했던 시대에 그가 태어났다면 아마 죽어버렸을지도 모르겠다고 생각하는 건 조용히 속으로만 했다.

솔직히 말하자면, 다들 노골적이지 않다뿐이지 자본주의를 좋아한다고 생각한다. 이윤추구란 경쟁을 담보로 한 개념이기 때문에, 경쟁에서 도태될 것 같은 패배자들을 제외하고는 자기 배 불리는 일을 싫어할 인간이 어디 있겠는가?

고로 최세훈에게 있어 물욕이 없는 인간은 둘 중 하나였다.

거짓말쟁이거나…….

캐릭터다!

사람은 가지지 못한 것에 끌린다. 최세훈 자신을 비롯하여 사람들은 모두 욕심쟁이이기 때문에 욕심이 없는 사람을 보면 본능적으로 관심을 가지게 된다. 유전학적으로 서로 반대되는 형질에 끌린다, 는 말과 같은 맥락이다.

"어쩐지…… 외모가 내 스타일이 아닌데도 끌린다 했어."

"그렇죠. 서로 반대되는 사람에게 끌린다고 치면……, 잃은 사람 데려다 재우고 먹여서 집에 돌려보내고 보상도 마다한 유이령 씨와 현존하는 최고의 물욕덩어리인 대표님은 말 그대로 극과 극! 천사와 악마! 천국과 지옥!……."

막 떠들던 허 실장이 슬쩍 눈치를 살폈다. 아니나 다를까, 세훈의 눈빛이 차가웠다.

"아! 애들 준비되었네요!"

재빠르게 허 실장이 딴청을 부렸다. 옆눈으로 힐끗 보자 세훈이 입을 비틀고 있었다.

"우리 M-ster 신곡 안무 열심히 봐야죠. 엄청 중요하잖아요. 그쵸? 다른 게 문제가 아니잖아요? 그렇죠?"

세훈이 참는다, 하고 긴 한숨을 내쉬었다.

마침 'M-ster' 멤버들이 신곡 안무를 선보일 준비를 끝마쳐 노래가 나오기 시작했다. 어쩔 수 없이, 세훈의 시선이 그가 키워낸 아이돌들에게로 향했다.

106 나를 한번 돌아봐. 내가 왜 이러는지 나도 모르겠지만,
나 지금 널 원하고 있어. 아마 그게 맞을 거야.
나를 한번 돌아봐. 내가 왜 이러는지 나도 모르겠지만,
나 지금 널 생각하고 있어. 아마 그게 맞을 거야.
오, 아니, it's deniable.

노래가 나오고 일사불란한 군무가 시작되었다.

세훈이 키워낸 연예인은 가수, 배우, 모델 등 다양한 분야의 다양한 연령대를 섭렵하고 있지만 그중에서도 가장 눈에 띄는 건 아이돌이다. 기가 막히게 여자의 마음을 알아내 남자 아이돌 팀을 만들고, 남자의 마음을 알아내 여자 아이돌 팀을 만드는 게 바로 최세훈이다.

그중에서도 'M-ster'는 데뷔 2년 차의 신생 아이돌로 정규 1집을 앞두고 있는 기대주였다.

미니 앨범에서 귀여운 외모를 돋보이게 하는 톡톡 튀는 소년 같은

이미지를 어필했다면 이번 주제는 '남자' 였다.

오랜 기간, 하드 트레이닝을 통해 몸도 키우고, 다소 미흡했던 보컬 트레이닝도 한계까지 끌어올렸다. 춤 구멍 없는 완벽한 안무, 최고의 작곡, 작사…… 처음부터 끝까지 관여했던 허 실장은 이번이야말로 대박이라고 믿어 의심치 않았다.

"오오……."

음악이 끝나자마자 탄성을 지르며 박수를 친 건 진심에서였다. 허 실장을 필두로 작곡가, 작사가, 안무가, 놀러 온 다른 아이돌들도 박수를 쳤다.

그러나 그 자리에는 다른 사람의 반응 따위는 전혀 상관없이 오롯이 혼자 존재하시는 분이 계셨다.

최. 세. 훈.

"구려."

짧은 한마디로 작곡가, 작사가, 안무가의 숨통을 막을 수 있는 분.

"아, 아니…… 뭐 구리진 않은데."

"누가 이렇게 느린 걸 타이틀로 하재? 이게 제일 잘 나온 곡이야?"

세훈의 물음이 끝나기도 전에 작곡가가 잽싸게 대답했다.

"아니요! 저는 빠른 곡으로 하자고 했습니다! 그게 훨씬 잘 나왔기 때문이죠!"

다른 직원들이 웅성이기 시작했다. 저만 살겠다고!

"요즘 다들 빠른 비트의 곡만 내세우는데 특이하게, 좋지 않을까요?"

허 실장이 조심스레 자신의 주장을 펼쳤다. 이 곡과 이 안무는 느무느무 그의 취향이었다.

"사람들이 징징 짜고 축축 늘어지는 거에 돈을 쓰고 싶어 할까? 안 그래도 살기 힘든 이 세상에……. 내가 테마 뭘로 잡으랬어. 남자! 랬지? 징징 짜는 남자 누가 좋아해? 남자는 힘! 이건 신석기 시대부터 진리야. 우는 남자 매력 없어."

"요즘은 초식남이 유행이기도 하고……."

"그래서 초식남이 인기 있어?"

다들 침묵했다. 그랬지. 초식남이 별 인기는 없었지.

"저도 초식남 싫어합니다양."

숙연해진 분위기 속에서 작곡가가 다시 한 번 저만 살겠다고 나서자 주변에서 한숨이 터져 나왔다.

"다시 해!"

그렇게 세훈이 있는 인상 없는 인상 다 쓰고 연습실을 나선 후, 작곡가와 허 실장을 탄핵하는 분위기가 형성되었다. 작곡가는 그렇다 치고 허 실장은 웬 말이냐 하면…… 말했다시피 이 곡과 이 안무를 적극적으로 민 사람이 그래서 그렇다.

"물건 나왔다고 한 건 허 실장님이십니다!"

작곡가가 집게손가락을 허 실장에게로 향했다. 오늘부터 밤을 새워서라도 새로운 타이틀을 정하고 안무 짜서 맞춰봐야 하는 사람들의 시선이 ─ 특히 안무선생은 더욱 날카로운 시선이 ─ 허 실장에게로 향했다.

"나는 좋지이! 딱이지이이! 물건이지이!"

"근데 대표님은 왜 저래요오!"

"나는 모르지이. 난 막눈이지이. 대표님 눈이 맞지이……."

이들이 이러는 이유는 간단했다. 최세훈이 안 된다고 한 것 중 된 것이 없고, 된다고 한 것 중 안 된 게 없다.

사실 이 바닥이라는 것이 취향이 80퍼센트 이상이다. 그리고 대중의 취향은 변덕스럽다. 진짜 될 것 같았는데 안 되는 경우도 많고, 절대 안 될 것 같았는데 말도 안 되게 뜬 경우도 있다.

그 누구도 한 치 앞을 몰랐다.

그런데 최세훈은 매번 아는 사람처럼 기가 막힌 찍기 실력을 보여주었다.

그리하여 이제, 이 바닥에서, 그러니까 초이 엔터테인먼트를 넘어 연예계에서 최세훈은 예언자나 다름없는 거룩한 존재였다. 그가 따로 비밀스러운 종교를 믿어 초이 엔터테인먼트의 사옥 지하에 신주 같은 걸 모신다는 소문이 돌 정도로.

"아악! 실장님 말을 듣는 게 아니었는데! 그냥 내 뜻대로 할걸!"

작곡가가 절규했다. 사실 배신자라서 그렇지 이 상황에서 제일 괴로운 건 그이기도 했다.

"아저씨 감수성! 죽어버릴까, 그냥!"

"에이, 그러지 마아…… 다시 쓰면 되지. 까짓것."

"까짓것?"

"……형이라 부를래? 우리 이제 좀 친해져도 되잖아. 서로 실수도 하고, 민폐도 끼치고 막 그런 사이."

허 실장의 말에 작곡가가 입을 비쭉였다.

"뭐래? 실장님 이름이 실장 아니에요?"

하기야 실장에 '님'자를 붙여주긴 했지만 존경심이라고는 전혀 느껴지지 않은 지 오래되긴 했다. 작곡가뿐이 아니었다. 허 실장을 둘러싼 많은 직원들이 눈으로 '네 이름이 실장이잖아!'라고 말하고 있었다.

"어머? 애들 좀 봐? 나 막 서운하려고 해. 내 이름은······."

허 실장이 기가 차 하는데 연습실 문이 다시 열리고 세훈이 고개를 쏙 내밀었다.

"허!"

"넵!"

"여기서 살 생각이면 미리 말해주고······."

"아닙니다! 가요!"

이름이 중요한 게 아니었다. 세훈이 '허'라고 불렀으면 부모님이 그의 이름을 뭐라고 지어주셨든 허 실장은 '허'다.

허 실장은 잽싸게 세훈을 따라 연습실을 나섰다.

회의실, 양쪽으로 앉은 직원들은 초이 엔터테인먼트의 팀장급 이상이었다. 최근 들어 이렇게 많은 인원이 소집된 적이 없기 때문에 다들 사뭇 비장한 표정들이었다.

"지금부터 프로젝트 D 피칭을 시작하겠습니다. 먼저 대표님 말씀······."

단상 앞에 선 허 실장이 상석에 앉아 있는 세훈의 눈치를 흘깃 봤다. 세훈이 꺼지라고 눈으로 말했다.

"······은 생략하고, 프로젝트의 시행 범위······."

허 실장이 또다시 세훈의 눈치를 흘깃 봤다. 세훈이 손가락을 까딱였다. '다이렉트'로 의미 있는 파트로 들어가라는 신호였다.

"······도 생략하고. 바로 피티로 들어가겠습니다. ······저 뒤에 회의실 불 좀 꺼주세요!"

말단에 앉아 있던 직원 하나가 잽싸게 불을 끄자 빔 프로젝터가 돌아가기 시작했다.

제일 먼저 나온 건 이령의 사진이었다.

"서울팀과 지리산팀으로 나뉘어 정보를 수집했습니다. 유이령 24세, 독립지사를 배출해내기도 한 뼈대 깊은 가문의 자손으로,"

화면이 바뀌며 낡은 사진 한 장이 떠올랐다. 놀라울 정도로 유이령을 닮은 할아버지가 갓을 쓰고 있었다.

"유학자셨던 조부 대부터 지리산에서 지내며 집에서 한학교육을 받았습니다. 부모님 정보는 명확하지 않으나 어린 시절 돌아가신 것으로 파악되고……."

이쯤 했을 때 허 실장이 세훈을 본 것은 거의 본능적이었다. 그리고 아니나 다를까 세훈은 손가락을 하나씩, 집게손가락, 가운뎃손가락, 약손가락 순으로 펴며 눈을 번뜩이고 있었다. 세훈이 주장하는 '허 실장이 안 되는 이유' 즉, 성질 급하고 상황파악 못 하는 데다가 재미도 없고 의미도 없는 이야기를 길게 한다는 타박인 거다.

흥, 자꾸 이렇게 나온다면!

"……있지만, 재미도 없고 의미도 없는 이야기는 여기서 줄이자면."

즉시 시키는 대로 하겠다!

허 실장은 정성 들여 만들었던 PPT를 마구 넘겼다. 한참을 넘긴 후에야 스튜디오에서 민주 대역으로 촬영했던 프로필 사진이 나왔다.

그리고 이어진 것은 지리산에서 이령의 모습을 도촬한 스냅 사진.

"일주일에 두 번, 규칙적으로 산 아래로 들어와 집에서 키운 약간의 채소 등을 장에 팔고 필요한 걸 사간다고 합니다. 할아버지 돌아가셨을 때도 마을 사람들이 도왔고요……. 그러니까 뭐 전형적인 '마을 공동체'랄까. 주민들끼리의 우애가 상당히 돈독해 보입니다. 눈 높으신 우리 대표님이 찍은 원석답게 마을 내의 아이돌(?)인 듯했고요."

이어진 사진들은 마을 내의 남자들이 이령과 함께 이야기를 나누는 모습이었다. 다들 대기하고 있다가 이령 지나갈 때 튀어나온 기색이 역력한 '꾸민 모습'에 '벌게진 얼굴'로 '머리를 긁적이며' 말을 걸고 있었다.

"확실한 건 어린 아가씨 혼자 산에 사는 건 무리라는 겁니다. 마을 사람들도 걱정하고 있었고요. 고로……!"

허 실장의 목소리에 힘이 들었다.

"우리가 유이령 씨를 영입하지 못할 이유는 전혀 없다는 것이 확실해졌습니다! 오래 정붙이고 살던 곳을 떠나는 일이 쉽지 않겠지만, 명분과 실리가 주어진다면 우리는 계약에 성공할 수 있다고 믿습니다!"

웅변조의 마무리에 박수가 터졌다. 성공적인 느낌이었지만…… 끝날 때까지 끝난 게 아니었다.

세훈이 입매를 비틀었다.

"끝이야?"

세훈의 목소리에 박수 소리가 뚝 그쳤다.

지나친 적막.

"음, 끝……인데, 끝이지만…… 끝이면 안…… 될 …… 것 같……지요오?"

세훈이 한숨을 내쉬고 책상을 탕 두드렸다.

"난 걔가 누군지 알고 싶은 게 아니야! 플랜을 내놓으라고! 명분과 실리가 주어진다면 계약할 수 있겠다는 소리를 들으려고 내가 여기 앉아 있는 거겠어? 그래서 어떻게 계약할 건데!"

세훈의 말이 끝난 후 시작된 적막은 아까의 적막은 적막도 아닐 수 준이었다.

"움직여!"

숨도 안 쉬고 있던 사람들이 다시 한 번 탕 하고 책상을 두드리는 손에 우르르 일어나 회의실 밖으로 달려나갔다.

"넌 빼고!"

거기에 묻어 달려나가던 허 실장이 세훈의 일갈에 우뚝 멈춰 섰다.

다들 안됐다는 표정으로 허 실장을 힐끔거리며 얼른 회의실을 비우고 문까지 닫아준다. 문까지 닫을 필요는 없을 것 같은데 사람들 참 몰인정하다.

"헤헤, 저요?"

"넌……."

"죄송합니다! 제가 이런 식으로 하지 말고 좀 더 구체적으로 아이디어를 내어보자 말했었는데 다들 제 말을 귓등으로도 안 들어서! 대표님이 절 하도 무시하니까 남들도 다 무시하고…… 엉엉. 그래도 제가 초이 엔터테인먼트에서는 이인자인데, 잘 봐주면 쩜오까지도 가능할 텐데 도무지 말발이 안 서니까 아주 죽겠고……. 엉엉……."

하소연을 늘어놓으며 살포시 무릎을 꿇는 허 실장을 쳐다보던 세훈이 가볍게 한숨을 내쉬었다.

"종현 선배한테 전화해서 나 당분간 병원 못 간다고 전해."

병이 나다

창에 엉덩이를 대고 걸터앉은 세훈은 옆에 있는 허브 줄기를 하나 뚝 떼어 씹기 시작했다. 입안으로 달콤쌉싸레한 허브향이 퍼졌다. 이름은 모르지만 '민트'과임에는 분명했다. 그가 알아볼 수 있는 허브라고는 민트뿐인데 그 맛이 지금 입안에 가득 차 있었으니까.

"좋으면 그냥 좋다고 해. 뭘 아쉬운 척하고 그래?"

퉁명스럽게 대꾸하는 세훈의 말에 전화기 저편에서 걱정 가득한 목소리가 돌아왔다.

– 아니이, 나는 그냥…… 무슨 문제가 있어서 온 걸 텐데 갑자기 안 온다니까아아아…… 보통 그러다가 사람들이 팩 죽어버리고 그러거든. 네가 그럴 새끼는 아니지만 내가 의사다 보니 확인을 해봐야 하는 문제라서…….

"의사도 참 힘들다, 그치?"

– 그럼, 아주 엿 같은 직업 중에 하나지. 내가 이러려고 내 청춘 다 바쳐서 공부했나 싶을 때가 한두 번이 아니야.

"괜찮아. 포기한 거 아니고 바빠서 못 가는 거야."

– 그래? 그럼…….

"아니, 병이 나았다고 할 수 있겠군."

– 엥?

종현의 목소리가 갈라졌다.

"이제 와 하는 이야기인데……."

세훈이 가볍게 숨을 뱉었다.

"나 완전히 끝난 걸지도 모르겠다고 생각했거든."

— 에엥?

"아직 젊은데 너무 성공했어. 더 나아갈 길이 안 보이는 거야. 다 이뤘으니까. ……형은 모를 수도 있는데 정상에 올랐을 때의 외로움? 허무함? 허탈함? 그런 거……."

전화기 저편이 조용했다. 그런데 세훈은 왠지 '열여덟'이라는 욕을 들은 것만 같은 기분이 들었다.

"혹시 지금 '이것도 병이라고 날 들들 볶았다'고 욕하고 있어?"

— 어, 어떻게…… 아, 아니. 의사가 무슨 욕은……. 의사는 원래 그래. 다 받아주고 그래. 환자들은 소중하니까.

세훈은 참 속이 상했다. 사람이 거짓말을 할 거면 티 나지 않게 해야 되는데……. 문종현은 갈 길이 너무나 멀다.

"어쨌든 그랬는데 원석 하나를 발견하니까 싹 나았어. 요즘도 이런 애가 있다니! 나 의지에 막 불타오르잖아. 어쨌든 그래서 못 가는 거니까 신경 쓰지 마."

확신에 찬 목소리의 세훈과 통화를 끝낸 종현은 눈썹을 까딱였다.

그렇게 쉽지 않을 텐데…….

육체적 질병과는 달리 병이 나았다, 라고 생각하는 순간 다른 병이 나기 쉬운 것이 사람 마음이다.

물론 세훈의 병인 진짜 나은 게 아니라 다른 병이 온 것이길 바라는 건 아니다. 그저 그럴 확률이 아주 높다는 거. 뭔지 몰라도 대부분 그렇다는 거. 그랬으면 좋겠……, 아니 아니, 여튼 그럴 위험이 있다는 거.

종현은 책상 서랍에서 십자가를 꺼내 양손으로 쥐고 이마에 갖다 댔다.

"하늘에 계신 아버지, 오늘도 악을 벌하여 주옵시고…… 가능하면 이 악마가 아주 호되게 당하게 하소서."

슈퍼 앞 평상에 앉아 고구마를 까먹던 박 씨는 바로 앞에 정차한 스포츠카에 눈이 휘둥그레졌다. 티브이에서만 보던 빨간 스포츠카는 납작했고, 쌔끈했고, 부티났다.

"우워어어어……."

저도 모르게 탄성을 지르는데 스포츠카의 문이 열리더니 긴 다리가 툭 튀어나왔다. 이어서 긴 기럭지를 뽐내며 내린 남자는 하얀 얼굴을 짙은 선글라스에 감추고, 머리부터 발끝까지 타이트하게 잘 맞는 슈트 차림에 고급 이태리제 수제화를 신고 있었다.

"우우어어어어……."

차만큼이나 간지나고 시크한 남자를 보며 박 씨는 저도 모르게 다시 한 번 탄성을 토해냈다.

남자는 확실히 이 시골 촌구석에서 볼 수 있는 인물이 아니었다.

"저, 여기……."

세훈이 들고 있던 쪽지를 박 씨에게 내밀었다.

"이 주소로 가려면 어디로 가면 되죠?"

"잉?"

남자임에도 세훈의 얼굴에 완전히 정신을 빼앗겨있던 박 씨가 홀린 듯이 쪽지를 받아들었다.

"여기서 택배를 받아준다고 들었습니다."

"그치…… 울가 우편물을 쪼매 받아주카지……. 그까지 우편물이 갈라카문 우체부 아자씨들 억수로 힘드니께. 근데 뭐 한다꼬 거까지 찾아갈라카는데?"

박 씨는 날카로운 눈빛으로 세훈을 위아래로 뜯어보려 했지만 실패했다. 사실 박 씨는 잘생긴 남자에게 약했다. 아니, 잘생긴 '서울 남자'에게. 그리고 눈앞의 남자는 그가 평생 봐온 사람 중 '가장 잘생긴 서울 남자'였다.

그리고 그 '가장 잘생긴 서울 남자'가 이령을 찾고 있는 사태에 대해서라면…….

"저…… 나 그 선글라스 한번 써봐도 되겠소?"

세훈이 인상을 찡그렸다.

"네?"

선글라스 쓰고 사진 한번 찍게 해준 대가로 박 씨에게 이령의 집으로 향하는 길을 알아낸 세훈은 잠시 후, 황당함에 치를 떨어야만 했다.

"헐…… 진짜 이 길뿐이라고? 차 못 들어가?"

애매했다. 차는 못 올라간다고 했을 때 이상하다 싶었는데 세훈이 멈춘 것은 심지어 슈퍼집 박 씨가 알려준 길 한참 전이다. 지금 이 길은 차를 욱여넣자면 못 욱여넣을 것도 없어 보이지만…….

소중한 애마인데.

사륜구동을 끌고 왔으면 모를까 오늘 세훈이 몰고 온 차는 우리나라에 열 대도 안 들어왔다는 초특급울트라슈퍼 스포츠카였다.

"걷지, 뭐."

하루에 두 시간씩 피트니스센터에서 시간을 보내는 그였다. 조금 걷는 것쯤이야 일도 아니리라.

같은 시각, 슈퍼집 박 씨가 허벅지를 치며 혀를 찼다.
"아이구마…… 빠트린 이야기가 있소! 길 잘못 들면 아주 훅 가뿌리는디!"

스카이다이빙, 스킨스쿠버다이빙, 테니스, 골프, 스쿼시, 축구, 수영, 농구…… 세훈은 운동을 좋아하고 즐기는 사람이었다. 그러나 단하나, 등산만은 도무지 왜 하는지 알 수가 없었다.

등산을 좋아하는 사람들은 뭐 산을 정복하는 쾌감이 그 무엇에도 비할 바가 없다는 둥 하지만 세훈으로서는 결국에는 내려와야 하는 산을 뭐 하러 올라가나 싶은 생각뿐이다.

만약 높은 곳에서 산 아래를 내려다보는 호연지기를 위한 거라면…… 케이블카가 있지 않나? 63빌딩 전망대도 있고.

그런데 지금 최세훈은 두 시간째 산을 타고 있습니다.

"지, 지리산이 이렇게 컥, 컸나?"

세훈으로서는 도대체 왜 산악인들이 에베레스트니 K2니 정복하겠다고 난리인지 알 수가 없었다. 지리산도 이렇게 훌륭하게 험한데.

"허억…… 허억…… 아, 아니, 세헤…… 상이 얼마나 험한데, 헥! 여자 혼…… 자…… 이런 산…… 에엑…….'"

눈앞이 뱅글뱅글 돌아 세훈은 발을 자꾸 헛디뎠다.

피트니스센터 외의 장소에서는 땀 흘릴 일이 거의 없는 세훈인데, 어느새 온몸이 땀에 절어 있었다. 잘 세팅되어 있던 머리카락은 헝클어지고 흘러내려 이마에 딱 달라붙은 지 오래다.

　그러나 지금 이 상황에서도 길은 보이지 않고 앞을 봐도 산, 뒤를 봐도 산, 좌를 봐도 산, 우를 봐도 산…… 길은 언제 사라졌는지 기억도 없다.

　가끔 나타나는 길은 잘 봐줘야 오솔길, 혹은 짐승길 같이 세훈 몸 하나 욱여넣기도 힘들어 보일 뿐.

　당황스럽다 못해 황당한 시츄에이션이 아닐 수 없었다.

　"으흐…… 으흣! ㅎㅎㅎㅎㅎㅎ……."

　사람이 미치면 실소가 나온다더니 딱 그 짝이었다. 더 이상 시계도 보지 않게 된 어느 시점, 세훈은 웃고 있었다.

　슈트 윗도리를 손에 든 채 비틀거리며, 오직 쓰러질 수 없다는 의지 하나로 발을 움직이던 세훈이 우뚝 멈춰 섰다. 그리고 양손을 하늘을 향해 번쩍 들어 올렸다.

　"으흐? 흐흐? 으하하하하하하하하하하하하하하!"

　미친 사람처럼 큰 소리로 웃던 세훈이 웃음을 딱 그쳤다.

　사방이 고요해졌다.

　"세상 혼자 살아?"

　아무도 보지 않는 산속에서도 지랄 맞은 성질이 튀어나왔다. 눈에서 불꽃이 튀는 듯했다.

　"산에 살 거라도 누가 찾아올 때를 대비해서…… 응? 앞산, 뒷산, 이런 데 살면 좀 좋아? 세 글자로 된 산은 다 험하다는 거…… 백두산, 한라산, 지리산, 지리산…… 이거 이제 상식 아닌가? 애가 왜 이렇게 몰상식해?"

"허억……허억……."

더 이상 말하면 어지럽기만 하다는 걸 알아 다문 입술 사이로 거친 숨이 새어나왔다.

이령의 집을 찾는 건 진즉에 포기했다. 그냥 돌아가려고 하는데 그게 안 되는 거다. 내리막길로 간다고 하산하는 게 아니라는 건 알고 있었다.

문제는 그럼 어디로 가야 하는지를 모르겠다는 거…….

점점 산이 깊어지는 느낌.

해가 지는 느낌.

사방이 어둑한데 눈만 감으면 노오란 느낌.

"허흐……."

들고 있던 계약서로 부채질을 하도 했더니 너덜너덜해져 종이가 힘없이 축 늘어져 있었다. 세훈도 마찬가지였다. 기분 같아서는 이대로 바닥에 대(大)자로 눕고 싶었다.

이것이 조난인가!

전혀 예상치도 못한 상황 전개에 세훈의 머릿속이 급격히 헝클어졌다.

최세훈은 전형적인 도시 남자였다. 이런 대자연을 겪어본 적이 없으므로 사람이 대자연 앞에서 이렇게 작아진다는 걸 처음 알았다. 아니, 알고는 있었는데 실감한 건 처음이었다.

별별 생각이 다 났다.

데리고 있는 배우가 예능 프로그램에 나가 부싯돌을 사용하지 못한 걸 욕했던 것은 자만이었다. 지천에 돌이 있는 이 상황에서 세훈은 감히 불을 피울 생각도 하지 못하는 중이었다. 담배를 피우지 않아 지금은 그의 손에 없는 라이터! 라이터 하나만 있다면!

"추워……."

낮에는 덥더니 밤이 오자 추웠다.

이래서야 동사도 아예 남의 이야기는 아닐 듯했다.

"흑!"

이렇게 사람이 울 수도 있구나, 세훈은 깨달았다. 쪼그리고 앉아서 울음을 참으려니 어깨가 자꾸 들썩였다. 진짜 누가 볼까 무서웠다.

최세훈이…… 천하의 최세훈이……!

워오오오오오오오!

어디선가 늑대 울음소리가 들린 것은 그때였다.

눈이 화등잔만 해진 세훈이 숨을 멈췄다.

두려워서가 아니었다. 허 실장에게 들은 이야기에 따르면, 늑대 소리가 난 그 순간 장뚱땡이는 유이령을 만났다!

거친 숨을 누르며 세훈은 늑대 울음소리가 들리는 방향으로 진격했다. 혹여나 늑대가 울음을 멈출까 봐 심장이 죄어들었다.

그리고 마침내.

비슷비슷한 나무를 지나고 지나, 길 같지 않은 길을 헤치고, 덤불을 넘어 집이 보였다.

멀리, 멀리, 쩌어어어어어어어어어 멀리.

세훈은 숨을 멈췄다. 그리고 폭풍처럼 토해냈다.

"으아아아아악! 저기까지 어떻게 가아아아아아아아아아아아아아아아!"

세훈의 절규가 지리산 구석구석을 메아리쳤다.

"유! 이! 려어어어어어어어어엉!"

맑은 물 위로 휘영청 떠 있는 둥근 달이 어른거렸다.

계곡 가장자리에 앉은 이령은 그 달에 시선을 둔 채 무릎을 세워 모았다.

어떻게 살아야 하나.

할아버지가 돌아가신 이후로 이령이 계속 고민하고 있는 화두였다.

할아버지 살아생전에는 이런 생각을 한 적이 없었다. 해야 할 일과 하지 말아야 할 일 모두를 할아버지의 가르침 속에서 찾았다. 그리고 삶의 지주였던 할아버지가 돌아가신 지금에는…….

"극기복례[4](克己復禮)라……."

이령은 일어나 몸을 털고는 옷을 훌훌 벗기 시작했다. 그리고 물로 첨벙 뛰어들었다.

뽀글뽀글, 기포가 이령의 몸을 감싸고 끓어올랐다. 맑고 차가운 물이 피부를 구석구석 어루만지며 자꾸만 가라앉는 그녀의 마음을 깨워준다.

어렸을 때부터 이 계곡은 이령의 놀이터였다. 할아버지와 함께 공부하고 밭일을 하느라 여유 시간이 많진 않았지만, 틈만 나면 계곡으로 와 멱을 감았다. 수영을 제대로 배운 적은 없지만 물에 뜨는 것은 어렵지 않았다.

무엇보다…… 이렇게 물속에 있으면 복잡하던 머리가 개운해지는

---

4) 스스로를 이기고 예로 돌아간다.

느낌이었다.

어른이 되어야 했다. 더 이상 이령을 보호해주는 사람은 없으니까.

그렇게 둥둥 떠다니며 하늘의 달도 보고 계곡 깊이 잠영도 하던 이령이 멈칫하고 주변을 돌아보았다. 누군가…… 그녀를 부른 거 같은데?

잠깐 눈을 깜빡이던 이령은 피식 웃고 말았다. 도대체 누가 그녀를 부른단 말인가? 여긴 말 그대로 심산유곡이고, 유일하게 이름을 불러줄 할아버지는 하늘에서 그녀를 지켜보고 계실 텐데.

그럼에도 불구하고, 문득 떠오르는 얼굴이 있다는 건 이상한 일이었다.

왜…… 최세훈이 생각나지?

길 가르쳐준 아줌마도, 육교 위의 아저씨도, 살려달라고 소리 지르다가 사라진 금발의 예쁜 아가씨도, 머리 터졌다고 찡찡대던 허 실장도…… 다 이해는 안 갔지만 제일 이상한 건 역시 최세훈이라는 남자였다.

말도 안 되는 소리를 아무렇지도 않게 하고.

그렇게 말 안 통하는 남자는 처음이었지.

그래도…….

문득 이령의 주먹에 나가떨어지던 세훈의 모습이 생각나자 이령은 키득 웃었다. 되게 폼 잡던 남자인데.

뜨거웠던 체온과 물의 온도가 같아지며 이령은 마치 엄마 배 속에 있는 것과도 같은 편안함을 느꼈다.

팔을 벌린 채 둥둥 떠 있자, 등 뒤로 비춘 달빛이 피부를 타고 흐르는 것이 느껴졌다.

편했다.

헤매고 헤매 결국 이령의 집을 찾아낸 것은 최세훈이 아니었다면 할 수 없는 위업이었다. 뛰어난 방향감각, 강철 같은 체력, 그리고 무엇보다 포기하지 않는 집념의 사나이 최. 세. 훈.

시간은 좀 걸렸지만 결국은 해냈으므로 세훈은 자랑스러웠다. 그의 일생이 그랬다. 어려움은 있을 수 있었다(많지는 않고 쪼끔). 그러나 결국에는 해낸다. 성공한다. 그것이 최세훈의 라이프(life)!

그러는데 첨벙, 하고 물소리가 들렸다. 그냥 물소리는 아니고 분명히 누군가가 뛰어들었을 때 나는 인위적인 소리였다.

몹시 지쳐 있던 차이므로 무시해버릴까 생각했지만, 마음에 걸렸다. 다른 건 몰라도 세훈은 자기 자신의 촉을 믿는 스타일이었다.

그래서 목표지점(=이령의 집)을 코앞에 두고 길을 틀어 물소리가 난 곳으로 향했다.

그리고 그곳에서 이령을 만났다.

휘영청 한 달이 마치 스포트라이트처럼 계곡을 가득 채우고 있는 곳.

맑은 물.

검은 머리카락이 나풀대는 모습이 마치 꽃이 핀 것 같았다.

그리고 하얀, 나신.

눈앞을 가득 채우고 있는 비현실적으로 몽환적인 광경에 시선을 완전히 빼앗긴 건 잠깐, 바로 정신이 들었다.

사람이 물에 빠졌잖아!

생각하는 것보다 몸이 먼저 움직였다. 방금 전까지 손가락 끝도 까딱하지 못할 정도로 지쳤었지만 위기상황이 오자 달라졌다. 아드레 날린이 솟구치며 발이 빛보다 빠르게 움직였다. 계곡을 향해 뛰면서 입고 있던 셔츠도 벗어 던졌다.

그리고 바로 다이빙.

하얗게 물보라가 일어나며 얼음장처럼 차가운 물이 몸을 휘감았다. 즉각 왜 스킨스쿠버 다이빙과 수영을 관뒀는지가 떠올랐지만(=추워서) 애써 무시하고 팔과 다리를 움직였다.

그런데.

방금까지 죽은 듯 꼼짝도 않던 이령이 몸을 휙 움직이더니 이쪽을 쳐다보지 않는가?

오. 마이. 갓.

본능적으로 움직이던 팔다리가 묶인 듯 굳었다.

물속에서 눈을 뜬 채 서로 마주 본 느낌은…… 그것도 둘 중 하나가 헐벗고 있을 때의 느낌은…… 안 해봤으면 묻지를 말어!

"꺄아아아악!"

물 위로 곧장 상승한 이령은 치를 떨며 물가로 헤엄쳐 나왔다. 말이 집 근처의 계곡이지 이 근처에는 이령의 집뿐인 깊은 산골이다. 이 시간이 누가 나타날 거라고는 상상도 못 한 일이었다.

숨을 몰아쉬며 나와 벗어 던져놓았던 옷으로 몸을 가리며 돌아보았을 때만 해도 이령은 갑자기 나타난 남자가 누군지 몰랐다.

"나…… 허억…… 수영……."

허우적거리며 뭔가 말하는 남자를 보기 위해 이령은 눈에 힘을 줬다. 어디서 많이 본…… 남……자…… 헉? 최세훈?

가장 수심이 깊은 곳에 도달한 남자는 마구 첨벙대며 허우적대는 중이었다. 수영을 못하나?

"나…… 진짜 수영…… 크흡! 잘…… 커억! 해!"

수영 잘한다고?

뜻밖의 상황에 이령은 자신이 헐벗고 있다는 사실도 잊은 채 멍하니 세훈이 모습을 바라보았다.

"수영…… 잘…… 크흡!"

분명 수영을 잘한다고 말하는 것 같은데 상황이 묘했다. 그냥 얼핏 봐서는 익사하는 중인 거다. 도시에서 유행하는 새로운 수영법인가?

"근데 쥐! 쥐! 쥐! 쥐이이이이이이이이이이이……."

버티고 버티던 세훈이 꼬르륵 마지막 숨을 뱉어내며 물속으로 가라앉았다.

"헉!"

깜짝 놀란 이령이 다시 물에 뛰어들었다.

깊은 밤, 산속의 집은 군더더기 없이 단출했다.

사계절이 지나는 동안 봄에는 꽃이 피고 여름에는 나무가 우거지고 가을에는 단풍이 울창하고 겨울에는 하얀 눈이 포근히 쌓인다 해도 집은 집이었다. 변함없이 조그마하고 단정했다.

그런 집에 어울리지 않는 물건이 걸렸다.

첫째는 물을 빼기 위해 댓돌에 거꾸로 엎어놓은 남자 구두요, 둘째는 빨랫줄에 걸린 낯선 고급 슈트다.

둘 다 물을 탈탈 털어주긴 했으나 제 생명은 아예 잃은 것이 분명해 보였다.

그리고 방 안, 아궁이의 불씨를 한껏 키워 뜨끈하게 데워놓은 안방에는 두꺼운 솜이불을 두른 채 눈을 감은 남자.

최세훈.

"으음…… 으으…….."

뒤척이던 세훈의 몸이 벼락을 맞은 듯 경직되었다.

"아아악!"

근육이 땅겨지는 고통에 허리를 굽히며 세훈이 종아리에 손을 갖다 대었다.

"하지 마요. 그렇게 움직이면 더 아파요. 그냥 발바닥을 뒤로 눕히는 게……."

"으아아아악!"

제지하는 손에 두 번 놀란, 그리고 더 크게 놀란 세훈이 눈을 크게 뜨며 뒤를 돌아보았다. 마주친 것은 단정하게 앉아 눈을 가늘게 뜬 이령의 못마땅한 표정이었다.

세훈은 눈동자를 굴렸다.

여긴 어디?

기억이 잘 나지 않았다. 허 실장 이하 직원들이 움직이는 게 하도 굼떠 직접 지리산으로 온 것까지는…… 생각난다. 그리고 슈퍼에 가서 이령의 집으로 가는 길을 물었고, 산을 탔고, 길을 잃었고, 또……

아! 계곡!

그런데?

굉장히 불길한 예감에 세훈이 이불을 슬쩍 들치고 안을 보았다.

세훈의 눈이 태어나서 한 번도 경험해보지 못한 크기까지 곧장 확장되었다.

"으아아아아아아악! 아아아아아아아아악! 아아아아아아아아아아
아아아아아아악!"

"시끄러워요!"

이령이 귀를 막으며 인상을 찌푸렸다.

"지금 소리를 질러야 하는 사람이 누군데 누가 소리를 질러요? 의
미불명의 큰소리를 내는 거야말로 정신의 연약함을 드러내는 거라고
말한 사람이 누구더라? 아! 귀 따가워!"

"이, 이게 뭐야! 누가 내, 내 옷 벗겼어? 나 왜 홀랑 벗었어?"

"그만하랬어요."

"이거 무슨 일이야? 너, 설마 나한테……."

"그럼 계속 난리 치든가."

이령이 쌩 하고 찬바람이 이는 얼굴로 일어섰다. 더 이상 귀 따가워
들어줄 수가 없단 태도였다. 그래서 세훈은 얼른 입을 다물고 이령을
잡아 앉혔다.

"이게 무슨 일인지 알고 싶은 것뿐이야. 내가 왜 여기 있는데?"

"나도 무슨 일인지 알고 싶어요. 왜 여기 계세요? 어떻게 하시다 계
곡에 나타나신 거예요?"

잠깐 침묵이 작은 방을 채웠다.

"흠흠!"

헛기침을 하던 세훈의 시야에 이불 밖으로 빠끔히 고개를 내밀고
있는 발가락이 보였다. 항상 단정하던 발가락 끝이 발갛게 부어 있었
다. 그리고 그 발을 보고 있자니…… 생각나는 게 있었다.

"내가 막 너한테 업히다시피 질질…… 발 질질……."

중얼거리던 세훈이 허허 하고 허탈하게 웃었다.

"그럴 리가 없잖아?"

하지만 돌아본 이령의 얼굴 표정은 그럴 리 있어 보였다.

"서, 설마……. 너랑 나랑 키 차이가 얼만데."

"그래서 발이 질질 끌렸죠."

"하, 하지만 나 무게도 많이 나가. 옷발 죽이게 말라 보이지만 사실 이게 지방은 거의 없이 다 근육이라서 무거워."

이령이 입술을 굳게 다물고 세훈을 쳐다보았다. 딱히 노려보고 있는 건 아닌데 어째서인지 그는 그녀를 마주 볼 수가 없었다.

"아냐. 그럴 리 없어."

말하는 순간 다리에 쥐가 다시 오르락 말락 했다. 마치 '너 그랬어.'라고 말하는 것처럼. 그러니까 천하의 최세훈이 물에 빠져서 자기 반만 한 여자애한테 업혀 온 거다.

"고, 고마워."

참담하기 이를 데 없는 심정으로 세훈이 인사했다.

"크흡!"

눈물이 나는 건 어쩔 수 없었다. 남한테 신세 지는 거 진짜 싫어하는 최세훈인데! 폼생폼사, 체면을 구기느니 차라리 죽어버릴 최세훈인데!

"하지만!"

세훈이 눈에 힘을 줬다.

"너 어디서 부끄러운 줄도 모르고 남자 옷을 함부로 벗겨?"

말 끝나자마자 이령의 입에서 사자후가 터졌다.

"저체온증으로 죽게 내버려둘 걸 그랬죠! 그깟 물에 좀 빠졌다고 금방 새파래져서 오들오들! 완전 약골!"

몹시도 맞는 말이었다.

서울에서도 느낀 거지만, 유이령은 태도 같은 건 맘에 안 드는데 묘하게 말이 되는 말을 잘했다. 세훈이 어디 가서 말발로 딸려본 적이 별로 없는 이령과는 잘 봐줘도 맞수다. 죽어도 이긴다는 말은 절대 못 하겠고.

"좋아. 그렇다고 쳐. 우리 지난 일은 넘어가고."

"자기 불리하면 넘어가재."

"……."

"일단 쉬세요. 어차피 날 밝아야 산 내려갈 수 있으니까."

"아냐 아냐."

일어서려는 이령을 다시 잡아 앉히는 세훈의 손은 평소와 다르게 절박했다. 이대로 물에 빠져 죽을 뻔한 것을 구원 당한 후 찌질하게 하룻밤 신세 지는 남자가 될 순 없었다.

"내가…… 그러니까 왜 여기 왔는지 말해주고 싶은데."

이령이 도로 앉았다. 그리고 그를 빤히 쳐다봤다.

"말씀하세요, 그럼."

그런데 말할 수가 없었다. 이령과 시선을 맞추고 있노라니 왠지는 모르겠지만 진짜 말할 분위기가 아니었다. 정말 이유를 모르겠는데 이렇게까지 쭈그러지는 기분은 생전 처음이었다. 언제나 상대의 눈을 똑바로 바라보는 최세훈이었는데 자꾸만 눈을 내리깔고 싶어진다.

"그, 그게."

평소답지 않게 없는 용기를 다 끌어 모은 세훈이 변명 아닌 변명을 시작했다.

"여자애가 산에 혼자 산다니까 걱정되어서……."

"본인 걱정이나 하는 게 낫지 않을 거 같아요?"

정답.

"지금이 아니라 앞으로가 문제지. 내가 도와주고 싶어서……."

"지금 누가 누굴 도와요?"

정답.

"……그러게."

한숨과 함께 세훈은 포기했다. 포기라는 단어, 정말 싫어하는데 꼭 필요한 순간도 있는 거 같다.

"그럼 주무세요."

이령이 일어섰다. 들을 거 다 들었고, 더 얘기 하고 싶은 게 있어도 듣기 싫다는 태도였다. 이럴 때 대답할 말은 하나였다.

"응."

문이 쾅 닫혔다. 별로 넓지도 않은 방에 세훈 혼자 남았다.

"어이구!"

세훈이 이불을 뒤집어쓰고 몸부림치기 시작했다.

"어머니! 쪽팔려서 저는 이제 어떻게 사나요? 내가 왜! 어이구우우우우! 아기 수영단 출신인 내가 왜! 왜! 왜애애애애애애! 하필 그때 쥐가아아아아아아!"

몸부림을 치는데 뒤가 서늘해졌다. 이것은 분명히 외부 바람이었다. 세훈의 마음도 서늘해졌다.

흘깃 뒤를 돌아보니 이령이 기묘한 표정으로 그를 보고 서 있었다. 굳이 그 표정에 이름을 붙이자면 '이거 또 뭔 지랄이래.'였다.

"왜?"

이불을 끌어당기며 근엄하게 말하려다가 세훈은 관두기로 했다. 이미 넘지 말아야 할 강을 건넜다. 그가 무얼 하든 이령은 근엄의 ㄱ자도 떠올리지 못할 것이다.

"할아버지 옷이에요. 아마 맞을 거예요."

옷을 쓱 밀어준 이령이 문을 쾅 닫아버렸다.

"저…… 저……."

하고 싶은 말은 많은데 할 수 있는 말이 없는 상황. 세훈은 한숨을 삼키며 이령이 밀어준 옷을 펼쳐보았다.

개량식 한복이었다.

"이건 또 뭐야?"

같은 시각, 초이 엔터테인먼트.

회의실 문이 열리자 아무렇게나 널브러져 있던 박 실장과 지 실장이 화들짝 놀라 자세를 바로 했다. 그러나 들어온 건 세훈이 아니라 허 실장이었다.

"아, 좀 살살 다녀요!"

다시 세상에서 가장 편한 자세로 누우며 박 실장이 투덜거렸다.

"헤헤, 대표님인지 알았지?"

"깜놀했잖아요."

"그런데 대표님은 왜 오늘 하루 종일 안 보여요?"

역시 닫았던 오락 창을 켜면서 지 실장이 물었다. 궁금해서 묻는 건 아니고 그냥 인사 같은 거였다. 물어놓고 대답 안 들어도 궁금하지 않은.

"몰라. 그리고 보니 오늘 일정이 비었네?"

박 실장과 지 실장이 동시에 고개를 반짝 들었다.

"일정이 비어요? 우리 대표님이? 은퇴하고 여행 다니는 엄마가 5년 만에 한국에 들어와서 점심 먹재도 스케줄에 넣는 양반인데?"

허 실장이 고개를 갸웃했다.

"그리고 보니…… 그러네. 대박 아이템 이야기 좀 하다가, 스케줄 비우라고 해서. 난 또 아무 생각 없었지."

"아, 실장님은 이게 문제예요. 시키는 대로만 하고 생각을 안 해."

지 실장이 투덜댔다.

"야야, 내가 생각씩이나 했으면 그 인간한테 이렇게 오래 붙어 있지도 못해."

박 실장과 지 실장이 동시에 고개를 끄덕였다. 그건 그래.

"그럼 설마 대박 아이템한테 간 거 아니에요?"

"아니야. 거기 산이란다. 지리산. 우리 대표님이 다 까다롭지만 몸 움직이는 거에 특히 까다롭잖아. 러닝머신 아니면 뛰는 것도 싫어하고."

"그러니까! 그런데 막 가서 산 타는 거지."

지 실장이 허튼소리를 시작했다.

허박지가 제일 좋아하는 파티 타임이었다. 실제로 일어나지 않을 일을 상상하며 최세훈 괴롭히기. 늘 간지나기만 하는 최세훈인데 그들의 상상 속에서는 실수도 하고 찌질하기도 하고 그렇다.

"산 타다가 길 잃고?"

허 실장의 말에 웃음이 빵 터졌다. 세상 사람들이 다 길을 잃는다 해도 최세훈은 아닐 거다.

"막 힘들어서 손 바들바들 떨리고 다리 휘청대고요."

"그런데 막상 집을 발견했더니 쩌어어어어 멀리 있어. 그래서 거기까지 가는데 또 고생해. 밤새우는 거야."

"아아, 그래서 오늘 하루 종일 안 보인 거구나?"

"정답!"

낄낄대며 노는 허박지 실장들의 농담 아닌 농담 속에서 발랄한 밤이 깊어가고 있었다.

실장들은 꿈에도 몰랐다. 그들의 하루는 이제 끝나가고 있었지만 최세훈의 하루는 이제 막 시작이라는 것을.

사람 얼굴은 제대로 비출까 싶도록 오래된 거울에서도 미모는 빛났다.

"야아……."

자신을 향한 감탄을 누르지 않으며 세훈을 개량한복을 입은 자신의 모습을 이리저리 비춰보았다.

"진짜 나란……."

흡족하기 그지없었다.

"정말 나도 나다. 이런 것까지 어울리냐."

보통 사람들이 입었으면 10년은 늙어 보였을 구린 한복인데 그가 입으니 새신랑의 풋풋함이 막 풍기고 난리 났다. 좌를 봐도 예쁘고, 우를 봐도 예쁘고……. 그렇게 이리저리 거울을 비춰보다 무심코 바닥으로 시선이 향했다.

"허억?"

숨넘어가는 소리를 내며 세훈이 벽이 찰싹 달라붙었다. 거미였다. 그것도 집게손가락 반만 한 크기의 대왕거미!

"으아아아아아아아악!"

거미에게서 시선도 떼지 못한 채 소리를 지르자 밖에서 후다닥 뛰는 소리가 들리더니 문이 벌컥 열렸다.

"무, 뭐예요? 무슨 일 있어요?"

입을 당장 찢어놓는다 해도 거미가 무서워서 소리를 질렀다고는 말 못한다.

"아, 아니야. 다리가 좀 아파서."

슬슬 벽에서 떨어지며 세훈은 팔다리를 접었다 폈다 하기 시작했다. 이령이 수상하다는 듯 물음표를 뿅뿅 띄운 눈으로 그를 바라보았다. 그러나 그건 문제도 아니었다.

문제는…… 잠깐 눈을 뗀 사이 거미가 사라져버렸다는 거!

"아무것도 아니니까 가서 자. 얼른."

이령을 내보내려 손을 휘저으면서도 세훈의 시선은 방바닥을 헤매고 있었다. 거미를 잡아야 했다. 방 안 어딘가에 거미가 있다는 것을, 그것도 대왕거미가 있다는 것을 알고 잠들 수 있을 리가 없었다.

"흠……."

"가래도."

잠깐 뚱한 표정을 짓던 이령은 짧게 인사했다.

"주무세요."

그리고 문이 쿵 닫혔다.

문을 닫은 이령은 피식 웃고 말았다. 최세훈과 같은 스타일을 본 건 처음이지만, 이런 산골에서 저렇게 바닥을 뚫어버릴 듯 쳐다볼 때는 벌레 문제일 확률이 높다.

그리고 그런 문제라면, 이령은 해줄 수 있는 게 없다.

은근 귀여운 구석이 있잖아? 큰 남자가 자기 1/100도 안 되는 벌레를 무서워할 건 또 뭐야. 무서워하면서 센 척하는 건 또 뭐고.

키득키득거리면서 이령은 건넌방으로 타박타박 걸음을 옮겼다.

거미는 못 찾았다.

방바닥에 손을 짚은 채 절망 자세를 취한 세훈은 진심으로, 여태까지 그런 적이 없을 정도로 우울했다. 세상만사 뜻대로 되는 일이 없다는 게 이런 거였나 보다. 그동안 안 되는 일이 없어 몰랐는데 오늘에야 알겠다.

이런 적은 진짜 처음이었다.

세훈은 늘 바쁜 사람이었다. 해결해야 할 일도 많고, 생각해야 할 일은 더 많았다. 참석해야 할 모임, 파티, 회의…… 일이 끝나고 집에 가서도 곧 컴백해야 된 애들 콘셉트라든지, 스케줄이라든지, 생각할 거리는 끝나지 않았다. 인간은 머리를 부지런히 굴려야 한다는 것이 지론이기도 했고.

그런데 지금은 아무 생각도 하기 싫었다. 그냥 멍했다.

세훈의 집 화장실보다 조금 더 큰 이 집이 그를 이렇게 만들었다. 창문은 창호지를 바른 주제에, 조그마한 책상과 책장도 도무지 몇 세기 전의 물건인지 가늠도 안 되고, 필사한 게 아닌가 싶은 누런 책들, 보자기, 방 한쪽에 쌓여 있는 이름 모를 물건들……. 결정적으로 여기는 초를 켠다. 초. 향초 같은 거 말고 굵고 기다란 진짜 초!

"휴우……."

폐부 깊숙이에서 솟구친 한숨이 입술을 비집고 튀어나왔다. 사람들은 이럴 때 엄마를 보고 싶어 하는 걸까.

그렇게 멍하게 있고 싶었는데 다음 순간 세훈의 몸이 바짝 굳었다. 뒤에서 무언가 움직인 것이다.

돌아보자, 아무것도 없었다.

"여긴 너무 조용해."

자신의 목소리가 낯설게 들렸다. 숨을 쉴 때마다 촛불이 일렁거리며 그의 몸이 만들어낸 그림자가 빛바랜 벽지에 너울거렸다.

"아니, 무서워!"

세훈이 고개를 휙휙 돌릴 때마다 그림자는 점점 더 커지고 울렁였다. 손가락만 한 거미가 사는 것도 맘에 안 드는데 여기 그림자는 살아 숨쉬는 것만 같다. 분명 그의 그림자인데 그의 그림자가 아닌 듯한 느낌. 자꾸 공포영화의 주인공이 된 것 같은 느낌은…… 정말 느낌일까?

이령은 서랍장에 할아버지 사진을 올려놓았다.

"할아버지, 또 할아버지 방에서 자요."

어렸을 때는 할아버지 품에서 잠들었지만, 좀 크고 나자 할아버지는 큰 방을 손녀딸에게 내어주고 추운 작은 방을 썼다. 방에 살짝 바람이 든다는 걸 알게 된 것은 장 대표 때문에 처음으로 이 방에서 잤을 때였다.

그래서 펑펑 울면서 잤다.

아무 생각도 없었던 자신을 질책하면서.

"저기……."

한참 감상에 젖어 있는데 똑똑 하고 문을 두드리는 소리가 들렸다.

"?"

"저기…….."

문을 벌컥 열자 방문 코앞까지 와 있던 세훈이 깜짝 놀라 주춤 뒤로 물러섰다.

"왜요?"

"아, 혹시 너 무서울까 봐…… 같이 있어줄까?"

"그쪽이 무서운 건 아니고요?"

"야…….."

어이없다는 듯 세훈이 헛웃음을 웃었다. 그러나 그의 눈꼬리가 미묘하게 떨리고 있음을 이령은 눈치 챘다.

"너, 나 공포영화도 완전 잘 보는 사람이야."

같은 시각, 허박지 실장들과 아이돌 M-ster의 민혁, 창준, 신우, 그리고 민주와 소진은 영화 관람 중이었다. 최세훈이 질색하는 공포물이었다.

"근데 우리 대표님 말이야."

팝콘을 입안에 넣은 실장이 우물거리며 말했다.

"공포물 싫어하는 거 무서워서 그러는 거지? 은근 겁 많지 않아?"

"말해 뭐해요? 오죽했으면 김지선 감독님 영화…… 나 주연으로 제의 들어온 것도 깠잖아요. 자기가 모니터해야 하는데 공포라 못 한다고."

민주의 말에 허 실장이 눈을 동그랗게 떴다.

"그렇게 말했어?"

"에헤이! 어디 그 양반이 그렇게 솔직한 양반인가요? 척하면 착이죠."

민주의 말에 다들 고개를 끄덕이고 화면에 몰입하기 시작했다. 막 화면에서는 길을 잃고 낯선 집에 묵게 된 남자 주인공이 공포심에 시달리다 여주인공을 찾아가는 장면이 나오고 있었다.

"그쪽이 무서운 거 아니면 됐어요. 전 괜찮으니까 가서 주무세요."

쌀쌀맞게 말한 이령이 문을 닫았다. 아니, 닫으려 했다. 세훈이 발을 잽싸게 문과 문지방 사이에 끼워 넣지 않았더라면 닫혔을 거다.

"넌 진짜 문 닫는 거 좋아하더라. 애가 왜 이렇게 매정해?"

"왜요. 더 할 말 있으세요?"

냉랭하게 말하긴 하는데 이령의 표정이 조금 변했다. 뭔지 몰라 잠시 어리둥절했던 세훈은 이내 깨닫고 헐…… 하며 숨을 몰아쉬었다.

139

"야, 너 설마…… 헐…… 대박! 설마 너 다른 생각 하는 거 아니지? 내가 막…… 너 여자라고…… 헐……."

"아니시면 발 치워주세요. 남녀칠세부동석이라 했어요."

"세상에……."

세훈이 고개를 절레절레 저었다.

"내가 진짜 바쁜 사람이긴 한데, 또 네가 세상을 너무 모르니까 좀 그러네. 얘기 좀 하자. ……나 좀 들어갈게?"

문을 당겨 열려던 세훈의 몸이 휘청했다. 이령이 문고리를 꼭 잡고 안 놔주는 거다. 그렇다고 해도 여자 힘이니 세훈이 당기면 열려야 하는데 진짜 꿈쩍도 안 했다.

마주친 시선에 불꽃이 튀었다.

"넌 은근 나한테 이겨먹으려고 하더라?"

"그렇게 생각하는 것부터가 이상하지 않아요? 전 피곤해서 자고 싶은 거뿐이에요."

세훈은 어금니를 꽉 깨물었다. 어느 누구와 이야기를 해도 말발로 지는 법은 별로 없는 세훈인데 언젠가부터 이령과 말만 섞으면 자꾸 밀린다.

"그래, 알아 알아. 나도 피곤해. 그런데 오늘만 날이야? ……오늘만 날이잖아. 내가 잠 오는 거 꾹 참고 이야기해줄 테니까……."

세훈이 문을 열려고 했다. 이번에는 좀 더 세게.

이령이 다시 문을 당기며 눈에 힘을 주었다.

어쭈? 하고 세훈이 손에 힘을 더 주었다.

이령이 어금니를 꽈악 물자 손등이 하얗게 튀어 올랐다.

"에잇!"

부끄러운 줄도 모르고 세훈이 힘을 확 썼다. 버틸 만큼 버틴 이령의 몸이 앞으로 휙 고꾸라졌다.

"으하하하하하하하!"

반사적으로 이령을 받아 안아놓고 세훈이 호탕하게 웃었다.

"얘가, 얘가 진짜……. 몇 번 훅훅 내가 넘어가줬다고 까불고. 진짜로 하면 내가, 응? 네 몸무게만 한 바벨을 들었다 났다……."

신이 나서 떠들어대던 세훈의 목소리가 점점 잦아들었다. 그의 팔에 안겨 있는 이령의 몸은 가녀리다 못해 가볍게 느껴졌다. 낭창하게 손끝에 걸리는 피부의 느낌은 금방이라도 녹아내릴 듯 부드러웠다.

"하는……데?"

세훈은 자신이 무슨 말을 하던 중이었는지 잊어버렸다.

균형을 잃고 세훈에게 몸을 의지한 채 그를 올려다보고 있는 이령의 얼굴에 판타스틱한 빛이 덧씌워졌다.

이게 뭔가 하면서 세훈은 눈을 깜빡여 보았다.

정체는 알 수 없는 이령이 반짝반짝 빛나 보인다. 까만 눈동자, 오 똑하고 작은 코, 붉은 입술…… 윤기 나는 머리카락이 허공에서 찰랑 찰랑…….

"계속 이러고 있을 거예요?"

"계속 이러고…… 아!"

세훈은 얼른 붙잡고 있던 이령을 놓아주었다.

자세를 바로 한 채 이를 악문 이령이 세훈을 노려보았다.

"있잖아."

"또 뭐요."

"나 눈 나빠졌나 봐."

세훈이 뜬금없이 눈을 비비는 바람에 이령은 폭발하기 직전이었 다. 도무지 대화를 따라갈 수가 없지 않은가? 너무너무 신경 쓰이는 남자였다.

역시 옛말에 틀린 게 하나 없다. 물에 빠진 놈 구해놓으면 보따리 내놓으라고 한다더니 보따리도 없는 주제에 귀찮아 죽겠다.

"내일 하산하시는 대로 안과 가시고요…… 지금은 가서 주무세요!"

쌩하게 방으로 들어간 이령은 세훈이 이러니저러니 말할 틈도 주 지 않고 문을 닫아버렸다. 그리고 안의 걸쇠까지 걸어버린다.

하지만 그럴 필요까지는 없었다. 세훈은 문을 열려고 하지 않았기 때문이다. 사람들이 몰라서 그렇지 세훈은 의외로 매너 있는 사람이 었다. 뭐든 강제로 하려는 생각은 전혀 하지 않는다.

포기하지도 않지만.

"야아…… 야아?"

고양이도 아니면서 계속 밖에서 야아, 거리는 통해 이령은 머리가 다 아플 지경이었다.

"너 왜 자꾸 나를 재우려고 그래. 얘기 좀 하자니까, 비즈니스!"

"가세요!"

"너 진짜 드릅게 튕긴다. 나한테 이렇게 튕기는 여자는 처음이야. 대부분 나하고 얘기 하고 싶어서 번호표 받아들고 대기 타는데……."

"그러니까 그런 여자들하고 이야기하기라고요!"

"너 질투하니?"

미칠 것 같았다.

아니, 미친 것 같았다. 이 남자는.

"저기 말이야…… 내가 무서워서 이러는 건 진짜 아니야. 아닌데……."

잠깐 문밖이 조용해졌다.

"에이, 좋아. 내가 쿨하게 인정한다! 그러니까 나 혼자…… 자는 게 무……서…… 크흑!"

혼자서 생쇼 하기 대회가 있다면 이령은 1등이 누군지 알 수 있었다. 문밖의 남자다.

쇼라도 보는 기분으로 문밖의 동정을 주시하자 남자는 자존심 상해서 안 되겠는지 돌아서려는 기색이었다. 그러나 이내 걸음을 멈춘다. 아마도 자존심과 공포 사이에서 싸우는 거겠지. 기가 막히기도 하고 웃기기도 해서 이령은 자꾸 헛웃음이 나왔다.

"야! 안 되겠다!"

뭐가 이겼나, 하고 이령은 귀를 쫑긋 세웠다.

결과는? 공포의 승리였다.

"같이 자자! 내가 손끝 하나 안 건드릴게! 응? 오빠 믿…… 아, 아니, 나 믿지? 진짜 말하는데 너 나한테 여자 아니다? 지금 내가 저 방에서 혼자 자기가 크흡! 너무 피곤해서…… 크흐흐흐흑! 그래! 진짜야! 잠깐만 쉬었다 갈게."

안다. 도시에서만 자란 사람에게 산속의 어둠은 예상치 못한 공포일 수 있다. 그냥 무섭다고 해도 이해할 만한 일인데 남자는 자존심 때문에…… 으이그.

오늘 피곤하게 만든 대가로 이령은 잠깐 동안 남자가 공포에 시달리도록 내버려두었다.

그리고 잠시 후 문을 열었을 때…….

"아, 진짜!"

이령이 짐짓 화가 난 듯 인상을 썼다.

"그게…….”

"한마디라도 하면 도로 문 닫을 거예요."

이령의 말에 세훈이 얼른 입을 꾹 다물었다.

"이리 와요.”

이령이 말을 더럽게 안 듣는다는 것을 세훈은 이미 알고 있었다. 또한 이상하게 기가 세다는 것도, 자신의 맘대로 안 된다는 것도 알고 있었다.

그리고 이 모든 성질들은 세훈이 참 싫어하는 거였다.

그럼에도 불구하고, 이리 오라 손짓하는 이 순간의 이령은 마치 천사처럼 보였다는 것도 부정할 수 없었다.

병이 깊다

언제나처럼 분주한 초이 엔터테인먼트의 아침, 높은 건물에 유일하게 칙칙하게 어두운 분위기가 내려앉은 방이 있었다.

바로 허박지 삼총사가 모여 있는 회의실이었다.

"아침에 가봤더니 집에 안 계신단 말이죠? 아직도?"

박 실장이 심각한 얼굴로 물었다.

"집에 들어온 흔적은요?"

지 실장 역시 잔뜩 얼은 기색이 역력했다.

허 실장은 대답이 없었고, 바쁘게 눈빛 교환이 시작되었다. 이런 일은 단 한 번도 없었던 일이었다.

얼핏 보기에 날라리처럼 보일 수 있지만 사실 세훈은 보수적이다 못해 융통성 없기가 이루 말할 수가 없다. 외박이란 상상할 수 없고, 심지어 먹는 것도 가린다.

다소 정신상태 위태로운 사람이 많은 이 바닥에서 소위 '놀지 않는' 인간은 최세훈뿐이라는 사실에 영향을 크게 미친 것은 바로 이런 성질(머리)이다.

"드디어, 여자가 생긴 거 아닐까요?"

조심스레 박 실장이 의견을 개진했다.

스캔들은 여러 번 났지만 초이 엔터테인먼트는 대표의 연애를 매번 부정해왔다. 그도 그럴 것이, 실제 세훈은 스님과 다를 바 없는 사생활의 소유자였다. 여자에 관심을 갖는다는 것은 곧 키워보겠다는 의미지 그에게 '여자'라는 의미는 아니었다.

"뭐래? 우리 대표님 몰라?"

지 실장이 아니라고 고개를 저은 것은 이래서였다. 하루 이틀도 아니고, 별별 미녀들이 ─ 그리고 때론 미남들이 ─ 덤벼들었지만 세훈은 세련되고 매너 좋게 잘 거절하는 타입이었다.

왜냐하면…….

"사랑하는 건 자기뿐이잖아!"

맞는 말이긴 했다. 하지만 박 실장의 의견은 좀 달랐다.

"그러니까 '드디어'라는 말이죠. 보통 외박하면 연애잖아요. 문수진가? 그 모델이 사생결단 꼬시려고 한다면서요. 어젯밤 성공해서…… 그 집에서…… 으흐흐흐!"

상상만 해도 좋은지 박 실장이 양손을 비벼댔다. 허 실장과 지 실장이 한심하단 듯 그를 바라보는 것도 모르고.

문수지가 누구냐? 열여섯 살에 미국으로 건너가 아무 배경 없이 실력만으로 레이첼 루의 쇼에 선 것으로 유명한 모델이었다. 중간에 기획사 선정의 실패로 엉뚱한 영화에 출연해 살짝 면을 구기긴 했으나 지금까지도 해외 쇼들은 문수지를 세우기 위해 줄을 서고 있다. 한마디로 바디프로포션은 예술! 사람이라면 누구나 한 번쯤 돌아볼 수밖에 없는 예술작품이라는 평을 받고 있다.

그 문수지가 최세훈에게 노골적인 구애를 했을 때 사람들은 최세훈이 이러려고 지금까지 비싸게(?) 굴었구나 생각했다. 왜냐하면 스캔들에 피도 눈물도 없이 냉정한 반응을 보였던 세훈이 문수지에 대해서만은 애매하게 굴었기 때문이다.

그러나 결과는…… 최세훈은 문수지와 계약을 하고 싶었던 것뿐이었다.

문수지는 자신을 향해 세훈의 다정한 태도와 매너가 사랑인지 아닌지 헷갈렸다가 사실을 알고 불같이 분노했고, 그녀가 직접 터트린 스캔들은 일파만파 인터넷을 불태웠다.

그러나.

그럼에도 불구하고 포기가 안 되는 것이 사람의 마음…… 일까나?

"아냐."

허 실장이 단호하게 박 실장의 상상을 끊었다.

"왜요? 문수지 집 확인했어요? 한남동 산다던데."

"아니. 하지만 대표님 엄청 까탈스러워서 남의 집에서 못 자. 자기 침대 아니면 특급호텔에서밖에 못 자는 양반이야. 알잖아."

"아, 그러네."

박 실장과 지 실장이 고개를 끄덕였다. 나이답지 않은 최세훈의 청정한 생활에는 이런 결벽증도 한몫했던 것이다.

같은 시각, 최세훈은 아주 자알 자고 있었다.

새벽 5시에 일어나 움직이던 초이 엔터테인먼트의 대표는 어디 가고, 해가 거의 중천에 떠오를 때까지 세훈은 미동도 않고 잤다. 템퍼, 라텍스 등 고급 침대도 아니고 심지어 요 위에서.

그런 세훈의 손에는 의뭉스러운 줄 하나가 잡혀 있었다.

멍!

지척에서 참다못한(?) 개가 짖기 시작한 소리에 꼼짝도 않고 자던 세훈이 눈을 번쩍 떴다.

"으아아! 벌레! 벌레! 벌레! 벌레에에에에에에에!"

세훈은 손에 잡고 있던 손을 확 당겼다. 본디는 팽팽히 당겨져야만 하는 줄이 줄줄 당겨 왔다.

"뭐야, 이거?"

투덜거리며 입을 비쭉이던 세훈은 그제야 날이 훤하게 밝았음을 깨달았다.

"어? 벌써?"

항상 새벽같이 일어나 하루를 시작하는 세훈으로서는 처음 맞이하는 '죽음 같은 숙면'이었다. 어제 힘들긴 힘들었던 모양이지. 도저히 잘 수 없을 거라 여겼는데…… 너무…… 잘 잤네?

약간 머쓱해진 세훈인 방문을 열었다.

왕!

커다란 늑대가 세훈의 얼굴을 향해 곧장 달려들었다!

"호구야, 안 돼!"

세훈을 깔고 앉아 얼굴을 까칠한 혀로 마구 핥아대던 호구가 이령의 목소리에 키잉, 조그맣게 울고 맷돌 아래로 내려섰다.

그런 호구를 당겨 집 앞에 묶은 이령이 그때까지도 벌렁 누운 채 꼼짝도 않고 있는 세훈을 향해 말을 건넸다.

"일어나셨어요?"

"너!"

정열적으로 쏟아진 호구의 키스(?)에 잠신 혼이 가출했던 세훈이 벌떡 일어나 따졌다.

"뭐야, 어제 꼭 같이 자줄 것처럼 굴어놓고 줄 하나 쥐여준 주제에! 그 줄 관리도 안 해? 무슨 일 있음 당기라며! 그럼 안 무서울 거라면서!"

"어제 밤새! 몇 번이나 당겼잖아요! 밤새 사람 잠도 안 재우더니 해

뜰 무렵에야 쿨쿨 자더만! 뭘 더 바라요?"

"어어?"

너무나도 옳은 말 앞에 작아질 수밖에 없는 세훈의 목소리가 잦아들었다.

"아, 아니…… 너도 좀 늦게 일어나지 그랬냐는 뜻이었어……."

수면부족으로 피곤이 덕지덕지 붙은 이령이 눈을 흘기고 돌아섰다.

"아, 저거 낮에 봐도 성질 있네."

세훈이 고개를 갸웃거렸다.

"근데 난 왜 쟤한테 맨날 지지?"

어디서 지는 타입이 아닌데…… 타입이 바뀌었나? 언제부터 바뀐 거지? 도저히 이해가 안 가는 심정이라 곰곰이 생각하던 세훈은 에라 모르겠다 하고 기지개를 쫙 켰다. 이런 구린 집에서는 10분도 잘 수 없을 것 같았는데 의외로 몸이 개운했다.

세훈이 단정하게 개어놓은 이불을 보면서 이령은 의외라고 생각했다. 남의 집에서 신세를 졌다고 이렇게 깔끔하게 뒤처리하는 사람이 드문데…….

사실 당연한 예의였지만 잊고 사는 사람이 많은 시대였다.

약간 뚱했던 기분이 풀려 이령은 새 칫솔과 치약을 꺼내 세훈에게 내밀었다.

"어째 이런 건 있다?"

"18세기에 사는 줄 알아요?"

"21세기에 초 켜고 사는 주제에."

이령이 들고 있던 새 칫솔과 치약을 확 치우려 하자 세훈이 얼른 얌
전히 두 손으로 받아들었다.

"수도권 일대 어떤 특급호텔의 게스트 명단에도 대표님이 없답니
다."

보고하는 박 실장의 목소리가 더할 나위 없이 침통했다.

"이거 이쯤 되면 실종신고라도 해야 하는 거 아닐까요?"

지 실장도 적극적으로 걱정하기 시작했다.

"사실 말이 나와서 말인데 우리 대표님이 원한도 좀 많이 샀잖아
요. 못된 성질머리 부려가지고……. 최근에 장 대표만 해도……."

"어허! 그런 말 함부로 하는 거 아냐!"

허 실장이 딱 잘랐다.

"우리 대표님이! 어디가! 어때서!"

욕할 때는 언제고 또 편을 들기 시작한 허 실장 몰래 박 실장과 지
실장이 쑥덕대기 시작했다. 사실 말은 바른말이지 어디가 어떻냐
니…… 여기저기 많이 어떻구만?

"그 양반이 못되게 말해서 그렇지 틀린 말은 안 해."

"누가 틀린 말을 한댔나? 못되게 말한댔죠."

"시끄!"

허 실장이 눈을 부라렸다. 그러더니 제법 민첩하게 다음 지시를 내
린다.

"레스토랑 뒤져봐."

"레스토랑이요?"

지 실장이 눈살을 찌푸렸다.

"의심도 많아서 자기 사람이 해준 밥 아니면 특급 호텔 출신 셰프가 해준 것도 먹을까 말까야…… 그 양반."

허 실장이 이번에야말로 어디서든 나타나겠지, 하고 한숨을 내쉬었다. 먹는 걸 별로 안 좋아하는 양반이지만 어제부터 한 끼도 안 먹을 리는 없으니.

같은 시각, 마루에 마주 앉은 세훈과 이령은 막 아침식사를 하려던 참이었다. 밥상을 빤히 보던 세훈이 한마디 했다.

"나 밥 이렇게 많이 안 먹어."

유기그릇에 담긴 밥은 말 그대로 고봉밥이었다. 요즘은 실물로 보기 쉽지 않기도 하지만 아침부터 먹기에는 심하게 부담스러운 양이었다.

대답은 돌아오지 않았다.

무뚝뚝하게 자기 밥을 먹기 시작한 이령이 기가 막혀 세훈은 아침부터 화딱지가 났다.

"얘가……. 아주 말은 지 하고 싶을 때만 하는 거지?"

이령이 말없이 손을 뻗어 세훈의 밥그릇을 치우려는 시늉을 했다.

"어허!"

그런 이령의 손을 척 막으며 세훈이 눈에 힘을 줬다.

"먹어. 먹는다고. 너는 진짜 애가…… 너무……."

너무 없어 보이는 말을 하고 싶지 않아 단어를 고르던 세훈은 그냥 포기하고 그의 심정을 직설적으로 표현했다.

"매정해."

그리고는 밥을 먹었다. 생각해보니 어제 서울에서 점심을 먹고 출발한 이후로 아무것도 안 먹은 게 아닌가?

"잠깐!"

그렇게 많이 먹지 않는다던 세훈은 밥그릇을 싹싹 비우고 나서야 정신을 차렸다. 이렇게 많이 먹으면 안 된다고 자각한 게 아니라 반찬 수의 문제점을 깨달은 거다.

하나, 둘, 셋, 넷, 다섯.

"난 왜 오첩이야?"

세훈이 따지고 들자 단정하게 앉아 밥을 먹던 이령이 어이없다는 듯 그를 쳐다보았다.

"장뚱…… 아니, 장 대표는 구첩반상 차려줬다면서. 난 왜 오첩이냐고."

"장 대표님에게 뭘 차려줬는지는 어떻게 알아요?"

"궁금한 게 그거야? 내가 알고자 하면 모르는 게 있을 줄 알아? 너나 너무 무시하는데……."

세훈이 한숨을 내쉬었다.

"좋아. 어제는 솔직히 내가 좀 그랬을 수 있어. 산골산골 이런 산골은 처음이거든. 이건 뭐 '전설의 고향' 찍어도 될 것 같고…… 어우, 내 스타일 아니야."

세훈을 가만히 보던 이령이 딱 한마디 했다.

"어제만 그런 게 아니라 오늘도 좀 그래요."

"뭐?"

"기껏 밥 차려줬더니 반찬 투정하면 먹은 밥 토해내게 하고 싶은 충동이 일거든요."

그리고 오늘도 한마디로 세훈을 제압했다.

아무래도 지리산이 맞지 않는 모양이라고…… 세훈은 생각했다. 진짜로 지리산에 발을 디디고 난 후부터 되는 일이 하나도 없었다.

결국 오첩이고 구첩이고 따지지 못한 채 식사가 끝났다. 상을 치우고 사라진 이령을 찾아 집을 기웃거리던 세훈은 마당의 평상에 드러누워버렸다.

배가 터질 것 같았다.

"아, 나 왜 이렇게 많이 먹었지?"

처음에는 남길 생각이었는데 먹다 보니 진짜 맛있었다. 다른 건 몰라도 유이령의 요리 솜씨는 인정해줘야 할 것 같았다.

"요즘 추세가 쿡방인데…… 예능도 가능하겠어. 가만, 그리고 보니 쟤 같은 캐릭터는 없네? 흠, 한식대전 같은 데 내보내면……."

문득 말을 멈춘 세훈은 눈을 깜빡였다. 하늘이 높고 태양이 쨍했다.

세훈은 서울에서도 가장 비싼 땅에 가장 높은 건물을 짓고 가장 좋은 자리에 자신의 사무실을 두었다. 시야에 하늘이 절반, 빼곡하게 들어선 서울의 빌딩들이 절반을 채우는 곳이다.

창밖을 볼 때마다 흐뭇하고 기분이 좋았다.

하지만 오늘의 하늘은 뭘까? 매일매일 보던 하늘과는 다른 느낌이었다.

"태양이…… 강해."

세훈은 벌떡 일어났다. 마침 어디서 나타났는지 이령이 방으로 총총 들어가고 있었다.

"유이려엉! 나 토너하고 에멀젼 좀 빌려줘! 선블록하고! 와…… 산이라 그런지 햇빛이 진짜 끝내준다!"

그의 말을 못 들은 것처럼 이령은 방으로 쑥 들어갔다. 하룻밤 새 익숙해진 세훈은 그녀가 대답을 하든 말든 충격도 안 받는 몸이 되어 있었다.

충격을 받은 것은…… 따라 들어간 방에서 스킨과 크림을 발견했을 때다.

"너, 서, 설마……."

스킨과 크림을 밀어놓고 방 정리를 하던 이령이 경악한 세훈의 목소리에 뒤돌아보았다.

"이게 다는 아니지?"

"남자 거는 없어요. 선블록도 없고."

"헐……."

최세훈으로 말하자면 집에 화장품 전용 냉장고까지 있는 몸이다. 같은 라인의 남성 화장품을 쓰고, 쓰고 있는 제품 중 하나가 다 떨어지면 라인 자체를 바꾼다. 한 라인을 계속 쓰면 내성이 생겨 효과가 없다는 말의 신봉자이기 때문이다. 그뿐인가? 마스크팩은 딱 12분만, 일주일에 두 번은 슬리핑팩을 바르고 자지 않으면 주름이 생긴다고 믿고 있기도 하다.

선블록은 생명이다.

"왜요?"

"아, 아냐. 여자 거지만…… 바르지, 뭐."

충격 속에 화장품 쪽으로 손을 뻗는데 이령의 피부가 눈에 들어왔다. 뽀샤시하게 모공 하나 보이지 않는 이기적인 피부, 기본적으로 하얀 건 그렇다 치더라도 솜털이 보송보송해 기미 하나 없이 어딘지 매끄러워 보이는 건 반칙이다. 선블록도 안 바르는데?

"뭘 봐요?"

"너 지금 비비 바른 거야?"

"비비?"

"아니면 씨씨?"

"씨씨?"

세훈은 확신했다. 유이령은 씨씨크림은커녕 파운데이션의 존재도 알까 말까다. 그리고 보면 폼클렌징도 없었지. 세숫대야 옆에는 딸렁 비누 하나뿐이었다.

"대박 아이템은 따로 있었어."

홀린 듯한 표정으로 세훈이 중얼거렸다.

"뭐요? 알아들을 이야기를 해요, 좀."

이령이 짜증을 부리든 말든 중요한 게 아니었다.

"여기 물을 상품화해야겠어. 내가 순식간에 생각해봤는데…… 물밖에 없어. 다른 건…… 아냐 아냐, 물이야. 물 맞아. 물. ……그래, 거기서부터 시작하는 것도 괜찮겠다. 지리산표 아무 데나 막 흐르는 그냥 산골 샘물!"

이령이 뚱한 표정을 지었다. 그녀는 세훈이 하는 말을 이해하기를 애저녁에 포기했다.

"이상한 소리 하지 말고 얼굴에 바를 거 바르고 일어나세요. 내려가야 해요."

"뭐?"

"여기 살 거예요? 산 내려가야죠. 또 길 잃으면 안 되니까 바래다

드릴게요."

정말 정말 이상한 이야기지만, 세훈은 그가 하산할 생각을 조금도 하지 않았다는 걸 깨달았다. 평소 같으면 이 정도로 대강 씻으면 찝 찝하다고 난리가 났을 텐데 기분도 상하지 않았다. 폼클렌징도 없고 화장품도 선블록도 못 발랐는데 짜증도 안 나 있었다.

오히려 평소보다 개운하고 기분 좋은 아침이었다.

"무슨 생각 해요?"

세훈이 이령이 얼굴을 곧장 바라보았다. 아무것도 모르는 이령의 얼굴은 마냥 해사했다.

"나 안 내려가."

"네?"

황당하여 이령이 반문했다.

"못 내려가."

세훈의 목소리는 전에 없이 단호했다.

"왜냐하면……."

계곡으로 가는 오솔길의 초입에 서서 손짓하는 세훈을 보는 이령 은 머리에 쥐가 날 것 같았다.

기억하는 순간부터 지리산에서, 점잖은 할아버지와 순박했던 마을 사람들에게만 둘러싸여 산 이령에게 있어 최세훈은 첫 경험이었다. 도대체 어떻게 이런 남자가 존재할 수 있는 걸까?

뻔뻔한가 하면 귀엽고 예의 없는가 하면 은근 지킬 건 지키고, 뭐라 는 건지 알아듣지 못할 말을 하는가 하면…… 아니, 이쪽은 일관성이 있다. 하는 말이 온통 말 같지 않은 소리뿐이다.

"빨리 와. 찾아야 한다니까?"

"그러니까 이 산에서 넥타이핀 하나를 어떻게 찾아요?"

"계곡 근처야. 네가 어제 익사하는 척했던 데."

"아니, 도대체 누가 익사하는 척했다고!"

세훈의 주장은 이랬다. 어제, 이령이 익사하는 척하는 걸 보고 ─ 물론 이령은 그런 적 없다. 혼자 오해해놓고 저렇게 당당하기도 쉽지 않다 ─ 인명구조의 염원으로 정신없이 뛰던 차 셔츠를 벗어 던졌는데…… 그때 넥타이핀이 튕겨 나갔다는 거다.

어떤 넥타이핀이냐 하면…….

"되게 비싼 거야."

비싼 넥타이핀.

하지만 계곡으로 범위를 한정시킨다고 해도 사실 산에서 잃어버린 물건을 찾는다는 것은 서울에서 김 서방 찾기와 다를 바가 없었다.

"암만 비싸도 못 찾……, 이봐요!"

세훈이 성큼성큼 먼저 가버렸으므로, 이령은 속이 터지든 말든 쫓아가는 수밖에 없었다.

그래도 나름 희망을 품고 있었던 허박지 삼총사는 비로소 심각해졌다.

"서울 수도권 호텔, 레스토랑…… 어디에도 대표님이 다녀가셨다는 흔적이 없는데요. 예약도 없고요."

"우리…… 지금 심각한 상황인 거죠?"

박 실장과 지 실장이 간절한 눈으로 허 실장을 바라보았다.

나이로 치면 크게 차이 나지 않지만, 회사 내에서 위치로 보면 단

연코 허 실장이 이인자다. 투자자나 임원들이 없는 건 아니지만 실제 최세훈이 끼고 다니는 것이 허 실장이었기 때문이다. 말하자면 대통령의 비서실장 입김이 어마어마한 것과 마찬가지랄까?

허 실장이 비장하게 입을 열었다.

"일단 당장 일정은……."

"어떻게 해결돼요? 허 실장님이 책임질 수 있어요?"

박 실장과 지 실장이 반색을 하고 물었다.

"아니! 우엥! 어떻게 하냐! 최세훈 어디갔냐아아아아아!"

허 실장의 눈꼬리가 축 늘어졌다. 자기가 질문을 해대면 세훈이 왜 그렇게 짜증을 내는지 잘 알겠다. 박 실장과 지 실장이 동동 발만 구를 뿐 대책이 없자 책임감에 가슴이 빠개질 것 같았다.

"진짜 이 인간은 있어도 걱정, 없어도 걱정. 미치겠네! 증말!"

천날 만날 욕을 해도 최세훈이 믿음직하기는 했다. 자기가 다 책임지고 혼자 가는 인간이었으니까. 갑자기 연락이 안 되니 이 끈 떨어진 연이 된 기분은 뭐란 말인가?

운치 있었던 밤과는 달리 낮의 계곡은 청초했다. 푸른 하늘빛이 그대로 담긴 물은 맑다 못해 거울 같았다.

"못 찾는다니까요, 글쎄! 한 번만 내 말을 믿어주면 안 돼요?"

세훈이 뛰어 내려온 길부터 시작해서 물가를 샅샅이 뒤지던 이령이 허리를 펴고 답답함을 토로했다.

"네가 진짜 그게 얼마짜린지 몰라서 이러나 본데……."

"얼만데요? 넥타이핀이면 손가락만 할 텐데 비싸봤자지."

세훈이 성큼 다가와 거리를 좁히더니 허리를 굽혀 귓가에 속삭였다.

이령의 눈이 휘둥그레졌다.

"그게…… 그렇게 비싸다고요?"

"어제 너 때문에 홀랑 젖은 슈트랑 가죽 다 상한 구두가 얼마였는
지도 말해줘?"

이령은 눈을 깜빡였다. 도무지 이 남자는 어디까지가 진심이고 어
디까지가 농담인지 알 수가 없었다. 그녀의 상식으로는 그렇게 비싼
넥타이핀이 존재한다는 것이 이해가 가지 않는다.

"그러니까 빨리 찾아. 얼른."

하지만 이령은 모르는 일을 우기는 성격은 아니었다. 못마땅하지
만 넥타이핀의 주인이 저러는데 찾을 수밖에.

세훈은 불만에 볼이 퉁퉁 부어서도 말없이 계곡 근처의 돌들을 뒤
지는 이령을 보고 씩 웃었다. 참고로 말하자면 그는 이령에게 넥타이
핀 값을 꽤 깎아 불렀다. 소중한 연예인의 심장은 보호해야지.

"이런 데 혼자 있으면 무섭지 않아? 서울에 내려가면 대박 아이템
많은데…… 너 컴퓨터가 뭔지 알아? 보면 껌뻑 죽는다?"

약간 떨어져서 물가를 뒤지면서 세훈은 쉴 새 없이 말을 걸었다. 사
실 굳이 넥타이핀을 찾으러 온 것은 이러려고였다. 비싼 넥타이핀이
긴 해도 최세훈이 직접 산을 뒤질 정도는 아니었으니까.

"그리고 아파트는 뜨거운 물이 24시간 나와. 그리고 내 집 중에 사
우나 설치해놓은 아파트 있어. ……너 사우나가 뭔지는 알아?"

참다못한 이령이 다시 허리를 펴고 세훈을 노려보았다.

"얘가…… 어디서 눈에 힘을 줘? 너 성격 고쳐야 돼. 말짱하게 생겨

서 다짜고짜 사람을 패지 않나. 자기 살려주겠다고 얼음물에 뛰어든 사람을 또 패고."

이령의 입술이 댓 발은 나왔다. 약간 이상하기는 하지만 틀린 말은 아니다. 게다가 세훈은 기억 못 하는 듯해도 어젯밤 집까지 끌고 가면서 여러 번 굴렸다. 무거워서 끌고 오기 힘들어서.

무엇보다, 폭력은 나쁜 것이었다.

"때린 건 죄송합니다."

이령은 단정히 허리를 굽혀 사죄했다.

"욱하는 성격이 있어요. 옳지 않은 걸 아는데 아직 수양이 덜 되어서⋯⋯. 겁먹으면 자기 방어적이 되는 것도 아직 극복 못 했고요. 멀었지요."

"또! 또! 또! 이것도 그래. 사람이 일관성이 있어야지! 너 아주 날 보기를 오징어처럼 보다가 다음 순간 이런 식으로 굴고⋯⋯ 왜 그래? 네 안에 네가 너무 많아? 네가 요즘 유행한다는 다중이야? 이렇게 변화무쌍하면⋯⋯."

쏘아대던 세훈이 움찔했다. 손을 모은 채 그를 바라보는 이령의 표정이 어딘지 가라앉아 있었던 것이다.

"⋯⋯되게 좋다? 딱이야. 넌 진짜 연예인으로 타고났나 봐. 연예인들이 딱 그래. 미친 감정 기복⋯⋯."

"할아버지가⋯⋯."

이령의 목소리 끝이 약간 갈라졌다.

"많이 걱정하셨어요. 엄마를 닮은 거 같다고."

우는 건 아니었는데도 물기가 느껴지는 목소리였다.

세훈은 가슴이 간질거리기 시작했다. 아, 미치겠네. 얜 왜 이렇게 변화무쌍해. 어떻게 할지를 모르겠어.

성큼 다가서긴 했는데 이령의 몸에 손도 못 대고, 세훈은 그저 손을 쥐었다 폈다 올렸다 내렸다 어쩔 줄을 몰랐다. 이런 상황에서 어떻게 해야 하는지 그는 잘 몰랐다.

"엄마는……."

뭔가 말하려던 이령이 입을 다물었다.

그녀가 다시 입을 열기를 한참을 기다리던 세훈은 최선을 다해, 사실상 그의 인생 처음으로 위로라는 것을 하기 시작했다.

"아냐. 할아버지야 당연히 걱정하시지. 모든 할아버지들은 손녀를 걱정해. 원래 꼰대들이…… 아, 아니, 노친네드…… 아, 아니, 어른들이 걱정이 많아. 근데 요즘은 시대가 바뀌어서 옛날하고는 달라진 게 많거든. 적극적이고 지랄 맞은 거 좋아."

"내가 지랄 맞아요?"

"딱 내 스타일이야."

'내가 지랄 맞아요?'라는 말과 '딱 내 스타일이야.'라는 말은 동시에 겹쳤다. 둘이 잉? 하고 서로를 바라보았다.

"내가 그쪽 스타일이라고요?"

"아니 아니, 네가 지랄 맞다는 말이 아니고 네가 좋다는 이야기야."

다시 동시.

아니, 세훈의 말이 더 길었기 때문에 '네가 좋다는 이야기야.'는 강조되어 홀로 계곡을 메아리쳤다.

그리고 말이 뚝 끊겼다.

두 사람의 눈동자가 오른쪽으로 또르르르, 왼쪽으로 또르르르 굴렀다.

탁 트인 공간인데도 갑자기 공기가 어마어마하게 어색해지기 시작했다. 이게 아닌데 어디서부터가 문제였는지도 알 수 없는 순간.

"자!"

세훈이 손뼉을 딱딱 치며 분위기를 환기시켰다.

"내 비싼 넥타이핀 찾는 데 집중합시다! 너는 저쪽에서 찾아. 나는 이쪽에서 찾을게!"

세훈을 빤히 올려다보던 이령이 고개를 갸웃거리며 돌아선 덕에, 그는 겨우 한숨을 돌릴 수 있었다.

방금 내가 뭐라고 한 거지?

세훈은 인상을 찡그렸다. 물론 방금 그가 한 말은 100퍼센트 사실이었다. 그는 좋아하는 사람들을 연예인으로 키웠다. 그의 스타일만 찾아내 매력을 갈고닦아 성공시키는 게 그의 일이었다.

그런데 왜 그 이야기를 하면서 분위기가…… 그랬을까?

결국 넥타이핀은 못 찾았다.

어차피 넥타이핀이 목적이 아니었던 세훈은 크게 상관없지만 이령은 크게 상심했다.

"그렇게 비싼 물건을 잃어버려서 어떻게 하죠?"

마루에서 간단한 간식을 먹으며 이령이 어깨를 축 늘어뜨렸다.

"괜찮아. 나 돈 많아. 사실 그거 내 입장에서는 별로 비싼 것도 아냐."

실망하는 게 귀여워서 그만 본심이 튀어나온 세훈은 깜짝 놀라 이령의 눈치를 살폈다. 아니나 다를까 금방 정색을 한 그녀가 미간에 주름을 잡은 채 그를 노려보았다.

"왜, 왜?"

"아까는 안 괜찮다면서요! 괜찮은 거면 왜 올라가서 그 생쇼를 한 거예요? 다 뒤졌잖아요!"

위기상황이었다. 평범한 남자라면 이런 식으로 따지고 드는 여자에게 절대 이길 수 없다.

그러나 최세훈이 누군가?

평범하지 않은 남자.

"애 좀 봐. 너 마인드가 좀……."

당황한 기색을 꾹꾹 밀어 넣고 세훈이 정색했다.

"처음부터 괜찮았던 게 아니야. 끝까지 노력은 해봐야지. 공자, 맹자님은 그런 말씀 안 하시디? 사람이 할 수 있는 건 다아아아 해본 다음에 안 되었으면 툭 털어버려야 하는 거야. 안 되는 거 아는데, 더 이상 못 찾는다는 거 확인했는데, 내가 계속 낑낑대면서 집착하면 네 속이 속이겠어? 너 몰라도 너무 모른다."

놀랍게도 이령은 진짜 감동했다.

"그러네요!"

고개를 끄덕이며 이령은 입을 굳게 다물었다. 진짜 생각도 못했던 부분이었다. 해볼 수 있는 걸 다 해보고, 그 후에는 미련 없이. 너무나도 당연한 일인데.

"죄송해요. 전 그냥……."

이령이 너무 감화받은 듯하자 뿌듯해하던 세훈은 그녀의 다음 말에 얼어붙었다.

"꼭 그쪽이 산 내려가기 싫어하는 거 같아 보였거든요."

"뭐어?"

정곡을 찔린 세훈이 헐, 하고 기가 막힌 시늉을 했다.

"진짜 너 몰라도 너무 모른다. 지금쯤 내 회사는 난리 났어. 나 없다고……. 업무 마비되고 장난 아닐 거란 말이야."

이령이 픽 웃었다. 노골적으로 '퍽이나?'의 의미였다.

"진짜야!"

이것만은 진짠데! 하고 생각하며 세훈이 버럭했다.

허박지 삼총사는 모두 통화 중이었다. 그들뿐 아니라 회사 내의 회선은 모두 연결 중이었다. 갑작스러운 공식 일정 취소와 미팅 연기, 그리고 결정 유보 등은 숨 막히게 돌아가는 엔터 계에서 흔히 일어나는 일이 아니었다.

다만.

"글렇죠…… 이해해주셔서 감사합니다. 우리 대표님이 기분 많이 상하신 건 아니에요. 통화가 안 되는 데는 다아아 이유가 있는 거고, 알아서 계약 조건까지 조절해주신다니…… 기분 좋아지시겠네요."

허 실장의 통화내용이다. 계약서로 밀당 중이던 협력사에서 세훈의 휴대전화가 꺼져 있자 그 성질머리에 계약을 엎으려는 줄 알고 지레 찔려 전화를 한 거다. 알아서 합리적인 수중의 조정안까지 만들어가지고.

사정은 박 실장도 마찬가지였다.

"아, 아니 뭐 굳이 미팅을 미루는 의미를 생각하실 필요는 없지만……."

처음에는 미뤄진 미팅 때문에 불쾌해하는 줄 알고 있던 박 실장도 잠깐 듣고 있다가 눈을 휘둥그레하게 떴다.

"그, 그렇게 생각하신다면 계속, 쭉 생각하셔도 될 것 같네요."

계속되는 미팅에도 합의점을 찾지 못하던 안건인데 약속을 좀 미루자고 하자 다른 쪽과 접촉하고 있느냐며 안달이 난 것이다.

전화를 끊은 허박지 삼총사는 멍해서 서로를 마주 보았다.

"의외로 괜찮은데?"

말 그대로 지옥 도래일 줄 알았던 허 실장이 어깨를 으쓱했다.

"으찌나 성질을 부려놨던지 다들 전략인 줄 아는데요? 뭔가 있을 거라고?"

"응. 알아서 기네. 헐……."

어이없지만, 될 놈은 된다는 말을 여기서도 실감하게 되는 바였다.

164

"계약하자."

거두절미하고 세훈은 용건을 꺼냈다. 이령이 딱히 기가 센 건 아닌 거 같은데, 희한하게 말리게 만드는 점이 있어서 대화하기 어려웠다. 이럴 때는 다 자르고 용건만 간단히가 최고다.

"안 해요."

너무 빠른 거절인데?

"넌 왜 얘기도 안 들어보고 안 한다고 해? 내가 허투른 계약서를 가지고 와놓고 너한테 계약하자고 할 거 같……."

세훈이 말끝을 놓쳤다. 그리고 보면 분명 산에 오를 때만 해도 손에 계약서를 들고 있었는데 어느 순간 사라졌다.

"계약서…… 어디 갔지?"

"나한테 묻는 거예요?"

이령이 콧방귀를 뀌었다. 세훈의 자존심은 말도 못하게 상했다.

"아, 아무래도 내가 산을 헤매던 중에 사라진 거 같은데……."

어디서 사라졌는지도 기억이 안 난다는 것이 어제가 얼마나 지옥 같았는지를 반증했다.

"중요한 건 내 존재야. 내 얼굴이 곧 계약서니까!"

"심히 믿음이 안 가는 계약서네요."

이령은 끝까지 시니컬했다. 미치겠는 건, 세훈이 그녀가 왜 그러는지 이해하겠다는 거다. 보통 기 싸움에서 절대 밀리는 법이 없는 세훈인데 그녀에게는 계속 지고 있었고, 굉장히 믿을 만한 사람인데 믿을 만한 모습도 못 보여줬다.

멋진 거 빼면 시체인 최세훈은 지금 바로 시체.

"아오…… 미치겠다. 내가 항상 아는 게 힘인지 모르는 게 약인지 헷갈렸거든. 근데 이번에 알았어. 아는 게 힘이야! 애가 뭘 알아야 말을 하지. 너 서울 가면 나한테 감히 말도 못 붙여."

"안 붙이는 게 꿈이에요."

단호하게 자신의 꿈을 정의한 이령이 벌떡 일어나 마루 아래로 내려갔다. 세훈은 말 그대로 미치거나 돌아버리거나 둘 중의 하나가 될 거 같았다.

"야! 너 내 말 좀 들어봐!"

벌떡 일어나며 세훈은 이 철모르는 어린 영혼을 가만두지 않으리라 이를 악물었다.

이령이 부엌으로 갔다. 세훈이 뽈뽈뽈 그 뒤를 쫓아간다.

"대한민국 연예계에는 삼대 기획사가 있어. 그중 제일 규모가 큰게 초이 엔터테인먼트인데 그게 바로 내 회사야. 나머지 두 개를 합

치면 내 회사 규모쯤이라고 볼 수 있어. 이뿐이면 말을 안 해. 어디서 들어봤음직한 작은 기획사 중에서 내가 투자한 곳이 한두 군데가 아니지. 왜냐. 나는 다양성을 존중하거든. 어디서 뭐가 튀어나올지 모르는 아이디어의 다양성! 그걸 중요시 여긴단 말이야."

이령이 호구 밥을 챙겨다가 개집으로 총총 향했다. 세훈이 뽈뽈뽈 그 뒤를 쫓아간다.

"니 내가 중국이랑 일본 다 씹어 먹은 건 아냐? 당연히 모르겠지. 할리우드 쪽은 왜 말 안 했는지 알아? 내가 겸손해서 그래. 100억 투자받아 공동 작업하는 게 있는데 이건 내 기준에서는 씹어 먹은 게 아니거든. 즉, 내가 씹어 먹었다고 할 때는 진짜 씹어 먹었다는 뜻이야. 아, 이거 참. 이렇게 내 입으로 말하면 태가 안 나는데 이 이야기 대신 해주는 허가 없네. 허가. 허, 참, 내. 내가 살다 보니 허가 다 아쉬워지는 순간이 오고."

지리산 한복판에서 세훈이 허 실장을 그리워하는 동안 이령은 밭에 물을 주기 시작했다.

"패닉이라는 말 알아? 내가 지금 그렇거든. 이게 되게 낯선 상황이야, 나한테. 내가 지금 너하고 뭐 하는지 막 헷갈리기 시작한다고. 나 원래 이런 사람 아니거든. 이렇게 주절주절…… 하, 미치겠네. 근데 이런데도 네가 말을 못 알아들으니 내가 진짜. 와…… 이건 패닉이라는 고급스러운 단어로 표현이 안 된다. 그래, 멘붕. 멘붕이 뭔지는 알아?"

이령이 왼쪽으로 뽈뽈뽈 가면 세훈도 뽈뽈뽈.

이령이 오른쪽으로 뽈뽈뽈 가면 세훈도 뽈뽈뽈.

이령이 한 바퀴 돌아앉았다 일어나서 뽈뽈뽈 가면 세훈도 한 바퀴 돌아앉았다 일어나서 뿔뿔뿔.

결국 이령이 터졌다.

"세상에! 엄청 집요한 거 알아요?"

세훈은 태연자약했다.

"이 나이에 이 정도로 성공하려면 이 정돈 기본이야."

"도대체 왜 이래요?"

"네가 필요하니까."

세훈의 대답은, 그의 집요함이나 장난 같은 태도에도 불구하고 무언가 무게감이 있었다. 짧고 간결하기 때문일 수도 있고 저음인 목소리 탓일 수도 있다. ……아니면 사람을 지긋이 바라보는 것이 버릇인 듯한 눈빛 때문?

"나 진짜 이런 기분 처음이야."

그리고 그 모든 것 때문에 이령은 그와 눈을 마주치고 있는 것이 불편했다. 이령 쪽이야 말로, 세훈 같은 남자는 처음이었다. 그래서인지 몰라도 그가 그녀에게 고백하고 있는 듯한 느낌이 자꾸만 들었다.

아니라는 것을 머리로는 알겠는데, 그래도 고백 같다.

사실대로 말하자면, 세훈은 이해하기 쉬운 남자는 아니었지만 잘생겼고, 무엇보다 매력적이었다. 그런 남자가 이런 식으로 쫓아다니면서 구애하는 것…… 이령에게는 익숙하지 않은 일이었다.

"너 느낌이 꽤 좋아."

이령의 맘을 전혀 모르는 세훈은 (언제나 그랬듯) 자기가 하고 싶은 말을 할 뿐이다.

"내가 그동안 키웠던 스타일은 확실히 아니야. 그런데 보면 볼수록 매력 있어. 그게 중요하거든. 말 따박따박 받아치는 거 보면 머리도 좋은 거 같고. 무엇보다 만들어보고 싶은 생각이 들어. 그러니까 어렵게 굴지 말고 내가 너한테 공들일 수 있게 해줘."

이령은 자신에게 곧게 꽂혀드는 세훈의 시선을 가만히 응시했다. 세훈 역시 이령의 시선을 피하지 않은 채 마주 보고 서 있다.

"혹시 나 좋아해요?"

살짝 고개를 갸웃거리며 묻는 이령의 말에 세훈의 눈동자가 확장되었다.

"……허."

짧게 숨을 끊어 쉰 세훈이 간신히 이성을 돌이키고는 헛웃음을 웃었다.

"헐…… 야…… 와오…… 너 진짜 그렇게 진지한 얼굴로, 그렇게 말 같지 않은 소리를……."

이령은 눈도 깜빡이지 않고 세훈을 보고 있었다. 그녀는 진짜 대답을 듣고 싶은 거다.

세훈은 정신을 차렸다.

"내가 전부터 의심했는데 여기 어디 밭에 양귀비 같은 거 키우는 거 아냐? 암만 봐도 제정신이 아냐. 물정을 몰라도 이렇게 모를 수가 없어. 무슨 약이야? 뭐 좋은 거면 같이 하자……, 응?"

이령의 표정에는 변화가 없었다. 그리고 당연하지만, 그녀는 약 따위는 하지 않는다. 감기약도 잘 복용하지 않는 100퍼센트 무공해 천연기념물 아닌가?

"좋아하지. 네가 말한 그런 뜻은 아닐 테지만 맘에 들어. 보통 맘에 드는 걸 좋아한다고 하잖아? 그런 의미로. 특히 나는 내가 안 좋아하는 건 안 팔아. 내가 키운 애들 다아 좋아했어. 하지만!"

세훈의 표정이 엄격해졌다.

"널 여자로 좋아하느냐고 묻는 거면⋯⋯."

기가 막혀 세훈은 자꾸만 숨이 찼다.

"내가 청담동에 뜨면 나 얼굴 한번 보려고 내 뒤로 줄 서는 여자들 얘기를 또 해줘야 해? 그 여자들이 앞으로 앞으로 나가면 온 세상 어린이를 다 만나고 온다고?"

이령이 피식 웃었다. 세훈은 그 웃음이 맘에 들지 않았다. 자신이 설명이 아닌 변명을 하고 있는 것만 같았다.

"그리고 만약, 천에 하나 만에 하나 억에 하나. 네가 나한테 그런 질문을 할 때는 지금 같은 건방진 표정이면 안 돼. 막 기대되어서, 아 아, 최세훈 대표님이 나를 좋아하나? 하면서 눈을 초롱초롱 빛내면 서 물어봐야 한다고. 어깨춤을 덩실덩실 추면서! 내가! 널 좋아한다 고 착각할 거면!"

169

"그래서 좋아한다고요?"

"아니라고!"

이령이 고개를 끄덕였다.

"그럼 됐어요."

그리고는 확 돌아선다.

황당해진 세훈이 생각할 틈도 없이 곧장 쫓아가며 따졌다.

"돼? 되긴 뭐가 돼?"

"그쪽 제 취향 아니거든요. 전 키만 멀뚱하게 커서 희멀겋고 마른 남자는 별로예요."

세훈은 진심으로 심장 통증을 느꼈다. 이런 기분은 처음이었다. 두 통까지 스멀스멀 올라오기 시작했다. 말 그대로 온몸이 아픈 상황.

"키만 멀…… 헐…… 희멀…… 야, 야, 네가 되게 심하게 착각하는데 나 안 말랐어. 딱 정상 몸무게야. 그것도 근육 때문에! 옷 벗으면…… 와…… 잠깐? 너 어제 봤잖아? 봤는데도 이래?"

이령은 듣는 둥 마는 둥 창고를 뒤지고 있었다.

"너 진짜 다시는 나 못 보는 수가 있어. 이 집에는 없지만 네가 살다가 우연히 티브이라는 걸 가지게 되면 거기서나 내 얼굴을 볼 텐데 그때마다 '아, 그때가 내 인생의 최고의 순간이었구나.' 하면서 추억할 거라고."

그러는 동안 이령은 땅을 파기 시작했다.

"나 누구랑 얘기하니."

세훈은 이령의 삽이 땅을 찍을 때마다 꼭 자신의 심장이 찍히는 느낌이 들었다.

"내 말 안 들어? 왜 갑자기 삽질을 하고 난리야?"

"김장하기 전에 미리 파놔야 한단 말이에요. 가시고 나면 하려고 했는데 쉽게 가시지 않을 것 같아서요."

언제나 세훈은 사람들이 제대로 대답을 못 하는 것에 화를 냈다. 질문을 하면 묻는 말에 왜 정확히 답해주지 않는지 이유를 알 수 없었다.

이제야 알겠다.

그때가 좋았다.

따박따박 질문에 대답을 하는 것이 이렇게나 속 터지는 일이었던가.

"지금 장독 묻는 게 중요해?"

세훈이 이령의 손에서 삽을 훅 뺏었다.

"장독 안 묻으면 김치 못 먹어?"

이령이 고개를 끄덕였다.

"되게 많이 했어요. 묻어놓지 않으면 너무 쉬어버릴 텐데 저는 쉰 김치 안 좋아하거든요."

"김치 못 먹으면 죽어?"

"전 김치 좋아하는데요."

사람이 속이 터져서 죽을 수 있었다면 최세훈은 벌써 죽었다.

"내가 팔게……."

세훈이 조그맣게 중얼거렸다.

"그러니깐 넌 딱!"

거칠어지는 숨은 간신히 눌렀으나 눈에서 불꽃이 튀는 것까지는 어쩔 수가 없었다.

"딱 내 말 들어. 귀 활짝 열고 집중해서 내 말을 들으라고. 모르는 거 같으니까 네가 왜 내 말을 들어야 하는지, 왜 나하고 계약을 하는 지 설명해주겠어!"

세훈이 불꽃 삽질을 시작했다.

세훈이 땅을 파면서 설명하고 있다. 이령은 쪼그리고 앉아 턱을 괴고 그런 세훈을 보고 있다.

장독을 다 파묻은 세훈이 널어놓았던 빨래를 걷으며 설명하고 있다. 쪼그리고 앉아 턱을 괴고 있던 이령이 빨래를 개려다 빼앗기고 눈 흘김을 당했다.

고추밭에서 세훈이 고추를 따면서 설명하고 있다. 심심해진 이령의 손이 슬그머니 고추를 향했다가 혼쭐이 나고 다시 경청하기 시작한다.

커다란 대야에 담겨 있는 그릇들을 세훈이 설거지하고 있다. 거품을 풍풍 내서 닦는 솜씨가 제법 좋다. 이령은 이제 어떻게 해야 좋을지 알 수 없는 얼굴로 세훈을 보고 있다.

해가 기울어져 산자락을 타고 붉은 노을이 타오르기 시작했다.

"그만해요. 아무리 그래도 소용없다고요."

이령이 고무장갑을 끼고 있는 세훈의 팔을 붙잡았다.

"왜 소용이 없어? 내가 하는 것 중에 소용없는 일은 하나도 없어."

"그쪽이 왜 내가 연예인이 되어야 한다고 생각하는지 모르겠지만, 난 안 돼요. 안 해요. 그런 일 안 좋아해요. 거기서부터 우리 대화는 어긋나요."

이령이 세훈이 끼고 있는 고무장갑을 빼려고 낑낑대기 시작했다. 그러나 작은 이령의 손에 맞춰 산 고무장갑은 세훈의 손에서는 라텍스 장갑처럼 타이트했다.

"뭘 이렇게 야무지게 꼈어."

세훈은 외과의사처럼 손을 든 채 자신의 손에서 고무장갑을 빼려고 애쓰는 이령을 가만히 내려다보았다.

"태어나면서부터 연예계를 좋아하는 사람이 많은 줄 알아? 복잡한 바닥이야. 오해도 많고. 그렇지만 넌 입장이 다르지. 내가 된다잖아."

세훈의 말이 끝나기 전에 고무장갑이 휙 빠지면서 이령의 몸이 훅 넘어갔다. 순간적으로 손을 뻗은 세훈이 그녀의 등을 받쳐 지지했다.

시선이 마주쳤다.

"도대체 원하는 게 뭐야?"

이령이 중심을 잡기를 기다려 손을 떼며 세훈이 물었다.

"원하기만 하면 다 돼요?"

"되게 만들어야지. 난 갖고 싶은 걸 못 가져본 적이 없어."

세훈이 설거지통을 향해 턱짓했다.

"원하는 걸 갖기 위해 내가 어떻게까지 하는지 지금 보고 있잖아."

이령은 세훈을 빤히 쳐다보았다. 진짜 이상한 사람이었다. 사람을
자꾸 이상하게 만든다. 이야기하고 있다 보면 뭐가 옳은지 잘 알 수
없어졌다.

"내가 원하는 건······."

이령의 머릿속이 순간적으로 헝클어졌다. 그녀는 눈을 감았다.

"그쪽이 이제 그만하는 거예요."

마음과 다른 말이 불쑥 튀어나왔다. 눈을 떴을 때 세훈은 인상을 쓰
고 있었다.

"이제 진짜 내려가야 해요. 이러다 오늘 집에 못 가요."

"내가 가고 싶으면 가."

기분 탓일까 세훈의 목소리가 약간 차가워져 있었다.

"나 원래 남의 진심에 관심 있는 사람이 아니거든. 속이야 뭐가 됐
든 입 밖으로 내어 말하는 걸 믿고 만단 말이야. 귀찮으니까. 근데
넌······ 신경에 거슬려."

세훈의 목소리에서 느껴지는 무언가 때문에 이령은 바짝 긴장했다.

"왜 거짓말을 하는 건지 모르겠단 말이야. 아니면 너도 네 마음을
모르는 건가?"

"내가 뭘요."

"남녀칠세부동석 타령하는 애가 나도 그렇고 장똥땡이도 그렇고…… 너무 쉽게 집에 끌어들여 재우잖아. 아무리 위험을 모른다고 해도 그렇지."

이령이 눈살을 찌푸렸다.

"지금 말 다 했어요? 내가 무슨…….'

"아니, 말실수야. 안 좋게 들린다. 내 말은…….'

"내가 불러들여 재웠다고요? 그럼 길 잃고 헤매는 사람 죽든 말든 내버려둬요?"

"아니 아니, 그 뜻이 아니잖아. 말꼬리 잡지 마. 네가 여기 혼자 있기 싫어한다는 뜻이야. 혼자 있을 수도 없고."

하지만 이령은 이미 화가 났다. 사실 오해하지는 않았다. 세훈의 말을 예쁘게 하는 스타일은 아니지만 안 좋은 의미를 담아서 말한 건 아니라는 것 정도는 알았다.

기분이 나쁜 건 정곡을 찔려서였다.

할아버지가 돌아가시고 나서, 늘 외로웠던 이 집이 견딜 수 없이 외로웠다. 부정하려고 했지만 사실이었다. 자꾸만 할아버지 생각이 났다. 마을 사람들이 아무리 찾아와줘도 그것으로는 해소되지 않는 그런 기분이었다.

무언가 다른 것이 필요했다.

무언지 알 수 없지만.

그러나 이령은 이 모든 것을 표현하는 방법을 아직 배우지 못했다. 인정하는 법도 배우지 못했다. 본디 그런 성격이 아니었지만 그녀가 지금까지 배운 것은 누르고 참는 것뿐이었다.

"나하고 같이 내려가. 날 믿고."

세훈의 목소리가 달래듯 누그러졌다. 그럼에도 불구하고 이령이 퉁명스럽게 군 것은 들킨 마음을 감추기 위해서였다.

"그쪽을 뭘 믿어요?"

"그럼 장 대표를 믿을래?"

"적어도 장 대표님은 이렇게 피곤하고 귀찮진 않았거든요! 장 대표님이 백배 점잖고 믿을 만하네요!"

맹세코 세훈 평생에 처음 듣는 모욕이었다. 다른 사람도 아닌 장뚱땡이라니? 장뚱땡이와의 비교 자체가 기분 나쁜데, 다른 것도 아니고 점잖고 믿을만하다는 부분에서 밀려?

세훈이 무섭게 이령을 노려보았다. 100퍼센트 감정적인 상태였다.

이령 역시 마찬가지였기 때문에 그녀는 세훈이 획 돌아서서 가버리는 것을 잡지 않았다.

산길을 큰 보폭으로 성큼성큼 내려오던 세훈이 확 쭈그리고 앉아 머리를 쥐어뜯었다.

"와! 유치하게 이거 뭐야? 방금? 왜 이런 거에 진짜 화가 나?"

세훈이 왼쪽 가슴 위에 손을 갖다 대었다.

"나 심장 뛰는 거 봐. 와……. 미치겠네."

진짜 미치고 팔짝 뛸 지경이었다. 방금 그 상황은 차마 두 번 생각하기도 무서울 정도로 유치하고 손발이 오글거렸다. 왜 화가 났는지도 모르겠는데 하여튼 머리 뚜껑 열릴 정도로 열 받았다는 것만 확실했다.

"유기농 쟤 사람 진짜 이상하게 만드는 재주 있네."

최세훈은 자신이 좀 재수 없다는 걸 알고 있었다. 너무 잘나서, 보통 사람들이 보기에는 짜증날 수 있다는 것도. 그리고 못됐다는 것도 안다. 너무 잘나서, 보통 사람들이 하는 짓이 마음에 안 들어 미치겠는 거다. 그러니 어쩌겠는가? 성질을 부려야지.

하지만 적어도 세훈은 유치한 사람은 아니었다. 그런데 지금 몹시 유치했다. 놀랄 정도로 유치했다. 부끄러울 정도로 유치했다.

아니, 지금이 아니라 지리산에서 모든 행동이 전부.

"미치겠네."

한숨을 쉬며 세훈이 고개를 젖혔다. 노을이 물든 하늘은 죽이게 예쁜데 그의 속은 말이 아니었다.

하지만 아직 끝나지 않았다는 것이 세훈의 하루 중 가장 나쁜 부분이었다.

백 번을 망설이다 결국 세훈이 이령의 집으로 돌아갔을 때다.

분명히 왔던 길 고대로 돌아갔는데 그러는 동안 마주친 사람 하나 없건만 이령의 집에는 손님이 있었다. 그것도 세 명이나.

남자 셋이었고, 각각 슈퍼집 박중호, 약국집 이세팔, 양계장 최 씨로 '지리산 협정'의 당사자들 중 일부였으나 세훈이 알 바 아니었다. 다만 눈빛이라든지 이령을 둘러싸고 있는 구도에서 심히 불쾌함을 느꼈을 뿐이다.

특히 슈퍼집 박중호.

키가 훌쩍 크지도 않고 희멀겋지도 않고 마르지도 않은 순박한 시골 총각 같은 그 느낌이 아주 싫었다.

최세훈이 경험해보지 못한 위기

세훈의 사무실, 여전히 텅 빈 그의 책상을 보며 허 실장은 심각한 표정을 지었다. 심란하기 그지없었다.

결국 노트북을 켜고 한참을 두들기던 허 실장은 벌떡 일어나 사무실을 서성이다 한참 동안 빈자리를 노려보았다. 그리고 마침내 전화기를 들었다.

"……그러니까 이 양반이 돈을 엄청 좋아해요. 그래서 일을 진짜 열심히 하거든요? 솔까 열심이라기보다 미친놈처럼 해요. 워커홀릭! 워커홀릭! 일밖에 안 하는 놈이라고요! 그 얼굴을 해가지고! 아니 아니, 딴 데로 이야기가 새는 게 아니라…… 그러니까 일을 내팽개쳐두고 연락도 안 될 수가 없다는 거죠. 말이 안 돼. 이건 사고가 난 거죠."

허 실장은 문득 말을 멈췄다. 다른 가능성이 생각났다.

"아니면 납치?"

가능성 만빵이다.

"어찌나 못됐는지 취미가 적을 양산하는 거라 이 양반 죽이고 싶을 인물이 한둘이 아니거든요. 가능성 있어요. 어쨌든 분명히 문제가 생긴…… 아니? 이것보다 더 확실한 증거가 어디 있어요? 이 양반이 지랄도 보통 지랄이 아니라 의식주 챙기기가 아주 피곤하다니까? 그런데 흔적이 없어요, 흔적이…… 이건 분명히 무슨 일이 생겨도 단단히 생긴……."

허 실장의 말이 끝나기 전에 사무실 문이 쾅 열렸다.

문에 딱 버티고 서 있는 것은 최. 세. 훈.

그것도 평소와 전혀 다를 것 없이 머리부터 발끝까지 말끔하게 차려입은, 눈빛은 한층 더 못돼진 최세훈이다.

"……게 아니었네요. 죄송합니다아아."

전화기를 향해 허리까지 꾸벅 숙여 보인 허 실장이 고개를 반짝 들며 오만상을 찌푸렸다.

"대표님! 도대체 제가 전화를 몇 번이나 했는지 아세……, 웩!"

따지던 허 실장이 그를 휙 밀치고 지나가는 세훈의 서슬에 떠밀려 균형을 잃고 허우적댔다.

"너 머리 나쁘지."

자리에 털썩 앉으며 세훈이 그 못된 혀를 놀리기 시작했다.

"저, 저요?"

178

"네가 나한테 거는 전화에 대해 내가 뭐라고 했더라?"

허 실장은 눈을 깜빡였다. 그러니까…… 분명…….

"대표님이 언제 전화를 받을지 왜 제가 결정하느냐고……?"

"빙고!"

세훈이 손가락을 탕 튕겼다. 경쾌한 행동이었지만 허 실장은 손뼉 쳐줄 기분이 전혀 아니었다. 못된 혀가 무사한 건 기쁘지만 이틀 동안 속을 끓일 대로 끓였는데 이렇게 말짱한 얼굴을 보니 부아가 치미는 거다.

"대표님이 전화를 언제 받을지를 제가 정하는 게 아니라 대표님을 찾는 사람이 엄청 많으니까…….."

"누가 날 찾으면 내가 나타나야 해? 내가 나타나고 싶을 때 나타나려고 회사를 차렸는데……, 응?"

허 실장의 입이 댓 발 튀어나왔다. 회사 차리는 이유도 참 가지가지

다. 자기가 나타나고 싶을 때 나타나려고 회사를 차리다니, 별.

이 인간이 이렇게까지 시비를 걸어오는 이유는 단 하나다.

"대표님, 무슨 일 있으셨어요?"

"왜? 무슨 일이 꼭 있을 줄 알았는데 혹시 없었을까 봐?"

"무슨 말씀을 그렇게 하세요? 제가 얼마나 걱정했는데요. 방금도 걱정이 넘쳐흘러 경찰에 신고하려다가…….."

세훈이 입술을 비틀었다. 그리고선 턱으로 아까 허 실장이 만지작 거리던 노트북을 가리켰다.

"보니까 잡코리아 떠 있더라?"

허 실장이 턱 벌어지는 입을 손으로 막았다. 아주 자암깐 봤다. 자 암깐. 안 나타나니까…… 이럴 리가 없는 인간이 회사를 까맣게 까먹 은 것처럼 구니까 혹시나 해서. 산 사람은 살아야 하지 않은가? 허 실 장만 바라볼 미래의 와이프와 자식들을 위해서라도.

귀신같은 인간.

세훈이 책상 위의 서류를 짜증스럽게 뒤적이다가 탁 덮었다.

"아오…….."

그리고 벌떡 일어나 성큼성큼 방금 들어온 문을 통해 나가버렸다.

혼자 남겨진 허 실장이 어쩔 줄 모르다가 그를 쫓아갔다.

"대표니임…… 제가 다른 일자리를 구하려고 했던 게 아니고요오 오오오오……."

세훈이 가로지르자 회사 복도는 단숨에 런웨이 분위기가 조성되었 다. 삼삼오오 모여 있던 직원들과 아이돌이 홍해처럼 갈라지며 인사 했다.

그의 왕국이었다. 그가 먹여살리는 식구들이었고, 그가 키워낸 스타들이었으며, 그가 키워낼 원석들이었다.

그들과 일일이 눈을 마주치고 인사를 받으며 세훈은 복도 끝에서 복도 끝까지 가로질렀다.

그리고 엘리베이터 앞 도착. 내내 빠른 걸음으로 뒤따르던 허 실장이 달려가 엘리베이터 버튼을 눌렀으나 세훈은 곧장 비상계단 문을 열고 들어갔다.

"대표님?"

도무지 세훈이 왜 이러는지 알 수 없는 허 실장의 미간에 짙은 주름이 잡혔다.

"대표님 지금 뭐 하세요?"

한 층을 내려와 비상계단 문을 빵 열고 나온 세훈이 간신히 쫓아와 애절하게 묻는 허 실장을 무시하고 근처의 안무연습실 문을 열었다.

연습 중이던 M-ster 멤버들이 눈이 휘둥그레져서 움직임을 멈췄다.

데뷔를 했든 안 했든 사실 검사 받을 때를 제외하고 - 살면서 가장 긴장되는 순간 중 하나다 - 세훈을 마주하는 일은 드물다.

"아, 안녕하세요."

한 템포 늦게, 그러나 목소리는 우렁차게 다들 인사를 했다. 허리가 90도로 꺾어진 건 당연한 일이다.

세훈은 우뚝 선 채 M-ster 멤버들, 눈에 넣어도 안 아픈 그의 새끼들이 똘망똘망한 얼굴로 인사하는 모습을 바라보았다.

"뭐 하냐고?"

세훈이 나지막하게 중얼거렸다.

"자존감 회복 중이야."

"네?"

허 실장이 방금 들은 말이 뭔가 눈만 껌뻑이는 동안, 인사 받을 거다 받은 세훈은 계속 연습하라고 아이들을 다독인 후 뒤돌아 나갔다.

세훈과 허 실장이 바쁘게 오던 박 실장과 딱 마주친 것은 정처 없이 회사 내를 떠돌아다니다가 더 이상 갈 데도 없지 않나 싶어졌을 때다.

"아, 대표님! 오셨군요!"

서류를 한 뭉치 안은 채 정신없어하던 박 실장이 반색을 하고 다가들었다.

"윤국이 컴백 건을 슬슬 결정해주셔야 하는데…… NBS하고 KCS에서 둘 다 자리 마련해준다고 하거든요. 그런데 또 종편 쪽에서는 아예 한 시간 빼준다며 특별 쇼로 가자고 해서…….."

박 실장의 말이 뚝 끊겼다. 세훈이 자리에 선 채 가만히 그를 쏘아보고 있었기 때문이다.

그리고 이런 상황이면 항상 그랬듯이 박 실장의 시선은 세훈의 한 걸음 뒤에 서 있는 허 실장에게로 향했다.

눈으로 묻는다.

이. 거. 무. 슨. 일. 이. 야?

보통은 답을 가지고 있는 허 실장도 이번에는 알 수가 없었다. 고개를 젓자 박 실장의 얼굴이 창백해진다.

"하지만 대표님은 바쁘시니까…… 제가 플랜을 자알 짠 다음에 A

안, B안, C안 만들어서 대표님이 선택만 하시게 하겠사와요.”

당황한 나머지 이상하게 문장을 끝맺으며 박 실장이 줄행랑을 치
려 할 때다.

“왜 나한테 물어?”

툭 하고 아무렇지도 않은 듯 세훈이 물었다.

“네, 네?”

박 실장 등에 땀이 흐르기 시작했다. 세훈의 질문은 언제나 대답하
기 어렵다. 선문답 같기도 하고 아닌 것 같기도 하고…….

“네가 그냥 알아서 하지?”

세훈의 눈빛이 집요해졌다.

박 실장의 마음은 복잡해졌다. 이게 알아서 하라는 뜻이야, 알아서
하면 가만 안 두겠다는 뜻이야?

“저, 저야…….”

헤헤, 하고 박 실장이 웃었다.

“그러고 싶지만 대표님의 눈이 정확하시니까…….”

딱! 소리가 나게 세훈이 손가락을 튕겼다.

“바로 그거야!”

네? 제가 무슨 말을 했죠? 하고 박 실장이 눈을 껌뻑였다. 칭찬받
는 경우도 드물지만 ‘바로’, ‘그거’ 이런 말은 더더욱 듣기 힘들다.

“따라와. 왜 나한테 묻는지, 왜 내가 절대 틀리는 법이 없는지 설명
하면서 따라오라고.”

가려다가 세훈이 끽 멈췄다. 그리고 엄한 표정으로 이러고 있다.

“열정적으로 해.”

진지하고 또 진지한 얼굴로 걷기 시작한 세훈을 잠깐 멍하니 바라

보던 허 실장과 박 실장이 바쁘게 세훈의 뒤를 쫓기 시작했다.

"제가 제일 감동했던 건 처음에는 평이 안 좋았던 '나는 시방 위험한 짐승'을 기어코 시청률 40퍼센트로 만드신 부분이었죠. 그것은 역사였습니다! 게다가 중국 판매의 선구자!"

"장수에는 지장, 덕장, 용장이 있다고 하던데 저는 대표님이 이 모든 것을 아우르는 어떤 그 무엇이라고 생각할 수밖에 없습니다. 왜냐고요? 왜인지 물어서 뭐해!"

"알 수 없는 이 시대 엔터테인먼트의 흐름을 선도하시는 분은 위대한 영도자…… 아, 아니, 우리 대표님이시라는 것을 저는 믿사오며 동정녀 마리…… 아니, 아니, 브릴리언트한 두뇌와 타고난 감각으로……."

내려갔던 길을 고스란히 올라오는 동안 지 실장도 따라붙었다. 그렇게 허박지 삼총사가 저마다 와글와글 떠들어대는 통에 제대로 소리를 식별하기 어려울 정도였다. 하지만 상관없었다. 세훈이 듣고 싶은 건 어차피 내용이 아니었으니까.

중요한 건 그들이 지금 찬양을 하고 있다는 것이다. 주의 영광……이 아니라, 세훈의 성공사례와 결정을 위대함을.

"오케이."

세훈이 걸음을 멈춘 것은 그의 사무실 앞이었다.

광신도라도 된 듯이 열정적으로 목소리를 높이던 허박지 삼총사가 동시에 입을 딱 다물었다. 시끄럽던 복도에 침묵이 내려앉았다.

"됐어. 가봐."

세훈이 고개를 끄덕였다.

"잘했어."

심지어 살짝 웃기까지 했으므로 허박지 삼총사는 진심으로 뿌듯했다. 뭔지는 몰라도 잘했단다. 그럼 된 거지.

이령은 잠깐 마당에 허망하게 서 있었다. 어제 하루 종일 세훈이 어찌나 열정적으로 일을 하고 갔는지 집이 너무나 말끔했다. 미뤄뒀던 일은 다 해버린 듯하다. 심지어 청소도, 자기가 잔 방은 싹 치워놓은지라 할 게 없었다.

"거……참……."

이령이 입술을 깨물었다. 이상한 이야기지만 그녀는 자꾸 세훈이 생각났다. 그러지 않으려고 해도 머릿속에서 자꾸 퐁퐁 세훈이 떠오르는 거다.

고작 하루 정도 같이 있었던 것뿐인데!

집 구석구석을 헤집고 간 것처럼, 이령의 속을 완전히 헝클어놓고 가버린 남자.

진짜 이상해!

허 실장이 사무실 문을 열고 들어갔을 때 세훈은 창밖을 보고 있었다. 커다란 통 유리창을 향해 서 있는 뒷모습은 한 치의 틈도 없이 근사했다. 반듯한 어깨, 늘씬한 허리까지 이어지는 잘빠진 슈트 선, 가볍게 호주머니에 넣고 있는 손까지.

세훈은 그냥 딱 봐도 말짱한 남자였다. 아니, 말짱한 것 그 이상…… 그 누구도, 심지어 시력에 약간 이상이 있다 해도, 최세훈의 외모에 대해서는 이견이 있을 수 없었다.

물론 그의 머릿속은 예외다.

허 실장은 정말 간절히, 저놈의 잘생긴 머리통 속에 뭐가 들어 있는지 궁금했다.

"대표님……."

슬며시 다가서 세훈의 어깨 너머로 창밖을 확인해보았지만 평소와 똑같이 복잡한 도시의 풍경뿐.

"일이 좀 많이 밀려 있는데요."

세훈은 대답이 없었다.

"대표님이 너어무 중요한 분이시라 하루만 자리를 비우셔도 큰일이에요."

그래서 방금까지 요구했던 그대로 칭찬을 시작했는데, 여전히 대답이 없었다. 아무래도 칭찬타임은 지난 모양이다. 하도 훅훅 바뀌니 제대로 발맞추기도 보통 어려운 게 아니다.

"아, 맞다. 대박 아이템 어쩌구 말씀하셨잖아요……. 그건……."

순간 허 실장의 머릿속에 반짝 불이 들어왔다. 최세훈이 '알 수 없는 상태'일 때였던 적이 있다. 바로 유이령이 회사에 있을 때, 유이령을 쫓아갈 때.

"잠깐…… 설마 유이령 만나러 가신 거예요?"

깨달음에 허 실장의 턱이 툭 떨어졌다.

"지금까지 유이령하고 같이 계셨던 거예요?"

"묻지 마."

짧게 대답한 세훈이 휙 돌아서서 자리에 앉았다. 그리고 허 실장은 이제 알았다. 세훈이 묻지 말라고 하면 바로 그것이 정답이란 뜻이다. 정답인데 말하기 싫다는 뜻이다.

허 실장은 머릿속으로 세훈이 연락이 안 된 시간을 계산했다.

사무실의 공기가 기묘하게 어색해졌다.

자리에 앉은 채 세훈은 꼼짝도 않고 있었고, 허 실장은 입을 벌리지 않으려 노력하며 그런 세훈을 보고 있다.

계속.

먼저 터진 것은 세훈이었다.

"왜 아무 말도 안 해?"

"묻지 말라고 하셨잖아요!"

"넌 나한테 할 말이 그거밖에 없어? 일 많다며! 일 얘기해!"

"많았는데 대표님이 지금 이때까지 유이렁하고 같이 있었다고 말씀하시는 순간 없어졌어요!"

"나는…… 아니야. 그냥, 계약하려고 했는데 잘 안 되었어."

그냥. 그냥이란다.

허 실장은 알고 있었다. 최세훈의 사전에 '그냥'이라는 단어는 없었다.

"그냥이라고요? 그냥 계약하려고 했는데 잘 안 되었다고요? 언제부터 50시간 넘게 붙어 있는 게 '그냥'이었어요? 화장실도 계획 세워 가시는 분이? 민주 계약할 때도 그렇게 안 했어요!"

"걔는 연습생이었잖아!"

"제 말이요! 연습생도 아닌 애한테 지금 뭐 하시는 거예요?"

세훈이 커다랗지만 남자의 손이라기에는 지나치게 섬세하게 생긴 손으로 이마를 짚었다. 명백히 기막혀하는 허 실장의 시선을 차단하기 위한 행동이었다. 하고 싶은 말이 백만 가지가 넘었지만 허 실장은 참았다.

결국 다시 터진 것은 이번에도 세훈이다.

"하고 싶은 말 해! 그만 쳐다보고!"

"대표님 혹시 유이령 좋아하세요?"

"아냐!"

세훈이 벌떡 일어났다.

"아냐! 아냐! 아니라고! 너까지 왜 이래? 도대체 다들 왜 이러는 거야!"

답지 않게 길길이 날뛰는 세훈을 보고 허 실장이 할 수 있는 생각은 단 하나뿐이었다. 강한 부정은 강한 긍정.

그런데 이상한 게 있었다.

"다들……이요?"

저 말고 또 누가?

이령을 향해 벙긋벙긋 웃고 있던 시골 총각 세 명의 눈동자가 동시에 세훈에게 꽂혔다. 세 명의 눈빛이 동시에 새로운 경쟁자를 직감하고 불타올랐다.

노골적으로 세훈의 머리부터 발끝까지 훑어본 시골 총각 셋은 순식간에 눈빛으로 추가협정을 모의했다. 싸우던 동네 친구들이 초 강력한 라이벌의 등장에 뭉친 것이다.

「아, 이분은…… 음, 서울에 내려갔을 때 뵈었던 기획사 분이세요.」

남자들 사이의 이상한 알력을 감지한 이령은 무마하려는 듯 세훈을 소개했다.

「이쪽은 동네 오빠들.」

그것이 선전포고라도 되는 것처럼 시골 총각들이 공격을 개시했다.

「기획사?」

불퉁한 목소리로 입술을 비튼 약사 총각의 의도는 확실한 후려치기였다.

「거 날라리 회사 아이고?」

세훈이 뭐라 반응하기도 전에 양계장 총각이 지원사격을 했다.

「서울 머스마들은 와 이래 피죽도 못 얻어먹은 것처럼 삐쩍 꼴았노.」

제일 나쁜 것은 슈퍼집 총각이었다. 가장 오랫동안 짝사랑을 했던 박중호는 다른 사람들처럼 노골적인 디스가 아니라 전략적으로 접근할 줄 아는 능력자였다.

「미안합니더. 들리는 줄 몰랐어예.」

당연히 들리는 줄 다 알고 한 말이라는데 세훈은 전 재산을 걸 수도 있었지만 입을 다물었다.

그는 이게 뭔지 알고 있었다. 수컷들의 기 싸움이다. 이것저것 다 따지지 않고, 그냥 새롭게 나타난 다른 수컷에게 스트레스를 받는, 특히 예쁜 여자가 옆에 있을 때는 그 지수가 끝도 한도 없이 올라가는 공격성.

그 증거로 세 명의 시골 총각들은 후려치기→ 지원사격 → 사과를 시전한 후로는 세훈을 싹 무시했다.

「이령아, 아부지…… 아, 아이다. 아버지가 너 찾는 사람이 왔다고 해서 걱정스러워서 와보았단다.」

「중호 형이 집합시켰다 안 하나. 깜짝 놀래 셋 다 올라왔데이.」

「니가 단디 알아서 할 것이지마는 그래도 가스, 여자아이 혼자서는 걱정이 되어서.」

어쨌든 요점은 이거였다. 세훈이 이 집에 올라왔다는 소리를 듣고 득달같이 쫓아와봤다는 거.

다 그렇다 칠 수 있지만 세훈은 희멀겋지 않은, 순박해 보이는 시골 총각이 제일 거슬렸다. 특히 사투리도 아니고 표준어도 아닌 말투!

「맘에 안 들어.」

이를 악문 세훈은 주머니에서 명함을 꺼냈다. 어젯밤의 난리를 통해 흐물흐물해져 있다는 것이 맘에 들지 않았지만, 어쩔 수 없었다.

「어차피 오늘은 더 얘기 못 할 거 같으니까.」

얼떨결에 세훈이 내민 명함을 받아든 이령이 눈을 동그랗게 떴다.

「생각 좀 해보고 그 번호로 전화해. 판단은 빠를수록 좋아. 아무나 주는 명함 아니니까 소중히 여기고.」

「저기…….」

이령이 뭔가 말하려 했지만 세훈은 자기 할 말만 하는 본연의 성질머리를 회복한 상태였다. ……오랜만에.

「내려가죠.」

시골 총각 셋의 눈을 하나하나 맞추며 권. 유. 하자니 어젯밤의 묵은 체증이 다 내려가는 것 같았다. 윽박지르는 거 너무 좋아!

「와, 와 우리가 내려갑……니꺼…….」

기에 밀린 약국 총각이 눈치를 보다 말끝을 흐렸다.

「곧 해 지는데 여자 혼자 사는 집에 있을 겁니까? 쟤 찾으러 왔다는 사람이 나고, 지금 내가 가고 있으니 그쪽들도 가야죠.」

따박따박 따지는 것도 너무 좋아!

「우, 우리는 아직 용건이…….」

우겨보려던 양계장 총각이 세훈이 인상을 북 쓰자 움찔했다.

수십 명의 직원과 수백 명의 연예인들을 다루는 세훈에게 시골 총각 셋쯤은 껌도 아니었다. 그들이 정신을 차린 것은 왜인지 모르게 한 줄로 서서 기차놀이하듯 하산하던 중이었다.

「자, 잠깐만예!」

「뭡니까?」

맨 뒤에서 세 사람을 감시하며 뒤쫓아 가던 세훈이 행렬을 중지시키고 물었다.

세훈을 두고 세 시골 총각들이 동그랗게 모여서 수군대기 시작했다. 잠깐잠깐 왔다가는 시선이 심히 세훈의 맘에 들지 않았다.

그렇게 한참을 상의한 끝에 대표로 보이는 슈퍼집 총각이 세훈의 앞에 와 섰다.

「니 뭐꼬?」

앞뒤 다 자르고 을러대는 것은 아까 이령 앞에서 귀엽게 투덜거리던 수준이 아니었다. 그뿐이 아니었다. 이제는 말투가 요상하지 않다. 아주 자연스러운 순도 100퍼센트 경상도 사투리. 혹시나 했는데 역시 아까의 그 말투는 이령에게 잘 보이기 위한 '세련된 도시 남자'의 억양이었나 보다.

세훈이 진즉에 '마을에 팬클럽쯤 결성되어 있을 수도 있는 미모'라고 예측했던 자신의 혜안에 감탄하고 있을 때였다.

「니도 쟈 좋아하나?」

「뭐?」

자기 자신도 팬클럽 중 한 명으로 받아들여질 거라고는 조금도 상상하지 못했던 세훈의 입이 쩍 벌어졌다.

「니도 쟈 좋아하네. 마! 눈은 있어가꼬!」

「이 근처 물이 나빠? 뭐 탔어? 다들 왜 이래?」

그러나 이령도 그러더니 시골 총각도 세훈의 말은 귓등으로도 들지 않았다. 다 안다는 듯이 실실 웃더니 이러는 거다.

「쟈 좋아하면 니도 지리산 협정에 가입해야 한다!」

지리산…… 협정?

"안녕하세요, 선생님."

"네, 네. 요즘 좀 괜찮으시죠?"

"어디 가세요?"

"잠깐 외출합니다. 전 선생 보러 오신 거죠?"

종현은 인사해 오는 환자들 하나하나 상냥하게 말을 걸며 로비를 지나쳤다. 이 병원이 잘나가는 이유는 이런 그의 성격 때문이었다. 최세훈을 만나기만 하면 이성을 잃어서 그렇지 문종현은 꽤 괜찮은 의사였다.

최세훈.

"나 4시에 들어오는 거 알지?"

엘리베이터 앞에 서서, 마지막으로 스케줄을 체크하고자 쫓아온 간호실장에 일렀다.

"네에."

"상담환자 일정 변경되면 전화해주고……."

"네에."

"가장 중요한 건……."

종현의 눈빛이 진지하게 변했다.

"최세훈이 나 찾으면 연락 안 된다고 하는 거."

"알죠. 알죠."

간호실장이 키득키득 웃음을 삼켰다.

간호사들 사이에서 종현이 세훈 때문에 받는 스트레스는 유명했다. 의사가 어떻게든 상담을 안 받으려고 하는 것도 웃기지만, 어떻게든 잡혀 오는 것도 참 대단한 일이다. 그녀들로서는 마냥 즐거울 뿐.

한마디로 보는 즐거움이 있다. 실시간 리얼 시트콤!

"갔다 올게."

"예에, 다녀오세요."

인사하고 막 돌아서려는데 엘리베이터 문이 열렸다.

"어?"

세훈이 엘리베이터에서 성큼 내려서며 종현의 팔을 붙잡았다. 그리고는 가타부타 한마디 없이 종현을 질질 끌고 진료실로 들어간다. 그러기까지는 말 그대로 순식간! 3초도 걸리지 않은 듯했다.

"푸하하하하하하하하하하하하하!"

멍하니 선 채 순식간에 일어난 일에 어리둥절했던 간호실장이 빵 터져서 허리를 잡고 웃기 시작했다.

진짜 천적이 있긴 있나 보다. 어떻게 이래.

"야…… 나 점심 먹으러 가는 중이었어."

그대로 진료실로 들어와 의자에 앉혀진 종현이 칭얼댔다. 3분만 일찍 나갈걸. 아니, 1분만이라도…….

"나 배고파."

말하는데 세훈이 왼손에 들고 있던 봉투를 책상에 올려놓았다. 유명한 스시집의 도시락 포장이었다.

"도, 도시락 사왔어?"

치밀한 놈……. 종현이 이를 악물었다. 할 말 없게 만드는 데는 도가 텄다.

"당분간 못 온다더니 왜 또오……."

도시락을 주섬주섬 꺼내며 칭얼대던 종현이 이상한 기미를 느끼고 고개를 들었다.

언제나 저기압인 세훈이지만 오늘따라 심각해 보였다. 살짝 찌푸린 미간의 주름이나, 끝이 올라간 짙은 눈썹, 무엇보다 항상 못되어 보이는 눈이 오늘따라 칼날보다 더 날카롭게 느껴진다.

"……무슨 일 있어?"

"똑바로 말해봐. 내가 왜 기분이 나빠?"

세상에서 제일 대답하기 쉬운 질문이 날아왔다. 최세훈이 왜 기분이 나쁘냐니? 잘생겼지만 재수 없고, 돈 많지만 재수 없고, 똑똑하지만 재수 없고, 일 잘하지만 재수 없고…….

"왜이래…… 사람들이 너 기분 나쁜 놈이라고 하는 게 하루 이틀 일도 아니고. 넌 대학교 때부터 좀 재수가 없었어……."

"아니! 내가 왜 기분이 나쁘냐는 게 아니라 내가! 지금! 왜! 기분이! 나쁘냐고!"

종현의 머릿속이 복잡해졌다. 세종대왕님께서는 왜 이리 한글을 어렵게 만든 걸까?

"네 기분이 나쁘다는 소리야? 그러니까 네가 왜 기분 나쁜 놈이냐는 게 아니라, 지금 네 기분이 나쁘다고…… 그렇지?"

대답은 하지 않았지만 눈에서 불이 뿜어져 나올 것 같은 세훈의 얼굴을 보면, 그는 지금 기분이 나쁘다.

"그리고 지금 네 기분이 왜 나쁜지를 나한테 묻는 거고……."

굉장히 참신한 상담법이었다. 보통 자신의 기분이 이러이러하고 남들의 반응이 이러이러하다고 이야기하는데…….

종현은 진지하게, 세훈에게 문제가 있을지도 모르겠다고 생각하기 시작했다.

일상이 시작되었다.

세훈의 일상이란 '일'이었다. 하루 종일 손에 다 꼽을 수도 없는 콘텐츠를 검토하고, 아이들을 단속하고, 결과물을 심사한다. 시간은 쪼개고 쪼개 써도 항상 부족했다.

하루는 매일 똑같았고, 또 매일 달랐다.

그런데 변화가 생겼다.

매일 똑같았고, 또 매일 다른 일상이 매일 똑같은데, 뿌리 깊이 달라져버린 것이다.

변화는 하나였다.

최세훈이 휴대전화에 신경을 쓰기 시작했다. 휴대전화가 세훈의 관심 한 복판에 놓이게 된 것이다.

직업상, 휴대전화는 세훈에게 있어서는 족쇄나 다름없는 아주 귀찮은 물건이었다. 하루 종일 울려대는 휴대전화 소리에 신경쇠약이 될 지경이었다. 그의 직통번호가 극비사항이 된 것은 그 때문이었다.

이후로 세훈은 휴대전화에 크게 신경 쓴 적이 없었다. 허 실장이 전화 좀 받으라고 징징대는 이유이기도 했다.

그런데.

이렇게.

신경 쓰일 수가.

복도를 걸어가다가 문득 생각나 휴대전화를 확인하고, 샤워하고 나오자마자 휴대전화를 확인하고, 밥 먹을 때도 앞에 휴대전화를 두고 먹고, 자기 전에 휴대전화를 확인하고, 아침에 눈뜨자마자 휴대전화를 확인했다.

부재중 전화 따위는 없었다. 있어야 하는데. 유이령에게로부터 온 부재중 전화가 찍혀야 하는데.

세훈은 점차 짜증이 치밀어 오르기 시작했다.

"아오오오오오오오오오오오오오!"

느닷없이 늑대처럼 소리를 지르는 세훈의 서슬에 운전하던 허 실장이 브레이크를 꽉 밟았다. 두 손을 불끈 쥐고 있던 세훈의 몸이 앞으로 획 고꾸라졌다.

"운전 똑바로 안 해?"

허 실장은 룸미러를 통해 눈을 부라리는 세훈의 못된 얼굴을 확인했다. 아침부터 있는 성질 없는 성질 다 나 있는 이유를…… 허 실장은 알았다.

"그 아가씨가 연예인 감이긴 한가 봐요."

유이령. 유이령. 유이령. 이 아가씨가 문제다.

"연예인이라는 게 사람을 홀리는 게 기본이잖아요."

"뭔 소리야?"

니가 지금 완전, 제대로, 홀렸잖아요!

허 실장이 맘에 있는 말을 하지 못해 답답한 와중에 최세훈은 또 소리를 지르기 시작했다.

"아오오오오오오오오! 아오오오오오오! 그렇게 오는 게 아니었는데! 그냥 딱 잡아서 확답을 듣고 왔어야 했는데!"

미치고 팔짝 뛸 일은 이런 거다. 최세훈이 최세훈답지 않게 군다는 것.

최세훈이 누군가? 제 발로 가기보다 상대를 오게 만드는데 귀재다. 성질 급하게 구는 건 허 실장의 몫이지 최세훈의 몫이 아니었다. 김남혁과 윤지원을 두고 장 대표의 꼼수를 쳐부순 것도 그렇고 세훈은 언제나 여유만만한 사람이었다.

그런데 지금은 도대체 왜 이렇게 안달복달 난리가 났단 말인가.

"미치겠네."

머리를 헝클며 시트에 몸을 기대버리는 세훈을 보다 못한 허 실장은 가슴 속에서 뜨거운 것이 왈칵 치밀어 오르는 것을 느꼈다.

"아 쫌! 그만하세요. 미치겠는 건 저예요! 계속 이러시니까 저도 일 못하겠고 애들도 다 쭈그러져 있고…… 왜 이러세요, 정말?"

"내가 뭘?"

세훈은 정말 모르는 얼굴이었다.

"대표님답지 않으시다고요!"

"나다운 게 뭔데?"

"제멋대로 몰상식하게 막돼먹은 거요!"

가끔 너무 솔직해지는 것이 허 실장의 약점.

"이게 진짜 보자 보자 하니까!"

세훈이 몸을 확 당겨 앞좌석으로 달려들었다.

"제멋대로 몰상식하게…… 뭐?"

본능적으로 허 실장이 몸을 움츠리는 바람에 차체가 흔들렸다.

"으아아아아! 운전! 운전! 안전 운전!"

"아오!"

세훈이 있는 성질 없는 성질을 다 부리며 도로 뒷좌석에 몸을 기댔다. 허 실장 입장에선 운전대를 잡고 있는 게 얼마나 다행인지 몰랐다. 세훈이 아무리 뒤통수를 뚫어뜨릴 듯 노려봐도, 진짜 뚫어지는 건 아니니까, 안 맞으면 된다. 안 맞으면.

"어쨌든!"

안 맞고 할 말도 다 하고.

"이렇게 안달복달 전전긍긍하는 건 대표님 스타일이 아니에요. 너무 가리는 거 없이 막 밀고 나가는 게 문제였죠. 제멋대로, 몰상식하게 사람을 막 휘두르면서!"

문득 허 실장은 깨달았다. 앞으로도 세훈 욕을 하고 싶으면 운전할 때 하면 되는 거다. 오, 이거 좋은데?

"너…… 언젠가 차에서 내려야 한다는 생각은 안 해?"

……안 했다.

"아니이, 전…… 사람이 안 하던 짓을 하면 죽는다니까아…… 우리 대표님 죽을까 봐아…… 오래오래 저랑 해먹어야 하는데에에에에…….."

허 실장이 우는소리를 늘어놓기 시작했지만, 언제나 그렇듯 세훈은 관심도 없었다. 그의 생각은 온통 다른 데 가 있었다.

한참 동안 말없이 입술 안쪽만 잘근잘근 씹어대던 세훈이 짧게 숨을 내뱉었다.

"그러니까 너하고 오래오래 해먹으려면 제멋대로 몰상식하게 막돼먹은 짓을 하라는 거지?"

"잘못했어요. 입 다물고 운전할게요."

"아냐. 질문이야."

"네?"

"제멋대로 몰상식하게 막돼먹은 게 좋다는 거지?"

좋다는 건 아닌데…… 하지만 싫다고 할 수도 없고…….

도대체 뭐라고 대답해야 하는가 허 실장이 고뇌하는 동안, 언제나 그랬듯이 세훈은 한 발 먼저 결정을 내려버렸다.

"해보자."

그런데 이 세 글자가 그렇게 불길하게 들릴 수가 없는 거다.

"무, 뭘요?"

눈을 가늘게 뜬 세훈과 룸미러를 통해 눈이 마주쳤다.

"제멋대로 몰상식하게 막돼먹은 짓. 한번 해보자고."

허 실장이 자신의 권유를 후회하기까지는 긴 시간이 필요치 않았다.

장스 제작사 대표실.

계속되는 엔터 산업의 불황을 정면으로 얻어맞은 후, 장 대표의 얼굴은 필 날이 없었지만 오늘은 달랐다. 잘 키운 연예인 하나 열 자식 안 부럽다는 매니지먼트 계의 명언을 확인한 날이기 때문이다.

"그치, 요즘 어디 손익분기점 맞추기가 쉽나. 도대체 이 바닥이 어디로 가려고 이러는지."

부아를 돋우기 위해 고만고만한 다른 제작사에 전화를 한 장 대표지만 일단 앓는 소리로 시작했다.

"우리도 아주 죽겠어요. ……으응? 우리야 뭐 크크크크크크크크크! 오하나가 자알 구르고 있으니까. 오늘도 보니까 세상에, 어이쿠,

막 우리도 모르는 돈이 입금이 되는데. 이게 바로 테이크 마 머니인가 봐. 하긴 내가 봐도 우리 하나 보면 막 돈 주고 싶거든. 이 이미지 만드느라 내가 을마나 고생을 했는지. 애들이 뭐 아나? 하나하나 다 아 잡아줘야지. 들인 돈은 또 얼마야?"

그렇게 신나게 자랑질을 하고 있는데 직원 하나가 사색이 되어 뛰어 들어왔다.

"대표님!"

"왜?"

늘 사건, 사고가 끊이지 않는 회사지만 오늘만은 어지간한 일은 참아줄 수 있다고 생각하며 장 대표가 미소 지었다.

"이것 좀 보세요!"

직원이 내민 태블릿 피시 속의 기사를 확인한 장 대표의 얼굴에 미소가 싹 사라졌다.

기사는 열애설 기사였고, 대상은…… 바로 오하나.

남자에게 관심 없는 청순한 이미지로 전 세계에서 돈을 막 긁어 오고 있던 오하나와 초이 엔터테인먼트의 윤지원의 기사였다!

"이, 이 기사가 왜?"

"이해가 안 가는데 초이 엔터테인먼트 쪽에서 나온 말이라고 하네요? 하지만 이렇게 되면 윤지원 쪽 타격도 만만치 않을 텐데……."

어차피 최세훈이 무슨 생각을 하는지는 죽어도 알 수 없을 거라 포기한 지 오래다.

확실한 건…….

"이…… 최세훈! 씹어 먹고 갈아 먹어도 마땅치 않을 노무시키이이이이이!"

티브이에서는 연예뉴스가 한창이었고, 남자 MC의 목소리는 격앙되어 있었다.

[초이 엔터테인먼트의 한류스타 윤지원 씨의 열애설이 터졌습니다. 상대는 다름 아닌 장스 제작사 오하나 씨! 이건 뭐 2016년 최대의 스캔들이에요.]

여자 MC의 목소리도 만만치 않았다.

[오래된 연인이에요, 그것도! 이것 때문에 지금 팬들의 반응이 엄청나요. 특히 오하나 씨는 철저하게 남자에게 관심 없는 이미지를 고수해온 터라…….]
[배신감이죠!]
[제일 나쁜 게 거짓말이거든요!]

머리를 쥐어 뽑고 있던 허 실장이 리모컨을 집어 들고 티브이를 껐다. 최세훈이 제멋대로 몰상식하게 막돼먹은 짓을 하겠다고 했을 때 알아봤어야 하는데. 누가 자기 연예인을 엮어 스캔들을 낼 거라고 상상했겠는가? 쓸데없이 창의적인 인간 같으니라고.

"감사합니다."

묵직하게 가라앉은 목소리에 돌아보니 윤지원이 앉아 있었다.

윤지원과 오하나의 오랜 관계는 사실 아는 사람은 다 아는 사실이었다. 오랫동안 무명이었던 오하나를 장 대표가 계약하면서 논란의

여지가 많은 조항을 붙여 붙잡아두고 있다는 것도. 그래서 윤지원, 오하나 둘 다 힘들어하고 있다는 것도.

물론 윤지원의 소속사 대표(=최세훈)도 본디, 제정신이었을 때는, 스캔들 따위 절대 안 된다는 쪽이었다.

"이 기회에 결혼까지 밀어붙이려고요. 장 대표님이 난리 치겠지만 이왕 이렇게 된 거 뭐, 하나 나이도 있고…… . 사실 하나는 이 바닥에 더는 미련 없다고 해요. 장 대표님이 너무 애를…… ."

"잠깐!"

허 실장이 펄쩍 뛰었다.

"뭘 한다고? 결혼?"

안 될 말이었다. 장스 제작사의 오하나만큼은 아니더라도 윤지원은 국내외의 빠순이들의 지갑을 열게 하는 핵심 중 하나였다. 말은 바른말이지, 남의 남자에게 돈 쓰는 것만큼 짜증나는 일이 없다. 연예인이 모두의 연인이어야만 하는 이유다.

"너, 넌 왜 빠순이 소중한 줄을 몰라…… ."

허 실장은 심장이 터질 것 같았다. 왜 그가 연예인이 아닐까? 그가 연예인이면 정말 소중하게 여겨줄 수 있는데. 빠순이들…… .

"오하나 씨는 이 바닥에 미련 없어도 넌 있잖아. 결혼은 암만 늦게 해도 너무 이르다는 말 몰라? 둘 다 실업자 되면 뭐 할래? 결혼이 애들 장난이야?"

"하지만 대표님이 결혼하라고 하셨는데요."

"그, 그 냥반이?"

허 실장은 숨을 몰아쉬었다. 미쳤구나, 미쳤어. 도대체 제멋대로다, 제멋대로다 했더니 이렇게 화끈하게! 몰상식하다, 몰상식하다 했던 이렇게 무지막지하게! 막돼먹어 막돼먹어 이렇게 자유분방하게!

"그, 그래."

그러나 어쩌겠는가? 초이 엔터테인먼트의 대표는 최세훈 그 미친 놈인걸!

"그렇구나. 그러셨구나."

허 실장은 자신의 존재가 괴로웠다.

연예인이면 정말 빠순이들을 위한 연예인이 될 수 있는데 연예인이 아니고, 대표면 이런 짓 절대 안 할 텐데 대표가 아니었다.

정말 돌아버릴 것 같았다.

"돌았어."

구직사이트를 검색하며 허 실장이 단호하게 말했다. 이번에야말로 이직이다. 이런 미친 회사를 더 이상 다닐 수가 없다.

소파에 앉아 과자를 까먹고 있던 M-ster의 리더 주현이 고개를 절레절레 저었다.

"그러다 걸리면 또 혼나요."

"안 걸리면 안 혼나."

"그게 할 말이에요?"

"말은 바른말이지!"

허 실장이 빽! 소리를 질렀다.

"장 대표 엿 먹이자고 황금거위 배 가르는 게 정상이야? 우리 황금거위. 윤지원이 한 해에 버는 돈이 얼만데 스캔들이냐고! 오하나 값만 떨어져? 우리 윤지원은 어쩔 거야! 그것도 작품 앞두고 있는데! 광고는 또 어쩌고! 이유가 대단하면 내가 말도 안 해!"

허 실장이 부르르 떨었다.

"꼴랑 구첩반상!"

"구첩반상이 뭐예요?"

보컬 선우가 과자를 먹으며 고개를 갸우뚱했다. 구첩? 첩이 아홉 명이란 소린가? ……좋았겠다.

"밥상! 밥상!"

"밥상이 왜 첩이에요?"

"뚜껑 달린 반찬 개수! 삼첩은 반찬 세 개, 오첩은 반찬 다섯 개, 구첩은 반찬 아홉 개! 그러니까 지금 너희 대표는, 장 대표가 밥상 좀 더 좋은 거 받았다고 이 지랄을 떨었다는 거야."

선우가 고개를 절레절레 저었다.

"우리 대표가 바로 허 실장님 대표거든요."

"내가 최세훈이가 지금 약을 먹어서 저러는지 안 먹어서 저러는지 모르겠는데…… 너희들도 살 궁리해. 요즘은 자기 앞길은 자기가 닦아야 해."

"하지만……."

주현이 한마디 한다.

"하나 누나 장 대표가 거짓말 강요하고 인터뷰시키고 그래서 스트레스 엄청 받았잖아요. 막 우울해하고…… 병원도 다니고…… 잘된 거 아닌가?"

선우도 주현의 말에 동의했다.

"내 말이. 내가 울 대표님 이런 면을 좋아하잖아. 사람이 대담해. 하고 싶은 게 있으면 몸을 안 사려요. 자기 손해고 나발이고."

"얘들이 이렇게 물정을 몰라요."

허 실장은 답답해 미칠 것 같았다. 이래서 아이돌 애들이 철이 없다는 거다. 뭘 알아야 해먹지. 연예인들이 언제부터 자유연애를 했다고? 여기가 할리우드야?

허 실장의 손가락이 더더욱 전투적으로 자판을 두드렸다.

"내가 이번에야말로 꼭······."

"꼭, 뭐?"

나긋하게, 답지 않게 너무나도 나긋하게 끼어든 목소리에 M-ster 여섯 명과 허 실장이 동시에 얼음! 이 되었다.

그런 그들의 마음을 아는지 모르는지 다가온 세훈의 목소리는 한없이 상냥했다. 그리고 회사 사람들은 다 알았다. 최세훈이 가장 위험할 때는 가장 상냥할 때라는 것을.

세훈이 방긋 웃으며 다시 물었다.

"꼭 뭐 할 건데?"

"저희는 가서 연습할 겁니다!"

M-ster가 그동안 갈고 닦아온 팀워크로 동시에 벌떡 일어났다. 칼군무 부럽지 않은 절도 있는 동작이었다. 데뷔한 이래 가장 연습이 하고 싶어진 순간이었다.

그렇게 M-ster가 연습실을 향해 달려가고 나자 순식간에 회의실에는 세훈과 허 실장만이 남았다.

허 실장의 의견은 이렇다. 아이돌들은 철만 없는 게 아니라 의리도 없다.

세훈이 다시 한 번, 이번에는 허 실장을 똑바로 쳐다보며 방긋 웃었다.

"쟤들은 연습한다고 하고, 넌 뭐 할 건데?"

먹잇감을 앞에 둔 유연한 육식동물처럼 세훈이 허 실장에게 다가왔다.

"말 안 해줄 거야?"

세상에서 가장 다정다감한 목소리로 말하며 세훈의 손이 허 실장 앞의 노트북을 획 돌렸다. 모니터 화면을 확인하는 순간, 목소리가 상상이 가지 않을 정도로 날카로웠던 눈매가 찌푸려졌다.

방금 전까지 구직사이트가 떠 있던 노트북 화면은 감쪽같이 PPT 화면으로 바뀌어 있었다.

[초이 엔터테인먼트를 위해 목숨 바쳐 일하는 법]

1. 대표님은 보필하여 엔터 문화를 선도한다.
2. 진실한 마음으로 콘텐츠를 제작하는 대표님을 무조건 믿고 따른다.
3. 대표님이 팥으로 메주를 쑨다 하여도 그것은 참 트루(true)

살고자 하면 못할 일이 없나니.

세훈이 눈을 가늘게 뜨고 허 실장을 내려다보았다. 시선을 피하지 않고 허 실장이 귀염귀염하게 세훈을 올려다본다. 단 한 번도 구직사이트를 검색해본 적이 없는 사람처럼.

"대표님에 대한 저의 마음이에요."

입을 꾹 다문 채 세훈은 허 실장을 노려보았다. 그 눈빛에서 허 실장은 '이걸 죽여? 살려?'라는 대사를 읽었지만…… 어쨌든 시간이 지나고 세훈이 한 말은 이런 것이었다.

"참고로 말하는데."

목소리도 다시 퉁명스러워졌으므로 허 실장은 행복했다.

"아이고, 저 참고 완전 좋아하는데! 네, 네, 참고요!"

세훈은 소파에 기대앉았다.

"윤지원 오하나 건은 장 대표만 구첩반상 차려줘서 그런 게 아니라 유이령 처음 왔을 때 빼간 거 때문이야. 그때 그냥 도장 찍었으면 이렇게 안 복잡할 거 같아서."

"그르시구나아. 그르시구나아. 제가 오늘 이렇게 또 하나 배우네요. 대표님의 뜻은 어찌나 기이이이이이이픈지."

엔터테인먼트 계의 제왕은 최세훈일지 몰라도 아부의 제왕은 명실공히 허 실장이었다. 밸도 없다는 말은 그를 위해 존재했고, 그 누구보다도 자랑스럽게 밸이 없을 자신이 있었다.

"뭐, 쓸데없는 짓이라도 하고 나니 낫긴 해."

그런 허 실장의 마음을 아는 것처럼 세훈이 모처럼 그를 인정해주는(?) 말을 했다.

"그렇죠?"

반색하여 허 실장이 환하게 웃는다.

"그래요. 사람이 생돈이 나가보면 아아, 이럴 가치가 없구나아 하고 깨달아요. 이게 그동안 대표님이 안 맞고 자라셔서 그래요. 그러다가 한 대도 아니고 두어 대 맞으니까 참신한 느낌이 드는 거죠. 이런 느낌 처음이야, 하면서."

허 실장은 자신의 얼굴을 빤히 쳐다보는 최세훈의 시선을 느꼈다. 이게…… 아닌가?

"흠흠, 이제는 다 잊고 일이나 하자는 뜻이었어요. 할 일이 한두 개도 아니고, 키울 애가 한두 명도 아니고……. 유이령 씨가 예쁘긴 하고 매력도 있겠지만! 이 바닥이 다 그렇고 그런 거 아니겠어요? 그런 애가 한둘인가? 대표님한테 키워달라고 목매는 애가 한둘인가?”

“그래.”

세훈이 쿨하게 고개를 끄덕였다. 사실 그에게는 해야 할 일도 많았고 키워달라는 사람도 많았다.

가만히 생각해보면 도대체 왜 유이령에게 집착했는지 알 수가 없다.

이제는 괜찮다.

암만 생각해도 세훈 입장에서는 아쉬운 게 하나 없는 거다.

“그래.”

세훈이 다시 한 번 고개를 끄덕였다.

할 일도 많고, 일에 열중하면 그 말도 안 되는 주먹질이나 산골짜기에 있었던 일들은 다 잊을 수 있을 거다. 잊어야 한다.

제 복 제가 차는 건데 세훈은 아쉬울 거 하나 없었다.

근데 왜 이렇게 우울하지?

그것은 기묘한 우울감이었다.

세훈은 자신이 예민한 사람이라는 걸 알고 있었다. 머리가 좋은 사람은 원래 다 예민하다. 일이 잘되면 잘되는 대로, 안 되면 안 되는 대로 신경은 바짝 곤두섰다. 잘되면 더 잘하고 싶어서 안 되면 왜 안 되나 싶어서.

하지만 지금 세훈이 느끼는 우울감은 생전 처음 겪는 것이었다. 무얼 해도 심장을 젖은 휴지로 감싸놓은 것 같이 습했다. 매일매일의 일상이 묘하게 일상이 아닌 것 같고, 뭔가 빠진 것 같고, 뭔가 답답하고…….

게다가 쓸데없이 생각이 많아졌다.

최세훈은 태어나면서부터 쓸데없는 생각은 하나도 하지 않는 남자였다. 늘 돈 벌 궁리, 성공할 궁리에 바빠 쓸데없을 겨를이 없었다.

그런데…… 어느 순간부터인가 길 가다가 보도블록의 틈 사이를 뚫고 자란 잡초가 신경 쓰이고, 불어오는 바람에 담긴 도시의 냄새가 낯설어지고, 길거리에 흐르는 말도 안 되는 음악들이 가슴에 콕콕 박히는 거다.

왜?

왜?

왜애애애애애애?

그뿐이면 말도 안 한다.

"네 말이 맞는 거 같아."

사무실 소파에 거만하게 앉아 말하자, 눈치를 보던 허 실장이 눈을 깜빡였다. 마치 세훈이 한국어가 아닌 아프리카의 스와힐리 어를 했다는 듯한 얼굴이었다.

"지금…… 제 말이 맞다고 하셨어요?"

태어나서 처음 들어보는 말이라는 듯 허 실장이 반문했다.

"제가 처맞는 게 아니라 제 말이 처맞…… 아니, 맞다고요?"

"뭐래?"

세훈이 인상을 썼다. 그라고 '허 실장 말이 맞는 거 같다'는 깨달음이 상큼할 리가. 그러나 자꾸 그런 생각이 드는데 어떻게 해?

"내가 이런 상황은 처음이라 놓친 게 많다는 거야."

"무, 뭘 놓치셨을까아?"

'이런' 상황이 뭔지부터 모르는 허 실장이 애매하게 물었다. 언제나 머릿속을 알 수 없던 최세훈이었지만 요즘처럼 어려웠던 적도 없었다.

요 며칠, 허 실장은 참 힘들었다.

왜?

최세훈 때문에.

거리를 멍하게 바라보고 있지를 않나, 회의 시간이 코앞인데 까먹고 있질 않나, 계약 다 끝낸 애를 못 알아보질 않나…… 해가 뜨면 해가 뜬 대로, 날이 흐리면 흐린 대로, 비가 오면 비가 오는 대로 각양각각의 모습으로 세훈은 멍을 때리는 중이었다.

최세훈 혼이 어디 가 있는지 허 실장은 궁금해 죽을 것만 같았다.

바라는 게 있다면, '그' 여자애한테만 안 가 있으면 좋겠다는 건데.

"유이령은 휴대전화가 없어."

왜 슬픈 예감은 틀린 적이 없나.

"아직도 유이령 이야기예요?"

한숨 섞인 질문에 세훈이 정색했다.

"아직도라니? 언제 이야기 끝난 적 있어?"

"……없죠."

'말씀하세요.'라는 느낌으로 허 실장이 자리에 앉았다.

"유이령 씨가 휴대전화가 없어서…… 뭐요?"

"그런데 어떻게 전화를 해?"

뭐여!

"우리나라에는 공중전화라는 게 있……."

세훈이 손가락 하나를 척 내밀었다. 집게손가락은 '상황파악 못 함'이라는 뜻. 즉, 지금 최세훈은 몰라서 저러는 게 아니라는 거다. 그렇다면…….

"……지만 그 아가씨는 모를 수도 있죠."

비위를 맞추자!

"유치원만 나와도 공중전화의 존재를 알 것 같지만 세상에 100퍼센 트란 없으니까 유이령 씨는 모르는 걸로 가정해도 나쁘지 않을 것 같 지 않은 건 아니지 않을까 싶네요."

진짜 최세훈이 안 까여봐서 이러는 거다. 비단 남녀관계가 아니라 일만 해도 '연락 없음=관심 없음'이었다. 이럴 때 괜스레 더 집적거려 봤자 인상만 나빠진다.

"그래서 말인데 우리 회사에 남는 휴대전화 있지 않아?"

그런 게 있을 리가.

"어떤……?"

"왜 전에 광고 찍고 협찬 받은 거……."

그런 거 없다.

"있다고 치면요?"

"나는 마침 그게 지리산에서 잘 터지는 휴대전화일 거 같단 말이 야. 마침 나의 취향이 고대로 드러나는 아주 세련된 디자인일 거고."

그런 거 사라는 이야기다.

"심지어 대표님 전화번호도 저장되어 있을 거 같죠?"

비로소 세훈이 환하게 미소 지었다.

"이제 네가 말을 알아듣는구나!"

말을 알아듣긴…….

세훈이 보지 못하게 입을 비쭉거린 허 실장이 자리에 앉아 티브 이의 전원버튼을 눌렀다. 그냥 쉽게 휴대전화 하나 사서 보내봐라, 하면 입에 가시가 돋아? 자존심은 있어가지고 사람을 들들 볶기는……. 진짜 악덕 업주란 이런 거다.

"내일 사서, 아, 아니, 찾아서 보낼 테니까 오늘은 윤국이 컴백 무대나 봐주세요. 박 실장이 애면글면 속 끓여요, 요즘."

채널은 연예프로였다. 나오고 있는 아이들은 M-ster……. 얼마 전 우연히 찍힌 클럽 영상이 인터넷 커뮤니티 사이트에서 회자되었던 바로 그 이야기 중이었다. 놀러 가지 말라고 그렇게 들들 볶았는데. 이 일이 참 희한한 것이 암만 띄우고 싶어도 안 되는 애는 죽어도 안 되고 되는 애들은 저렇게 몰래 놀러 갔다가도 얻어걸린다.

그다음은 뉴스. 관심 없으니까 패스.

그리고 토크쇼. 게스트가 누군지 확인해보니 초이 엔터테인먼트 애가 아니므로 패스.

뮤직쇼로 가기 위해 채널을 꾹꾹 누르고 있는데 어깨 너머로 속이 쓱 다가오더니 허 실장의 손에서 리모컨을 빼앗아갔다.

"?"

의아해서 허 실장이 돌아보았다.

아무 표정 없이, 세훈은 채널을 돌려 잠깐 스치고 지나갔던 뉴스에 고정시켰다.

화면에서는 앵커가 진지한 표정으로 폭우 소식을 전달하고 있었다.

[갑작스러운 폭우로 지리산 일대에 대형 산사태가 발생하였습니다. 당분간 그치지 않을 것으로 보이는 폭우로 인해 피해는……]

지리산.

하늘이 뚫어진 듯 비가 쏟아지고 있었다. 거세게 내리꽂는 빗줄기에 나무들이 크게 휘어졌다가 엄청난 소리를 내며 부러져나갔다. 견디고 견디던 흙더미들이 머금은 물의 무게를 이기지 못하고 무너져내렸다.

사정은 이령의 집이 위치한 곳도 마찬가지였다.

안전한 곳에 터를 잘 닦아 지은 집이긴 했으나 미처 대비를 못하고 맞은 폭우에 마당은 이미 초토화 상태였다.

이령으로서는 처음으로 혼자 맞는 천둥 번개가 치는 밤이었다.

호구를 집 안으로 끌어들인 이령은 덜덜 떨고 있었다.

"괜찮아. 괜찮아. ……아무 일도 안 일어날 거야. 할아버지 계실 때도 이런 적 많았잖아. 아무 일도 없었잖아."

잔뜩 긴장한 호구를 다독이는 손은 사실 누군가를 달랜다기보다는 자기 자신을 진정시키기 위한 행동이었다. 이령은 천둥 번개가 무서웠다. 아주 어렸을 때부터 그랬다. 자연현상이라는 걸 머리로는 다 알고 지나갈 거라는 것도 아는데……. 이런 밤이면 잠을 못 이루고 할아버지 품으로 뛰어들곤 했었다.

"괜찮아, 호구야. 괜찮아……."

할아버지 대신 호구를 꼭 끌어안아봤지만 불안은 사라지지 않았다. 귓가를 가득 메우는 빗소리에 마치 금방이라도 세상이 무너져 내릴 것만 같다.

쾅! 쾅! 쾅!

천둥이 세상을 두 조각 내버릴 것처럼 울었다. 거대한 산이 생명이 있는 짐승처럼 울었다.

쾅! 쾅! 쾅!

"꺄아아아아아아아아악!"

호구 입장에서는 천둥보다 주인에게 목 졸려 죽을 위기가 느껴질 정도로, 이령은 호구를 꼭 끌어안았다. 심장이 쿵쾅거려 숨을 쉴 수가 없었다.

촛불을 있는 대로 켜놓았지만 금세라도 어둠이 이 작은 집을, 그보다 더 작은 이령을 집어삼킬 것만 같았다.

번쩍!

온 세상이 폭발하기라도 한 것 같은 빛이 작은 창호 문을 가득 채웠다가 사라졌다.

"헙!"

이령은 숨을 멈췄다. 방금 눈의 착각인가?

쾅! 콰콰콰쾅!

천둥이 지나갔다. 빗줄기가 내리꽂히는 소리는 여전히 귀를 아프도록 때리고 있었고, 휘몰아치는 바람에 문이 덜컹덜컹 흔들렸다. 사방은 어둠뿐이었다.

그리고 다시, 번쩍!

"꺄아아아아아아아아아아아악!"

불안함에 입을 꼭 다물고 있던 이령이 있는 힘을 다해 비명을 질렀다. 문밖에…… 사람이 있다! 번개가 만들어낸 조명이 창호문 위에 만든 그림자는 사람의 것이었다! 누군가가 방으로 들어오기 위해 문을 흔들고 있었다!

아니, 사람일 리가 없었다! 이 날씨에!

"꺄아아아아아아아아악!"

어찌할 생각도 못 하고 애꿎은 호구만 끌어안으며 비명을 지르는데 문이 벌컥 열렸다!

"꺄아아악!"

코끝에 끼쳐드는 비 냄새, 강렬한 바람…… 이령의 품에서 몸부림 치던 호구가 그녀의 품을 빠져나갔다.

"안 돼! 호구……야?"

문이 열리며 들어선 그림자를 향해 호구가 맹렬히 꼬리를 흔들었 다.

"이 방문 생각보다 튼튼하네. 잠글 수도 있고 꽤 신식이야. ……그 런데 어떻게 하냐? 내가 방금 부숴 먹은 거 같……."

세훈이었다.

비에 젖어 꼴은 엉망진창이었지만 최세훈.

"……은데."

세훈의 목소리가 잠시 끊겼다 이어졌다. 그대로 달려와 안겨버린 이령 때문이었다.

증상

비 한 점 내리지 않는 맑은 서울 하늘.

원래 발 없는 말이 천 리 간다지만, 특히 소문이 빠른 동네가 어딘 가 하면 엔터테인먼트 계다. 서로 다른 회사에서도 누가 누구와 연애 하고 누가 누구 머리채를 휘어잡았는지 다 아는 판에 같은 회사 내에 서라면 말도 못 한다.

그래서 아침부터 초이 엔터테인먼트 건물은 소란스러웠다.

어젯밤, 대표가 자리를 박차고 뛰어나가 비 내리는 지리산으로 쐈 다는 사실은 직원들뿐 아니라 소속 연예인들과 연습생들에게도 혼란 을 선사했다.

"대박 아이템이 다칠까 봐 그런 거 아냐?"

"다치든 뭐 하든 우리 애도 아닌데?"

"에이…… 그래도 사람이 어떻게 그러냐? 휴머니티가 있지……. 여자애가 혼자 폭우가 쏟아지는 지리산에 고립되어 있는데."

"고립은 무슨 고립…… 거기 폭우가 처음 내려? 왜 갑자기 달려가? 왜? 그것도 우리 대표님이!"

"맞아. 그리고 휴머니티? ……우리 대표님이? 최세훈 씨가? 휴머 니티?"

"휴머니티는 절대 아니고."

"그 대박 아이템이 보통이 아닌 거지. 완전 초대박인 거지. 돈다발 인 거지."

"차라리 그게 말이 되지."

"우리 대표님은."

"돈이 목숨보다 소중하니까."

"그렇지! 폭탄이 쏟아지는 전쟁터에도 갈 수 있지."

"지리산쯤 세 번 가지. 네 번 가지."

간신히 대화의 방향이 한쪽으로 모아지기 시작했을 무렵이었다.

복도에서 다다다다 하고 시끄러운 발소리가 울리더니 연습생 소진이 문을 벌컥 열고 들어왔다.

"뒈박! 대표님이 히트 아이템을 또 대꾸 왔대요!"

안무 연습 중이던 민주가 밖이 소란스러워지자 동작을 멈췄다.

"누가…… 왔다고?"

눈을 가늘게 뜨며 묻자 당장이라도 뛰쳐나가고 싶어 엉덩이를 들썩거리던 안무선생이 얼른 대답한다.

"걔! 왜 너 도망갔을 때…… 허 실장님 머리 꽉 때리고 카메라 리허설 한 애 있잖아. 울 대표님이 찍었다 뭐다 말 엄청 많던 걔! 대박 아이템!"

잠깐 생각하던 민주가 수건을 당겨 이마에 송골송골 맺혀 있는 땀을 닦았다.

대박 아이템?

민주는 그녀가 대박 아이템이라 불리던 때를 기억하고 있었다.

지금이야 검색창에 이름을 치면 제일 대표로 뜨는 이름, 생년월일까지 모두 공유되는 아이돌 스타지만 한때는 그냥 '강민주', 아이템 중의 하나였다.

심지어 민주는 그냥 좀 밝고 먹고 노는 걸 좋아했을 뿐 자기 자신이 특별하다고 생각해본 적도 없었다.

그녀 안의 특별함을 발견해준 것은 최세훈이었다.

민주 이후로 초이 엔터테인먼트에는 꽤 오랫동안 대박 아이템은 없었다. 괜찮은 아이들은 끊임없이 나타났지만 세훈은 단 한 번도 '대박'이라는 단어를 쓰지 않았다.

새로운 대박 아이템?

민주는 마음속에서 피어오르는 찝찝한 기분은 의식하지 않으려 애썼다. 그녀는 생긴 게 화려해서 표정변화가 눈에 띄는 타입이었다. 포커페이스 같은 거 절대 안 된다. 세훈은 그것도 너의 매력이라고 했지만 시선을 받는 직업으로서는 단점이라고 민주는 그렇게 생각했다. 좋은 것도 싫은 것도 금방 드러나고 만다.

"어?"

신경 쓰지 말고 연습이나 하자고 고개를 들었을 땐 연습실이 텅 비어 있었다. 함께 연습 중이던 댄서들과 구경하던 연습생, 심지어 안무선생까지 뛰쳐나간 거다. 대박 아이템을 구경하러.

"하아……."

한숨을 내쉰 민주는 잠깐 고민하다가, 연습실 문을 나섰다. 한번 본 적이 있는 얼굴이지만 잘 기억은 나지 않았다. 이왕 이렇게 된 거 그녀도 대박 아이템의 얼굴이나 한번 보러 갈 수밖에. 다른 의미는 아니고 그냥 얼굴만…….

운전석에서 내린 세훈은 조수석으로 가 문을 열었다. 잔뜩 부어, 이령이 그를 노려보았다.

왜냐면…….

"뭘 봐? 안 내리고……. 어젯밤에는 나한테 달려들어 안기더니 해가 뜨니 맘이 달…… 읍!"

밤새, 그리고 여기 오는 내내 최세훈이 유이령을 놀렸기 때문이다.

"하지 마요. 제발 하지 마요."

잽싸게 내려 세훈의 입을 막은 이령이 애원하다시피 매달렸다.

진짜 이런 인간은 처음이다. 뭘 해도 이렇게 집요하다니…… 원하진 않지만 최세훈이 했던 말 - 이 나이에 이 정도로 성공하려면 집요한 건 필수라고 했던 - 을 믿어야만 할 것 같았다. 이령은 어젯밤 떨고 있던 스스로가 진심으로 싫어졌다. 까짓 천둥 번개가 뭐라고! 그냥 자연현상에 불과한걸!

"괜찮아. 애들은 다 그런 거 무서워해. 이럴 때 다독다독해주고 안아주고 그러는 게 어른이 할 일이야."

"애 아니에요!"

당신도 어른 아니고요!

어른의 정의에 대해 생각해본 적 없지만 이렇게 사람을 놀려대며 즐거워하는 사람을 일컫는 말은 절대 아님이 분명했다.

최세훈은 잘생겼고, 집요했고, 머리가 좋을지는 몰라도 어른은 아니다. 절대.

"그럼 애도 아닌데 왜 나한테 안겼……, 읍!"

다시 한 번 세훈의 입을 틀어막은 이령이 그를 노려보았다.

"알았어요. 애 할 테니까 안겼다는 말 좀 그만해요. 사람들이 오해해요."

"무슨 오해? 사실을 아는 걸 오해라고 해?"

이령은 세훈이 아까부터 왜 이렇게 신이 났는지 알 수가 없었다. 정확히는 어젯밤, 무서워서 어쩔 줄 모르는 이령을 보는 그의 눈은 내내 초승달처럼 휘어져 있었다. 남이 괴로워하는 데서 즐거움을 느끼는 변태인가 싶은 것이 진짜 너무 행복해 보이는 거다.

사람이 달라 보일 정도.

처음의 세상만사가 짜증스러운 듯 말 참 안 예쁘게 하던 남자는 어디 가고 장난꾸러기 아이처럼 신이 난 남자 하나가 눈앞에서 웃고 있다.

이령이 시선을 느낀 것은 그 순간이었다.

그리고 이령과 거의 동시에 세훈도 시선을 느꼈다.

허박지 삼총사 실장들뿐 아니라 호기심에 쏟아져 내려온 연습생들, 연예인들이 눈을 똘망똘망 뜬 채 바짝 붙어서 투닥이는 두 사람을 보고 있었다.

깜짝 놀란 세훈과 이령이 누가 먼저랄 것도 없이 팍 거리를 벌렸다.

이상한 어색함이 주차장을 맴돌았다. 새삼 깨닫는 것이다. 방금 전 투닥거리던 두 사람은, 실은 그럴 만한 사이가 아님을.

그런데 왜 그렇게 자연스럽지?

"뭘 보고 있어?"

이어지는 어색한 분위기에 찬물을 끼얹은 것은 언제나 그렇듯 세훈이었다. 그는 절대 웃은 적이 없다는 얼굴로 모여서 눈만 껌뻑이는 사람들에게 인상을 썼다.

"확!"

어쩔 줄 모르고 우왕좌왕하던 사람들이 세훈이 성큼 다가들자 우르르 흩어졌다. 그리고 언제나 그렇듯 그 자리에는 한 사람만 남겨졌다.

허 실장.

"너."

"예?"

답하면서도 허 실장의 눈은 이령에게 향해 있었다. 방금…… 그가 본 것은 굉장히 괴이한 장면이었다. 저 까다로운 최세훈이 자기 입을 남의 손이 틀어막았는데도 짜증을 안 부리고, 오히려…… 눈이 초승달인…….

몇 년째 세훈의 손발처럼 움직이면서도 처음 본 장면이었다.

진짜 낯설다. 최세훈.

"뭐 해?"

세훈이 아예 넋이 나간 것 같은 허 실장의 눈앞에서 손가락을 튀어 주의를 환기했다.

"예?"

"정신 좀 차리고 쟤 좀 어떻게 해."

"쟤요?"

세훈이 차를 가리켰다. 호구가 멍! 하고 짖으며 꼬리를 살랑살랑 흔들었다.

허 실장은 언제나 말세는 가까울 수도 있다고 생각했다. 그리고 그는, 지금이 바로 그 순간이라는 데 석 달 치 월급을 걸 수도 있었다.

"내가 그 비를 뚫고 산이 막 무너지는데 영화 찍는 것처럼 거기까지 가게 된 게 뭣 때문이라고 생각해?"

최세훈은 성질 참 더럽지만 생색을 내는 타입은 아니었다. 기본적으로 숨만 쉬어도 자기 자신이 멋지다는 확신이 있었기 때문에 굳이 더 멋진 척을 할 필요가 없었다. 세훈이 생색내지 않아도 허 실장이 옆에서 알아서 풍악을 울리는 탓도 있겠지만.

그러나 어쨌든, 지금 최세훈이 유이령에게 하는 말은 하나하나 다 생색이었다.

"네가 말을 안 들어서잖아! 나하고 같이 오자고 했을 때 왔으면 얼마나 좋아? 더 좋은 건 아예 안 가는 거였지. 그럼 내가 지리산을…… 엉? 두 번이나 쏘면서…… 엉? 그 생고생을 하지도 않고 얼마나 좋아…… 엉?"

최세훈은 지금 허 실장이 그를 만난 이래 가장 매력 없는 짓을 하고 있다.

다른 건 몰라도 최세훈이 쩔어주게 간지가 나는 건 부정할 수 없었는데 지금의 최세훈은…… 우와! 완전 질척질척 찌질남 오브 찌질남!

이상할 정도로 말발이 없는 데다가 중언부언…… 눈앞에 있는 남자가 최세훈인지 의심스러울 정도!

"그런데 왜 또 내 말을 안 듣겠다는 거야. 계약서 도장 딱 찍으면 딱 좋잖아."

게다가 성질까지 급해. 최세훈이 세상 온갖 나쁜 성질머리는 다 가지고 있다 해도 급한 성격은 아니었는데!

"대, 대표님!"

결국 허 실장은 최세훈의 팔을 잡아 창가로 끌어냈다.

"어? 지금 이야기하는 중이잖아. 이거 마저 이야기하고……."

자기가 지금 어떤지 모르는 듯 세훈은 허 실장이 귀찮기만 한 모양이었다. 이 또한 신기한 일…… 최세훈이 상황파악을 못 하는 경우도 있어?

"그 이야기하기 전에 저하고 먼저 이야기하셔야 해요."

허 실장이 다부지게 팔을 당기자 세훈이 인상을 찌푸렸다.

"왜 이래?"

"대표님이야말로 왜 이러세요?"

"내가 뭘?"

"지금 뭐 하시는데요?"

"계약하자고 하잖아. 내가 평소에 하던 일."

이걸 어디서부터 설명해야 하나 난감해지는 순간이었다.

"언제부터 대표님이 폭우로 집이 다 날아가 피난 온 애 앉혀놓고 계약부터 하자면서 조르는 사람이셨어요?"

세훈이 눈을 깜빡였다.

"이 상황에 계약하자 조르면 나라도 안 하겠네! 사람 살살 구슬려서 원하는 거 잘 끌어내시는 분이잖아요. 도대체 왜 몸이 완전 달아가지고……."

"헐? 내가 무슨 몸이 달아?"

"달았거든요. 달은 정도가 아니라 아주 석 달 열흘 굶은 호랑이가 토끼 한 마리 앞에 두고 못 잡아먹어서 오장육부가 뒤틀리는 그런 느낌이거든요!"

세훈의 미간에 주름이 잡혔다.

"대표님처럼 하면 누구나 경계하죠! 전 저 아가씨하고 50시간을 보낸 적이 없어도 어떻게 공략해야 할지 알겠어요. 처음에 리허설 해준 것도 그렇고 빚 지고는 못 사는 사람이잖아요! 그냥 아무렇지도 않게 밥 주고 재워주고 하면 어떻게든 갚겠구만……."

"아, 그럼 그럴까?"

허 실장이 헉 하고 숨을 들이마셨다. 이렇게 즉각적으로 그의 의견을 받아들이는 최세훈도 처음……. 낯설다, 낯설어.

"이미 늦었고요! 이미 목매셨잖아요!"

"모, 목을 매? 내가?"

"겁나 매요, 지금."

"……."

"……!"

생각 없이 솔직하던 허 실장은 노려보는 세훈의 눈빛에 바로 정신을 차렸다. 최세훈이 목매고 있는 것은 유이령이지 허 실장이 아닌 거다. 유이령 때문에 잠깐 낯설게 군다고 해도 성질머리가 어디로 가나?

"맘에 안 드는 표현이시죠? 제가 생각해도 좀 과장법이 있었던 거 같아요. '겁나'까지는 아니고 '쬐께'?"

"허."

"죄송해요! 전 진짜 그런 의미는 전혀 아니었어요! 우리 대표님은 항상 쿨하고 멋지시고 절대 목 따위는 매지 않는 분……!"

허 실장이 세상에서 가장 값싼 무릎을 착 꿇으며 사죄하자 세훈이 인상을 찌푸리다 말했다.

"너 쟤 회사 구경 좀 시켜줘라."

"……네?"

허 실장이 맹하게 반문했다.

초이 엔터테인먼트는 일반 회사와는 달리 흡사 예술품처럼 복잡한 구조였다. 복잡한 구조의 복도와 안무실, 회의실, 간단한 촬영이 가능하도록 만들어놓은 스튜디오를 구경하면서 이령의 눈은 휘둥그레졌다.

딴 세상이었다.

특히 연습실마다 그득그득 차 있는 연습생, 아이돌, 연기자 등등…….

단 한 사람도 시간을 허투루 보내는 사람 없이 모두 연습에 몰두해 있었다. 땀과 열정이 고스란히 느껴지는 현장에 이령은 완전히 시선을 빼앗긴 수밖에 없었다.

"어때요?"

자기 건물이라도 되는 것처럼 허 실장은 자랑스러운 얼굴이었다.

"생각했던 것과 좀 다르죠? 우리 대표님이 이렇게나 굉장한 사람이라니까요. 이령 씨 앞에서는 좀 평소와 달라서 헷갈릴 수 있는데…….'

"평소와 달라요?"

"많이 다르죠. 나는 그 사람이 그렇게 기분 좋게 대화하는 건 처음 봐요."

이령은 진심으로, 온 마음을 다해 깜짝 놀랐다. 그게 기분 좋게 대화하는 거라고?

처음 만난 순간부터 이령이 보기에 세훈은 내내 투덜거렸다. 비난하고 꼬투리 잡고 조르고…… 그나마 나을 때가 놀릴 때 정도?

하지만 허 실장은 왜 모르느냐는 투였다.

"웃잖아요."

"웃었다고요?"

역시 이령은 이해할 수 없었다. 굳이 따지자면 웃을 때도 있었지만 그때도 입으로는 구시렁구시렁대고 있었던 것 같은데.

"이령 씨가 진짜 모르는데 말입니다."

허 실장이 답답해했다.

"우리 대표님은 필요한 말 외에는 하지를 않는 사람이에요! 그것도 대부분 명령이고!"

"말도 안 돼. 그런 사람이 어디 있어요?"

"보고 있잖아요! 그 사람은 머릿속에 일 말고는 아무것도 없어요. 화장실 가는 것도 계획표 짜고, 안부인사도 1년, 2년 내다보고 순서 정해 하는 사람이에요! 한마디 한마디 하는 것도 다 계획이 있어서 하는 거라니까요."

"그런데 나한테는 왜 그래요?"

순진무구한 얼굴로, 곧장 핵심을 찔러드는 이령 때문에 허 실장의 횡격막이 급히 수축했다.

225

"딸꾹!"

"어?"

"딸꾹! 딸꾹! 딸꾹!"

쏟아지는 딸꾹질 때문에 입을 막은 허 실장이 눈을 깜빡였다. 그 자신도 계속 갖고 있던 의문이었다. 도대체 최세훈이 왜 이럴까? 보통 당장 하는 일은 이해할 수 없더라도 생각해보면 최세훈이 하는 일은 다 이해할 수 있었다. 평범한 사람들의 논리를 뛰어넘는 계획을 세워서 그렇지 결과를 보면 알 만했던 것이다.

하지만 이번 경우는…….

"솔직히 말해도 돼요?"

허 실장이 딸꾹질을 누르며 진지하게 말했다.

"당연하죠."

"이걸 내가 말해도 되는지 모르겠는데…… 그러니까 이건 내 생각뿐이라는 걸 꼭 명심하고 들어요."

선수교체를 통한 작전타임 시간을 가진 세훈은, 유이령과 무관한 일들을 처리해가는 중에 자아를 되찾았다. 냉철한 이성이 돌아오면서 문제의 원인도 알 수 있었다.

왜 유이령과 얽히면 최세훈은 템포를 잃는가?

세훈의 문제가 아니었다. 유이령 때문이었다.

그동안 세훈이 영입해왔던 대박 아이템, 혹은 대박 후보 아이템들은 뭐라고 해도 '일반인'들이었다. 연예계에 대해 대강 알고 있거나 최세훈을 동경하고 있거나 이도 저도 아니더라도 적어도 티브이라도 봤다.

그런데 유이령은 그 어느 유형에도 속하지 않았다. 세훈을 모르는 정도가 아니라 아예, 21세기 사람이 아닌 거다. 그래서 이야기가 안 됐고, 이야기가 되기 위해서 설명하다 보니 구차해지고.

최세훈이라고 해서 만능일 리가 없었다. 뜻밖의 촌스러움에 혼란스럽고, 뜻밖의 고집에 좀 꼬인 것뿐이다.

"이 쉬운 사실을 왜 이제야 깨달은 거지."

복도를 가로지르며 세훈은, 이 결론을 내리기 위해 꼬박 하루가 지났다는 사실에 한심해했다.

벌써 땅거미가 지는 시간이었다.

세훈이 사무실 문을 열자 검은 소파에 오도카니 앉아 있던 이령이 고개를 들었다.

"미안. 내가 바빠서."

너무 오래 허 실장과만 두었다고 생각하며 소파로 다가가는데 이령이 음…… 하고 콧소리를 내며 시선을 비스듬히 깔았다. 그러더니 이렇게 말했다.

"저 뮤직비디오 찍기로 했어요."

자리에 앉으려던 세훈이 멈칫했다.

"뮤직비디오?"

"네."

'무슨 뮤직비디오?' 하고 물으려고 하는데 이령이 그를 물끄러미 바라보더니 가볍게 한숨을 내쉬었다.

"그냥…… 솔직히 말씀해주셨으면 좋잖아요."

세훈은 눈을 가늘게 떴다. 유이령이 무슨 이야기를 하는지 맹세코 그는 몰랐다. 뮤직비디오라니?

"숨기실 필요 없어요. 허 실장님이 다 말씀해주셨거든요."

"허가 뭘 말했……?"

세훈이 말끝을 놓쳤다. 문득 이령의 집에서 하루 자고 왔던 날, 허 실장이 한 말이 생각났다.

「대표님, 유이령 씨 좋아하세요?」

서, 설마…….

"자, 잠깐. 허가 뭐랬는데?"

아닐 거다. 아닐 거다. 아무리 허가 간덩이가 부었다 해도 유이령에게 그런 말도 안 되는 소리를 했을 리가 없다.

"하지만 생각해보면 직접 말하긴 어려웠을 것 같기도 하고……."

어깨를 으쓱한 이령이 이해한다는 듯이 고개를 끄덕였다.

"무, 뭘 직접 말하긴 어려워?"

"근데…… 상황은 알겠지만 제 입장이라는 것도 있어서……."

"자, 잠깐!"

일단 이령의 말을 정지시킨 세훈은 심호흡을 했다. 허가 진짜로 세훈이 이령을 좋아해서 이러는 거라고 생각했을 리도 없지만, 그걸 말할 리는 더더욱 없었다. 로또 1등에 당첨된 게 아니라면.

……당첨된 건가?

"잠깐 있어봐. 허가 뭐랬는데?"

이령이 그런 말을 어떻게 하느냐는 듯 난감하게 눈을 내리떴다. 세훈은 미칠 노릇이었다.

"설마 허가……."

"미리 말하자면, 이런 건 자존심의 문제는 아니니까…… 신경 안 쓰셔도 돼요."

헉! 신경 쓰이기 시작했다!

"야, 아, 아니야. 아니야. 그건 큰 착각이야. 나는 절대로……."

"지금 회사 사정이 좀 어렵다는 말을 하기가 그렇게 힘드나? 그러니까 장 대표님하고 왜 싸우고 그래요."

"장 대표를 개인적으로 좋아해서 이러는…… 뭐?"

세훈이 말끝을 삼키고 몸을 기울였다.

"누구라더라…… 중요한 뮤직비디오 찍어야 하는데 장 대표님하고 싸우는 바람에 계약했던 여배우를 못 쓰게 됐다면서요? 내가 이미지가 같아서…… 그래서 지리산까지 와서 날 데려온 거고요."

"으응?"

"이제야 이해가 가요. 장 대표님하고의 문제라면 나도 책임 없는 거 아니니까 나 몰라라 하진 않을 거예요."

"아, 그, 그래?"

세훈은 말 그대로 할 말을 잃었다.

"히힛! 제가 좀 재치를 발휘해봤죵!"

간만에 월급 값을 했다고 믿는 허 실장의 함박웃음을 지었다.

"계약한 것도 아니면서 좋아하지 마요. 그냥 뮤비만 찍어주고 간다잖아요."

박 실장이 통을 줬다. 그러나 그 정도로 기가 죽을 허 실장이 아니다.

"아예 이쪽 바닥은 생각 없다는 애를 잡아둔 게 어딘데. 이것도 진짜…… 순간적인 재치랄까? 대화 중에 문득 생각나서 썰을 푸는데…… 우와, 나 왜 이렇게 말 잘하니. 말하면서 내가 믿겠더라. 장 대표하고 사이 안 좋은 것도 사실이고. 오하나 지금 스캔들 나서 뮤비 계약 무너진 것도 사실이고."

허 실장이 세훈을 바라보며 칭찬해달라는 듯 꼬리를 흔들었다.

"제가 회사 구경시켜주면서 보니까 눈이 휘둥그레한 게…… 이쪽 물맛 좀 보면 유이령 씨도 못 벗어날 거예요. 주저앉히기만 하면 되는데 제가! 그걸! 해냈습니다!"

그러나 허 실장의 예상과 달리 세훈은 기뻐하기는커녕 불만이 가득한 얼굴이었다.

"대표님?"

허 실장이 눈치를 살폈다.

"제가 유이령 씨를 계약 목전까지 끌고 왔다니까요?"

"그건 좋은데."

세훈이 쓰게 입맛을 다셨다.

"왜 내가 상황이 안 좋다고 해?"

"네에?"

전혀 생각하지 못하던 반응이었다.

"까짓 징 대표하고 좀 사이 안 좋아졌다고 내가 유이령 도움이나 받아야 할 남자야? 아니잖아! 능력 없어 보이게 핑계가 그게 뭐야? 딴 거 없었어?"

"하지만…… 누군가를 설득할 때 도움을 주는 쪽보다는 받는 쪽이 더 낫다고 한 건 대표님이잖아요?"

어리둥절해서 허 실장이 물었다.

"내가 너에게 도움을 주마, 하면 상대가 거절할 수도 있으니까…… 날 좀 도와다오, 하는 식으로 이야기해서 일단 끌고 온 다음에 뭘 해도 하라고……. 제가 간만에, 가르침대로, 자알 했는데?"

"아니 아니, 그 말은 맞는데 지금은 상황이 다르잖아."

가만히 보고 있던 허박지 세 사람의 머리 위에 나란히 물음표가 떴다. 잠깐 시선을 교환하던 셋을 대표해 허 실장이 조심스레 물었다.

"뭐가 상황이 다른데요?"

"뭐가 다르냐면…….."

세훈이 말을 잇지 못했다. 뭐가 다른지 머릿속에 얼른 연결이 되지 않았던 것이다. 분명히 다른데…… 말로 표현하는 것이 무척 어려웠다.

"너희는 왜 전부 다 나한테 물어? 알아서 좀 생각해봐! 그걸 다 설명할 수는 없잖아!"

괜스레 짜증스러워 세훈은 언성을 높였다.

"안 그래도 걔가 날 자꾸 만만하게 보는데…… 응? 지 도움까지 필요하다고 하면 날 뭐로 보겠느냐고. 면이 안 서잖아!"

세훈의 말에 허 실장은 점점 더 모르겠다는 표정을 지었다.

"면이 뭐 중요하냐고 하신 건 대표님이잖아요. 실속이 전부라고. 원하는 걸 얻어낼 수 있다면 자존심 같은 것도 의미 없다고 하신 말씀을 저는 금과옥조로 여기고 있는데?"

"맞는데!"

답답해서 세훈은 가슴을 탕탕 쳤다. 맞는 말인데! 지금은 상황이 다르다는 걸 진짜 몰라?

"진짜 모르겠어요. 설명 좀 해주세요."

"아니, 그냥 나는 능력 있잖아! 걔가 그걸 모를까 봐……."

"유이령 씨가 그걸 왜 알아야 하는데요?"

세훈은 말문이 막혔다.

사실이었다. 말로 설명하는 능력은 아무 필요 없다고, 진짜 능력은 어떻게 해서든 상대가 알게 된다는 것이 그의 지론이었다. 그런데 지금 그는 혹시나 유이령이 그가 능력이 없다고 생각할까 봐 안절부절 못하는 것이다.

"하아……."

세훈이 한숨을 내쉬었다.

다 유이령 탓이다. 정말.

보통 사람들은 굳이 설명하지 않아도, 보여주지 않아도 최세훈이 얼마나 능력남인지 다 알고 있는데 몰라서. 오직 몰라서……. 세훈을 곤란하게 만든다.

근데 내가 언제부터 누가 나를 능력있다고 생각해주길 바랐지?

아오!

"됐어. 나는 일단 유이령을 집에 데려다 주고 올 테니까."

"대표님이 데려다 주신다고요?"

"응. 애가 기다리고 있으니까 내가 제대로 생각이 안 되네."

세훈이 일어나며 말했다.

"너네도 일단 오늘은 퇴근해. 이 문제는 내일 다시 생각하자."

세훈이 허박지 삼총사가 짓던 이상한 표정을 이해할 수 있게 된 것은 이령을 차에 태우고 나서였다.

내가 언제부터 소속사 애를 직접 데려다줬지?

물론 대화가 필요할 때면 종종 데려다 준 적이 있긴 했다. 허 실장이 운전하고, 세훈이 상석에 타고 있는 차를 타고선.

하지만 더 큰 문제는 그게 아니었다.

내가 언제부터 누가 기다리고 있으면 제대로 생각을 못 했지?

세훈은 조수석에 탄 채 아무것도 모르는 표정을 짓고 있는 이령을 흘긋 보았다.

"자꾸 나 보지 말고 운전에 집중해요."

눈치 빠른 이령이 한마디 한다. 그녀는 세훈의 애마, 한국에는 열 대도 없는 스포츠카에 아무런 감명도 받지 않았다. 아는 게 없으니 당연하지만…… 차체가 낮아서 타기 불편하다는 불평은 좀…….

"앞에! 앞에! 앞에 봐요!"

거기에 운전 지적까지?

"다 보고 있어!"

세훈이 성질을 내며 브레이크를 밟았다.

"왜 운전하면서 앞만 보지 자꾸 나를 힐끔대요?"

"힐끔? 힐끄음?"

"위험하다고요."

"나 운전면허를 딴 이후로 사고 한번 안 났거든. 너 차 한 번도 안 타봤지. 이런 차가 아니라 그냥 자동차 자체를 한 번도 안 타봤지?"

"왜 안 타봐요? 버스 타봤어요."

세훈은 진심 충격 받았다. 진심이 아니었는데 정말이었다. 설마 진짜 자동차를 한 번도 안 타본 인간이 21세기 대한민국에 살고 있을 줄이야?

"그, 그럼 넌…… 계속 걸어 다니고 뭐 그런 거야?"

"버스 타봤다니까요?"

"버스보다 이게 안전한데?"

"진짜요?"

절대 그럴 리 없다는 얼굴이라 세훈은 답답해졌다.

"당연하지. 여기에 얼마나 비싼 에어백이 들어가 있는 줄 알아? ABS라고…… 급제동 시에도…….."

"아, 그런 건 모르겠고요."

이령이 세훈의 말을 끊었다.

"버스는 커다라니까 좀 부딪쳐도 될 거 같은데…… 이건 쪼끄매서 그냥 뒤집힐 거 같아서 불안하다고요."

쪼끄…… 쪼끄…….

세훈은 숨이 넘어갈 것 같았다. 그의 페라리를 쪼끄맣다고 말하는 여자는 정말 처음이었다.

물론 버스에 비하면 작을지 모르겠지만 페라리는 결코 작지 않다. 물론 스포츠카다 보니 뒷좌석이 없긴 했지만 앞좌석의 넓이는…… 지리산에서 올 때만 해도 호구처럼 대형견까지 끼겨넣어도 넉넉하지 않았는가?

"뭘 믿고 이렇게 당차게 무식해? 이게……."

얼만지 아느냐고 하려던 세훈은 말을 끊었다. 넥타이핀부터 시작해서 슈트, 구두…… 이런 쪽으로는 이미 없어 보일 만큼 자랑했던 것이 생각난 것이다. 사실 굳이 자랑도 아니고 사실이었지만 이령은 그렇게 느끼지 않겠지.

세훈은 액셀러레이터를 밟으며 어금니를 꽉 깨물었다. 정말 이상한 일은 이령이 세훈을 무시하면 무시할수록 시큰둥하면 시큰둥할수록 그의 마음 깊은 곳 어디선가 생전 처음 느끼는 감정이 치솟아 오른다는 거다. 어떻게든 인정받고 싶다는…… 최세훈으로서는 단 한 번도 느끼지 못한 감정이었다.

태어나면서부터 세훈은 영재 소리를 들었고, 난임 끝에 귀하게 얻은 외아들을 애지중지했던 부모님은 물론 주변의 모든 사람들이 그를 인정하고, 존중하고, 대접해줬다.

그것이 너무나 당연한 세훈은 이 세상만사 시큰둥하고 말대답 잘하는 산골 처녀를 어떻게 대해야 할지 감을 잡을 수가 없었다.

"할아버지께선 외물에 현혹되지 말라고 하셨어요. 그런 건 중요하지 않다고요."

이령의 말에 세훈은 오랜만에 진심으로 궁금해졌다.

"그럼 뭐가 중요한데?"

"진심이요."

"진심? 진심이 뭔데?"

이령은 진심 한심하다는 얼굴로 세훈을 쳐다보았다.

"그걸 지금 말로 설명해줘야 알아요?"

세훈은 속이 터져나갈 것 같았다.

자기는 지금 페라리에 타서 안전성을 걱정하고 있으면서…… 진심이 뭔지 모른다고 세훈을 한심해해?

세훈이 제일 싫어하는 게 뭐냐 하면, 진심, 사랑, 우정 같은 애매모호한 감정들이다. 대부분 이런 '인정적인' 단어들은 핑계로 사용되니까. 그는 정확한 걸 좋아하는 남자였다.

"하긴…… 그쪽은 그런 걸 모를 수도 있다고 생각했어요."

이령이 중얼거렸다.

"그래서, 왜 나한테 이렇게 잘해주나 궁금했는데…… 허 실장님 말씀 듣고서야 이해가 간 거죠. 내가 필요해서 그런 거라면 납득하기 쉬우니까."

어?

방금 이령의 말은 세훈의 입장에서 지극히도 맞는 말이었다. 누가 아니라고 하면 그렇다고 우길 정도로.

그럼에도 불구하고 듣고 있자니 뭔가 심장 부근이 뜨끔거렸다.

"어쨌든 신세 진 건 사실이니까 은혜는 갚을게요. 너무 걱정하지 않아도 돼요."

세훈의 속도 모르고 밝게 웃으며 말하던 이령의 눈이 휘둥그레졌다. 차가 마치 동화에서 방금 튀어나온 것 같은 예쁜 주택 앞에 멈춰선 거다.

서울 시내에 있다고 믿을 수 없을 만큼 넓은 대지에 효율성이라고
는 조금도 없도록 예쁘게만 지은 이층집이었다.

"다 왔어요?"

"아니."

세훈이 짧게 대답했다. 그리고는 몸을 기울여 글러브 박스를 뒤적
여 리모컨 하나를 꺼냈다.

"주차장에 들이가야지."

세훈이 찾은 리모컨을 누르자 주차장으로 들어가는 출구가 입을
벌렸다.

주차장에서부터 이어진 계단을 올라가며 이령은 계속 곤란해했다.

"이런 큰 집에서 신세를 질 수는 없어요. 저는 그냥 잘 수만 있으
면……."

"어차피 비워놓던 집이야."

"아니, 그게 중요한 게 아니라요…….."

"내가 아무 생각 없이 여기서 자라고 하겠어?"

정원으로 이어지는 문을 여는 순간 멍! 하는 소리와 함께 호구가 달
려들었다.

"얘랑 같이 있으려면 정원이 있어야 하잖아."

"아…….."

이령이 그제야 납득했다. 확실히 대형 셰퍼드인 호구를 데리고 아
파트나 빌라에서 묵을 수는 없다. 민폐니까.

그렇다고 해도, 이 집은…….

"너무 커요."

"어쩔 수 없어. 내가 갖고 있는 주택이 이것뿐이야. 전 주인이 쓸데 없이 대지지분을 많이 잡아서 밀고선 건물을 올리려고 산 건데…… 건축법 어쩌구 해서 그냥 두고 있었어."

세훈이 정원을 곧장 가로질러 현관문을 열었다. 그리고는 들어가라는 듯 이령을 향해 턱짓한다.

"청소해놓으라고 했고, 통째로 사서 웬만한 건 다 있으니까 쓰기 불편하진 않을 거야."

"네……."

얼떨결에 집으로 들어선 이령은 좌우로 넓은 실내를 두리번거렸다. 밖도 휘황찬란했지만 안은 더 화려했다. 왜 비워두는 건지 모를 정도로 고급스러운 가구, 잘 어울리는 그림과 카펫, 장식품들이 시선을 사로잡는다.

"내 명함 갖고 있어?"

"네."

"그거 아무한테나 주는 거 아냐. 잘 갖고 있어. 전화는 연결하라고 했는데…… 내일은 네가 쓸 수 있게 휴대전화 하나 준비해놓으라고 할게."

이령이 손사래 쳤다.

"아뇨 아뇨, 필요 없어요. 그렇게까지는."

"또 시작이네. 넌 이미 어마어마하게 나한테 신세를 지고 있어. 100퍼센트나 101퍼센트나."

세훈이 코웃음을 쳤다.

"토 달지 마. 어차피 넌 나한테 오게 되어 있고, 그렇게 되면 이 정도는 별것도 아니야."

이령이 세훈을 쳐다보았다. 세훈의 이런 화법에는 익숙해질 때도 된 거 같은데…… 아직까지는 아닌가 보다.

"뭘 봐?"

"아직 그쪽이 말하는 방식이 낯설어서요. 그냥 좋은 뜻이라고 생각할게요. 신경 써주셔서 감사…….'"

"아니야."

인사하는 이령의 말끝을 세훈이 잡아챘다.

"단 하나도 좋은 의미 아니야. 감사하다는 말로 털려고 하지 마. 오늘 매 순간, 앞으로 매 순간, 모두, 다, 엄청, 부담스러워하라고."

세훈이 이령을 똑바로 내려다보았다.

"진심 어쩌고 따지는 애라 꼭 말해둬야 할 것 같았지."

이령은 도대체 이 남자의 말 어디까지가 진심이고 농담인지 죽어도 구분할 수 없을 듯했다.

"잘 자, 아주 부담스럽게."

세훈이 빙긋 웃고 돌아서려고 할 때다. 이령이 세훈의 팔을 잡았다.

"아, 잠깐만요!"

"왜?"

"여기서 저 혼자 자요?"

세훈의 몸이 굳었다. 지금 애가 뭐라는 거야?

하기야 문득 지리산에서 이령의 집에 하루 묵었을 때가 생각났다. 낯선 곳에서의 밤은 무섭다. 천하의 최세훈도 깊은 산속의 짙은 어둠을 이기지 못해 찌질하게 굴지 않았는가?

상대는 천둥 번개에도 겁을 먹는 연약한 여자니 서울의 밤이 두려울 수도?

역시 애야. 나 없으면 어떻게 했을까 진짜…….

괜스레 기분이 좋아져 세훈의 입꼬리가 올라갔다.

"네가 정 그렇다면 내가 2층에서……."

"아뇨 아뇨."

이령이 생뚱맞다는 듯 고개를 흔들고는 세훈의 옆을 가리켰다.

멍!

이령의 손가락 방향에는 호구가 얌전히 앉아 꼬리를 흔들고 있었다.

"얘 그냥 안에서 재우면 안 돼요? 발 씻겨서 재울게요."

"아…….."

왠지 몰라도 세훈은 몹시 실망했다.

"뭐요? 유이령 씨를 청담동 집에 재운다고요?"

지 실장의 물음에 허 실장이 의미심장하게 고개를 끄덕였다.

"응. 개를 거기다 데려다 놓으랬으니까…… 거기서 재우는 거겠지."

"거기 엄청 좋지 않아요? 자기가 들어가 살려고 공사하고 가구 채운 지도 얼마 안 됐고."

"그렇지."

"근데 거기다 유이령 씨를 재워요?"

"내 말이."

허박지 삼총사의 시선이 복잡하게 얽혀들었다.

"많이 이상하지 않아요?"

박 실장의 말에 허 실장이 콧방귀를 풍 뀌었다.

"많이 이상한 걸 지금 느꼈냐?"

"조금 이상하단 생각은 했는데 설마설마했죠. 되게 심하게 많이 이상해요."

"최세훈이야 항상 이상했지만……."

허 실장이 눈을 번뜩였다.

"신경 쓰고 절절매고 이제는 자기가 가진 제일 좋은 걸 내줘?"

"자기만 아는 양반이?"

"야, 너희들 아까 유이령 앞에서 중언부언 말 더듬는 거 봤으면 기절한다. 난 처음 봤어, 진짜."

"마, 말을 더듬어요?"

박 실장과 지 실장이 동시에 입을 쩍 벌렸다. 말발로 엔터 계를 씹어 먹었다고 해도 과언이 아닌 최세훈이 말을 더듬어?

"거기가 지가 직접 데려다 줬잖아."

"내 말이 그 말이에요! 하지만……."

지 실장이 인상을 찡그렸다.

"설마요? 우리 대표님 일밖에 모르는 워커홀릭이잖아요. 문수지가 그렇게 꼬셔도 안 넘어간 양반인데요?"

허 실장이 답답해했다.

"나도 그래서 헷갈려. 차라리 문수지하고 뭔 일이 있으면 그럴 수도 있겠다 싶기나 하지……. 아닌 거 같기도 하고, 하지만 분명 맞는데."

곰곰이 생각하던 박 실장이 어깨를 으쓱했다.

"왜요……. 제 눈의 안경이라는 말도 있고 순진하고 반듯한 거 좋아하나 보죠."

허 실장이 눈을 깜빡였다.

"사람은 반대에 끌리니까?"

생각해보면 그랬다. 최세훈과 유이령은 정말 비슷한 구석이 하나도 없는 사람들 아닌가?

화장실이 이령의 집 전체만 한 실내를 돌아보다가 이령은 한숨을 내쉬었다.

"대하천간 야와팔척 량전만경 일식이승[5](大廈千間 夜臥八尺 良田萬頃 日食二升)이라……."

호구와 함께 침실로 들어간 이령은 가방을 뒤져 할아버지의 사진을 꺼내 사이드 테이블에 올려놓았다.

241

"할아버지…… 잠깐, 일 하나만 할게요. 걱정하지 않으셔도 돼요. 은혜는 갚아야 하잖아요. 그냥 외물에 좀 홀려 있는 것 같긴 한데, 나쁜 사람은 아닌 것 같아요. 제가 정신 바짝 차릴게요."

굳은 다짐을 하지 않아도, 이령은 이런 커다랗고 사치스러운 집에는 영영 익숙해질 것 같지 않았다.

일단 침대만 해도, 할아버지가 쓰시던 작은 방만 한 느낌이었으니까.

침대에 올라가 이불을 끌어당겨 덮자 호구가 그녀를 지키려는 것

---

5) 큰집이 천 간이라도 밤에 눕는 곳은 여덟 자뿐이요, 좋은 밭이 만 평이라도 하루 두 되면 먹느니라.

처럼 옆에 자리 잡았다.

문득 그런 생각이 들었다.

이 집의 반의반에 반도 안 되는 작은 집도 할아버지와 이령에게는 넘쳤었다. 이렇게 큰 집에서 세훈은 혼자 사는 걸까? 아니면 부모님과?

어쩐지 혼자 살 것 같은 느낌이 드는데…… 외롭지는 않은 걸까?

아침, 눈뜨자마자 세훈은 집에서 나왔다. 밤새 도대체 왜 자꾸 유이령과만 엉키면 뜻대로 안 되는 건지, 어떻게 해야 하는 건지 생각이 많았다.

결론은 하나였다.

하던 대로 하자.

괜스레 배려가 넘쳐서(?) 아무것도 모르는 애 맞춰준다고 하지 말고 그냥 평소대로 막 하는 거다. 허 실장 말마따나.

이왕 뮤직비디오를 찍기로 했으니 잘 찍고, 그 과정에서 계약도 해서 돈도 으마으마하게 벌고…….

굳은 다짐으로 차에 올라타 브루투스를 낀 세훈은 청담동의 주택으로 전화를 걸었다.

– 여보세요?

한참이나 신호음이 울린 다음에 이령은 전화를 받았다.

"왜 이렇게 전화를 늦게 받아? 아직 안 일어난 건 아니겠지?"

– 일어나 있었어요. 제가 전화를 받아도 되나 모르겠어서요.

"되지. 그 집에 너 혼자 사는데."

– …….

다른 건 몰라도, 이령이 일관성은 좀 지켜줬으면 좋겠다고 세훈은 생각했다. 말을 계속 따박따박 받아치든지 아니면 씹든지.

"나와. 아침 먹자."

말리지 말자.

— 아…… 그게…….

"왜?"

— 지금 아침 먹고 있는데요…….

집에 들어서자마자 놀랄 정도로 고소한 냄새가 진동했다.

"오셨어요?"

먹다가 중지한 듯 새로 상을 차리던 이령은 어색하게 인사했다.

그녀는 세훈이 사다 놓으라고 지시한 옷을 입고 있었다. 그는 옷 챙기겠다는 애에게 바빠 죽겠는데 무슨 옷 타령이냐며 손목을 잡아끈 보람을 느꼈다. 생각대로, 제대로 맞지도 않는 옷을 입고 있을 때보다 훨씬 예뻐 보였다.

어쩌면 아침이라서 그런 걸지도 모른다.

이령에게 사실대로 말하진 않았지만, 세훈은 이 집을 꽤 정성 들여 고쳤다. 지금 살고 있는 아파트도 나쁘지 않지만 정원이 있는 곳에서 좀 느긋하게 살고 싶었달까? 애들을 불러다가 가든파티 같은 것도 하고…….

그런데 그 집에, 이령이 있는 그림도 나쁘지 않은 기분이 드는 거다.

"사람이 살지 않았다면서 어떻게 냉장고는 꽉 차 있어요?"

"내가 채우라고 시켰…….""

뿌듯하게 식당으로 들어서던 세훈의 눈이 휘둥그레졌다. 아침상이라기에는 너무 화려했다. 심지어 이령의 집에서 받아먹었던 상보다도 좀 더 튼실하게 차려져 있었다.

"너 은근 먹는 거에 집착하더라?"

"냉장고가 너무 꽉 차 있어서……. 채소 같은 건 빨리 먹지 않으면 다 버려야 할 텐데 아깝잖아요. 좀 버무려놓고 그랬으니까 가지고 가실래요?"

"얘는…… 내가 그걸 가져가서 어떻게 먹어?"

다른 건 몰라도 유이령이 부지런하다는 건 인정해줘야 할 듯했다.

세훈은 부지런한 걸로는 둘째가라면 서러운 인간이었다. 그러나 직함이 대표이다 보니 이런 그의 특색은 직원들을 괴롭히기 일쑤였다. 그래서 자제 중이었는데…… 유이령은 한술 더 뜨잖아.

"좋아."

흐뭇해하던 세훈은 무심코 식탁의 반찬을 훑어보고는 약간 시무룩해졌다.

"세나 마나 구첩 근처도 안 가는군."

반찬이 많긴 했지만 그래도 아홉 개는 아니다. 확실히.

"처음 쓰는 주방에서 어떻게 구첩반상을 차려요?"

이령이 새로 밥을 퍼와 올려주며 눈을 흘겼다.

"그러게. 너 밥을 어떻게 차렸어? 전기밥솥은 쓸 줄 알아?"

"냄비밥 했어요."

"냄비밥?"

세훈의 시선이 이령 뒤쪽의 가스레인지로 향했다. 아닌 게 아니라 제일 비싼 거 달라고 해서 사온 전기밥솥은 잠잠하고 그냥 구색 맞추려고 넣어놓은 냄비에서 하얀 김이 폴폴 피어오르고 있었다.

참 어렵게 사는 애였다.

백만 배 더 쉬운 전기밥솥을 이용하지 않고 냄비밥이라니……. 냄비로 밥을 어떻게 하더라? 끓이다가 불을 줄이는 거였나? 물 양은?

새삼, 기계가 다 해준다고 생각했던 밥 짓는 법에 대해 생각하고 있는데 이령이 귀가 번쩍 뜨이는 소리를 했다.

"구첩반상 차린 적 없어요."

뭔 소린가 하고 보니 이령은 벌써 단정하게 식사 중이었다.

"뭐?"

"장 대표님이요……. 구첩반상 아니었어요. 오첩반상이었어요."

"거짓말하지 마. 구첩이랬어."

세훈의 말에 이령이 조그맣게 한숨을 내쉬었다.

"국, 김치, 장, 찌개까지 치셨나 보죠. 그게 원래 첩 수에 안 들어간다는 건 알죠?"

세훈의 눈이 동그래졌다.

"음하하하하하하하하하하하하하하하하하!"

사무실, 울려 퍼지는 세훈의 웃음소리는 상쾌한데 그 앞에 나란히 서 있는 허박지 삼총사의 기분은 그렇지 못했다.

자영업자의 도산이 날로 늘고 이십 대 명퇴 이야기까지 나오는 이 시점에, 회사 대표가 건강한 정신상태를 유지하는 건 무척이나 중요한 일이었다. 그런 의미에서 삼총사는 최세훈이 그냥 평소처럼 못되고 이기적이고 돈만 알기를 바랐다. 회사를 무럭무럭 키우는 것만이 그의 낙으로 일밖에 모르기를.

"하여튼 장뚱땡이…… 가열차게 무식해서 진짜."

기분 좋아 어쩔 줄 모르는 세훈을 앞에 두고 허박지 삼총사는 시선을 교환했다.

"이래서 사람들이 엔터 계를 우습게 보는 거야. 대표가 되어서…… 응? 어떻게 자기가 먹은 밥상이 오첩인지 구첩인지를 몰라? 한국인 아냐?"

"저……."

허 실장이 말을 걸어보려고 시도했지만, 그러기엔 세훈은 너무나 신이 나 있었다.

"그럼 그렇지. 내가 먹은 게 오첩인데 장뚱땡이한테 구첩이 가당키나 해? 아오, 속 시원해. 가슴이 뻥! 뚫린 거 같네."

"대표님……."

"아, 진짜 죽겠네. 이걸 어떻게 알려주지? 누가 익명으로 뚱땡이한테 문자 좀 쏴주면 안 돼?"

"대표님?"

"구첩반상 아니라 오첩반상 먹은 거라고. 공부 좀 하라고."

"대. 표. 님!"

허 실장은 책상을 똑똑똑 두드리며 한 음절 한 음절 힘을 주어 부르고 나서야 겨우 세훈의 주의를 끌 수 있었다.

"너 지금 나한테 소리 지른 거야?"

"지금 제가 뭘 했느냐가 중요한 게 아니라고요."

평소와는 다르게 허 실장이 눈에 힘을 주고 대드는 바람에 세훈은 움찔했다.

"지금 뭐 하세요?"

"몰라서 물어? 꼬시고 있잖아. 계약하려고."

"우리도 그랬으면 좋겠어요. 그런데 대표님 일하는 거 하루 이틀 본 거 아니고…… 문수지만 해도 다른 사람들은 대표님이 연애하나 보다 했지만 전 아닌 거 다 알았단 말이에요. 돈독 올라서 상냥하게 대해준 것뿐이지 대표님은 신나 보이지 않았으니까. 근데 지금은 진짜 별거 아닌 거에 신나하고! 중요한 건 다 까먹고!"

"내가?"

세훈이 어이없어하는데 허 실장이 카운터펀치를 날렸다.

"계약서에 도장 찍으시려는 거 맞아요? 혼인신고서에 도장 찍으려는 게 아니라?"

헉 하고 세훈이 숨을 들이마셨다.

호구는 호구를 알아본다

장스 제작사 대표실.

오하나의 스캔들 이후로 장 대표는 우울증에 걸렸다. 물밀듯 밀려오던 CF계약이 뚝 끊긴 것뿐 아니라 기존 계약들도 위약금을 물리겠다며 송장이 날아오는 판에 우울증이 안 걸릴 이유가 없다.

그러다 보니 느는 것은 오기뿐이었다.

"최세훈 부숴버리겠어!"

장 대표가 A4지를 와그작 구기며 이를 악물었다.

늘 싫었지만 이제는 돌이킬 수 없이 싫어진 최세훈을 어떻게든 이기고야 말겠다는 욕망이 화산처럼 부글부글 끓어올랐다.

그러나 언제나 그랬듯 문제가 되는 건 '방법'이었다.

도무지 최세훈을 이길 방법이 떠오르지 않는다는 거. 외모에서 밀리고 자본력에서 밀리고 아이디어에서 밀리고 취향에서 밀리고……
어떻게 하면 이길 수 있는지 전혀 모르겠다는 거.

"아우……."

머리를 쥐어뜯고 있는데 대표실 문이 벌컥 열리며 김 대리가 데굴데굴 구르다시피 뛰어 들어왔다.

"대표님!"

"왜! 왜! 또 무슨 일이야?"

"유이령 씨요!"

"유, 유이령?"

그리고 보니 오하나 건 때문에 까맣게 잊고 있었다. 최세훈과 장 대표의 유일한 접점이라고 하면 그 어떤 것보다 돈이 중요하다는 거였다.

"됐어, 야. 그보다 오하나가 문제지."

사랑 따위.

"그게 아니라요! 최 대표님이 유이령 씨 계약하려고 목매고 장난 아니래요. 완죤 대박 아이템이라고요!"

"엥?"

전혀 예상치 못한 김 대리의 말에 장 대표가 살찐 턱을 기울였다.

"계약?"

"네! 연예인 감이었나 본데요!"

"연예인 감?"

장 대표가 눈을 깜빡였다. 그리고 보면 예쁘고, 참하고, 예쁘고, 참하니까…….

아니, 그게 중요한 게 아니라.

"최세훈이가 목을 매?"

중요한 건 이거다. 최세훈이 목을 맨다는 거. 장 대표의 작은 눈이 날카롭게 번뜩였다.

초이 엔터테인먼트의 잔디정원.

세훈은 호구와 함께 정원에서 놀고 있는 이령을 보며 생각에 잠겼다. 허박지가 전에 본 적 없이 절실한 눈으로 한 말들을…….

「대표님이 직접 데리고 가고, 오늘 아침에는 직접 데려오고.」

「같이 아침 드셨죠? 우리 애들 중에서 대표님하고 아직 따로 본 적한 번도 없는 애들이 몇이나 되는 줄 아세요?」

「지금 잘나가는 애들도 처음 숙소는 사옥 뒤에 빌라였고요. 윤국이! 걔 외롭다고 개 키웠는데 그래도 아파트였어요!」

맞는 말이다.

문제는 세훈 본인의 판단이었다. 그때는 그렇다고 판단이 되었고, 이번에는 이렇다고 판단이 되었고. 조금의 의심도 없이, 심지어 허박지가 왜 자꾸 이상한 얼굴을 하는지 깨닫고 난 후에도 옳은 건 이쪽이었다.

그런데 설명할 방법이 없네.

왜냐면 본인도 모르니까. 왜 이쪽이 옳은지 잘 모르겠다.

"헉! 헉! 헉!"

정원을 뺑뺑 돌다시피 호구와 같이 뛴 이령이 세훈의 앞까지 달려와서는 숨을 몰아쉬었다. 어지간히 뛴다 싶더니 이마에 송골송골 땀이 맺혀 있었다.

"왜 그렇게 뛰어?"

"우리…… 헉! 호구가…… 헉! 운동량이……. 아이고오……."

도저히 안 되겠는지 이령이 세훈이 앉아 있는 벤치 바로 옆에 털썩 주저앉았다. 가슴이 들썩들썩 난리 났다.

이령이 제대로 말을 할 수 있을 때까지 세훈은 숨을 고르는 이령을 관찰했다. 꾸미는 법을 잘 모르는데도 예쁜 것은 그렇다 치고 이 이상하게 끌리는 건 뭘까.

어떻게 따지면 생판 남남이나 다름없는데 희한하게 잘해주고 싶고 희한하게 신경 쓰이고.

"우리 호구 운동량이 장난이 아니거든요. 산에 있을 땐 자기 혼자 나가서 막 쏘다니다 들어오고 했는데 여기서 풀어놓을 수는 없고……."

"늑대개구만. 생긴 대로 놀긴……."

어이가 없어하는데 무릎에 두꺼운 발이 턱 올려졌다. 짙은 검은빛과 갈색 빛이 섞인 털의 호구 발이었다.

"뭐야?"

호구가 '이제는 네 차례다!'라고 말하는 것처럼 짙고 검은 눈을 맞춘다.

"신기한 게요."

호구 손을 잡아 매정하게 떼어내려는데 이령이 불쑥 말했다.

"호구는 원래 남자들을 별로 안 좋아해요. 할아버지 말고는 중호 오빠도 그렇고…… 심지어 아저씨까지도 맘에 안 들어 했거든요. 근데 왜 그쪽은 이렇게 좋아할까요? 처음 봤을 때부터 그랬죠?"

"응?"

세훈은 떼어내려 잡고 있던 두꺼운 손을 다시 무릎에 내려놓았다.

멍!

'내가 좀 그래!'라고 말하는 것처럼 호구가 꼬리를 살래살래 흔들었다. 그를 보는 얼굴이 꼭 웃는 것만 같았다.

"훗!"

세훈은 한쪽 입꼬리를 끌어당기며 웃었다.

"개도 보는 눈은 있는 거지."

세훈이 호구의 머리를 쓰다듬었다.

멍!

호구가 꼭 말을 알아듣는 것처럼 짖고는 한 걸음 물러나서 꼬리를 흔들었다.

"뭐야, 놀자는 거야? 자식! 하여간 잘생긴 남자 좋아하는 건 사람이나 짐승이나……."

완전히 기분 좋아진 세훈이 일어서서 성큼 앞으로 나섰다. 호구가 '나 잡아봐라!' 하는 것처럼 경중경중 네 발로 뛰기 시작했다.

"……어, 우리 호구 남잔데."

정원을 전속력으로 가로지르기 시작한 호구와 그 뒤를 쫓는 세훈을 보면서 이령이 조그맣게 중얼거렸다.

세훈이 뭔가 이상하다고 생각한 것은 난데없는 전력질주에 심장이 터질 것처럼 뛰기 시작한 다음이었다.

"괜찮으세요?"

무릎을 손으로 짚고 헐떡이는 세훈에게 다가온 이령이 눈치를 살폈다. 호구가 대형견이기도 하지만 산을 뛰어다니면서 근육이 발달해 어지간하면 운동량을 맞출 수 없는 개였다. 그런데 지금 만족스러워 보이니까…… 세훈은…….

"아오……!"

가쁜 숨을 몰아쉬던 세훈이 주먹을 꽉 쥐고 소리를 질렀다. 다시 허실장의 말이 떠오른 거다.

「근데 지금은 진짜 별거 아닌 거에 신나하고!」

개가 좀 좋아하는 거 같다는 소리를 듣고 금방 신나가지고서는……

지금 뭐 하는 거야? 왜 이렇게 뛴 거야? 그것도 슈트 차림으로!

"너 말이야!"

손부채질을 하는 것만으로는 안 돼 세훈이 결국 슈트 재킷을 벗으며 말했다.

"당분간 나는 바빠서 지금처럼 못 보니까 허 실장이 챙겨줄 거야."

"네."

서운해하는 기색도 없이 이령이 대답했다. 오히려 지금까지는 왜 툭하면 찾아온 거니? 하는 얼굴이기까지 해서 세훈은 기분이 상했다.

"뮤비 찍는 거 쉬운 일 아니니까 있는 힘을 다해 하고."

"알겠어요."

"그리고 한번 잘 생각해봐. 적성에 맞으면 계약서 도장 찍고."

"그럴 일은 없어요."

"단언하지 마. 사람 일 모르는 거야."

"네, 네, 어쨌든 열심히 할 테니까 걱정 안 하셔도 돼요."

더 이상 할 말이 없었다.

"나 간다."

"네. 저는 우리 호구 묶어놓고 들어갈게요."

돌아서며 세훈은, 왜 유이령하고 이야기만 하면 이렇게 찜찜한가 생각했다. 분명 더 할 이야기는 없는데 뭔가 덜 한 거 같고, 반응도 순순한데 뭔가 맘에 안 들고…….

도대체 자기 자신이 왜 이러는지 알 수가 없었다.

"어? 그거 질툰데?"

민주가 스트레칭을 하다 말고 허리를 발딱 세우며 말했다.

"뜬금없이 뭐가 질투야?"

민주가 펴놓은 매트 바깥쪽에 의자를 갖다 놓고 앉아 있던 세훈이 인상을 썼다.

"걔들이요……. 자기 주인 옆에 오는 이성을 싫어하는 거 질투라고요."

"질투? 그런데 나한테는 왜 안 해?"

민주가 눈동자를 데굴데굴 굴리다 조심스레 말했다.

"대표님을 남자로 안 보는 게 아닐까요?"

"뭐?"

세훈이 발끈했다.

"왜 나를 남자로 안 봐? 이렇게 멀쩡한 남잔데! 잘생기고 돈 많고 부족한 거 하나도 없이 완벽한 남잔데!"

언성을 높이는 최세훈을 가만히 보고 있던 민주가 소리를 빽 질렀다.

"누가 뭐랬어요!"

이번에 깜짝 놀란 것은 세훈이다.

"너 나한테 소리 질렀어?"

강민주를 키운 게 거의 10년이 되다 보니 막냇동생 내지는 딸 같은 기분이 들지만, 그렇다고 해서 편하게 대해줄 생각은 없었다. 어디까지나 소속사 대표와 연예인 사이의 선을 지키고 있었고, 민주도 그랬다.

잘해주는 거지 막 해도 되는 사이는 아니라는 거다.

"너 사춘기야?"

"그래요! 사춘기예요!"

진정 서운해하는 얼굴로 민주가 세훈을 노려보았다.

"내가 대표님하고 일한 게 몇 년인데 소리도 못 질러요? 한 번쯤 그래도 되잖아요!"

민주는 세훈이 뭐라 대꾸할 틈도 없이 연습실을 뛰쳐나갔다.

"왜 저래?"

세훈이 민주를 이해할 수 없는 건 당연했다. 민주 스스로도 본인의 마음을 잘 몰랐던 거다.

그저 뭔가 저런 최세훈은 기분이 나빴다. 평소에는 딱 할 말만, 그것도 민주가 스트레칭 중이거나 식사 중이거나 할 때 다가와서 용건만 간단히 하고 가는 사람이 슬쩍 찔러봤더니 대박 아이템 이야기를 하느라 시간 가는 줄 모르고 떠들어대는 게 싫다. 그 대박 아이템의 이야기라는 게 말도 안 되는 개하고 한 시간 뜀박질을 했네 뭐네 그 개가 남자는 다 싫어하는데 자기만 좋아하네 하는 순진무구하다 못해 바보 같은 이야기라면 더 싫다.

"어? 언니 왜 나오셨어요? 저 들어가서 연습하려고 했는데?"

연습실로 가던 소진이 민주가 나와 있는 걸 발견하고 고개를 갸우뚱했다.

"대표님 있어. 들어가지 마."

"대표님이요? 왜요?"

"몰라. 할 이야기 있다더니 쓸데없는 말만 잔뜩 하고!"

굳이 연습실을 들여다보려는 소진을 끌고 나오며 민주가 입술을 불퉁하게 내밀었다.

"개 있잖아. 대박 아이템, 어디 있다고?"

같은 시각, 이령은 안무실에 M-ster의 멤버 여섯에게 둘러싸여 있었다.

"우와, 누나가 우리 뮤비에 출연하는 거예요?"

주현, 선우, 형식, 강혁, 기호, 세원, 윤. 머릿속으로 한꺼번에 소개받은 여섯 명의 이름을 기억하려 노력하는데 방글방글 웃으며 누군가가 말을 걸었다. 누구냐 하면…… 그러니까 주현, 선우, 형식, 강혁, 그래! 강혁이다!

"하나 누나보다 낫지 않냐?"

"없으니까 하는 말은 아니고 진짜 훨 낫다!"

"그럼 누나 우리랑 같은 소속사예요? 계약한 거?"

"누나는 뭘로 데뷔하는데요?"

"배우? 아이돌?"

"아이돌은 좀 아니지 않냐?"

"네가 봐도 그렇지? 그럼 뭐지? ……우리도 연습생 생활이 기니까 눈치가 좀 있거든요. 근데 잘 모르겠네."

여섯 명이 와글와글 떠들어대니 정신이 없었다. 세상에서 가장 귀여운 강아지 여섯 마리가 동시에 짖어대는 것 같은 느낌이었다.

"자, 잠깐!"

이령이 헷갈려 손을 번쩍 들었다.

"이쪽부터…… 주현, 선우, 형식, 강혁, 기호, 세원, 윤…… 맞지?"

"어어? 누나 우리 이름 잘 못 외우는구나?"

지금 말한 건 주현…… 아니, 아니 윤이다!

"우리가 또 비슷하게 생겨서."

키득키득 웃는 것은 기호.

그러더니 여섯이 동시에 짓궂게 눈동자를 빛냈다.

"우리 이름 맞혀봐요!"

이령을 둘러싸고 서 있던 여섯 명이 갑자기 빙글빙글 돌기 시작하더니 자리를 바꾸기 시작했다. 까륵까륵 마냥 신나 보이는 여섯 소년들의 습격에 이령은 정신을 차릴 수가 없었다.

"흠……."

M-ster들에게 제대로 놀림을 당하고 있는 이령의 모습을 창문 너머로 본 민주는 눈을 가늘게 떴다.

"쟤들 또 시작이네. 애들이 다 좋은데 너무 장난기가 많아서……. 난 쟤들 저러는 게 엄청 싫더라! 힘도 좋아!"

소진이 뱅글뱅글 돌았다가 아크로바틱처럼 점프했다가 점점 더 흥이 나고 있는 M-ster 애들을 보고 혀를 내둘렀다.

"내일 저 대박 아이템과 이야기 좀 하자."

"이야기요?"

소진이 눈을 동그랗게 뜨자 민주가 턱을 들었다.

"응. 어떤 앤지 좀 알아봐야겠어."

"됐어! 무조건이야!"

장 대표가 책상을 쾅 소리 나게 두드렸다.

"최세훈이 탐낸다잖아! 걔가 탐내면! 내가 갖는다!"

옆에서 보고 있던 김 대리가 걱정스럽다는 듯이 물었다.

"괜찮으시겠어요? 이미 한 번 까이셨……."

"지금 일 이야기하잖아!"

비록 데이트 신청은 정중히 거절당했지만, 심지어 법무팀까지 끌고 와 폼을 잡았건만 보내주었던 휴대전화만 고이 받고 헤어져야 했지만 일 이야기라면 다르다.

"내가 연애는 좀 약해도 일이라면! 으ㅎㅎㅎ! 다아 생각이 있단 말이지."

최세훈! 네가 탐내는 대박 아이템은 내가 갖겠다! 너는 배기 아파 죽을 것이다아아아아아아아!

정신일도하사불……성?

세훈이 부모님과 따로 살기 시작한 건 십 대 때부터였다. 외동아들이라 애지중지 키운 것치고 쿨했던 부모님은 그를 유학 보내며 자연스럽게 독립(?)시킨 것이다.

기숙사라든지 그런 단체생활을 맛볼 기회가 없었던 것은 아니지만 기본적으로 최세훈은 까칠한 인간이었다.

다른 사람의 냄새나, 다른 사람의 발자취, 다른 사람의 흔적 자체를 싫어하는 성격은 단체생활에 쥐약이었다. 예의범절에만은 엄격했던 부모님 덕에 못된 성질이 많이 가려진 것만이 다행이랄까.

그러므로 본격적으로 사업을 시작하고 나서 서래마을 근처의 고급 빌라에 혼자 살게 된 이후로 그는 외로움이라는 것을 느껴본 적이 없다. 구색은 갖춰져 있지만 단 한 번도 쓰지 않은 주방이라든지, 어지간한 연예인의 의상실보다 화려한 드레스 룸이라든지, 일주일 내내 단 한 번도 앉는 일이 없는 소파라든지 하는 것들이 사치스럽다고 생각해본 적도 없다. 호텔식 침구가 푹신하게 깔려 있는 라텍스 매트리스에서 혼자 일어나, 대리석이 사방에 깔린 사우나 시설이 완비된 욕실에서 샤워를 하고, 시스템 자체를 이탈리아에서 수입한 드레스 룸에서 셔츠, 슈트, 넥타이, 시계를 하나하나 세심한 느낌으로 단장하고 출근하는 일이 지루하다고 여겨본 적도 없다.

오늘 이전에는.

사랑에 마지않는 자랑스러운 애마에 올라타서 엄선한 선곡들을 틀고 나서도 세훈의 기분은 나아지지 않았다.

자꾸만 머릿속에 한 가지만 떠오른다는 것이 그를 불쾌하게 만들었다.

허 실장은 이령을 잘 출근시키고 있을까?

왜 이런 게 궁금하냔 말이다!

항상 변함없던 일상들이 별 의미 없이 귀찮게만 느껴지고 얼른 유이령이 뭐하나 알아보고 싶은 이 마음은 도대체 뭔지 알 수가 없었다. 이게 바로 중독된 느낌인 걸까? 도저히 머릿속에서 유이령을 떼어낼 수가 없다.

그러는데 거치대에 걸어놓은 휴대전화가 진동했다.

"응, 얘기해."

— 지 실장입니다.

"알아."

— 허 실장님은 오늘 유이령 씨를 담당해서 제가 모시겠…….

"아니까 일 이야기만 해. 오늘은 아주 집중해서, 일만 할 거야. ……첫 번째 스케줄이 뭐라고?"

지 실장이 읊어대는 아주 빠듯하게 짜인 시간표를 들으면서 세훈은 입술을 굳게 다물었다.

"정신일도하사불성!"

"유이령 씨 앞에서 좀 이상하게 구는 건 알겠는데 정말 굉장한 사람 맞아요."

허 실장의 말에 이령이 운전하는 그의 옆모습을 바라보았다.

처음 세훈이 허 실장이 챙겨줄 거라고 했을 때는, 출퇴근까지 그러는 줄은 몰랐다. 그래서 아침을 준비해놨다가 허 실장이 들어오는 바람에 어색해서 제대로 먹지도 못했다.

"아직까지 우리나라 방송에서 가요계, 드라마계, 예능계를 다 잡은 사람은 우리 대표님뿐이에요. 이 사람이 좀 귀신같아서…… 어떻게 그렇게 적재적소에 애들을 갖다 쓰는지."

허 실장은 고개를 절레절레 저었다.

"성격 나빠 보이고, 실제로 나쁘고, 말 함부로 하는 것 같고, 실제로 함부로 하고, 자뻑 심한 것 같고, 실제로 심하지만…… 바로 그래서! 자기 것을 어마어마한 집념과 집착으로 지키죠. 치사하지만 돈 잘 벌어줘, 지랄 맞지만 자기 거 목숨 걸고 사수해. 우리 대표님이 적도 많지만 그 적까지도 못 엮어서 안달이죠."

"허 실장님은요……."

이령이 허 실장이 건네준 휴대전화를 만지작거리며 말했다.

"최 대표님을 좋아하는 건지 싫어하는 건지 가끔 헷갈려요."

"그게 헷갈려요?"

허 실장이 진심으로 놀랍다는 듯이 물었다.

"분명히 싫어하는 거 같은데 좋아하는 거 같거든요."

대답한 이령은 미간을 살짝 찡그렸다. 좋아하는데 싫어하는 건가?

"중요한 건요."

허 실장의 목소리는 진지했다.

"제가 그 사람을 좋아하는지 싫어하는지가 아니에요. 언제나 중요한 건 그 사람이 누굴 좋아하느냐!"

때마침 신호대기에 걸리자 허 실장은 드라마틱하게 손가락을 이령에게로 향했다.

"그 사람이 님이 좋다잖아요! 님! 유이령 씨! 당신을 키워보고 싶다잖아요! 그게 뭘 뜻하는지 몰라요?"

"모, 모르겠다면요?"

"대박! 완전 대박을 뜻하는 거라고요!"

"전 연예인은 안 한다니까요."

"아이고오!"

다시 파란불로 바뀌어 어쩔 수 없이 차를 출발시키면서 허 실장은 가슴을 쳤다.

"그러니까 왜 안 하느냐고요! 돈 벌 수 있는데! 그것도 많이 벌 수 있는데! 요즘 인생 역전하는 게 사시, 행시…… 뭐 이런 건 줄 알아요? 의대를 가도 10년 공부해야 해요. 그런데 연예인은 잘되면 1년 만에도 대박이야. 그걸 해주겠다는데 왜 안 해애애애애! 최세훈이는 왜 나한테 연예인 하자고 안 하는 걸까아아아아아아!"

"돈이 전부는 아니에요."

단호하게 말하는 유이령을 보며 허 실장은 한 가지를 확신했다. 최세훈은 취향 한번 더럽게 특이하다. 어디서 이렇게 뭣도 모르고 고집만 센 애를 데리고 와서는…….

"먼저 안무실에 올라가 계세요. 애들 와 있을 거예요. 저는 사무실에 좀 들렀다 갈게요."

주차장에 차를 세운 허 실장이 정원에 호구를 묶고 있는 이령에게 말했다.

"네에."

뒤도 안 돌아보고 대답하는 이령을 지나쳐 회사로 들어가는 허 실장 옆을 민주와 소진, 그리고 몇몇 연습생 무리가 스쳐 지나갔다.

"?"

호구를 묶고 밥을 챙겨주던 이령은 드리운 그림자에 고개를 들었다. 민주와 소진, 그리고 이름을 알 수 없는 몇몇 연습생이 그녀를 내려다보고 있었다.

"어…… 무슨 일……이에요? 누구……시죠?"

어정쩡하게 일어나며 묻자 소진이 입술을 비틀어 올렸다.

"누구? 누구? 허!"

소진이 민주를 보며 난리를 쳤다.

"언니! 얘가 언니를 모르는 척해요!"

민주가 됐다는 듯 손을 척 들어 보이고는 냉랭하게 물었다.

"나 몰라?"

물론 대한민국의 국민이라면 다른 사람도 아니고 강민주를 모른다는 건 말이 안 됐다. 열 살짜리 초등학생부터 칠십 대 할머니까지 대통령 이름은 몰라도 강민주는 안다는 시대 아닌가?

하지만 문제는 유이령은 진짜로…….

"모, 모르는데요."

모르는 애라는 거다.

"다시 말해봐. 진짜 나 몰라?"

그러나 그 사실을 알지 못한 채 인지도 싸움이라고 생각한 민주는 바짝 신경이 곤두섰다.

"음……."

눈치는 없지 않아 이령은 말을 흐렸다. 모른다고 하면 안 될 것 같았다. 그리고 보면 어디선가 익숙한 얼굴이기도 하고…… 하지만 분명 만난 적은 없는 것 같은데…….

"난 이렇게 가식적인 태도가 싫어!"

민주가 짜증을 내기 시작했다.

"최 대표가 좀 끼고돈다고 너만 잘난 거 같아? 날 왜 몰라? 티브이만 틀면 채널 세 개 중 하나는 내가 나오는데! 광고 포함하면 산에서 혼자 살지 않는 이상 하루에 한 번은 어쨌든 마주치는데……."

"아! 나 산에서 혼자 살아서……."

순간 민주를 포함한 연습생 일동이 숨을 멈췄다. 산에서…… 혼자 산다고?

따지고 들던 민주 역시 도대체 말을 어떻게 이어나가야 좋을지 몰라 입술만 달싹이고 있을 때다.

"아! 생각났다!"

이령이 반색하며 손뼉을 짝 소리가 나게 쳤다.

"그때 길거리에서 살려달라고 했던 사람이죠?"

어쨌든 도움 받은 셈인 민주로서는 움찔할 수밖에 없는 사실이었다.

"그, 그때 까짓것 한번 도와준 걸로 생색낼 생각이라면……."

그러는데 이령이 민주의 손을 덥석 잡았다.

"맞다! 맞네! 그때도 인형 같다고 생각했거든요!"

"이, 인형?"

전열이 확 흐트러진 민주가 눈만 깜빡였다.

"느낌이 좀 달라서 못 알아봤어요. 신기하네……. 오늘도 인형 같은데 그때랑은 느낌이 또 달라요."

"아, 화장이 달라서……."

저도 모르게 민주의 목소리는 많이 누그러져 있었다. 인형이라고?

물론, 인형 같다는 소리는 많이 들어봤지만 이렇게 진심인 것 같은 표정은 처음이었다. 이령의 얼굴은 순수 감탄 그 자체였다.

"역시 연예인이었구나. 그때도 너무 예뻐서…… 나중에 얘기는 들었거든요. 되게 유명한 사람인가 보다 싶어서 한번 꼭 물어봐야지 했는데……."

"자, 잠깐!"

전의를 완전히 상실한 민주 대신 소진이 나섰다.

"암만 산에 혼자 살아도 그렇지! 티브이는 있을 거 아냐? 없으면 휴대전화로 검색만 해도, 언니가 실검 일 위를 몇 번이나 했는데? 설마 요즘 세상에 티브이나 휴대전화가 없을 리도 없고……."

"그게…… 티브이도 휴대전화도 없어서……."

순간 소진을 포함한 연습생 일동이 숨을 멈췄다. 티브이도 휴대전화도…… 없어?

"오늘 허 실장님한테 받긴 했어요. 그런데 아직 제대로 쓸 줄을 몰라서…… 올라가서 한번 연구해볼 참이에요."

주머니를 뒤져 꺼낸 휴대전화는 나름 최신형이긴 했지만 바탕화면 그림도 없고 케이스도 없는 완전 쌩폰 상태!

소진이 머뭇거리고 있는데 최후의 일격이 날아왔다.

"그럼 그쪽도 연예인이에요? 되게 예쁘네요. 인기 많을 거 같아요!"

얼떨떨해져서 소진이 눈동자만 굴렸다. 얘, 뭐야……. 이 진심 어린 찬양은 뭐야.

"하긴, 아직 데뷔 안 했는데 내가 팬 수는 좀 되지……."

이령이 물정 모르고 민주와 소진을 번갈아 보며 벙긋벙긋 웃었다.

이상한 일은 그 얼굴을 마주하고 있자니 민주와 소진도 덩달아 벙긋벙긋 웃게 된다는 거였다.

"생각해보면 날 몰랐으니까 그때 내가 납치되는 줄 알고 허 실장 머리통을 깬 거겠지?"

민주는 이미 이령을 만나러 온 이유를 잊어버린 상태였다. 군기 한번 잡을까 싶었는데…… 군기는 무슨, 여기가 군대도 아닌데 잡긴 뭘 잡아?

"그러네요."

소진 역시.

잠깐 살벌할 뻔했던 초이 엔터엔터테인먼트의 정원에는 다시 평화가 찾아왔다.

"이령 씨, 안 들어오고 뭐……, 응?"

안무실에 아직 이령이 안 올라왔다는 연락을 받고 내려왔던 허 실장은 민주와 소진이 그 어느 때보다 밝은 얼굴로 들어가는 모습을 마주쳤다.

"쟤 좀 귀엽지 않아?"

"네. 나쁜 애 같지 않아요."

"쟤 데리고 오늘 클럽이나 갈까? 나 화장 잘 먹은 거 같은데."

"엄머! 엄머! 언니 저도 그 생각했잖아요!"

꺄르르 웃으면서 멀어지는 민주와 소진을 보며 허 실장이 고개를 갸우뚱했다. 쟤들 왜 저렇게 기분이 좋아 보여?

"아, 지금 올라가려고 했는데요."

별다른 표정 변화 없는 이령이 다가오며 말했다.

"쟤들하고 뭔 얘기 했어요?"

멀어지는 민주와 소진을 가리키며 묻자 이령이 어깨를 으쓱했다.

"좋은 사람들 같아요."

대답은 아니었지만 허 실장은 굳이 더 묻고 싶지 않아졌다.

미팅 세 개를 연달아 한 후 사무실로 돌아온 세훈은 정원에 묶여 있는 호구를 발견하고 발걸음을 돌렸다.

"야, 인마!"

엎드려서 쿨쿨 자던 호구가 발소리에 눈을 떴다가 세훈임을 발견하고 꼬리를 치기 시작했다.

"너 나한테는 왜 질투 안 해?"

머리를 쥐어박으려 했는데 어떻게 하다 보니 쓰다듬는 형국이 되어 세훈이 투덜거렸다.

"너 말이야⋯⋯."

잠깐 생각하던 세훈이 호구를 뒤집었다.

"남자잖아!"

무례하게도 호구의 성별을 확인한 세훈이 뒤집은 김에 호구의 배를 긁어주며 나무랐다.

"그럼 더더구나 내 얼굴 보고 좋아하는 건 아닐 테고⋯⋯ 응? 너 왜 그러냐? 왜 나랑 다른 남자들이랑 차별해?"

세훈이 뭐라고 하건 말건 그의 손길이 좋은 호구는 몸을 비틀고 난리가 났다.

사실 호구 입장에서는 지리산도 좋았지만 초이 엔터테인먼트도 나쁘지 않았다. 예쁜 누나 형들이 들락거리며 호구에게 평소에 맛보지 못했던 맛난 것들도 던져줬고, 머리도 쓰다듬어줬다. 산으로 뛰어다니지 못하는 것은 좀 아쉽지만 쉽게 지치는 주인 대신 같이 뛰어다닐 만한(?) 사람이 지금 배를 긁어주고 있고.

"하여튼 너 정신 차려라!"

세훈이 도로 호구를 일으켜 세우고 코끝에 손을 갖다 대며 엄히 말했다.

멍!

뭐라는지 모르겠고 나하고 놀아나 달라며 호구가 꼬리를 살래살래 흔들었다.

사무실에 올라와 넥타이를 늦추고 시계를 본 시각이 오후 4시였다. 중간에 식사도 영 부실하게 한 터라 세훈은 박 실장이 갖다 놓은 빵을 한입 물었다. 그러나 분명 좋아하는 호텔 제과점의 빵인데 어쩐지 입에 착 붙지 않아 내려놓고 말았다.

"아침도 못 먹었는데……."

본디 세훈은 아침식사를 하는 타입은 아니었다.

굳이 따지자면 아점 정도……. 요 몇 년 사이 아침을 먹은 것은 이령의 집에 갔을 때와, 어제 아침 이령의 집에 가서 함께 먹은 것 정도다.

"유기농이 요리는 잘하는 거 같아."

묘한 장기였다.

쿡방에 내보내야겠다 싶을 정도로 화려한 요리 솜씨는 전혀 아닌데 입맛을 당기게 하는 음식들이었다. 주겠다던 채소 무침 같은 걸 안 가져온 게 안타까울 정도로 자꾸 생각나는 맛들……. 그러나 따져

보면 별것도 없고 대단할 것도 하나 없다.

꼭 유이령 같군.

화려한 사람이 많은 연예계에서, 머리가 좋거나 얼굴이 눈에 확 띄거나 피지컬이 훌륭하거나 연기력이 좋거나…… 그런 어마어마한 장기 없이 미묘하게 신경이 쓰이는 여자. 그냥 평범한 것 같은데 한순간, 깜짝 놀랄 정도로 '이 사람이다!'라는 기분이 드는.

세훈은 자세를 바꿨다.

생각난 김에 플랜이나 짜볼까?

펜을 집어 들고 세훈은 이령을 어떻게 키워서 어떻게 팔아먹을 수 있을지에 대해 구상하기 시작했다.

쿡방은…… 아예 '산골요리' 같은 유기농 프로그램을 하나 만들지 않는 이상 전기밥솥도 못 쓰는 애니 힘들 것 같고, 배우는…… 연기 수업부터 해봐야겠고, 노래는…… 목소리가 딱히 좋은 편은 아닌 것 같은데. 발성도 약간 뭉개질 때가 있고.

그래도 얼굴은 예쁘지.

예능은…… 따박따박 말 받아치는 거 보면 센스가 없진 않은데 이게 또 유머감각은 전혀 아닌 거 같으니 버라이어티 같은 데 보내놓으면 적응 못 할 거야. 그렇다고 코미디 쪽은 또 절대 아니고, 운동신경은 호구하고 뛰는 거 보니 아육대 이런 데 절대 못 나갈 거고.

그래도 얼굴은 예쁘지.

……나 지금 뭐 하지?

세훈은 펜을 놓았다.

머릿속이 이렇게 정돈 안 되는 일은 정말 처음이었다.

'유이령'을 놓고 어떻게 요리를 할까 궁리하는 정도가 아니라 재료에 대한 판단도 못 하고 있잖아?

"안 되겠어."

세훈은 자리에서 일어섰다.

"얼굴 한 번 보고 와야지."

판단하기 위해서야…… 하는 말은 혼자뿐인 사무실에서도 삼켰다. 입 밖으로 내면 뭔가 심하게 찔릴 것만 같았다.

가슴을 두드리는 양심을 애써 무시하며 사무실 문을 열려고 하는데 한 발 먼저, 허 실장이 들어왔다.

"어디 가세요?"

"……일하러."

"무슨 일이요?"

"어…….."

허 실장 앞에서 말문이 막히는 건 진짜 싫은 일이다. 생각해보면 굳이 그럴 이유가 뭐 있어? 세훈은 자신의 안에 있는 뻔뻔함을 다시 찾기로 했다.

"유이령 플랜 세워보려는데 잘 안 잡혀서…… 얼굴 한번 보고 오려고."

"네에?"

아니나 다를까 허 실장이 제발 세훈이 짓지 않길 바랐던 표정을 지었다.

"오늘 하루 시작한 지 일곱 시간 갓 넘었거든요? 오늘은 일만 하는 날 아니었어요?"

"그러니까 이것도 일이잖아. 걔가 그래도 여기서 익숙한 사람은 난데 갑자기 안 보이면 불안할 수도 있고…… 그냥 얼굴만 살짝 비치면……."

허 실장이 '이 냥반이 진짜…….' 하고 고개를 기울였다.

"대표님, 진짜 유이령 씨는 괜찮아요. 애들하고도 화기애애한 거 같고……. M—ster 애들하고 호흡도 괜찮아요. 오히려 대표님이 옆에서 계약이니 뭐니 찔러대는 것보다 이렇게 정들다 도장 찍을 확률이 더 높아 보인다고요. 뭘 어떻게 한 건진 몰라도 제 생각보다도 훨씬 죽들이 잘 맞아요. 아까 뭐라더라…… 오늘 클럽도 같이 간다고 한 거 같은데."

"뭐? 클럽?"

세훈이 정색했다.

"내 이것들을 당장……!"

"왜, 왜요?"

"지금 연습하기에도 부족한 시간에 무슨 클럽? 내가 당장 가서! 가만두지 않을 거야!"

"헐……."

세훈의 반응에 허둥대던 허 실장이 코를 씰룩거렸다.

"대표님, 지금 완존 없어 보이는 거 아세요? 어떻게든 내려가보려고…… 온갖 핑계, 핑계, 아니, 대표님이 언제부터 애들 놀러 다니는 거 신경 쓰셨어요?"

"지금부터!"

세훈이 문을 막고 서 있는 허 실장을 밀어내고 밖으로 나가려고 시도했다.

하지만 허 실장도 만만치 않았다.

"제가 대표님한테 매일 져드리는 건 사회적 지위에 밀려서 그러는 거지 계급장 떼고 붙으면 저도 꽤 힘이……, 웩!"

버티던 허 실장이 세훈이 획 밀어내자 나뒹굴었다. 맞다. 허 실장이 과자 먹고 떼굴떼굴 구르는 동안 세훈은 열심히 바벨 들며 근력을 키웠었지.

하지만 결국 세훈은 연습실로 내려가지 못했다. 허 실장을 밀어내고 막 사무실 밖으로 나섰을 때, 의외의 인물을 마주쳤기 때문이다.

"최세훈이!"

평소와는 다르게 목소리를 쫙 깐 장 대표가 눈에 힘을 준 채 세훈의 코앞까지 다가와 턱을 치켜들었다. 턱을 치켜든 이유는…… 신장 차이 때문이었다.

그러나 평소와 달리 장 대표는 기죽지 않고 버텼다.

"너 나하고 싸워!"

최세훈이 모르는 이야기

초이 엔터테인먼트 회의실.

M-ster 신곡의 매니저, 작곡가, 뮤비감독, 안무선생과 지 실장, 박 실장이 모여서 회의 중이었다. 본디 장스 제작사의 오하나를 히로인으로 잡았던 콘셉트를 이령으로 바꾼 것은, 물론 스캔들의 영향도 있지만…….

"굳이 콘티를 바꿨어야만 하나 싶긴 해요."

뮤비감독이 못마땅한 얼굴로 말했다. 그는 오하나의 팬이었고, 입봉 이후로 처음 자기가 좋아하는 연예인과 일을 한다며 흥분해 있던 터라 내내 부정적이었다.

하지만 그가 지금 회의적인 것은 꼭 사심 때문만은 아니었다.

"바디셰이프는 예뻐요. 그런데 아무래도 경력자가 아니다 보니까…… 표정도 못 짓고, 카메라 돌아가면 굳죠. 우리가 왜 프로를 쓰겠어요?"

안무선생의 의견.

"실물보다 화면이 낫긴 해요. 실물은 좀 평범한 느낌인데 화장해놓으면 이미지가 확 달라지는 것도 있고…….

지 실장의 의견.

"유행하는 느낌은 아니에요. 요즘은 어떤 방향이든 좀 더 자극적인 마스크를 원하니까."

박 실장의 의견.

"곡 느낌하고도 잘 맞진 않아요. 표정이 문젠 거 같긴 한데…… 음악에 못 녹아드는 느낌이랄까……."

작곡가 의견.

문제는, 이 모든 사람들의 의견을 압도하는 단 한 사람의 의견이 있다는 거다.

최. 세. 훈.

"그렇지만 대표님은 된다고 하셨잖아요?"

매니저의 반문에 다들 시선만 교환했다. 열 명이 안 된다고 하고 한 명이 된다 해도 그 한 명이 최세훈이라면 이야기가 달라지는 것.

"그래서 내 생각에는 처음 하는 애치고는 괜찮다는 거죠."

안무선생의 바뀐 의견.

"사실 화면에서 보이는 게 중요하니까 가능성은 있다는 거고요."

지 실장의 바뀐 의견.

"유행은 우리가 창조하는 거니까."

박 실장의 바뀐 의견.

"음악이야 맞추면 되는 거고."

작곡가의 바뀐 의견.

"전 콘티보다 이번 콘티가 조금 낫긴 하죠."

뮤비감독의 바뀐 의견.

이것이 바로 엔터테인먼트 성공의 법칙.

절대 밀리지 않겠다는 마음으로 버틴 장 대표지만, '너 나랑 싸워!'라고 질렀는데 대꾸 없이 빤히 보고만 있는 세훈의 시선을 받고 있자니 자꾸 숨 끝이 덜덜 떨렸다.

고개를 기울인 채 살짝 인상을 쓴 세훈은 뭔가를 곰곰이 생각하는

얼굴이었다. 그리고 장 대표의 경험으로 최세훈이 뭔가를 생각하는
건 불길했다.

절대 먼저 말하지 않겠다고 결심했지만, 침묵에 눌려 입을 막 여는
순간…….

"최……."

"대표님."

세훈이 단정하게 장 대표를 불렀다.

"으응?"

"지금 제 이름 부르셨어요? 우리 이제 이름 부르는 사이 하는 겁니
까?"

"아……."

그리고 보니 처음 이름 부른다. 뒤에서야 최세훈이, 최삼훈이, 쳇
세훈이…… 할 수 있는 모든 이상한 발음으로 씹어댔지만 눈앞에서
는 언제나 '최 대표'였던 세훈이다.

"자, 잘못 들었겠지이……."

세게 나간다고 마음먹었는데 너무 세게 나갔나 보다.

"최 대표."

비굴하게 '대표' 자를 붙여 부르고 나자 뭔가 이건 아니라는 생각이
들었다. 엉뚱한 걸로 시비 거는 거에 찔려서 약해지면 안 되지.

장 대표는 다시 눈에 힘을 줬다.

"나하고 이야기 좀 해! 오늘은 절대로 못 참아!"

"헉! 헉! 헉!"

100미터 달리기라도 한 것처럼 헉헉대며 장 대표가 세훈을 올려다

보았다.

　원래 말싸움이라는 것이 내가 말하려고 하면 저쪽에서 말꼬리를 잡아채고, 서로 말하려고 싸우기도 하고, 그러다가 언성이 높아지고 뭐 그래야 맛인데, 장 대표가 길게 길게 이야기하는 동안 세훈은 단 한 마디도 하지 않았다. 팔짱을 끼고 어디 할 말 다해봐라 하는 자세로 있으니 말하는 장 대표 힘 빠지는 거 말로 못 한다.

　"말씀 다 하셨어요?"

　괜스레 심장도 두근거리고 숨도 차올라 헉헉대고 있는데 세훈이 차분하게 말했다.

　"아니!"

　"그럼 더 하세요."

　그런데…… 할 말이 없다.

　오하나 스캔들이 터져서 손해가 이만저만이 아니라는 이야기도 했고, 그걸 터트린 게 최세훈이라는 걸 다 알고 있다는 말도 했고, 그래서 너를 갈아 마시고 싶다는 이야기도 했고, 요즘 열 받아서 우울증 올 정도라는 이야기도 했고, 광고나 위약금 터지는 건 다 오하나에게 물릴 거라는 이야기도 했고, 세상이 싫다는 이야기도 했고, 부숴버릴 거란 이야기도 했고…….

　……또 무슨 이야기를 하지?

　"다 했어."

　장 대표가 말하자 세훈이 굳게 끼고 있던 팔짱을 풀었다.

　"그럼 이렇게 하죠. 오하나 위약금 우리가 물고 데려오죠. 그러면 되는 거 아닙니까?"

　의외의 단호함에 장 대표의 입이 떡 벌어졌다. 하지만 입을 벌린 것은 장 대표만이 아니었다.

세훈의 바로 뒤에서, 장 대표의 기나긴 썰을 들으며 내심으로는 깊은 공감을 하고 있던 허 실장은 거의 심장에 마비가 올 뻔했다. 번개같이 세훈의 팔을 붙잡아 끌고 가 속닥인다.

"오하나를 데려오신다고요? 위약금도 물어주고?"

세훈은 덤덤했다.

"그럼 어떻게 해? 위약금을 오하나한테 물리겠다는데?"

"아니, 뭘 어떻게 해요? 우리가 왜 어떻게 해요? 오하나 문제는 오하나가 알아서 하겠죠!"

허 실장은 뿔딱지가 났다. 지가 언제부터 남 걱정을 했다고!

"지금 윤지원만으로 머리 터지는 거 아시죠? 오하나는 윤지원보다 심각한 거 아시죠? 손익분기점 절대로 못 맞춰요. 죽어도 못 맞춰요. 언제부터 자선사업이 취미였어요?"

"누가 자선사업이 취미래?"

뭘 잘했다고 세훈은 인상을 쓰고 난리다.

"손익분기점을 왜 못 맞춰? 맞추면 되지."

"헐······."

터지는 것은 허 실장 가슴뿐.

"그게 되면! 장 대표가 오하나를 던지겠······."

하지만 언제나 그렇듯 세훈은 저 할 말을 다 하자 휙 돌아서서 가버린다. 허 실장의 답답함은 절대 풀릴 수 없다.

"서류절차는······."

아직도 혼란스러워하는 장 대표 앞에 선 세훈이 '밥 한 끼 먹을까요?'라는 말투로 말했다.

"이쪽이랑 하시면 됩니다."

허 실장을 가리키는 세훈의 손가락을 따라 장 대표의 시선이 허 실장에게로 향했다.

"그럼 이만."

"자, 잠깐!"

제 할 말을 다 했다고 장 대표를 밀고 나가려는 세훈을 장 대표가 붙잡았다.

"왜요?"

"이야기 아직 안 끝났어!"

세훈이 장 대표를 빤히 내려다보았다.

"안 하실 겁니까?"

"아니! 할 건데!"

"그럼, 서류작업은 이쪽과."

도저히 다시 잡을 수 없는 미소를 지은 세훈이 팔을 붙들고 있는 장 대표의 손을 털어내고는 성큼 나섰다.

그렇게 홀로 남겨진 장 대표는 멍하니 세훈의 뒷모습만 바라볼 수밖에 없었다.

그러자니 자꾸 숨도 가쁘고…… 속도 상하고…….

"내가…… 이긴 거지?"

슬쩍 눈치 보며 빠져나가려는 허 실장의 어깨를 턱 잡은 장 대표가 으르렁거렸다.

"네? 네?"

"내가 이겼잖아! 지금! 최세훈이한테!"

이게 무슨 말인가 싶었지만 일단 장단을 맞춰줘야겠다 싶어 허 실장이 격하게 고개를 끄덕였다.

"그렇죠. 지금 시끄러운 오하나를 털었고 위약금도 뜯어내셨고……. 장 대표님 원(win)이죠. 워너(winner)!"

"근데 나 왜 진 거 같아! 왜 기분 나빠?"

장 대표가 씩씩댔다. 그리고 남의 대표한테 이입할 일은 아니지만, 허 실장은 그 심정을 100퍼센트 알았다. 최세훈이 정말 나쁜 부분이다. 이겨도 져도 진 것 같은 기분 들게 만드는 거. 뭘 해도 사람 참 작아지게 만드는 거.

"아우! 해주기 싫어! 내 맘대로 다 됐는데 짜증나! 기분 나빠아아아아아아!"

팔팔 뛰는 장 대표를 놓아두고 허 실장을 슬며시 빠져나왔다.

지금 남의 대표 신경 쓸 때가 아니었다.

"대표니이이임!"

성큼성큼 걸어 내려가는 세훈을 따라잡은 허 실장이 진심으로 물었다.

"저 다른 회사 알아봐야 하면 미리 말씀해주세요."

"무슨 소리야."

"돈에 초연하지 마시라고요! 대표님이 회사 대표로 믿음직스러운 이유가 뭔지 아세요? 돈에 대한 그 집착! 돈 좋아하는 속물근성! 그거뿐이라고요! 절대 손해는 안 보는 그 아름다운 성격 하나 보고 지랄 맞은 거 다 참는데……. 오하나 건은…… 왜 이러세요, 대체!"

세훈이 걸음을 멈췄다.

"매번 이렇게 설명해줘야 하는 나의 너그러움은 믿음직스럽지 않아?"

"네?"

"오하나 건 말이야."

세훈이 꾹 참는 얼굴로 설명했다.

"1더하기 1이 2가 아니면 되잖아."

너무도 짧은 설명이었다. 허 실장 입장에선 오히려 더 혼란스러워지기만 했다.

"조금 더 쉽게 말씀해주실래요?"

세훈이 짧게 숨을 끊어 쉬었다. 이미 얼굴 위에 짜증이 배어나기 시작했다. 그래도 어쩐 일인지 꾹 참고 다시 설명한다.

"둘이 스캔들로 난리 났지? 따로 팔긴 어렵지? 그럼 이제 따로 팔지 말고 같이 묶어서 팔아야 한단 소리야. 이미지 만들어서. 오하나가 저쪽에 있으면 어려웠어. 잘된 거야."

허 실장이 고개를 갸우뚱했다. 맞는 말 같기도 하고 아닌 것 같기도 하고…….

그런데 웬일인지 세훈도 고개를 갸우뚱했다.

"대표님도 긴가민가하세요?"

"아니, 그게 아니라……."

세훈이 눈을 가늘게 떴다. 뭔가 생각날 듯 말 듯 머릿속이 깜빡깜빡했다.

뭔가 까먹었는데?

"우리 지금 어디 가고 있었지?"

다음 순간, 세훈과 허 실장의 눈이 마주쳤다. 둘이 동시에 장 대표의 등장 이전에 하고 있던 실랑이가 떠올랐다.

하지만 동작은 세훈이 더 빨랐다.

"대표니이이임!"

번개같이 뛰기 시작한 세훈을 뒤따라가며 허 실장은 점을 봐야겠다고 생각했다. 항상 힘든 삶이었지만, 특히 요즘은 너무너무 힘이든다.

M-ster와 함께 안무를 맞춰보는 이령을 보는 안무선생의 마음은 복잡했다.

신인을 데리고 일할 때 가장 힘든 것은, 카메라 울렁증이다. 카메라가 있든 없든 연기를 한다는 자체만으로 사람은 경직되는 것이다.

이령도 예외는 아니었다.

그나마 다른 아이돌들에 비해 붙임성이 좋은 M-ster 애들이다 보니 처음보다는 긴장이 많이 풀리긴 했다. 그래도 신인다운 어색함은 가시지를 않는다.

"이령 씨…… 표정 좀…….."

안무선생이 한숨을 쉬자 이령은 눈동자만 데굴데굴 굴렸다.

몇 번이고 지적을 받아 신경 쓰고 있지만 그놈의 아이 콘텍트가 생각보다 어려웠다. 어떻게 이렇게 생겼나 싶을 정도로 잘생긴 남자아이들이 뚫어지게 쳐다보는데 어떻게 해…….

"한 사람 한 사람 아이 콘텍트를 해줘야 해. 진짜 좋아하는 것처럼."

잔소리를 늘어놓던 안무선생이 고개를 절레절레 젓더니 박수를 짝짝 쳤다.

"잠깐 휴식!"

돌아서서 나가는 안무선생이 짜증스러워 보였기 때문에, 이령은 시무룩해졌다. 이왕 하는 거 잘하고 싶은데…… 어쩜 이렇게 몸과 마음이 다를까.

역시 이쪽 길은 아닌 거라며…… 최세훈이 왜 연예인을 만들고야 말겠다고 하는지 몰라도 얼른 해줄 일만 해주고 제 갈 길을 찾아야겠다고 마음먹는데 귓가에 누가 속삭였다.

"네가 왜 어색한 줄 알아?"

민주였다.

"어?"

"남자를 몰라서 그래. 모르는 걸 하려니 안 되는 거지."

이령은 웃었다. 민주는 이상하게 귀여웠다. 무슨 말을 하려는 건지 바로바로 알 수 있다.

"클럽에 간다고 남자를 알게 되는 것도 아니잖아?"

아까부터 민주는 자기 오늘 예쁘다며 클럽에 가자고 이령을 조르는 중이었다.

"어쭈? 뻑하면 뻑인데?"

척하면 척이겠지…….

민주가 가자고 한 클럽이라는 곳을 가보고 싶지 않은 건 아니었다. 서울만 해도 정신없는데 더 정신없는 곳이 있다니…… 궁금하지 않다면 거짓말이다. 하지만 아직 하기로 한 일도 제대로 못 해 안무선생의 한숨을 끌어내면서 다른 데 정신을 팔고 싶지 않았다.

"이게 다 도움 되는 거라니까? 얘가 진짜 예술을 모르네……. 선배 말 들어! 내가 너보다 몇 년 더 이 생활을 한 줄 알아?"

민주는 그런 이령의 고지식함이 마냥 답답한 모양이었다.

"아아…… 이 촌티! 안 노는 애들의 문제가 어딘지 촌스럽단 거야. 이게 자꾸 조명 받고 몸 흔들어주고 사람들도 많이 봐야 때가 벗겨지거든. 그러니까……."

"클럽에 가자고?"

"그래, 가자아아아."

이령의 팔을 붙잡고 흔들며 민주가 애교를 부렸다. 그런 민주는 정말 귀여워서, 이령은 마냥 웃음만 나왔다.

그리고 보면 민주는 첫 '또래 여자친구'였다.

지리산에는 할머니, 할아버지도 많았고 아저씨, 아줌마, 오빠들은 많았지만 이상하리만큼 또래 친구가 없었다.

그렇게 이령과 민주가 밀고 당기고 비벼대는 모습을 몰래 훔쳐보는 사람이 있었다. 아니 정확히는 사람'들'.

바로 최세훈과 허 실장이다.

세훈의 시선은 이령에게만 꽂혀 있었으나 허 실장은 달랐다. 허 실장은 이령을 바라보는 세훈을 보고 있었다.

"대표님, 진짜 좋아하는 거 아니에요?"

돌아온 대답은 차가웠다.

"시끄러워."

연습실의 이령과 민주는 밀고 당기고 유치하기 그지없는 그 나이대의 여자애 딱 그대로 놀고 있는데, 창문에 붙어선 세훈은 심란해 보이기 그지없었다.

그렇게 한참을 이령과 민주를 응시하던 세훈이 창에서 몸을 떼고 복도를 따라 올라가기 시작했다.

"왜, 왜 그러세요?"

가지 말라고 해도 사람을 밀고 뛰어와놓고 아무 말 없이 이령만 보다 돌아서는 세훈의 꼴이 수상해 묻자 불퉁한 대꾸가 이어졌다.

"뭐가?"

"그냥…… 기분이 안 좋아 보이셔서요."

"안 좋아."

세훈이 우뚝 멈춰 섰다. 그리고는 인상을 찡그린 채 바닥을 노려본다.

허 실장이 한숨을 쉬었다. 최세훈이 이럴 때마다 그는 너무나 긴장이 되는 것이다. 무슨 생각을 하는 건지, 저 머릿속을 들여다볼 수 있게 열었다가 닫는 게 가능한 창 하나만 있었으면 좋겠다.

"아오오오오오오!"

세훈이 벼락처럼 소리를 질렀다. 그러더니 빈 연습실 문 하나를 열고 들어갔다.

"대표님!"

따라 들어간 허 실장이 목격한 것은 머리를 쥐어뜯으며 팔팔 뛰고 있는 최세훈이었다.

"아오! 아오! 아오오오오오오오오오오오오오오오오!"

난감할 뿐이다.

"지금 뭐 하세요?"

참다 물은 질문에 고개를 돌린 세훈이 날카롭게 눈을 빛냈다.

"전에 윤국이도 다 안 된다고 했었지?"

"그랬죠."

"그런데 내가 된다고 했지?"

"그렇죠."

"그래서 됐지?"

"크게 됐죠."

세훈이 크게 심호흡했다.

"난 진짜 자신 있었거든. 어떻게 키워야 할지도 정확히 알았고."

"항상 자신감은 넘치시잖아요⋯⋯."

"오하나도 장 대표 이야기를 듣다 보니 어떻게 팔아야 할지 딱 생각이 났어. 별로 어렵지도 않았어."

"전 아직도 그게 맞는지 모르겠지만, 전례로 보면⋯⋯ 대표님이 옳겠죠."

"근데 이번에는 잘 모르겠어."

세훈의 목소리가 갑자기 가라앉았다.

"예뻐. 괜찮아. 분명히 느낌이 있어. 그런데 플랜이 안 서. 뭔가 제대로 생각이 안 돼. ⋯⋯왜 이러지?"

세훈이 허 실장을 바라보았다.

허 실장은, 이 양반이 진짜 몰라서 묻는 건가 순간 고민했다.

세상 모든 일을 알고 있을 것처럼 잘난 남자가, 젊은 나이에 혼자 엔터테인먼트 회사를 세워 연예계 3대 주식 부자에 오른 남자가, 스마트하기 그지없는 트렌드 리더라고 불리는 남자가 지금 자기가 왜 이러는지를 전혀 모르는 게 말이 돼?

하기야 허 실장뿐 아니라 허박지 삼총사가 머리를 모아봤어도 미스터리한 일이긴 했다. 그러나 사랑이라는 놈의 본질이 사고라고 쳤을 때⋯⋯.

"대표님이 왜 이러시냐 하면요⋯⋯."

허 실장이 입을 열었을 때다. 연습실 문이 벌컥 열리면서 M-ster 여섯 명이 들어왔다. 최근 팬 미팅에서 선보이기 위해 열심히 연습 중인 아카펠라를 맞춰보면서.

그 노래는⋯⋯.

"Love, Love, Love."

"Love, Love, Love, Love."

"There's nothing you can do that can't be done."

최세훈이 왜 이러냐면⋯⋯ 아마도 Love?

사랑을 인정하는 다섯 단계

장스 제작사 대표실.

장 대표는 의자 깊숙이 몸을 기댄 채 어제, 초이 엔터테인먼트를 나서다 본 장면을 되새김질했다. 세훈이 연습실을 들여다보고 있는 장면. 답잖게 모양 빠지는 자세로 창에 붙어서 유이령을 쳐다보던 그 눈빛.

"아무래도 최세훈이…… 유이령한테 많이 집착하고 있어."

그러나 정말 알 수 없는 일이었다. 유이령은 확실히 예뻤고, 참했지만…… 연예인 감이던가?

연예인은 만들어지는 경우도 있지만, 태어나는 경우가 훨씬 많다. 이목구비부터 몸 구석구석, 타고나길 일반인과 일단 다르게 태어난다. 하지만 외모적인 부분이 연예인의 소양의 전부가 아니다. 가장 고칠 수 없는 '성격' 그리고 그 '성격'에서 비롯되는 아우라!

장 대표 역시 최세훈만큼은 아니더라도 이 바닥에서 뼈가 굵은, 경험 많은 사람인데 그런 느낌은 받지 못했다.

유이령은 그냥 예쁘고 참하고 좋은 아가씨였다. 와이프 삼으면 딱 좋을 것 같은.

"내가 참 많이 좋아했는데……."

장 대표가 훌쩍였다.

이 바닥에서 구르고 굴러 순수함이라고는 눈을 씻고도 찾아볼 수 없게 된 장 대표에게도 순정은 남아 있다는 걸 알려준 여자였다. 오랜만에 소년 같은 기분으로 가슴이 뛰기도 했다.

그러나 장 대표는 포기가 빠른 남자였다. 나이 차도 너무 심했고, 또, 유이령이 죽어도 그 같은 남자를 '남자'로 보지 않을 거라는 느낌이 있었다.

그랬을 때는…….

"일이지."

장 대표가 결연하게 외쳤다.

"특히 지금처럼 이겨도 진 것 같고 지면 더 진 것 같은 이 시점에! 감정 따위에 난 휘둘리지 않아!"

장 대표는 어떻게든, 수단방법 가리지 않고 최세훈의 대박 아이템을 빼앗아오고야 말겠다는 의지에 불타올랐다.

사실, 이미 생각해둔 수가 하나 있었다.

288

[첫 번째 단계 : 부인]

"아니야!"

벌떡 일어난 세훈은 식은땀이 흐르는 이마를 훔치며 주변을 돌아보았다. 항상 안락하다고 생각한 그의 집 그의 침대였다. 악몽을 꾼 모양이었다.

"아오!"

'Love, Love, Love'라고 불러대는 M-ster들의 감성 풍부한 목소리가 머릿속에 메아리쳤다. 세훈이 이렇게 심란한 이유가 Love 때문이라는 건 말도 안 된다. 하필 방정맞은(?) 아이돌들의 노래 때문에 사람 진짜 우스워졌다.

"아니지. 아니야."

일을 위해 지리산까지 쫓아가 '그' 산행을 하고, '그' 두려움에 떨고,

'그' 모양이 빠지고, '그' 노동을 한 거라면 괜찮지만 사랑 때문이라면 너무나 찌질해진다.

일을 위해 윤지원과 하나의 스캔들을 터트려가며 마음을 다스린 거라면 괜찮지만 사랑 때문이라면 너무나 찌질해진다.

일을 위해 말도 안 되는 이유 붙여가며 이령을 잡아둔 거라면 괜찮지만 사랑 때문이라면……

"아니야! 아니야! 그럴 리가 없어! 이 내가 그렇게 찌질한 남자일 리가 없어!"

그러나 사랑 앞에 약자 아닌 자 없고 찌질하지 않은 인간 없나니…….

[두 번째 단계 : 분노]

아침, 밤새 잠을 설쳐 퀭한 얼굴로 출근한 세훈은 허 실장이 건네준 아메리카노를 마시며 사무실에 들어서자마자 커피를 뿜고 말았다. 사무실 벽 한쪽을 꽉 채운, 커도 너무나 큰 사진 때문이었다.

이령의 사진.

"이, 이, 이거 뭐야?"

단숨에 숨통을 막아오는 그 무엇 때문에 헐떡이며 세훈이 홀린 듯 사진에 다가섰다.

사진은 처음 스튜디오에서 민주 대역으로 찍었을 때를 확대한 것이었다. 실로 어마어마한 크기인 것이 다가서자 눈동자에 비친 빛까지 선명하게 보였다.

"아…… 이거요."

허 실장이 물색을 모르고 뿌듯한 얼굴로 다가섰다.

"이거 뭐냐고?"

따지듯 묻는 세훈에게 허 실장이 다 알면서 왜 묻느냐는 듯 음흉하게 웃었다.

"잘 나왔죠? 제가 특별히 신경 좀 썼어요."

"왜? 너 나 몰래 얘랑 계약했어?"

"무슨 말씀이세요? 우리 회사에 대표님 모르는 계약이 어디 있다고."

"근데 왜 계약도 안 한 애 사진을 내 방이 이 크기로 걸어놔?"

"에이……."

허 실장이 겁도 없이 주먹으로 세훈의 팔을 툭 쳤다. 어제 연습실에서의 'Love, Love, Love' 이후로 그는 세훈의 이령에 대한 감정을 거의 확신한 차였다.

"아심서……. 개인 소장용이죠."

세훈이 입을 딱 다물었다. 날카로운 눈동자가 뚫어버릴 듯 맹렬히 허 실장의 얼굴 위를 훑었다.

"……개인 소장……용……인데?"

어쩔 줄 모르고 눈동자만 데굴데굴 구르던 허 실장이 벼락을 맞은 것은 30초쯤 지난 후였다.

"너! 진짜 가만 안 둬어어어어어어어어어어어어어!"

"으아아아아아아아아아아악!"

[세 번째 단계 : 흥정]

"생각해보면 말이야."

머리가 다 쥐어뜯겨 무릎 꿇고 앉아 있는 허 실장을 쳐다보며 세훈이 고개를 까딱했다.

"나도 신체 건강한 젊은 남잔데…… 여자에게 관심이 생기는 건 당연하잖아?"

"……"

"대답해."

"네. 그럼요. 그러믄입죠."

입이 댓 발이 나와서 허 실장이 훌쩍였다.

"그렇다고 막 사랑에 빠져서 헛짓거리했다는 건, 다른 사람도 아니고 난데 말도 안 되고…… 그냥 걔가 내 취향이긴 한데 스타성도 있는 게 어떨까?"

허 실장이 이게 질문인지 알 수 없어 눈을 끔벅였다.

"어떠냐고요?"

"응. 적당하지 않아?"

허 실장은 진지하게 이직을 고민할 때가 아닌가 생각했다.

[네 번째 단계 : 공포]

하루 종일 세훈은 금방이라도 과녁을 향해 날아갈 수 있게 팽팽히 당겨진 활시위 같은 신경 상태로 일을 했다. 덕분에 그의 사방 10미터는 공포 분위기 그 자체, 특히 붙어 다녀야만 하는 허 실장 같은 경우는 오래달리기라도 한 것처럼 자꾸 구역질이 나오는 증상까지 겪고 있었다.

"오늘 유기농은 뭐 한다고?"

"아까 M-ster 애들하고 호흡 맞춘다고 하던데."

"호흡?"

"노래요, 노래!"

허 실장이 얼른 정정했다. 지금 최세훈 머릿속은 전쟁 상태라 별거 아닌 단어에도 무척 예민하게 군다.

"왜 우르르 몰려다니면서 노래를 해?"

왜? 왜 M-ster 여섯 명 다 남자냐고 따지지?

허 실장이 몰래 입을 비쭉였다.

"원래 그러다가 계약하고 연습생 되고 그러잖아요. 다 아시면서 왜 그러세요, 애들이 잘하고 있는 거예요. 민주도 같이 클럽 가자고……, 흡!"

이번에 허 실장의 입을 막은 건 허 실장 본인의 손이었다. 저번에 클럽 간다고 했다가 사달을 내어놓고도 또 입방정을 떠는 자신이 싫었다.

"클럽을 가아?"

아니나 다를까 세훈의 눈초리가 날카로워졌다.

"아뇨 아뇨. 안 간대요. 민주는 가자고 하는데 이령 씨가 안 간다고 했대요. 아아주 반듯한 아가씨예요."

"흠. 그렇군."

절대로 만족하는 기색은 아니고, 당연하다는 듯 세훈이 눈썹을 위로 까딱였다.

"그래도 이따 한번 확인은 해봐야겠어. 만약이라는 게 있으니까."

"네, 네. 현명하십니다."

열심히 비위를 맞추면서 허 실장은 사회생활이 진짜, 참, 너무너무, 힘들다고 생각했다.

[다섯 번째 단계 : 체념]

밤, 집에 들어온 이령은 현관문 앞에서 물티슈를 꺼내 호구의 발을 닦였다.

"호구야, 오늘은 누나가 많이 못 놀아줬지?"

하루 종일 M-ster의 여섯 명과 돌아가며 놀아주느라 정작 호구와는 시간을 보내지 못했다. 이상한 것은, 누군가 산책을 시켜준 게 분명하다는 거다. 호구가 운동하고 싶어 하면 밤늦게라도 동네를 뛰려고 했는데 정작 호구가 별생각이 없어 보이는 거…….

"호구야, 누구랑 뛰었어?"

뛴다고 하면…… 사실 생각나는 건 한 사람뿐이다.

최세훈을 제외하고 묶여 있는 호구의 줄을 풀어 운동을 시켜줄 사람이 있나? ……아닐까? 오해일까? 그 사람은 이런 거 신경 안 쓸까?

"호구야 오늘 최 대표님 만났니?"

호구의 양 볼을 문지르며 이령이 눈을 맞췄다.

"나는 한 번도 못 봤는데…….'

어제도 한 번도 못 봤는데 오늘도 그랬다. 바쁜 사람이라고 했으니까 당연한 건데 서운한 마음이 드는 것은 무슨 일일까? 그래도 서울에서는 가장 익숙한 사람이라서일까?

호구를 쓰다듬어주던 이령은 막 생각이 난 것처럼 가방에서 휴대전화를 꺼내보았다. 민주가 셀카로 화면을 바꿔주긴 했지만 여전히 별로 색다를 것 없는 휴대전화였다. 연락처를 알고 있는 것도 M-ster 멤버들과 민주, 소진 정도……. 물론 최세훈도 알지만.

"한 번도 연락 안 할 거면 뭐 하러 줬대?"

이령이 입술을 삐죽였다.

휴대전화를 받긴 했지만 사용해본 적은 없는 이령이었다. 민주가 가르쳐준다고 주고받은 문자 외에는 텅텅. 연락올 데가 없는 것이 사실이었다.

"뭐…… 됐어."

막 일어서는데 휴대전화가 울렸다. 최세훈이었다.

"!"

저도 모르게 이령의 입꼬리가 올라갔다.

"여보세요?"

전화를 받자 저쪽에서 익숙한 목소리가 새어나왔다.

– 집이야?

"집이죠."

– 뭐 해?

"막 들어왔어요."

– 왜 이렇게 늦게 다녀?

반가웠던 마음이 빛의 속도로 사라졌다.

"지금까지 연습했거든요. 그쪽이 해달라고 한 것 때문에요!"

– 더럽게 못한다더니. 그래서 그래.

"뭐라고요?"

이틀 동안 못 보는 바람에 약간 반가웠는데…… 통화가 연결된 지 30초도 안 돼 이령은 부아가 돋았다. 최세훈의 재주였다.

– 클럽 같은 덴 안 가?

"클럽이요?"

– ……너 쓰는 침실 말고, 침실 바로 옆에 방 하나 더 있지?

"네?"

— 그 방으로 들어가봐.

"왜요?"

클럽 안 갔느냐고 묻더니 침실은 웬 말이냐며 이령이 미간을 찡그렸다.

— 가봐.

"그러니까 왜요?"

— 넌 왜냐고 안 물으면 손발이 안 움직여?

넌 대답해주면 입이 비뚤어지냐?

하고 싶은 말은 많았지만 꾹 참고 침실 옆의 방문을 열었다. 서재였다. 띠리띠리, 하는 기계음 소리가 들렸다.

— 가서 통화버튼 눌러.

"왜요?"

— 너 머리 안 좋은가 보다. 내가 5초 전에 손발 얘기 했는데 또 해야 해?

속에서 북받쳐 오르는 뭔가를 꾸욱 누르며 이령이 책상 위의 태블릿 피시로 가 통화버튼을 눌렀다. 귀에 대고 있던 휴대전화가 끊겼다.

— 집 맞구만.

태블릿 피시에서 들리는 목소리는 세훈이었다.

"이게 뭐예요?"

— 조금 더 큰 휴대전화야.

이령이 태블릿 피시를 들어서 흔들었다. 세훈의 스마트 티브이와 연결된 화면도 같이 흔들렸다. 그는 지금 그의 얼굴은 보이지 않게,

이령의 얼굴을 그의 티브이에 띄운 참이었다. 비싼 돈을 투자한 티브이가 빛나는 순간이었다.

– 화면 얼굴 앞에 반듯이 들고, 오늘 어디서 뭘 했는지 이야기해 봐. 자세하게. ……재미있으면 더 좋고.

세훈의 말에 이령이 콧잔등을 찡그렸다.

"이거 영상통화죠?"

– 이열, 영상통화도 알아?

오늘 민주가 가르쳐줘서 휴대전화로 해봤다. 이상한 건, 민주가 가르쳐줬을 땐 저쪽 얼굴도 보였는데 지금은 그냥 깜깜한 화면뿐이라는 거다. 뭔가 잘못했나?

"그런데 이거 왜 그쪽 얼굴은 안 보여요?"

이령이 기웃거리며 화면을 흔드는 바람에 세훈의 티브이 속의 영상도 마구 흔들렸다.

– 화면 흔들지 말지. ……내 얼굴 보고 싶어?

"그쪽도 내 얼굴 보고 싶어서 건 건 아니잖아요."

– 난 맞는데.

이상한 이야기지만, 짧게 긍정하는 순간 세훈은 진심으로 그가 이령의 얼굴이 보고 싶었다는 걸 깨달았다. 클럽이니 뭐니 말도 안 되는 의심을 한 것도 단순히 영상통화를 하기 위한 핑계에 지나지 않는다는 거…….

그리고 그 짧은 긍정은 이령에게도 다른 느낌을 남겼다.

세훈과 이령은 말하는 방식이 아주 다른 사람들이지만, 아니, 그냥 인간 자체가 다른 사람들이지만, '보고 싶다'는 말이 의미하는 바가 다를 리는 없는 것이다.

이러한 깨달음은 순간의 정적을 불러일으켰다.

이 정적을 깬 것은 세훈의 목소리도, 이령의 목소리도 아니었다.

컹컹컹컹! 컹컹컹! 컹컹컹컹컹컹컹컹!

띵동.

거실에서 혼자 있던 호구가 미친 듯이 짓는 것과 동시에 정문의 벨이 울었다.

"어?"

이령이 눈을 깜빡였다. 본능적으로 시계를 보자 밤 10시가 넘은 시간이었다.

"이 시간에 누가…… 아, 허 실장님인가?"

– 아니야!

세훈이 재빠르게 외쳤지만 호구의 소리는 너무 컸고, 이령은 벌써 태블릿 피시를 책상 위에 놓은 채 방을 빠져나가는 중이었다.

"저 멍청이가!"

폭언을 뱉어내며 세훈이 어찌할 줄 몰라 벌떡 일어섰다. 주택의 나쁜 점은 이런 것이었다. 밤늦게, 아무런 대책도 없다는 거. CCTV를 엄청 둘러놓긴 했지만 그것은 안 좋은 일이 일어난 후의 해결책이지 이럴 때는 전혀 도움이 안 된다.

세훈은 재빠르게 이령의 휴대전화로 다시 전화를 걸었다.

어쨌든 여자 혼자 있을 때 가장 좋은 것은 현관문을 잠그고 밖으로 안 나가는 거다. 현관만 나가도 정문쯤이야 담 넘어올 나쁜 놈들이 수두룩하니. 아무리 대비를 해놨어도 전기 담장을 설치하지 않은 이상 남자들이 맘만 먹으면 못 넘을 이유 하나도 없는 것이다.

"왜 안 받아…….."

아직도 연결되어 있는 태블릿 피시와 스마트 티브이를 통해 호구가 미친 듯이 짖는 소리가 들렸다. 초조해서 손끝을 물어뜯으며 세훈이 서성였다.

그러는데.

– 와장창!

스마트 티브이를 통해 무언가가 깨지는 소리가 선명하게 들렸다. 동시에 귓전을 쩌렁쩌렁 울릴 정도로 시끄럽게 짖던 호구의 소리가 뚝 그쳤다.

불길한 침묵이 이어졌다.

그대로 굳은 채 숨도 멈췄던 세훈이 폭풍처럼 뛰어나간 것은 초침이 두 번 움직이기 전이었다.

인정

밤에는 더욱 막히는 서울 시내의 도로 사정을 무시하고 미친 듯이 밟아댄 끝에 세훈이 청담동 집에 도착한 것은 20분이 좀 안 되었을 시간이었다. 거의 기적 같은 일이었다.

리모컨으로 주차장의 문을 여는 시간을 기다리지 못해 뛰어내린 세훈이 정문을 잡아당겼다. 좋은 일인지 나쁜 일인지 문이 닫혀 있었다.

띵동.

다급한 마음에 벨을 누른 세훈은, 호구가 짖는 소리가 들리지 않는다는 것을 깨달았다. 당연히 누른 벨에 대해 응답도 없었다.

심장이 마구 뛰기 시작했다.

"유이령! 유이령!"

철컹! 철컹! 문을 마구 흔들며 이령을 부르던 세훈은 이내 재킷을 벗어 던지고 차를 담에 바짝 댔다. 소중한 애마지만, 밟고 올라갈 생각이었다. 눈에 보이는 게 없는 거다.

생전 처음 하는 일이었는데도 운동을 많이 해서인지 차 지붕을 밟자 어렵지 않게 중심을 잡고 담에 올라설 수 있었다. 문제는 뛰어내리는 거였다. 방범상, 반대편에서는 그냥 높기만 한 담이지만 집 안쪽은 높이가 훨씬 더 있었다.

아무나 담을 타 넘을 수 없게 만드는 건 기본이니까.

물론 최세훈은 아무나가 아니었다.

가벼운 몸을 십분 활용해 점프한 세훈은 땅으로 구르며 낙법을 구

사했다. 오랜만이라 할 수 있을까 싶었는데 막상 어렸을 때 배운 유
도라도 몸은 기억하고 있는 듯했다. 적어도 어디 부러진 데는 없는
것 같았으니까.

"으으……."

그렇다 해도 아프지 않은 데도 없어 일어서며 세훈은 인상을 찌푸
렸다.

그게 끝은 아니다. 담을 넘었다고 해서 호락호락 바로 집 안으로 들
어가기에는…… 정원이 꽤 넓은 거다.

"유이려어어어엉!"

이령의 이름을 다시 부르며 세훈은 전력 질주해 정원을 가로질렀
다. 미칠 노릇이었다. 도대체 애가 왜 이렇게 경계심이 없어 사람을
힘들게 하나.

"유이려어어어엉!"

빠른 속도로 정원을 가로질러 현관의 계단을 올라 막 문고리를 향
해 손을 뻗었을 때쯤에는 거의 산소부족을 느낄 정도였다.

그리고 문이 덜컥 열렸다.

세훈의 손이 문고리에 닿기 전에.

"어?"

너무나 의외의 사태에 세훈이 비틀거렸다. 문을 열고 나온 이령
은…… 수건을 들고 있었다. 옷은 그대로 입고 있었지만 머리카락도
젖어 있고 얼굴에도 물기가 젖은 것이 씻고 나왔거나, 씻다가 나왔거
나.

"어?"

역시 너무나 의외의 사태에 이령이 눈을 치켜떴다.

"누가 야밤에 내 이름을 부르나 했더니…….."

너무나도 아무렇지도 않은 이령의 얼굴을 보는 순간, 세훈은 문자그대로 내려앉았던 심장이 제자리를 찾는 것 같은 감각을 느꼈다. 동시에 산소부족이 확 왔다.

앞으로 비틀거리던 세훈의 몸이 이령을 덮었다.

"!"

저도 모르게 세훈을 받아 안았던 이령의 눈이 동그래졌다.

"최세훈…… 씨?"

세훈의 짙은 숨이 이령의 목덜미로 흩어졌다. 그는 가슴속에 끓어오르는 무언가를 그대로 내질렀다.

"너는 왜 사람을 이렇게 불안하게 해애애애애애애!"

세훈의 목소리가 밤하늘을 영롱하게 울려 퍼졌다.

"넌 도대체 왜 이렇게 경계심이 없어? 여기가 어디라고 문을 막 열어?"

거실에 들어오자마자 쏘아대는 세훈의 목소리에 이령은 귀가 다따가울 지경이었다.

"산골짜기에서 살다 보니 감이 없지? 서울에서 하루에 일어나는 강력 범죄만 몇 건인지 알아? 그중에서 힘없는 여자를 목표로 하는게 몇 퍼센트인지 알아?"

혼나다 못해 분해져서 이령이 따지고 들었다.

"호구도 있으니까 괜찮아요!"

멍!

나란히 혼나고 있던 호구가 그렇다는 듯이 짖었다.

"넌 가만히 있어!"

세훈은 호구와 대화할 생각이 없었다.

"나쁜 놈들이 개한테는 나쁜 짓 못할 거 같아? 그럼 어떻게 할래? 너 힘 세? 누가 덤벼도 다 때려잡을 수 있어?"

이령이 시선을 비키며 호구의 머리를 쓰다듬었다.

"누구는 내가 때리니까 뻗던데요."

"뭐? 이게 진짜 말이면 단 줄 알아!"

세훈은 이령한테 맞아서 뻗은 경험이 두 번이나 있다.

"됐어요. 걱정한 건 고맙지만 내가 알아서 할 테니……."

막 돌아서려는 이령의 팔을 세훈이 붙잡았다.

"또 때려봐!"

이령은 팔을 잡은 세훈의 손에 힘이 들어가 있다는 걸 알았다. 진짜 화가 났는지 표정도 평소와는 다르게 날카롭기 그지없었다. 진짜 많이 놀랐나? 화난 건가?

"이거 놔요."

그러나 왜 이렇게까지 화를 내는지 이령은 알 수가 없었다. 아무 일도 없었잖은가. 그러면 되지 않나?

"안 놔. 때려보라니까?"

최세훈의 말투에는 이령을 발끈하게 하는 무언가가 있었다. 언제나 그랬다. 할아버지는 이령의 다혈질적인 부분을 걱정했지만 사실 그런 성향은 잘 드러나지 않았다. 실제로 지리산의 이웃들은 거의 모르고 있으니까.

그런데 그 성향이 희한하게도 최세훈과 붙어 있으면 곧장 튀어나온다.

"잇!"

이령이 힘으로 세훈이 잡고 있는 팔을 확 당겼다. 그러나 지금의 세훈은 예전처럼 적당히 져주는 허당이 아니었다. 남자의 힘이란 이런 걸까? 아무리 힘을 주어도 세훈이 잡고 있는 팔은 꼼짝도 하지 않았다. 풀리기는커녕 오히려 세훈이 이령의 다른 팔마저 잡아 확 당겨버리는 거다.

순간 가까워진 거리에 두 사람 모두 흠칫했다.

"놔요……."

한풀 수그러들어서, 이령이 세훈을 밀어냈다. 이번에는 세훈도 순순히 이령의 팔을 놓아주었다.

한 걸음 물러서며 이령이 아직도 손자국이 남아 있는 팔을 어루만지는데 세훈이 그녀를 물끄러미 바라보았다.

"뭘 봐요?"

"생각해."

"뭘요?"

"내가 너 때문에 너무 많이 뛰어."

이령이 고개를 살짝 비틀었다.

"뛰어요? 뭐가? 심장이?"

"뭐?"

얼토당토않다는 듯 세훈이 몸을 약간 뒤로 뺐다.

"심장이 왜 뛰어? 내 말은 내가 너 때문에 사방팔방 뛰어다닌다고……."

운동은 피트니스센터에서만, 이라는 원칙을 철저히 지키고 있는 세훈인데…… 머리 흐트러지는 것 싫고 옷매무새 망가지는 게 싫어서 보통 때는 걸음도 빠르게 걷지 않는 세훈인데…….

처음 이령을 만났을 때도, 지리산에 폭우가 쏟아진다고 했을 때도, 클럽에 간다는 소리를 들었을 때도, 그리고 지금도…… 자꾸만 뛴다.

그러나 분명히…….

그 모든 순간에는…….

"심장도…… 뛰나?"

마주 닿은 시선에 이름을 붙일 수 없는 감정이 스며들었다. 그 감정 때문인지, 세훈도 이령도 서로를 바라보는 것을 멈출 수 없었다.

세훈은 처음 만나 지금 이때까지 이유도 모르고 끌고 왔고, 이령은 처음 만나 지금 이때까지 이유도 모르고 끌려왔다. 그러나 이 순간, 두 사람 사이를 채우고 있는 것은 아무리 워커홀릭이라도, 아무리 순진한 숙맥이라도 모를 수 없는 강렬한 끌림이었다.

문제는 워커홀릭도, 순진한 숙맥도 연애고자라는 것.

먼저 물러난 것은 이령이었다.

"물이나 마셔요. 지금 숨 넘어갈 것 같은 얼굴이에요."

떨어진 시선을 어색하게 바닥으로 향하며 이령이 먼저 주방을 총총 들어갔다.

"전화는 왜 안 받아?"

세훈이 이령을 따라 주방으로 들어가며 물었다.

"아…… 죄송해요. 깨졌어요."

"깨져?"

이령이 어깨를 으쓱했다. 엄밀히 말하면 이령의 탓은 아니었다. 책상에 휴대전화를 그대로 두고 나왔는데, 세훈이 전화를 걸자 휴대전화가 진동하면서 제멋대로 낙하해버린 것이다.

"책상에 두고 왔는데…….".

물을 따른 이령이 막 돌아서는 순간 말문이 막혔다. 세훈이 너무 바짝 다가와 있었다. 거리감이 거의 없어, 돌아선 것만으로도 이령은 거의 세훈의 가슴에 코를 박을 뻔했다. 그 서슬에 이령이 손에 잡고 있던 물 컵을 놓쳤다.

"아!"

이령의 손을 빠져나간 물 컵은 빨려 들어가듯 세훈의 손아귀에 안착했다. 본능적으로 물 컵을 받은 세훈이 한 걸음 물러서서 물을 마셨다.

한 사람은 아무렇지도 않은 듯 물을 마셨고, 다른 사람은 덤덤한 듯 그 모습을 보았지만 그렇다고 해도 두 사람 사이에 선명한 긴장감은 사라지지 않았다.

어색함이 마치 장막처럼 두 사람 사이에 내려앉았다.

"가야겠다."

물 컵을 식탁에 내려놓으면서 세훈이 말했다.

"네?"

"이 시간에 너하고 나하고 집에 둘만 있는 건 좋은 생각이 아니야."

세훈이 돌아섰다.

무심코 이령이 쫓아 나섰다.

"전에 우리 집에서도 둘이 있었잖아요."

"그때랑 지금은 달…….".

습관적으로 대답하던 세훈이 말을 끊었다.

"나 가지 마?"

세훈의 시선이 곧게 이령에게 꽂혀들었다. 그 눈빛은, 이령이 정확한 뜻을 이해하지 못했다 하더라도 당황하기 충분한 것이었다.

"가지 말란 말이 아니라…… 그냥 그랬다고 이야기하는 거잖아요!"

세훈이 피식 웃었다.

"알았어. 그런 거지."

그러나 다음 순간에는 표정이 바뀌었다.

"아니지. 하여튼 혼 빼놓는 데는 뭐 있어."

"?"

"왔던 거 누구야?"

비로소 두 사람 사이에 감돌던 묘한 기류가 사라졌다. 정신을 차려 본론에 들어간 세훈의 질문에 이령이 아, 하고 딴청을 부렸다.

"허는 아니야. 나한테 보고하고 집에 갔으니까. 퇴근이 목숨 같은 애야. 이유 없이 여길 올 리가 없어."

"아……."

"아?"

이령이 주방에서 슬금슬금 나와 거실로 갔다. 수상하기가 그지없어 세훈이 이맛살을 찡그렸다.

"대답 안 해?"

"아무것도 아니었어요."

모르는 척 하려는 이령을 쫓아간 세훈이 그녀의 어깨를 붙잡아 돌려세웠다.

"네가 아는 아무것도 아니었어요, 가 내가 아는 거 하고 달라? 뭐 이렇게 아무거 같은 아무것도 아닌 게 있어?"

"음, 진짜 아무것도 아니었어요."

"왜 호구가 짖다가 뚝 그쳐?"

"밖에 누가 지나갔나 보죠."

세훈이 이령을 곧장 응시했다. 아까와는 다른 순수한 탐색이었다. 그녀의 눈동자 깊이까지 훑어내어 보려는 듯한. 고집스러운 표정에 감춘 게 뭔지 알고 싶어서.

"됐어. 알았어."

세훈이 한 발 뒤로 물러섰다.

"됐⋯⋯다고요?"

"나 갈게. 앞으로는 누가 와도 현관문 열어주지 마. 딴 데로 옮기기엔 호구 때문에 힘드니까."

"진짜 그냥 가요?"

"그럼 나 여기서 자도 돼?"

찌르고 들어오는 세훈의 질문에 이령의 눈이 똥그래졌다.

"놀라긴."

그럴 마음도 애초에 없었던 세훈이 피식 웃었다. 놀랄 줄 알았는데 놀라니까 귀여운 건 또 뭐냐.

"앞으론 그럴 일이 없겠지만 혹시 누가 벨을 누르면 바로 문 열지 말고 저기 저 인터폰을 봐. 가능하면 아예 무시해버리고."

"18세기에 사는 거 아니랬어요!"

"21세기였으면 너 나 여기서 안 보내. ⋯⋯아니, 내가 안 가."

세훈은 잠깐 동안 이령의 반응을 기다리듯 서 있었다. 하지만 이령은 아무런 반응도 할 수 없었다.

그리고 그녀가 반응할 수 없을 것이라 생각했던 세훈은 돌아섰다. 이령을 미묘한 지점에 세워둔 채.

문 안쪽에 혼자 남은 이령은 저도 모르게 세훈이 잡았던 팔목을 어루만졌다. 아까, 들어오자마자 그녀의 위로 무너지던 그의 체온이 새삼 피부를 끓어오르게 하는 것만 같았다.

"뭐야……."

세훈이 차를 출발시킨 것은, 집을 나온 지 30분도 훨씬 넘어서였다.

죽음을 인정하는 다섯 단계라고 하는 부인, 분노, 흥정, 공포를 지나 체념까지…… 그와 비슷한 과정을 겪어 지금, 그는, 자신의 마음을 약간이나마 인정할 수밖에 없었다.

세훈의 차가 여운이 남는 길고 붉은 꼬리를 남기고 멀어진 후, 그늘 속에 숨어 있던 남자가 쓱 나왔다.

박중호(28세, 차기 슈퍼 후계자)가 차가 멀어질 때까지 지켜보고 있다가 휴대전화의 통화버튼을 눌렀다.

"대표님, 시키신 대로 고대애로 전달했습니더! 걱정 마이소! 비밀로 하락 했습니더!"

낯선 침입자에 미친 듯이 짖던 호구가 입을 다문 것은, 익숙한 지리산의 향기를 맡았기 때문이었다.

가능성

이령은 연습실에 앉아 허 실장이 주고 간 휴대전화를 만졌다. 처음 휴대전화는 사용법을 제대로 알기도 전에 어제 부숴먹었다. 원래 없이 살았던 거라 불편할 건 없지만 괜스레 서운했는데 출근하자마자 받은 새 휴대전화에 금세 마음이 풀려버렸다.

"외물에 현혹되어버렸나 봐……."

그러지 말아야지, 물욕에 동하지 않고 꾸밈없이, 소박하게 말수가 적은 사람이 '인자에 가까운 사람'이라고 한 논어의 말씀을 잊지 말아야지…… 하고 마음먹는 것과 별개로 손가락은 계속 액정을 이리저리 터치하고 있다.

"어?"

연락처로 들어갔던 이령이 고개를 갸웃했다. 최세훈 번호야 전에도 봤으니 그러려니 하는데 그 아래 저장되어 있는 다른 번호…… 그건…….

「이번 휴대전화에는요…… 대표님 번호 말고도 제 번호도 저장해 놨어요.」

허 실장 번호여야 하는데…….

"이름이……."

고개를 갸웃갸웃거리고 있는데 그림자가 드리워졌다. 고개를 들자 민주가 그녀를 내려다보고 있었다.

"민주야! 있잖아…… 허 실장님 이름이 말이야……."

"그런 건 관심 없고!"

민주가 이령의 말을 딱 끊었다.

"그 사람 이름은 실장이야. 그래서 우리가 늘 허 실장이라고 부르는 거라고. 그 이상도 그 이하도 아니니까 더 생각하는 건 시간 낭비야. 그보다 나 내일은 중국 가야 하거든. 그러니까 오늘밖에 없어."

"오늘? 뭐?"

"클럽 갈 날!"

이령은 빵 터져서 웃었다. 최세훈이 '집요'가 성공의 조건이라 하더니 강민주도 어지간히 성공할 만한 아이였다.

"애 좀 봐? 지금 웃을 때가 아니란 말이야……."

"웃을 때가 아니지."

어느샌가 다가온 안무선생이 이령의 팔을 잡아 일으켰다.

"다시 한 번 맞춰보자, 이령 씨. 민주 넌 몸 풀어. M-ster 안무 한 번만 더 보고 너 할 거니까."

"아, 진짜!"

클럽 못 가 죽은 귀신이 붙은 민주가 발을 동동 구르며 답답해했다.

옹기종기 모이는 M-ster 여섯 명에게 눈인사를 건네며 연습실 한가운데 놓인 의자에 앉는 이령에게 안무선생이 마지막으로 당부했다.

"이령 씨."

"네?"

"일자가 그렇게 많지 않아서 어떻게든 찍긴 하겠지만 개인적으로

욕심은 말이야, 인상을 좀 풀었으면 좋겠어. ……다른 생각을 해보면
어때?"

"다른 생각요?"

사실, 아무 생각도 하지 않는다. 다만 키도 크고 눈도 부리부리 예
쁘장한 아이들이 그녀를 스치고 구애하고 춤을 추는 모든 순간이 미
치도록 어색한 것뿐이다.

"좋아하는 사람 없어?"

"좋아하는 사람요? ……없는데요."

"좋아하지 않더라도, 이령 씨에게 뭔가…… 감정을 불러일으키는
사람은?"

좋아하는 사람…… 이라고 말하는 순간 최세훈이 생각났다. 좋아
해서 그러는 게 아니라 '좋다'는 감정과 연관되어 있는 사람은 하늘
아래 최세훈뿐인 거다. 아니라니까 아닌가 보다 하긴 하는데, 최세훈
만큼 이령에게 다정하게 말해준 사람이 있던가?

"화가 나는 것도 괜찮아. 신경 쓰이고 불편하고 그런 것도."

……그리고 보면 최세훈만큼 이령을 화가 나게 만든 사람이 있던
가? 신경 쓰이고 불편한 것까지 포함해서.

"이령 씨는 너무 무덤덤해. 도인 같아서 매력적이기도 한데…… 밀
착성! 그래, 그런 게 없어. 연예인은 모두의 연인이어야 하거든. 그냥
화면 속에 비치는 것만으로도 보는 사람에게 착 달라붙는 그런 느낌
이 있어야 한단 말이야."

"전……."

연예인이 되지 않을 거예요, 라고 말하려다 이령은 입을 다물었다.

이곳에서 지내면서 느낀 것은 이 사람들은 필사적이라는 것이다.

할아버지가 틀렸다고 생각하는 건 아니지만, 할아버지 말씀대로 다 날라리에 헛바람이 든 것만은 아닌 게 분명했다.

그렇다면, 그들이 열정을 불태우고 있는 일에 그녀도 응해주는 것이 예의가 아닐까.

음악이 흐르자 움직이기 시작한 M-ster 여섯 명과 여전히 뻘쭘해 보이는 이령을 보며 민주는 가볍게 숨을 내쉬었다.

빠른 바닥이다.

이령의 등장에 긴장했던 많은 연습생들은 이미, 이령이 의외로 평범하다는 사실에 긴장을 놓았다. 나쁘진 않지만 '대박 아이템'이라는 명성에 걸맞지 않은 사람이라는 것…… 연예인이 될 생각을 하지 않는 이령은 기분 나쁠 것 없겠지만 이 바닥에서는 최악의 평이었다. 경계할 만한 인물이 아니라니.

민주에게도 좋은 일이었다.

처음 이령이 온 날 느꼈던 그 기분은 아무에게도 말하지 못할 일이었다. 여왕 강민주로서는 인정할 수 없는 감정.

그래서인지도 몰랐다. 이령이 자꾸만 신경 쓰이는 것은.

"어?"

스트레칭을 하며 벽을 꽉 채운 거울을 통해 이령의 동태를 살피던 민주가 고개를 돌렸다.

"어?"

안무선생도 정확히 민주와 같은 느낌으로 눈에 힘을 줬다.

이령은, 세훈 생각을 했다.

M−ster 뮤비의 안무 도입부에 이령이 할 일은 없다. 여섯 명 각기의 감정을 담아내고 노래를 하고, 그러고 나서 구애를 하는 순간 이령이 반응해주면 되는 거다.

그리고 이령은 세훈을 생각했다.

어제, 집으로 달려와 담을 뛰어넘었던 세훈을…….

말 한마디, 참 예쁘게 하는 법 없는 남자인데 이야기하다 보면 묘하게…… 묘하게……. 자신이 느낀 감정을 표현해보려던 이령은 눈살을 살짝 찌푸렸다. 그런 걸 뭐라고 하더라? 그러니까…… 설렌다, 일까?

그러는데 선우가 허리를 굽혀 이령의 얼굴 가까이 바짝 얼굴을 댔다. 수없이 연습했던 동작이다. 선우의 손은 이령의 어깨 위로…… 그런데 웬일인가? 그 순간의 느낌이, 세훈이 이령을 붙잡았던 그 많은 순간들과 겹쳐지는 거다.

313

참 함부로 손대던 사람이라 어이가 없었는데…….

굉장히 자연스러워서 어느 순간, 의식하지 못하고 받아들이고 있었다.

그리고…….

「심장도…… 뛰나?」

"이령 씨, 선우를 봐요!"

안무선생의 목소리에 본능적으로 고개를 들어 선우와 눈을 맞춘 순간이었다.

이령의 표정이 풍부해졌다.

"어?"

수백 번 반복한 안무임에도 선우조차 순간 집중력을 놓쳤다. 순간 동선이 흐트러지며 음악이 멈췄다.

"아, 뭐야아!"

반대방향에 있어 이령의 얼굴을 보지 못한 형식이 투덜거리다 멈칫했다.

왜 안무선생과 선우 형이 넋 나간 것 같은 표정이지? ……민주 누나까지?

이령은 평소와 같이 덤덤하여 희로애락이 드러나지 않는 얼굴로 돌아와 있었고, 그리하여 연습실은 아주 찰나 스치고 지나간 이령의 표정을 본 사람과 못 본 사람으로 나누어졌다.

"진짜?"

"진짜. 완전 진짜. 진짜진짜진짜!"

선우는 더 이상의 표현이 생각 안 나는 게 분하다는 얼굴로 '진짜'만 외쳐댔다. 어떻게 하면 그가 본 것을 제대로 표현할 수 있을까? 국어공부를 좀 할걸.

"에이."

아니나 다를까 아무리 '진짜'를 외쳐대도 형식을 비롯한 기호, 윤, 세원 등은 선우의 말을 전혀 믿지 않았다.

"진짜 예뻤대도!"

"알아! 예뻐. 그냥 봐도 예쁘지 누나야…….."

"훨씬 예뻤다니까?"

"그런 게 어디 있냐?"

여기 있는데…… 진짜인데…… 설명할 방법이 없네.

선우 본인이 생각하기에도 이상한 순간이었다. 사람이 표정을 달리하는 것만으로도 그렇게 분위기가 바뀔 수 있나? 이령으로 말하자면 비교적 웃는 상이었고 애교가 있는 건 아니라 해도 예쁘다고 생각했었다.

그러나 아까, 눈 한 번 깜짝이기에도 벅찼던 그 짧은 순간에는 예쁜 정도가 아니었다.

"숨이 막혔다고!"

"아, 시키! 드럽게 과장하네!"

강혁, 기호, 세원, 윤은 비웃으며 낄낄댔지만 선우는 알았다. 그의 좌우에 섰던 주현과 강혁은…… 선우만큼 정면은 아니겠지만 이령을 보았고 지금 아무 말도 하지 않고 있다. 같은 마음인 거다. 확신할 순 없지만 느꼈는데. 분명 그곳에 있었는데 지금은 없는 신기루를 본 것처럼.

"그런데 누나 어디 갔냐?"

퍼뜩 정신이 든 것처럼 강혁이 물었다. 그리고 보니 이령이 보이지 않았다. 달리 갈 데도 없다 보니 쉬든 뭐하든 꼭 연습실에 붙어 있던 사람인데.

"아이고오오오오오! 우리 이령 씨이이이이이이!"

어젯밤, 갑자기 집 앞으로 찾아온 중호의 말대로 커피숍으로 들어섰던 이령은 쩌렁쩌렁 그녀를 반기는 장 대표를 발견하고 깜짝 놀랐다.

"대표님?"

"그래, 나야."

장 대표가 음흉하게 웃었다.

"오랜만이지? 연락 좀 하라니까 어쩜 이래 격조해?"

마지막으로 본 게 세훈을 처음 만났을 때 이령이 도움 받으면서이니까 오랜만이긴 했다.

"죄송해요. 연락을 드린다고 하면서도……."

꾸벅 인사하는 이령을 향해 장 대표가 팔을 내저었다.

"아니야, 아니야, 바쁘게 살다 보면 다 그런 거지. 요즘 바쁘다며?"

"요즘요?"

장 대표가 내 '요즘'을 어떻게 아는 거지? 아니, 그보다…… 왜 중호 오빠와 함께인 거지?

의아한 이령이 고개를 갸웃거리자 장 대표가 잽싸게 그녀의 팔을 끌어다 중호의 옆에 앉혔다.

"앉아. 앉아."

이령이 묻는 듯이 중호를 쳐다보았다.

"장 대표님이 니 보로 오셨다가 내를…… 흠흠! 나를 보시고는 연예인 해보지 않겠느냐고 하셨단다."

"네에?"

저도 모르게 이령은 큰소리를 내고 말았다. 지리산에 있을 때야 몰랐지만, 초이 엔터테인먼트에 며칠 있어본 바 이령에게도 '눈'이라는 것이 생겼다.

사람의 외모에 옳고 그름은 없겠지만 적어도 '연예인감' 이라고 할 때는 어울린다/안 어울린다 정도는 있을 터. 스스로도 연예인감이 아니라고 생각하는 이령으로서는 중호는 진짜 이해가 안 가는 제안이었다.

"그래그래, 내가 지금 그 말을 하려고 했는데 우리 중호 씨가 먼저 해버렸네에?"

장 대표가 얼른 약을 뿌리기 시작했다.

"이야, 이렇게 보니까 순수하니 느낌이 좋아. 콘셉트가 막 나와. 산골 뮤지션! 이런 쪽도 괜찮겠어……."

15분 후.

"……이렇듯 최 대표 성격이 참말 장난이 아니야. 계약하면 무쟈게 피곤할 거라는 거지. 그런데 나는? 내 별명이 짱 편한 대표야."

15분 내내 최세훈 욕만 한 장 대표가 중호를 향해 윙크를 날렸다.

"안 그래?"

중호가 맞다는 듯 엄지손가락을 세워 들었다. 그는 티브이에 나오는 연예인이 될 수도 있다는 것에 잔뜩 고무되어 있었다.

"그러니 이령 씨, 계약을 하려면 나하고 해야지. 최세훈이 웬 말이야? 우리 인연이 있는데."

"전 계약할 생각이 없는데요."

으흐흐 웃던 장 대표의 얼굴이 얼어붙었다.

"아, 그, 그래?"

억지로 웃으며 장 대표의 눈이 빛났다. 과연 호락호락하지 않은데? 저 독사 같은 최세훈이가 왜 아직까지 계약을 못 했는지 알고도 남겠다. 박중호라는 악수를 두고서라도 그 역시 꼭 갖고 싶은 인재였다.

"내가 그럴 줄 알았어. 아직 내 말이 안 끝났거든. 내 말 다 들으면 생각이 달라질 거야."

　　30분 후.

　　일장연설 – 이었지만 실제로는 최세훈의 욕과 자기 자랑 – 을 끝
마친 장 대표가 물을 후루룹 들이켰다.

　　"내가 하는 말이 아니라 남들이 그런다는 소리야…… 알지? 응? 이
제 우리하고 계약하고 싶지?"

　　"아니요."

　　"와후!"

　　숨을 몰아쉬며 장 대표가 입술을 비틀었다. 이 여자…… 몰랐는데
남자의 오기를 자극하는 면이 있었다. 계속 이런 식이라면 장 대표
역시 점잖게만 굴 수는 없었다. 그가 왜 굳이 박중호를, 연예인의 '연'
자도 붙일 수 없는 그를 데려왔겠는가?

　　"내가…… 이런 말을 안 하려고 했는데 말이야."

　　장 대표의 목소리가 은근히 바뀌었다.

　　"두 사람 얼른 연예인 되어서 돈 벌면 말이야……. 그 아버지 슈퍼?
그거 리모델링 좀 해야겠더라."

　　커피숍에 들어선 이래 처음으로 이령의 표정에 변화가 왔다. 장 대
표는 뿌듯하기 그지없었다.

　　"맞다, 맞아! 중호 씨 아버님이 뭐…… 이령 씨에게도 고마운 분이
라며? 어르신께 조오은 일 해드릴 수 있거든."

　　이령에게 있어 슈퍼 집 박 씨는 가족이나 다름없었다. 할아버지가
살아 계실 때도 그랬고 돌아가시고 나서는 그 존재감이 더 커진 터였
다.

"어르신들 모시는 거 다 때가 있어요. 언젠가는, 언젠가는, 하다 보면…… 크흡! 시간은 기다려주지 않아."

이령의 반응에 신이 난 장 대표가 콧잔등을 엄지손가락과 집게손가락으로 짚어가며 감정연기에 돌입했을 때다. 그의 뒤쪽에서 성큼성큼 걸어 들어오는 구둣발이 있었으니, 문 쪽에 등을 돌리고 앉아 직접 보지 못한 장 대표는 상상도 하지 못했던 인물…… 최세훈이었다.

"이렇게…… 예의 바른 우리 대표님이 왜 나하고 일할 때만 예의 실종 상태일까요."

나지막하게 깔려오는 목소리에 장 대표의 등줄기가 쭈뼛 섰다. 벌떡 일어나려 했지만 어깨를 짓누르는 세훈의 손에 도로 자리에 앉혀지고 말았다.

319

"잇! 잇!"

엉덩이를 들썩거려봤지만 이놈의 힘 차이가…….

"감독님을 매수하지 않나."

세훈의 손가락이 장 대표의 두툼한 어깨살을 파고들었다.

"악! 악! 아파! 아파!"

"나 없는 데서 뒷말을 하지 않나."

"악! 악! 최, 최 대표! 악!"

안 통하던 피가 통하고 뭉쳐 있던 근육이 흐물흐물해지는 고통에 장 대표가 충분히 몸부림치고 난 후에야 세훈은 손을 뗐다.

"여기 웬일이세요?"

세훈이 빙그레 웃었다.

"아, 그…… 에헤헤헤헤!"

아직도 남아 있는 통증에 몸을 꼬며 장 대표가 웃었다.

"내, 내가 최 대표 보러왔다가 여기 커피가 마시고 싶어서 왔는데……."

"여기 커피 맛있죠."

세훈이 대답하며 장 대표의 손목을 붙잡아 일으켰다.

"으응?"

얼떨결에 자리에서 일어난 장 대표를 밀어낸 세훈이 손을 탁탁 털고는 이번에는 이령의 손목을 붙잡아 일으켰다. 그리고는 방금 장 대표가 일어난 그 자리에 이령을 앉힌다. 그리고 그가 그 옆에 앉으면…….

"나, 난 여기 앉아야 하네?"

장 대표의 자리는 방금 이령이 앉아 있던 중호의 옆.

네 명이 모두 착석한 테이블의 분위기는 당연히 몹시 어두웠다.

고백

커피숍.

보이지 않는 차음벽이 설치되어 있나 싶을 정도로 최세훈 일행 주변은 조용했다. 커피숍 내부의 와글와글 떠드는 소리가 낯설 정도로.

이 자리가 상당히 불편한 장 대표와 최세훈이 싫은 중호, 그리고 이유는 모르지만 눈치 보이는 이령까지…… 어쨌든 모두의 시선은 최세훈에게로 향해 있었다.

그러나 세훈은 자기 말하고 싶을 때 말하는 사람이라 입을 꾹 다물고 장 대표만 노려보고 있을 뿐이다. 원래 그런 사람이니까.

결국 침묵을 못 이기고 먼저 말을 꺼낸 건…… 장 대표다.

"우리 최 대표는…… 헤헤! 동에 번쩍 서에 번쩍! ……홍길동을 했어도 될 뻔했어. 그치이?"

정말 알 수 없는 일이었다. 초이 엔터테인먼트에서 멀지 않은 커피숍이긴 해도 창가자리도 피했고, 하필 이 시간에 장 대표가 작업 중이라는 걸 알 방법이 없는데…….

"근데 어떻게 알았어어? 나 여기 있는 거."

세훈의 눈빛이 날카롭게 장 대표에게로 꽂혔다.

"청담동 집은 주택이다 보니까 혹시 보안에 문제가 생길까 싶어서 CCTV를 많이 설치해놨죠."

세훈의 손가락이 어젯밤, 정문 앞에서 이령과 대화를 나누는 모습이 촬영된 박중호에게로 꽂혔다. 각도상 아주 잘 보이는 위치였기 때문에 뭐라고 말하는지 입술을 읽을 수 있을 정도였다.

321

"이야, 우리 최 대표!"

장 대표가 박수를 치며 울먹였다.

"진짜! 조심성 하나는……! 의심 하나는……! 어우, 지구 최강이야! 어우."

독한 놈.

장 대표가 혀를 내둘렀다. 진짜 귀신은 뭐 하는지 모르겠다. 아니, FBI는 뭐하는지 모르겠다. 이런 인재를 영입해서 지구 평화를 지켜야 하는 거 아닌가? 지구 평화를 지키는 건 MIB든가?

"문득 이런 생각이 듭니다."

세훈이 자세를 바로 하며 말했다.

"언젠가…… 대표님이 저한테 '싸우자!'라고 하셨던 거 같은……."

'지금부터 싸워볼래?'라는 뜻이다.

"아, 아니이?"

제대로 알아들은 장 대표가 청순하게 눈을 깜빡였다.

"에이, 알 만한 양반이 그런 오해르을! 배운 사람이 그러는 거 아니야! 우리가 애들도 아니고 뭘 싸우나? 응?"

귀엽게 방긋방긋 웃어도 보았지만 세훈은 눈 하나 깜빡하지 않았다.

결국…….

"최 대표…… 나 말이야……."

15분 후.

"동생인데 형 같은 느낌 들기 쉽지 않은데 최 대표가 그래요! 나는 정말 놀라워! 님은 좀 짱이거든! 짱! 우리 팬 캡이었는데! 캡! 캡빵!

볼 때마다 감동이 밀려와. 내가 얼마나 좋아하는지 알지? 사랑이라든지, 존경이라든지 그런 단어를 나는 쓰고 싶어. 누구에게! 최 대표에게……."

손을 들었다 났다…… 조금 전까지 이령에게 세훈을 욕하던 입으로 존경을 설파하는 장 대표를 어이없이 바라보던 이령이 익숙하다는 듯 찬양을 받고 있는 세훈의 눈치를 슬쩍 보았다. 아까부터 세훈은 그녀에게 단 한 번도 시선을 주고 있지 않았다.

어젯밤 그렇게 뛰어왔다 가버린 이후로 이상하게 세훈이 의식되었다.

못되게 생긴 눈매라든지, 날렵한 코, 남자다운 턱…… 항상 거만한 몸짓이나 신경 많이 쓴 티가 나는 슈트의 선이 하나하나 눈에 박혔다. 희미한 향수 냄새까지…….

처음에는 전혀 느끼지 못했던 것들이다.

장 대표는 물 석 잔을 마셔가며 30분 넘게 최세훈 찬미가를 부르고 나서야 박중호와 함께 커피숍을 떠나는 것을 허락받았다.

장 대표와 중호가 떠나고 난 후, 이령은 세훈이 곧장 그녀에게 말을 걸어올 줄 알았다. 그러나 세훈은 가만히 앉아서 커피 한 잔을 시켰다.

"저기……."

"쉿!"

세훈이 손가락을 입술 앞에 세웠다.

"?"

입을 다문 이령은 눈동자만 데굴데굴 굴렸다. 최세훈의 행동은 항상 이해하기 어려웠지만 지금은 불편하기까지 했다.

323

장 대표와 중호가 떠나는 바람에 앞좌석은 텅 비었고, 세훈과 이령은 나란히 앉아 같은 방향을 바라보고 있는 거다. 이 상황에서 입을 꾹 다문 채 커피만 마시고 있으니…… 이령은 자꾸 손가락이 달싹거리고 발가락을 꼼지락거릴 수밖에 없었다.

"저기……."

다시 한 번 말을 걸어보았지만 반응은 똑같았다. 미간에 주름을 팍잡으며 고개를 절레절레 젓는 서슬에 이령은 입을 다물고 말았다.

그러고 보니 어쩐지 세훈의 느낌이 평소와 달랐다.

다른 건 몰라도 과할 정도로 에너지 넘치던 사람이었는데 오늘따라 착 가라앉은 느낌이었다. 기분 탓일까?

세훈은 서두르지 않고 커피 한 잔을 다 마셨다. 입을 연 것은 그다음이었다.

"일어나자."

한강.

한강이 곧장 보이는 위치에 차를 대어놓은 채, 세훈은 여전히 생각이 많은 얼굴이었다. 계속 그런 그의 눈치를 보던 이령이 세 번째로 말을 걸어보았다.

"왜 아무 말도 안 해요?"

"내가 할 말이 있었으면 좋겠어?"

"뭔가 할 말이 있으니까 나는 말을 못 하게 한 거 아니에요?"

세훈이 이령을 바라보았다.

"이상하게 너한테는 할 말이 없어."

이령이 눈을 깜빡였다. 세훈이 못 알아들을 말을 하는 건 이번이 처음은 아니었다. 첫 만남부터 자기중심적으로, 자기 하고픈 말만 하는 사람이었다.

그런데 이번에는 그 정도가 아니다. 할 말이 없다니…… 지금까지 한 말은 뭐고 할 말이 없는데? 방금 전까지 말을 못 하게 하더니 자기도 할 말이 없는 건 뭔데?

"무슨 소리예요, 대체."

분위기를 잡았던 세훈은 뚱한 이령의 반응에 신음했다. 보통의 여자애들이 그렇듯 무드에 약할 거라고는 생각하지 않았지만 정도가 심했다. 이 정도면 거의 공감능력이 없는 거 아닌가?

"나는……."

세훈이 한숨을 삼켰다.

"애들은 자연 속에서 키워야 한다는 말을 안 믿기로 했어."

"네?"

이령에게는 이 또한 따라갈 수 없는 이야기에 불과했다.

"지리산에서 큰 애가 너무…… 감수성이 메말라서."

그러나 어쩌겠는가? 목마른 사람이 우물을 파야 하니, 지금은 이령에게 조목조목 따져 설명해줄 수밖에.

"할 말이 없다고 한 건 실제로 할 말이 없다는 게 아니라…… 잘 모르겠다는 거야. 말을 할 때는 제대로 생각하고 말을 해야 하는데 너하고 연관되면 잘 모르겠는 일이 많아서."

"잘 모르겠는 일이요?"

"응. 정말 드문 일이야. 내가 뭔가를 잘 모르는 게 쉽지 않거든."

이령이 세훈을 빤히 쳐다보았다.

"잘 못 알아듣겠어요."

세훈이 눈을 감았다.

그럴 줄 알았다. 말하면서도 지금 무슨 말 하나 싶었으니까.

유이령 앞에서는 이렇다. 하고 싶은 말을 제대로 하지 못하고 중언부언…… 스스로가 생각하기에도 뜬구름 잡는 것 같은 말을 자꾸 하고 있었다.

사실 해야 할 말은 너무나 분명한데.

……살짝 억울한 게 있다면, 보통 여자애들 같았으면 이 정도는 알아들었을 텐데.

"그러니까 너하고 관련된 내 감정을 아는 것 같았다 모르는 거 같았다 한다고."

"저하고 관련된 그쪽 감정이요?"

"그래! 이 18세기야!"

"내가 무슨 18세기예요!"

"네가 18세기 인간이 아니라면 이쯤에서 알아들어야지! 21세기 여자들은 이 시점에서 다 눈치 깠어!"

세훈은 진심으로 그렇게 믿었다.

그가 여태까지 만나온 모든 여자들은, 그가 의도하지 않은 것까지 유추해내고 상상할 정도로 예민했다. 그런데 곰탱이, 곰탱이…… 이런 천하의 곰탱이가!

"눈치 깐 정도야? 해야 할 일, 하고 싶은 일, 해야만 하는 일까지 십년 계획을 다 세웠지!"

"내가 뭘 눈치 깠어야 하는데요?"

세훈이 숨을 몰아쉬었다.

쉽게 말하고 싶었다.

326

최세훈은 언제나 그런 사람이었다. 쉽게 말하는 사람. 좋은 건 좋다, 싫은 건 싫다…… 자신의 의견을 피력하는 게 어려운 적이 없었던 사람이었다.

그런데 지금은 왜 이러는가.

심장은 터질 것 같고 계절에 어울리지 않게 손에는 식은땀이 축축하고…… 왜? 도대체 왜?

"진짜 얘기해?"

표정관리를 하기 위해 죽도록 노력하며 세훈이 물었다.

"하세요."

시선이 마주쳤다. 이령은 이 사람과 이야기하면 왜 이렇게 힘든가 생각하고 있었다. 뭔지 모르겠는데 심장께가 자꾸 답답해졌다.

물론 최세훈만큼은 아니었다.

한 치의 흔들림도 없이 세훈을 응시하는 검고 초롱초롱한 눈동자에 시선을 맞추던 세훈의 입 밖으로 튀어나온 건 그의 마음과 전혀 다른 이야기였으니까.

"……계약해."

"?"

이령이 생뚱맞다는 표정을 지었다. 지금까지도 하루 열두 번은 들었던 말이니까.

"조건 좋게 만들라고 허 실장한테 말해놓을 테니까 단서 붙이지 말고 도장 찍으라고. 장담하는데, 나는, 그리고 대한민국의 어떤 매니지먼트도 이런 조건으로 신인을 계약하지 않아."

"하고 싶은 말이 그거예요?"

물론 아니지만, 세훈은 이령의 질문을 못 들은 척하고 자신의 제일 잘할 수 있는 말을 이어갔다.

"어차피 네가 천년만년 생각을 하고 봐도 지금의 너는 계약서에 대해 잘 알 수 없어. 그냥 사인해. 절대 손해 보게 안 할 테니까."

이것이 얼마나 절절한 애정고백이었는지 이령은 죽어도 모를 것이다.

그러나 최세훈은 태어나서 자신이 손해를 봐도 좋다는 생각을 한 적이 없는 남자였다. 남들이 보기에 너그러워 보이는 행동도 사실은 얻을 것이 있어서 하는 것이었다. 오하나 건만 해도 허 실장을 비롯한 모두가 최세훈더러 미쳤다고 했지만 그는 자신 있었다. 오하나를 데리고 와서 돈을 벌어들일 수 있을 거다.

그러나 지금 세훈이 이령에게 하는 말은 그런 계산 끝에 나온 것이 아니었다.

그냥 단순하게, 이령에게 잘해주고 싶다는 마음…… 그리고 무엇보다 일단 이령을 잡아두어야겠다는 마음이 전부였다.

"믿어도 돼."

"별로 믿음이 안 가요."

미치겠는 건…… 진심이 안 통한다는 거.

"왜? 도대체 왜?"

"21세기 여자들은 다 그쪽을 믿는지 모르겠는데 나는 그쪽 말도 못 알아듣겠거든요. 못 알아듣는데 어떻게 믿어요?"

사람이 답답해 죽을 수 없는 게 인류 입장에서는 정말 다행이었다. 아니라면 최세훈을 잃었을 테니까.

"왜 안 믿어? 왜 못 믿어?"

"나한테 사정이 있다고 하는데 내 말을 안 들……."

이령이 말끝을 놓쳤다. 세훈이 차 문을 열고 나가버렸기 때문이다.

탕 소리가 나도록 문을 닫은 세훈이 성큼성큼 걸어가 강바람이 불어오는 방향을 향해 섰다. 그의 머리카락이 날리는 걸 보면서 이령은……

"아니, 왜 매일 자기 하고 싶은 말만 해?"

허 실장이 그렇게 부르짖던 문장을 외쳤다. 최세훈의 고질병이었다.

"이봐요."

차에서 내린 이령이 쫓아와 따지기 전까지 세훈이 하고 있었던 것은…… 마음 정리였다.

이날 이때까지, 최세훈은 서툴러본 적이 없었다. 그 이유는 간단했다. 언제나 그가 제일 잘하는 것만 했기 때문이다.

일.

그러나 지금, 그는 그가 제일 자신 있는 논리나 기 싸움 같은 업무적인 대화를 하는 중이 아니었다. 그것이 이렇게까지 어렵다는 것을 처음 경험하는 셈이다.

"왜 항상 내 말을 안 들어요?"

"미안해."

따지고 드는 말에 즉각 사과가 돌아오자 이번에 당황한 건 이령이었다. 최세훈이 사과라니 너무나도 어울리지 않는 일 아닌가?

"네가 나를 못 믿는다면 그건 네 탓이 아니라 내 탓이지."

세훈이 이령을 똑바로 보았다.

"너한테 문제가 있는 게 아니야. 그래도 계약은 해줬으면 좋겠어.

무조건 너한테 좋겠지만, 그냥 날 위해서 한다고 생각해도 좋아."

"아니, 아니, 잠깐만요."

이령이 고개를 저으며 한 발자국 뒤로 물러섰다. 하지만 세훈은 그녀가 도망가도록 두지 않았다.

"허 실장이 뭐랬어?"

"네?"

"허 실장이 너 데리고 다니면서 나에 대해 떠들었을 거 아냐."

"어떻게 알았어요?"

"내가 모르는 게 그렇게 많지 않아. 뭐라고 했는지나 말해봐."

이령은 잠시 허 실장의 말들을 떠올렸다. 지나가듯 끊임없이 주입해왔던 이야기들…… 결론은 하나였다.

"그쪽에 대해……."

"나에 대해……."

"대단한 사람이라고…… 돈 많이 벌게 해줄 거라고 했어요."

"또?"

세훈의 질문은 차분했다.

"자기 것, 엄청난 집념으로 지킨다고요."

세훈의 시선이 이령의 얼굴 위로 닿았다. 이어 섬세한 손끝이 이령의 뺨 위로 스쳤다.

차가운 강바람이 감고 지나갔다는 사실이 무색할 정도로 손가락 끝은 뜨거웠다. 그래서 이령은 아주 잠깐, 불이 그녀의 뺨을 그은 듯한 착각을 느꼈다.

심장이 무섭도록 뛰었다.

"그래, 너 이미 내 거 같아. 그러니까 계약해."

답이 안 나오는 문제

문종현은 부루퉁해서 소파에 앉아 있는 최세훈을 심란하게 바라보았다. 안 온다고 선언하기 전에는 와서 부아만 질렀는데, 그 후로는 올때마다 저기압이라 심히 마음이 불편했다.

"내가 제일 싫어하는 이야기가 뭔지 알아?"

진짜 알고 싶지 않지만…… 프로페셔널한 인내심을 발휘해 종현이 물었다.

"뭔데?"

"이치에 안 맞는 이야기! 앞뒤 와꾸가 안 맞으면 너무너무 신경질이 나!"

그럴 만하다. 지랄 맞은 최세훈의 성격상 제 맘대로 안 되면 화병이 나고도 남는다. 세상 살다 보면 맘대로 안 되는 일이 더 많은 법인데…… 아무래도 최세훈만 다른 세상에 사나 보다.

"뭐가 또 이치에 안 맞아?"

세훈이 벌떡 일어났다.

"상식적으로! 돈 많고, 잘생기고, 몸매 좋고, 결단력 있는데 영향력까지 있는 남자가 너 내 거해…… 하면 생큐베리감사! 제가 전생에 나라를 구했나 보아요! 날 가지세요! 해야 하는 거 아냐?"

씩씩거리며 왔다 갔다 하던 세훈이 팔을 벌렸다.

"그런데 왜 자길 좋아하냐고 물어? 그게 왜 궁금해? 내 거라는데!"

그랬다.

세훈이 '너 이미 내 거 같아. 계약해.'라고 말했을 때 이령의 반응은 '나 좋아해요?' 였다. 그것도 조금의 감흥 없이 마치 '네 이름은 뭐니?' 하고 묻는 듯한 무덤덤한 말투로.

입이 찢어져도, 세훈은 거기에 대고 '응, 너 좋아해.'라고 할 수가 없었다.

또 그 정도로 좋아하는 건 아니기도 하고.

마음을 안지도 얼마 안 됐는데 그 정도로 좋아할 리가 없다.

……그렇겠지?

"그게 왜 안 궁금해? 사실 제일 궁금한 게 그거지. 날 좋아하나 안 좋아하나. 그냥 말해주면 되잖아. 말 못 해주는 게 더 이상하다야!"

"내가 그걸 왜 말해줘야 해? 나 그렇게 쉬운 남자 아냐."

종현은 어이가 없었다.

"내 거하라는 거랑, 좋아하는 거랑 달라?"

"다르지! 내 거야 많지. 내 돈 쓰면 다 내 거지. 허도 내 것, 민주도 내 것, 윤국이도 내 것. 형도 내가 돈 낸 상담시간 동안 내 것."

"헐……."

기막혀하던 종현이 퍼뜩 머릿속을 스치는 생각에 세훈을 빤히 바라보았다.

"너 설마……."

"설마, 뭐?"

"좋아한다고 말했다가 까일까 봐…… 일로 엮으려는 거야? 돈으로 해결하려고?"

설마…… 싶었는데 정곡이었다. 서로 알고 지낸 이래 처음으로 세훈이 종현의 시선을 피한 거다!

"오, 마이, 갓!"

종현의 기분이 단박에 상승곡선을 치고 올라갔다.

"푸하하하하하하! 처, 천하의 최세훈이 까일까 봐? 푸하하하하하하! 아니면 좋아한다고 말할 용기가 없어? 푸하하하하하하! 수, 수줍은 최세후운? 끄하하하하하하하하하하하하하!"

배를 잡고 웃기 시작한 종현을 보는 세훈의 심정은 이루 말할 수 없이 착잡했다.

"왜 못 알아듣는 거야. 그냥 대충 넘어가면 안 돼?"

"끄하하! 워, 원래…… 사람은 맘대로 안 돼. 푸하하하하하하끄끄끄! 특히 좋아하는 사람은…… 께껙께케겍게! 더 맘대로 안 되더라우흐흐흐흐흐흐흐흐흐!"

시끄럽게 웃는 종현 때문에 자존심 구길 대로 구긴 세훈이 책상을 쾅 두드렸다.

"내가 두 번째로 싫어하는 이야기가 뭔지 말해줘?"

"아니?"

눈물을 닦으며 종현은 마냥 신나 있었다.

"나는 네가 소심해져서 찌질대는 이야기를 더 듣고 시푸하하하하하하하하!"

"나는 형이 꼭 알고 싶을 거 같은데? 알아야만 할 거 같은데?"

세훈이 이를 악물고서 들이대고 나서야, 종현은 아쉽게, 너무나도 아쉽게 웃음을 멈출 수 있었다. 히포크라테스 선서 때문이다.

"아, 알았어."

의사라는 게 이렇게 힘든 직업이라니.

세훈의 얼굴만 봐도 터지려는 웃음을 참기 위해 이를 지그시 악물면서 종현이 물었다.

"두 번째로 싫어하는 이야기는 뭐야?"

"질척대는 이야기!"

"?"

"아니면 아니고 기면 기지 아닌데 기고 뭐 그러는 거 완전 싫어!"

"원래 사랑은 질척대는 거야. 진짜로 좋아하는데 어떻게 안 질척대?"

"그건 형이고."

세훈이 입술을 굳게 다물었다.

"솔직히 내가 아쉬워, 걔가 아쉬워?"

사랑은 더 좋아하는 사람이 아쉬운 법이지만…… 최세훈에게는 그런 말 안 통할 거다.

"계약 안 하면 내가 손해야, 걔가 손해야?"

이건 좀 더 간단했다. 대개의 경우, 최세훈과 계약하는 것이 연예인 지망생들에게는 좋았다.

"내 것 안 하면 내가 불리해, 걔가 불리해?"

마지막 질문을 대답을 필요로 하는 것이 아니었다. 세훈이 생각하고, 또 생각하고, 계속 생각한 질문이었다.

인풋이 있으면 아웃풋이 있다는 간단한 원칙 아래 살아온 최세훈에게 있어 유이령은 답 안 나오는 문제였다. 지금의 최세훈으로서는 그 문제를, 그가 아는 방법으로 푸는 수밖에 없었다.

"그래서 나는 안 질척이기로 했어!"

아니면 아닌 거지 왜 밤새 생각할까? 왜 자꾸 생각할까? 왜 머릿속에서 떼어낼 수가 없을까?

"그게 마음먹으면 되는 거야?"

의아하여 종현이 물었다. 최세훈이 이렇게까지 연애를 모르나? 천재는 자신의 일 외의 부분에서는 바보라더니⋯⋯?

"몰라! 어쨌든 결정됐어. 까짓 아님 말지."

종현은 입을 떡 벌렸다.

그게 네 맘대로 되는 게 아닐 텐데?

종현은 몰랐지만, 그가 옳았다. 이후 상황은 전혀 세훈 맘대로 되지 않았다.

세훈은 원래의 그가 그렇듯이 단호하고 결단력 있게 이령을 무시하려고 했다. 이령과 관련된 모든 일을 잊어버리고 다른 일에 집중하고 싶어 했다. M-ster의 뮤비를 찍는 것만 끝나면 얼른 지리산으로 돌려보내겠다고도 결심했다.

그런데 이상하게도, 그게 잘 안 되는 거다.

넓은 회사인데도 자꾸 이령이 상주하는 연습실 옆의 복도로 지나게 되고, 애들 밥 먹는데 마주치게 되고⋯⋯.

무엇보다 기분이 계속 안 좋았다.

안 좋은 일이 있어서 저기압인 게 아니라 그냥 숨 쉬는 게 안 좋은 일인 것처럼, 뭘 해도 기분이 안 좋아 인상을 펼 수가 없었다.

"아님 말고."

이를 악물고 주문처럼 외워보지만 별 도움이 되지 않았다.

나름 거기까지 이야기했는데, 너 내 거 같다며 계약하자고 하는데도 말을 안 듣는 애하고 엉켜봤자 속만 더 상한다며 머리는 계산을 끝냈는데⋯⋯ 손도 발도 도무지 협조해주지를 않았다. 잠깐만 딴생각을 하면 연습실로 향하는 발 때문에 세훈은 말의 목을 자른 김유신의 마음을 이해할 수 있게 되었다.

그뿐인가?

눈은 또 왜 이러는지…… 100미터 밖에서도 이령을 찾아내지 않나, 얼핏 스치고 지나가도 광채를 느끼지 않나! 아주 미칠 지경이었다.

그러나 이 모든 역경에도 불구하고, 단 한 번도 마음먹고 해내고자 했던 일을 못 이룬 적이 없다며 세훈은 굳게 마음을 먹는 것이다.

"아님…… 말! 고!"

한편, 한강에서의 대화 이후로 잠수를 타버린 세훈 때문에 이령 쪽도 마냥 편하지는 않았다.

"누나 우리 이것만 보고 연습해도 되죠?"

귀염을 떨어오는 M-ster 윤의 말에 고개를 끄덕였던 이령은 그가 튼 티브이 화면에 나온 사람 때문에 심장이 내려앉을 뻔했다. 다름 아닌 최세훈이었다.

"우리 대표님 인터뷰하고 나서 우리 나오거든요."

키득키득거리며 M-ster 여섯 명이 티브이 앞에 모여 앉았다. 얼결에 따라 앉은 이령의 시선이 화면에 고정되었다.

티브이 속에서 보는 최세훈은 또 다른 느낌이었다. 훨씬 젠틀해 보이고, 어른스러웠다. 팔팔 뛰고 아이처럼 우겨대던 모습과 선뜻 연결이 안 될 정도로 세련된 매너가 돋보이는 태도였다. 오죽했으면 인터뷰하는 VJ의 눈이 아예 하트가 되었을까?

"우리 대표님도 완전 배우죠? 슈트발이 아주…… 캬아!"

"VJ가 뻑이 갔네! 반했네, 반했어!"

이령은 새삼 신기하여 M-ster 아이들을 바라보았다. 함께 연습하면서 느낀 건데 이 회사의 연예인과 직원들은 대표 보기를 연예인 보 듯 하는 경향이 있었다. 얼핏 친해 보이면서도 어려워하고, 별로 안 좋아하는 것 같으면서도 자랑스러워했다.

"저렇게 생겼으니 다들 인터뷰를 못 따서 난리지. 한 번 나가면 인 터넷 뒤집히잖아요."

확실히 낯선 세훈의 모습은 이령까지도 두근거리게 만드는 무언가 가 있었다.

"칫! 나한테나 저렇게 예의 바르게 굴어보지."

조그맣게 속삭이다가 생각하니 왜 괜히 심통이 나는지 알 수가 없 었다. 암만 생각해도 이해할 수 없는 마음이었다. 한강에서 이후로 보이지 않자 너무너무 신경이 쓰이는 거다.

"있잖아."

혼자 꼼지락대던 이령이 바로 옆에 앉은 주현에게 슬며시 물었다.

"꼭 날 좋아하는 거 같은데 아니라고 말하는 건 뭐야?"

"에에엑?"

주현에게만 묻는다고 한 말인데 여섯 명, 열두 개의 초롱초롱한 눈 동자가 그녀에게로 향했다.

"누나, 누가 집적대요?"

"헐……. 우리가 계속 지키고 있다고 생각했는데 웬욜!"

"안 돼요! 아직 계약한 건 아니지만 대표님 아시면 난리 나요. 우리 도 욕먹어요. 못 지켰다고."

"물론 우리가 몰래몰래 연애를 안 하는 건 아닌데 누난 아니죠. 아 직 그럴 때가 아니에요. 내공이 좀 있어야 하는 일이라고요."

"아, 아니…… 그런 게 아니라……."

아무래도 M-ster는 팀명을 비글로 바꿔야만 할 것 같았다. 얼마나 시끄럽고 말썽꾸러기들인지 이령은 머리가 다 아파왔다.

"그리고 누난 너무 순진해서……."

"그렇지! 누가 좋아하는 거 안 좋아하는 거 구분 못 하잖아요. 남자들은 진심 아니면서 좋아하는 척할 때가 많다고요."

"이것저것 다 떠나서 남자들은 안 좋아한다고 말하면 진짜 안 좋아하는 거예요. 안 좋아해도 좋아한다고 말할 판인데……."

"맞아 맞아."

"특히 연예계는 장난 아니에요. 꼭 사귀는 거 같은데 아닌 경우도 많고, 입에 발린 말장난 아니고."

입에 발린 말……인지는 모르겠지만 표현법이 이상하긴 했다. 네가 필요해. 원해. 내 거야.

"근데 진심 아니에요, 그거."

"사실 진짜 진심이면 말 못 하지 않냐?"

"그렇지. 형식이만 해도……."

갑자기 화살이 가만히 있던 형식에게로 날아간다.

"진짜 카사노바인데 순정을 바쳤던 누나 앞에서는 한마디도 못 했거든요. 입 터는 선수인데!"

"내, 내가 언제?"

얼굴이 화끈 달아올라서 형식이 팔팔 뛰었다.

"이거 봐요. 진심이면 바보가 된다고요."

"누나 연애하지 말아요."

"우리랑 놀아요."

"이 자식들아! 나 순정을 바친 적 없다고!"

본다고 앉았던 자신들의 인터뷰가 티브이에 나오고 있는 줄도 모르고 투닥거리는 아이들을 보면서 이령은 괜스레 서운했다. 역시 그런 거였나……. 그러다 화들짝 놀라고 만다. 왜 서운한 거지?

억지로 일을 만들어서라도 밖으로 돌던 세훈이지만 자기가 만든 회사에 영영 안 들어올 수도 없는 일이었다. 결국 싫은 걸음을 억지로 향했을 때…… 제일 먼저 눈에 띈 건 회사 정원 옆에 묶여 있는 호구였다.

"야……."

파닥파닥…… 세훈이 호구를 발견하기 전부터 그의 냄새를 맡고 꼬리를 치는 호구를 보며 세훈은 난감했다. 한 바퀴 뛰어 주고 가고 싶은데 지금 그는 호구의 주인과 거리를 두는 중이었다. 괜스레 마음이 있어서 산책시켜준다는 오해는 받고 싶지 않았다.

아니, 호구와의 관계는 또 호구와의 관계…… 이긴 뭐가 관계야?

"난 너하고 놀아줄 시간이 없어. 바쁘니까."

엄숙하게 선언한 세훈이 호구의 옆을 모르는 척 스쳐 지나갔다.

끼잉…….

항상 쓰다듬어주기라도 하던 세훈의 냉정한 뒷모습에 호구의 귀가 축 늘어졌다.

돌아보지 않고도, 실망한 호구를 느낄 수 있어 세훈은 누가 뒷머리채를 휘어감아 당기는 느낌이었다. 도대체 개나 개 주인이나…… 신경 쓰이기 그지없는 건 똑같다!

수건을 비틀어 짠 허 실장이 물기를 탈탈 털어서 접어 돌아섰다. 그리고는 소파에 누워 있는 세훈에게로 다가가 이마를 짚어보고 수건을 얹어준다. 할 말은 많았지만 꾹 참고 돌아선 이유는 요 며칠 세훈의 컨디션이 최악이기 때문이었다.

"나가."

한쪽 구석에 앉아서 쳐다보고 있으려니 수건을 그대로 덮은 채 세훈이 손짓했다. 귀찮기 그지없다는 권태가 손끝에 묻어 있었다.

"왜 이러시는데요…… 말씀을 하셔야 알죠."

"그냥 나가."

기운 없는 목소리에 허 실장이 한숨을 내쉬었다.

허 실장에게 있어 최세훈은 하늘이 그를 시험하기 위해 내린 시련 같은 존재였다. 한동안은 유이령에게 신경 쓰느라 일을 안 해 걱정이었는데 최근에는 일은 하는데 기운이 쪽 빠져 돌아다녀 걱정시킨다.

놀라운 것은 실제로 열이 난다는 거였다. 분명히 어디 아픈 데는 없고 뭔가 울화증이 끓고 있는 중 같은데 몸에도 반응이 온다. 인체의 신비란.

허 실장은 몰랐지만 세훈은 첫사랑의 열병을 앓는 중이었다.

뭣도 모르는 어린 시절이었다면 아마 쫓아가서 들이대고 또 들이대고도 남았을 것이었다. 하지만 그러기에 세훈은 너무나 어른이었고 또 자존심도 만만치 않았다. 단 한 번도 누군가를 이렇게까지 좋아해본 적이 없는 그로서는 이 마음을 인정하는 일이 너무나 힘들었다.

하지만 머리와 가슴이 너무나 다르다는 거.

머릿속으로는 이미 계산 끝냈고 어떻게 할 건지도 결정했는데 말도 지지리 안 듣는 가슴은 들썩이고 갑갑하고 썩어 문드러지는 듯 하다는 거.

"아님……말고."

주문, 아니, 이제는 거의 기도처럼 세훈이 중얼거렸다.

"아님 말고, 아님 말고, 아님 말고, 아님 말고, 아님 말고…….".

세상천지 모든 일들은 '아님 말고'였다. 일도 해볼 만큼 해보지만, 아니면 말아야 한다고 생각하는 세훈이었다.

벌써 며칠째 이령은 뮤직비디오를 찍는 데만 열중하고 세훈에게 개인적인 말 한마디 안 건넸다. 생각해보면 처음 만나고 나서 지금까지 먼저 말 건 것은 언제나 세훈이었다.

"아님말고아님말고아님말고아님말고아님말고…….".

숨이 꽉 막히는 기분을 느끼며 세훈이 이마와 눈을 덮고 있는 수건을 꽉 눌렀다.

그런 세훈을 보며 허 실장이 고개를 갸웃했다.

"고아……님 말? 저게 뭐지? 저 인간 주변에 고아가 있었나? 고아가 무슨 말을 했길래?"

허 실장, 존재의 이유

혼자 쓰기에는 너무나 큰 집의 거실 소파에 덩그러니 앉은 이령은 호구의 머리를 쓰다듬으며 생각에 잠겼다. 낮에는 회사에서 M-ster 아이들이든지 민주든 소진이든 붙어 있다 보니 별생각 없지만 밤에 집에 오면 생각이 많아진다.

사람과 대화하는 법을 모르는 걸 수도 있었다.

어렸을 때부터 할아버지와 함께 살았다. 마을로 내려가면 또래라고 할 수 있는 오빠들이 있었지만 사실 오랜 시간을 보낸 적은 없었다. 할아버지는 말씀이 없으신 분이라 반나절이 넘게 대화 없이 시간을 보내기도 했다.

스스로의 감정을 잘 모를 수도 있었다.

지리산에서는 하루 종일 할 일이 너무나 많았다. 불을 피우는 것부터 먹을 밥을 만드는 거까지 일일이 다 손이 갔다. 쓸데없는 생각을 할 겨를이 없었다.

도시는 하루는 짧은데 순간순간 뭘 해야 좋을지 알 수 없는 순간이 많았다.

"뭐야……."

호구를 쓰다듬던 손을 떼어 휴대전화를 만지작거리던 이령은 한숨을 내쉬었다.

"쓸 데도 없는 걸 왜 준 거야."

스케줄 나간 민주가 부지런히 문자를 보내는 걸 제외하고 이령의 휴대전화는 내내 침묵이었다. 당연했다. 아는 사람 자체가 많지 않고, 휴대전화 번호를 아는 사람은 더 적은 거다. 이 휴대전화에 전화할 만한 사람은 솔직히 최세훈뿐 아니던가?

"내가 해도 되는 건가?"

진짜 몰라서, 이령은 고개를 갸웃거렸다.

곰곰이 생각해봤지만 안 되는 이유를 찾을 수는 없었다. 다만, 전화를 해야 할 이유도 찾지 못하겠다는 거. 최세훈이 그 못된 목소리로 '왜 전화했는데?'라고 물으면 분명 말문이 막힐 거라는 거.

그런데 전화하고 싶다는 거.

그 누구도 이령에게 이렇게 복잡한 마음에 대해서 가르쳐준 적이 없었다.

"에이!"

휴대전화를 테이블 위에 올려놓은 이령은 호구의 등에 풀썩 기대 누웠다.

343

「어차피 넌 나한테 오게 되어 있고, 그렇게 되면 이 정도는 별것도 아니야.」

「내 얼굴 보고 싶어?」

「난 맞는데.」

「그래, 너 이미 내 거 같아. 그러니까 계약해.」

별거 아닌 일들이 굉장히 인상에 박힌다. 그러니까, 장 대표를 보내고 커피를 마시던 최세훈의 옆모습 같은 거. 속눈썹이 놀랍도록 긴 깊은 눈매를 아래로 그윽하게 깔고 커피를 마시는 입술은 마치 구도자 같은 경건함이 있었다.

"참 여러 가지 모습이 있는 사람이지."

눈을 감으며 이령은 호구의 털을 만지작거렸다.

어떤 때는 아이처럼 철없어 보이다가, 어떤 때는 귀찮을 정도로 집요했다가, 어떤 때는 도대체 어딜 갔나 싶게 조용해지고……. 그런가 하면 나타나서 뜻을 알 수 없는 말로 심장을 설레게 하고 사라진다.

어느 쪽으로 보던 극단적인 남자.

자꾸만 신경 쓰이게 만든다.

"에이, 됐어!"

벌떡 일어난 이령이 호구의 엉덩이를 톡톡 두드렸다.

"가서 자자, 호구야."

내일은 뮤직비디오 최종 연습 날이었다.

아침, 초이 엔터테인먼트의 안무 연습실에는 기묘한 긴장감이 감돌았다. 그동안 몇 번이나 까이고 수정되었던 M-ster의 새로운 싱글 뮤직비디오 최종 검수를 앞두고 있기 때문이다.

직접적으로 연관되어 있는 작곡가와 안무선생은 물론이고 매니저, 그리고 M-ster들은 당연하게도 초 예민 상태였다.

"이령 씨, 제발…… 전에 한 번 표정 되게 괜찮았는데 그렇게만 해 줘."

거의 애원하다시피 매달리는 안무선생을 보며 이령은 미안함을 느꼈다. 그녀라고 해서 왜 잘하고 싶지 않겠느냐마는, 전의 그 '표정'이라는 것이 뭔지 전혀 모르겠는 거다. 도대체 그 날은 뭐가 달랐는지 본인으로서는 깜깜할 뿐.

"괜찮아요. 누나 잘할 수 있을 거예요."

다크가 볼까지 내려온 얼굴을 하고서도 주현이 이령을 위로했다.

"늘 이런 분위기야?"

사람들의 신경이 한계까지 팽팽하게 당겨져 있다는 걸 느끼고 위축된 이령이 주현에게 속닥속닥 속삭였다.

"검수할 때요? 거의?"

지친 얼굴로 주현이 마른세수를 했다.

"이번에는 사연이 많아서 더 그래요. 노래도 한 번 까였었고, 뮤비 주인공은 교체되고…… 게다가 요즘 우리 대표님 기분이 별로란 소문이 있어서."

"기분이…… 별로라고?"

"네. 완전 저기압이래요. 뭐 자기 기분 나쁘다고 화내는 사람은 아니긴 한데 긴장은 되는 거죠."

군중심리란 대단한 거여서, 이령까지 침이 마르고 손끝이 빳빳해지는 느낌이었다. 그리고 그 느낌은 연습실에 빼곡히 사람이 차기 시작하면서 폭증했다.

"자, 잠깐……."

바짝 기합이 들어간 얼굴로 최종 안무를 점검하는 M-ster를 귀찮게 굴 수 없어 이령이 안무선생을 붙잡았다.

"이 사람들이 전부 다 보는 앞에서 하는 거예요?"

"응. 우린 최종검수는 오픈이거든."

당연하다는 듯 대답했던 안무선생이 아아, 하고는 이령의 어깨를 도닥였다.

"사람 많은 데서 하는 건 처음이구나. 너무 긴장하지 마."

"하지만……."

이령은 울상을 지었다.

"촬영할 때는 더 할 텐데, 뭐."

"네?"

"전에 한 번 해봤잖아. 촬영 스태프가 한둘이어야 말이지. 뮤직비디오는 더 많은 사람이 필요하다고."

맙소사…… 머릿속이 텅 비어버린 이령이 숨을 들이마시는데 연습실 문이 열리고 최세훈과 허박지 삼총사가 들어왔다.

무심한 듯 시크한 표정을 유지하고 있었지만, 세훈의 속은 말이 아니었다. 자꾸만 손끝이 바짝바짝 말라 저도 모르게 자꾸만 손가락 끝을 비벼댔다.

미칠 노릇이었다.

늘 익숙한 그의 회사인데…… 그의 직원들 사이에 둘러싸여 그의 연예인을 점검하는 자리에서 보이는 거라고는 그의 것이 아닌 유일한 여자뿐이었다. 약간 낯선 듯 뻘쭘해하는 뾰로통한 얼굴에서 빛이 나 보이다니 눈이 삔 게 분명했다.

이성적인 최세훈은 그의 시각적인 이상이 뇌가 아닌 심장에서 비롯된 현상이라는 것을 충분히 자각하고 있었다. 말짱하던 시각이 이령을 바라볼 때마다 없는 후광을 만들어내고 슬로비디오를 걸어버리는 거다.

이런 상황에서 엄격한 회사 대표의 얼굴을 하고 있기란 얼마나 어려운지.

"대표님?"

자기를 다스리느라 온 에너지를 다 쏟고 있는데 허 실장이 세훈을 불렀다. 준비되었다는 의미다.

"시작하지."

초이 엔터테인먼트가 출범한 지 처음으로, 특이하게도, 검수 받는 연예인뿐 아니라 대표도 이 시간이 무사히 끝나기를 바라는 순간이었다.

막상 음악이 흐르자 몸이 절로 움직였다. 그동안 몇 번이고 같은 동작을 반복한 보람이 있구나, 하고 생각할 틈도 없이 3분 40초가 지났다.

음악이 그쳤을 때 이령은 자신이 상기되어 있음을 깨달았다. 연습하는 동안은 느끼지 못했다. 시선을 받는다는 것. 그리고 보면 처음 아무것도 모르고 스튜디오에서 카메라 리허설을 했을 때도 그랬다. 사람들의 시선이 집중되어 있다는 것을 처음 느끼고, 그다음에는 무아지경…….

"어때?"

"생각보다 괜찮지."

"응. 조명 깔고…… 백 좀 잡아주면 더 분위기 있을 테니까."

웅성이는 분위기는 나쁘지 않아 보였다. 가장 중앙에 앉은 세훈이 허 실장과 낮은 목소리로 의견을 나누고 있었다. 박 실장과 지 실장이 돌려놓았던 카메라를 확인하는 중이다.

"여기까지입니다."

의견 교환이 끝났는지 허 실장이 짝짝 박수를 쳤다. 너무나도 쉽게 끝나버린 최종테스트에 이령이 어리둥절해 있자 옆에 있던 주현이 그녀를 덥석 끌어안는다.

"잘된 거예요!"

얼떨결에 주현의 등을 마주 안아주며 이령이 눈을 크게 떴다.

"보통 맘에 안 들면 두세 번도 보거든요. 단번에 통과되는 건 진짜
드문 거죠."

선우도 흥분을 감추지 못했다. 형식, 강혁, 기호, 세원, 윤까지……
M-ster 멤버 모두 이령을 둘러싼 채 신이 나 있었다. 그 장대 같은 어
깨 너머로 세훈이 나가는 모습이 이령의 시선에 잡혔다.

"어, 잠깐……."

이령은 사람들 사이를 헤집고 세훈을 따라 나갔다.

"저기요!"

허 실장과 함께 복도를 따라 내려가던 세훈이 멈칫 걸음을 멈췄다.
돌아보자 다가온 이령이 가쁜 숨을 내뱉으며 그를 올려다보고 있었
다. 세훈이 턱짓을 하자 허 실장이 슬쩍 뒤로 빠져 주었다.

"왜?"

"아, 그냥……."

이령의 얼굴은 상기되어 있었다. 뽀얀 볼 위로 복숭아처럼 탐스러
운 빛깔이 어려 있다. 솜털이 보스스 돋아 있는 볼을 쓸고 싶은 충동
을 누르며 세훈은 애써 무뚝뚝한 표정을 지었다.

"요즘 바쁘세요?"

"약간."

"아, 그렇구나."

"왜…… 계약할 마음이 들었어?"

"아니, 그건 아니고요."

아닐 줄 알았다. 그런데도 들을 때마다 가슴이 덜컹 내려앉는다. 괜히 물었다며 속이 상하는 걸 어쩔 수 없다.

"그럼 뭐?"

그러다가 문득 너무 깐깐하게 구나 싶어 목소리를 내린다.

"아깐 잘했어. 하면 되잖아. 너 괜찮다니까⋯⋯."

"그래요?"

"응."

"고마워요."

고마우면 계약하든가⋯⋯ 하는 말이 혀끝까지 튀어나왔지만 이번에는 어떻게 잘 삼켰다. 매달리지 않을 거다. 아님 말고. 진짜 누구 손핸데. 이대로 다신 못 보게 된다 해도 누구 손핸데.

'다시는 못 본다'는 사실을 생각한 것만으로도 심장이 아파 세훈이 인상을 찌푸렸다.

349

"왜, 왜 그러세요?"

"⋯⋯아니야."

진짜 못해먹겠다. 세훈은 빨리 이 자리를 벗어나고 싶었다.

"할 말 없으면 나 바쁜데."

"아, 네⋯⋯."

차가운 말투에 깜짝 놀란 이령이 눈을 내리깔았다. 그리고 보니 용건 따위는 없었는데⋯⋯ 왜 쫓아 나왔을까?

세훈이 시선을 내린 이령을 가만히 바라보았다. 염색제라고는 닿은 적이 없을 순수한 자연 검은 머리 사이로 예쁘게 가마가 갈려 있었다. 저도 모르게 그 머리를 쓰다듬은 세훈의 목소리는 한결 풀려 있었다.

"촬영 잘해."

"……네."

"고마워."

"……네?"

고맙다는 말은 하지 말 걸 그랬다며 세훈은 돌아서버렸다. 고마울 일은 하나도 없는데. 하여튼 입이 방정……. 그리고 손도 방정. 왜 거기서 쓰다듬고 난리야.

"매일 자기 할 말만 하고 가버려……."

멀어지는 세훈의 뒷모습을 보면서 이령은 그의 손이 닿았던 머리카락을 만지작거렸다. 괜스레 마음이 이상했다.

마음이 이상한 건 이령만이 아니었다. 몰래 숨어서 세훈과 이령이 하는 양을 보고 있던 허 실장 역시 이상하기 그지없었다. 항상 이상하기로 둘째가라면 서러운 최세훈이지만 이렇게까지 이상한 건 처음이었고, 솔직히 말하자면, 지금이 가장 질이 나빴다.

차라리 못되고 이기적이고 자기만 아는 게 낫지 다정한 최세훈이라니? '고맙다'고 말하는 최세훈이라니? 지랄하지 않고 차분하기만 한 최세훈이라니?

지옥이 있다면 바로 이곳이 아닐까?

"젠장."

마지막 서류의 검토를 마친 세훈이 절망스럽게 머리를 감싸 쥐었다. 생각하지 않기 위해 일을 얼마나 열심히 했던지 미뤄두고 미뤄두었던 프로젝트까지 모두 검토가 끝나버렸다.

"안 돼……."

신음하며 소파로 간 세훈은 벌렁 드러누워버렸다. 다시 열이 오르기 시작했다. 시간이 나면 (유이령을) 생각하고, 생각하면 아프다.

가장 괴로운 건 말도 안 되는 망상들이다.

뮤직비디오의 안무인 걸 뻔히 알면서, 심지어 그 자신이 승인했으면서, 안무 중에 눈을 맞추던 M-ster와 이령의 모습이 계속 머릿속에 떠오르는 거다. M-ster 멤버들이 좀 더 어리긴 하지만 요즘은 연상연하가 추세고 일하다 보면 눈 맞는 일이 비일비재하니까 설마…… 아니야…… 말도 안 돼.

부스스 일어난 세훈이 요즘 그의 사무실에 필수가 된 수건을 찾아 물에 적셔 들고왔다. 이마와 눈 위로 차가운 수건을 덮자 좀 나아……지긴 뭐가 나아져. 왜 가만히 있는데 숨이 가쁜지 알다가도 모를 일이다. 가슴 속에 불덩이 하나가 지글지글 타오르고 있는 것만 같다.

"대표님……."

문이 열렸다 닫히는 소리가 들리더니 조심스레 그를 부르는 목소리가 있었다. 물론 허 실장이다.

대꾸할 가치도 없어 수건을 얹은 채 세훈은 팔짱을 끼고 미동도 않았다.

"지원이 화보 건인데요…… 분위기 괜찮아요. 스캔들 때문에 팬클럽 회원 수 절반이 훅 나간 시점에 서비스 좀 해야죠. 이미지 다시 잡아주신 걸로 작업 중이에요. 홍보사 대표도 만났으니까 곧 언론플레이도 할 거고요."

세훈은 여전히 꼼짝도 안 했지만 허 실장은 그가 자는 게 아니라는 걸 알았다. 그래서 속이 상했다. 원래는 화보 컨펌을 해달라고 온 거 였지만…….

허 실장의 시선이 쌓여 있는 서류 더미로 향했다. 저걸 다 처리하고도 속을 다스리지 못했단 말이지.

"뭐 해?"

갑자기 허 실장이 조용해지자 수건을 슬쩍 들어보았던 세훈이 침울한 표정의 허 실장을 보고 눈살을 찌푸렸다.

타박타박 다가온 허 실장이 세훈의 앞에 쪼그리고 앉았다.

"왜 이래요, 왜. 내가 얼마나 애지중지하고 싶은 거 다 할 수 있게 비위를 맞춰놨는데 다른 데 가서 까이고 그래요!"

세훈이 의아해서 상체를 일으켜 허 실장을 마주보았다.

"뭐?"

"유이령 씨 때문에 지금 이러는 거잖아요. 이령 씨가 뭐랬는데 이령님 말, 이령님 말, 이령님 말, 그러는 거냐고요."

세훈으로서는 의아할 뿐이었다.

"이령님 말? 너 어디 아파?"

"생각해보니 이령 씨 부모님이 안 계시더라고요."

"?"

고아님말 = [고아=이령]님말 = 이령님말

안타까워하는 표정의 허 실장을 물끄러미 바라보던 세훈이 손을 뻗어 이마를 짚었다.

"열 없어. 퇴근 안 돼."

냉정하게 자르는 세훈의 말에 허 실장이 답답해서 가슴을 쳤다.

"제가 지금 퇴근하자고 이러겠어요?"

"그럼 왜 이러는데?"

입이 댓 발 나온 채 세훈을 노려보던 허 실장이 벌떡 일어나 문 쪽으로 향했다. 그리고 바깥 문고리에 '회의 중' 팻말을 건다. 통상, 초이 엔터테인먼트에서는 최세훈 사무실에 '회의 중' 팻말이 걸려 있으면 방해하지 않는 것을 원칙으로 한다.

"너 뭐 해?"

다시 다가오는 허 실장의 표정은 비장했다.

"왜 이러냐고요? 세상을 살다 보면 정말 필요 없을 거라고 생각했던 사람도 쓸데가 있기 때문이에요."

"정말 필요 없을 거라고 생각한 사람이 누군데?"

"저요!"

이 와중에도 세훈은 허 실장이 주제 파악을 하고 있다는 사실에 놀랐다.

"이제 저의 존재의 이유를 보여드리겠어요."

허 실장이 결연하게 양 주먹을 쥐어 보였다.

머물 수 없는 이유

초이 엔터테인먼트에 이상한 기류가 돌기 시작한 것은 세훈과 허 실장이 단독 회의를 진행한 지 24시간이 넘어가는 그 순간부터였다.

어디를 가도, 직원이든 연습생이든 과연 그 둘이 뭘 하고 있을까 하는 이야기뿐이었다.

"M-ster 뮤비 대박 나는 거 아냐? 그거 보고 나서 그날 밤부터 들어갔다며."

"아냐. 나도 봤는데 괜찮긴 한데 그 정돈 아니었어."

"네가 뭘 알아? 대표님이 보고 뭔가 번뜩 떠올랐겠지."

처음에는 시기상 M-ster와 관련된 거라고 모두 생각했었다. 그러나 이내 다른 의견이 나왔다.

"아냐. 뭔가 좀 더 큰일이야. 알잖아? 전에 사인 오빠 유튜브에서 대박 났을 때…… 그때도 대표님하고 허 실장님하고 마라톤 회의했던 거."

초이 엔터테인먼트 내부에 회사 주식 사기 열풍이 불기 시작했다.

이 난리는 허 실장이 박 실장과 지 실장에게 대표의 스케줄은 물론 자신의 스케줄까지 모두 처리해달라 연락하자 한층 더 업그레이드되었다.

"일단 주식도 좀 사보고……."

"민주 일이라는 말이 있던데요?"

"민주네. 민주야……. 걔 드라마 찍는다더니 그거야. 그거 공동 제작사가 어디랬지? 그쪽 주식을 사야 하는 거잖아?"

"기자들한테 알아봐. 그쪽이 더 빠르잖아."

회사가 들썩이는 중에도 일은 시간은 순식간에 지나갔다. 이령은 M-ster 뮤비의 최종촬영을 끝마쳤다.

M-ster와 민주, 이령이 회사 연습실에서 과일과 샐러드를 썰어놓고 와인을 나눠마신 것은 최종촬영이 끝나고 종파티까지 마친 후 아는 사람끼리의 수다 같은 것이었다.

"대표님 아직도 회의 중이다?"

선우가 궁금해 죽겠다는 얼굴로 말했다.

"헐……, 대박! 도대체 며칠째야? 이런 적이 없지 않아?"

가장 선배인 민주의 얼굴 위로 시선이 모아졌다.

"당연히 없지. 스케줄을 다 빵구 낼 정도로 중요한 일이 어디 있겠어? 지금 뮤비 촬영 끝난 건 확인은커녕 말도 못 꺼낸 거지?"

"박 실장님이 어제 들어갔다가 난리 났대요. 대표님 완전 녹초 되어 있는데 좀비처럼 벌떡 일어나 쫓아와서 나가라고……."

"헐…… 뭔 일이야? 박 실장님한테도 비밀이야?"

다들 도저히 이해가 안 가는 상황인 것은 분명했다. 얼마나 대단한 일이길래?

"화이트보드가 네 개째 회의실에 들어갔다고 하던데."

갑자기 민주가 눈을 깜빡였다. 머릿속에 퍼뜩 떠오르는 게 있는 거다.

"있잖아!"

민주가 손을 반짝 들자 M-ster 여섯 명, 그리고 이령까지 열네 개의 눈동자가 그녀에게로 향했다.

"설마…… 우리 대표님이……."

"대표님이?"

"레오나르도 디카프리오를 영입하려는 게 아닐까?"

민주의 말에 다들 벙찐 표정을 지었다. 너무 어린 시절에 데뷔해서 민주가 생활감이 좀 없는 건 알았지만.

"레오나르도 디카프리오요?"

"아니면 톰 크루즈나!"

"누나……."

한숨을 쉬며 주현이 그건 아니라고 말하려고 할 때였다. 모두가 잊고 있었지만 그곳에는 민주보다 더 한 사람이 한 명 있었다.

이령이 말했다.

"레오나르도 디카프리오가 누구야?"

유구무언(有口無言).

여덟 명이서 와인 다섯 병을 나눠먹고 나자 차츰 자세들이 흐트러지기 시작했다. 그 와중에도 홀로 꼿꼿하게 앉아 있던 이령은 가슴이 묵직했다.

이제 헤어지는 건가.

아무도 말하진 않았지만 모두들 이령이 계약하지 않았다는 걸 알고 있었다. 그렇다는 건 이제 촬영이 끝났으니 지리산으로 돌아가야 한다는 거다.

"누나……."

눈이 풀려 한층 더 귀여워진 얼굴로 선우가 치댔다.

"그냥 계약하면 안 돼요? 우리랑 있어요오……."

길지도 짧지도 않은 시간이었지만 함께하면서 느낀 것은 이 아이들이, 민주를 포함해서, 누구보다 화려한 생활을 하면서도 외롭다는 것이었다. 감수성이 예민해서일까? 정도 많았다.

"같이 있으면 안 돼요?"

보통 때는 말이 별로 없는 윤까지 어리광을 부려온다.

꼬박꼬박 졸면서도 다른 멤버들, 그리고 민주까지 고개를 끄덕였다. 말을 하느냐 안 하느냐의 차이일 뿐 마음은 하나였다. 이령과 같이 있고 싶다는 것.

그리고 이령도 그랬다.

적응하지 못할 거라고 생각했었는데 너무나 자연스럽게 이 생활에 젖어들어버렸다. 재미있었다. 어렵지만 잘해보고 싶다는 마음도 들었다.

하지만…….

"지리산에 가도 아무도 없잖아요."

그렇지만…….

사리분별이 안 되던 아주 어린 시절부터 할아버지는 '외물'의 위험성에 대해 강조하셨다. 단순히 물질적인 일뿐만이 아니라 마음가짐까지. 욕심을 갖게 되면 사람이 균형을 잃는다고 말씀하셨다.

어렸을 때는 왜 그런 말을 할 때마다 할아버지가 무서운 표정을 짓는지 몰랐지만 크면서 알게 된 것이 있다.

다들 이령의 부모님이 모두 일찍 돌아가셨다고 알고 있지만, 아니었다. 할아버지가 처음부터 지리산에 살았던 것도 아니었다.

이령이 태어나기 전에는 온 가족이 마을에 살았다고 했다. 할아버지와 아버지, 그리고 어머니까지…….

이령의 어머니는 마을에서도 소문난 미인이었다. 외지에서 들어온 이방인이었지만 성격도 좋고 싹싹해서 금방 마을 사람들 사이에 녹아들었다. 그런 이령의 어머니가 마을 총각들의 심장을 훔친 것은 당연한 일이었다.

여러 가지 일이 있었다고 했지만 승자는 이령의 아버지였다. 똑똑하고 잘 교육받았지만 고향을 발전시키겠다고 돌아온 듬직한 남자에게 이령의 어머니는 마음을 줬다. 두 사람은 누구나 부러워할 만한 커플이었다.

갈등이 생긴 건 두 사람이 결혼을 하고 이령의 어머니가 임신을 했을 때였다. 몸이 약했던 이령의 어머니는 도시 쪽으로 병원을 다녔는데 그곳에서 한 남자를 만났다고 했다. 그 남자는 이령의 어머니의 미모에 감탄하여 연예인을 해보지 않겠느냐고 제의했고, 그녀는 마음이 흔들렸다.

하지만 유부녀, 그것도 임신 중…….

이령은 자세한 사정을 듣지 못했지만 어머니의 선택을 결국 연예계였던 듯하다. 이령을 낳고 집을 나간 어머니의 소식은 그 누구도 모른다고 했다. 이듬해, 아버지가 갑자기 사고로 돌아가시고 난 후 할아버지는 이령을 데리고 지리산으로 들어왔다.

그런데 지금 이령이 이러고 있다니.

돌아가시기 전까지 할아버지는 절대 이령에게 연예인만은 안 된다고 신신당부를 했다. 어머니를 닮아 예쁘장한 얼굴도 항상 경계하기만 했다.

이령은 그러마 하고 약속했었다. 사실 그녀의 생각에도 티브이에 나오는 세계란 허황되고 거짓으로 점철되어 있을 것 같았다.

어쩌다 보니 스튜디오에서 촬영을 하고, 또 어쩌다 보니 지금 이렇게 뮤직비디오까지 찍었지만 그것뿐이라고 스스로에게 몇 번이고 다짐했다.

그런데…….

기분이 왜 이런 걸까?

다른 아이들은 회사에서 자겠다며 대강 흩어져버렸지만 끝까지 기다리고 있던 지 실장에 의해 집으로 돌아온 이령은 답답함을 느꼈다.

최세훈은 뭘 하고 있는 걸까?

얼토당토않지만 무책임하다는 생각까지 들었다.

자기가 하자고 해서 한 뮤직비디오 촬영이 끝났는데 이렇게 관심 없으면…….

"내가 계약 안 하겠다고 했으니까 당연한 거지만."

마음이 너무나 복잡했다.

멍!

그런 이령의 마음을 아는지 호구가 눈을 맞춰왔다. 쓰다듬어달라는 듯 머리를 기대오는 호구를 쓰다듬으며 이령이 한숨을 내쉬었다. 너무 많이 먹었나? 체한 것 같이 속이 갑갑했다.

「난 갖고 싶은 걸 못 가져본 적이 없어. 원하는 걸 갖기 위해 어떻게까지 하는지 지금 보고 있잖아.」

세훈의 말은 자꾸 생각나는 울림이 있었다.

"복생어청검, 덕생어비퇴, 도생어안정, 환생어다욕, 화생어다탐 [6](福生於淸儉, 德生於卑退, 道生於安靜, 患生於多慾, 禍生於多貪)이라……."

복잡한 마음.

띠디디디. 휴대전화가 울린 건 마음을 다잡기 위해 명심보감의 구절을 떠올리고 있을 때였다.

"어?"

저도 모르게 반색하여 휴대전화를 꺼내보았는데 최세훈이 아니었다. 바보같이 왜 당연히 최세훈이라고 생각했나……. 얼굴이 화끈거려 통화버튼을 눌렀다.

– 여보세요?

"어? 중호 오빠?"

– 이 번호가 맞네! 아, 아니…… 전에 전화했을 때는 받지 않길래 이 번호가 틀릴까 봐 걱정했다.

저번에 장 대표를 만난 이후로 중호는 한 번 더 전화해왔다. 지리산으로 돌아간다는 거다. 유이령과 함께가 아니라면 필요 없다는 장 대표에게 크게 상처받은 모양이었다. 서울사람들은 다 나쁘다며 같이 돌아가자는 것을 할 일만 마치고 가겠다고 달랬던 참이다.

"죄송해요. 부재중 떠 있는 건 봤는데……. 잘 들어가셨어요?"

– 아이다. 니는 이른 기…… 익숙하지 않으니 당연하지. 그보다 집에 왔더니 아부지가 말씀하시는데…….

---

6) 복은 검소함에서 생기고, 덕은 자신을 낮추는 데서 생기며 지혜는 고요히 생각하는 데서 생긴다. 근심은 욕심이 많은 데서 생기고, 재앙은 탐하는 데서 생긴다.

중호의 말을 듣고 있던 이령의 눈이 휘둥그레졌다.

"저⋯⋯."

이령이 세훈의 사무실 근처를 기웃거리자 지키고 있던 지 실장이
얼른 튀어나왔다.

"무슨 일이세요?"

"잠깐 대표님하고 이야기 좀 하려고요."

그럴 줄 알았다는 듯이 지 실장이 단호한 표정을 지었다.

"절대 안 돼요. 저도 한 번 슬며시 들어가려고 했다가⋯⋯ 어후! 지
금 예민한 상태니까 무슨 일인지 저에게 말씀하세요."

"아, 그게⋯⋯ 제가 지리산에 가야 해서요."

"아?"

지 실장이 눈을 깜빡였다.

"그렇군요."

알겠다는 듯이 그가 고개를 끄덕였다.

"이제 촬영도 끝났고 계약한 것도 아니니까⋯⋯ 가셔야겠네요."

"그래서 인사하려고요."

"무슨 말씀인지 알았어요. 그런데 제가 전해드릴게요. 아까 보니까
두 분 다 지쳐서 주무시는 거 같은데 지금 깨우면 안 좋을 거예요."

"아⋯⋯."

맞는 말이었지만 아쉬워 이령은 탄식했다. 설마 얼굴도 못 보고 가
는 건가?

"그럼 저 내일 아침에 간다고 꼭 좀 전해주세요."

"네, 네. 아쉽네요. 이령 씨, 우리랑 계약하면 좋을 텐데⋯⋯. 사

실 처음에는 저도 좀 의문을 품었는데 뮤직비디오 촬영본을 보니까……."

지 실장이 이런저런 이야기를 늘어놓기 시작했지만 이령의 신경은 온통 닫힌 문으로만 향해 있었다. 도대체 뭘 하는 거야?

"대표니임!"

소파에 쪼그리고 앉아 쿠션을 안고 자던 세훈은 귓가에 대고 소리를 지르는 허 실장의 목소리에 화들짝 놀라 일어났다.

"지금이 얼마나 중요한 순간인데 주무시고 그래요! 막판 스퍼트! 최종정리!"

"아오……."

기세등등한 허 실장과 달리 세훈은 피곤하기 그지없는 기색이었다. 평소 같으면 한마디 하고도 남지만 입 열기도 싫어 도로 소파에 길게 누워버린다.

"일어나시라니까요오!"

"넌 말이야……."

쿠션에 얼굴을 묻은 채 세훈이 한쪽 눈만 슬쩍 뜨며 중얼거렸다.

"일할 때는 하룻밤도 못 새우더니 이게 웬일이냐."

"대표님이야 말로 일 얘기할 때는 석 달 열흘을 집에 안 가도 말짱하시더니 왜 이러세요? 빨리 일어나세요! 이게 얼마나 재미있는 일인데!"

"싫어어……."

진심으로, 세훈은 차라리 일이 좋았다. 벌써 며칠 밤낮을 허 실장에게 교육받고 있는 내용은 바로…… '여자집중탐구 : 유이령을 꼬셔라!'였다. 그리고 '여자집중탐구'는 진짜 고난의 프로젝트였다. 차라리 현대 미디어의 진화방향을 논하고 말지.

"그런데 이게 맞긴 한 거야?"

쿠션을 안은 채 핑글 돌아누우며 세훈이 한숨을 내쉬었다.

"공부만 한 대표님이 뭘 안다고 그러세요? 진짜 여자를 몰라도 느어어어무 몰라."

"넌 잘 알아?"

"잘 알죠! 저 같은 사람들은 여자들이 '꺼져!' 하면 '오른쪽으로 꺼질까, 왼쪽으로 꺼질까?' 묻는 경지에 이른다고요. 그리고 이쯤은 되어야 제대로 된 여자를 만날 수 있는 거고요. 어디 여자 비위를 맞춰봤어야지!"

살다가 살다가, 최세훈이 허 실장에게 혼나는 날이 올 줄은 몰랐지만…… 인생이란 이래서 재미있나 보다 하고 세훈은 눈을 감았다. 너무 피곤해서 서열을 바로 잡을 힘도 없었다.

"어쨌든 오늘은 가서 푹 주무시고, 내일 아침이 디데이인 거 알죠? 예쁘게 하고 가서야 해요."

기력이 없는 세훈에 반해 그를 쥐 잡듯 잡은 허 실장은 피부까지 반질반질한 게 아주 물 만난 고기가 따로 없었다. 허 실장 평생에 이런 날이 또 올까?

"알았어."

"내일."

"응."

"화이팅!"

세훈은 피식 웃고 말았다. 도대체 그가 여자 하나 때문에 이럴 줄 누가 알았는가? 하여튼 유기농…… 신기한 재주가 있단 말이야.

같은 시각, 지 실장.
"음, 유이령 씨가 내일 집으로 간다고 했다고 말해야 하나?"
잠깐 고민했지만, 얼마 전에 노크하고 들어갔다가 치도곤을 당한
것을 기억해낸 그는 최세훈과 허 실장이 나오고 나면 말해주기로 결
심했다.

데이트

새벽이 환하게 밝아오는 시각, 소파에 앉아서 꼬박꼬박 졸던 이령은 커다란 창을 통해 새어 들어오는 햇살에 눈을 떴다.

"앗! 잠들었었네!"

웅크리고 잔 탓에 찌뿌드드한 몸을 기지개 켜며 휴대전화를 확인했다. 부재중 통화는 없었다.

"뭐야……."

이 정도면 너무한 거 아닌가 심통이 날 정도였다. 어젯밤에 분명 오늘 간다고 말했는데. 밤늦게라도 전화가 오거나 와서 얼굴을 볼 거라고 생각했던 건 지나친 기대였을까.

"감탄고토[7](甘呑苦吐)라더니."

설마 진짜 뮤직비디오 찍을 거 다 찍었으니 이제 됐다고 생각하는 건가? 아무리 계약을 안 한다고 했어도 사람의 예의가 이런 건 아닐 텐데.

부루퉁해져서 이령은 휴대전화를 만지작거렸다. 먼저 전화해볼까? 하지만 간다고 말했는데도 전화 한 통 안 하는 사람인데 또 전화를 한다는 건…… 귀찮게 구는 거 같다. 아니, 귀찮게 구는 거 맞다.

"에이……."

이런 이상한 마음은 도대체 뭔지 모르겠다. 이령은 발딱 일어나 방

---

7) 달면 삼키고 쓰면 뱉는다.

으로 갔다. 도시가 안 맞는 거다. 처음부터 생각은 그랬지 않은가? 짐을 싸서 지리산으로 돌아가면, 이 복잡한 마음도 알 수 없는 감정도 다 사라질 거다.

어쨌든 이령에게는 빨리 지리산으로 돌아가야 할 이유도 있었으니까.

띵동.

벨이 울린 건 짐을 다 싼 이령이 마지막으로 집 정리를 하고 있을 때였다. 이 집에서 지낸 이후로 두 번째 초인종이었다. 처음에는 중호였는데…….

시킨 대로, 인터폰을 먼저 확인한 이령은 고개를 갸우뚱했다. 화면에는 하나 가득 꽃이 차 있었다.

세훈은 답지 않게 몹시도 긴장상태였다.

태어나서 처음으로, 세훈은 '을의 입장'이라는 것이 무엇인지 깨닫고 있었다. 동시에 성숙해졌다. 앞으로는 아이템을 검수하면서 절대로 소리 지르거나 화내지 않을 것이다. 다들 얼마나 힘들었을지 이제야 알겠다.

평소보다 훨씬 더 신경 쓴 차림…… 어깨를 반듯하고 넓어 보이게 하는 슈트와 고급스러운 행커치프, 쭉 뻗은 다리를 강조하는 하의에 까다롭지만 클래식한 취향을 드러내는 구두까지, 오늘 이 코디를 맞추는 데만 한 시간 넘게 걸렸다.

덜컹, 소리를 내며 문이 열리는 소리에 심장이 발치까지 툭 떨어졌다.

"뭐……예요?"

평소와 다름없이, 아니 평소보다 더 뚱한 얼굴을 내미는 이령을 향해 세훈은 꽃을 내밀었다.

"오늘은 정식으로 이야기 좀 해보자."

나란히 차를 타고 가면서 세훈은 이령의 눈치를 보았다. 허 실장의 말에 따르면 일단 꽃다발을 안겨주면 감격할 거라는데 이령에게서는 그런 기미가 전혀 보이지 않았다. 아닌가? 속으로는 감격하는 중일라나?

"꽃 별로 맘에 안 들어?"

슬며시 묻자 돌아오는 대답이 이랬다.

"혼자 잘 피어 있는 애를 꺾어다놓고 바쁘면 잘 돌봐줄지 아닐지도 모르겠는데 좋겠어요? 애가 내일 아침에 집에 가겠다고 해도 전화 한 통 없을 수 있잖아요."

아주 잠깐, 세훈은 너무 긴장한 나머지 헛소리가 들리나 의심했다. 꽃 맘에 드냐는데 그 꽃이 집에 간다는 얘기가 왜 나와?

그래서 평소처럼 따지려는데 허 실장의 목소리가 귓가에 울렸다.

「성질대로 하지 말고 제에발 말 들으세요. 연애는 비즈니스가 아니라고요. 안 해보던 거라 어색할 수 있어요. 하지만 여자를 만나려면 비위를 맞춰줘야 해요. 자기 여자 비위도 못 맞추는 남자가 뭘 할 수 있겠어요?」

세훈이 끙 하고 혀끝까지 튀어나온 말을 삼켰다.

"그러게. 꼬, 꽃이 잘못했네."

그런 세훈을 전혀 눈치채지 못한 채 이령은 어젯밤 내내 기다렸던 서운한 맘과 그래도 얼굴은 보고 가게 되었다는 기쁨 사이에서 언제 제대로 이야기할 수 있을까 손가락만 만지작거렸다.

허 실장이 심사숙고해 선정한 레스토랑은 시내에서 약간 벗어난 자연주의를 표방하는 브런치카페였다. 너른 정원과 나지막한 건물, 아기자기한 인테리어 때문에 여자들에게 인기가 많다고 했다.

그러나 들어가기까지의 미션이 하나 더 있었다.

「차 문 열어주는 건 다소 오글거리는 매너지만 막상 겪어본 여자들은 좋아하는 편이죠. 대접받는 기분이 들거든요.」

사실 세훈은 의식하지 않으면 자연스러운 매너가 몸에 배어 있는 타입이었다. 차 문을 열어주는 건 기본…… 그런데 이상하게도, 오히려 유이령하고는 그런 관계였던 적이 없는 거 같다. 생각해보면 지리산에서 올 때도 문을 열어줬던 기억은, 없다. 호구 태우느라 실랑이하는 동안 유이령 혼자 올라탔던가?

왜 그런 적이 없었는지 세훈이 깨달은 것은 차를 세우고 내리면서였다.

"어……, 야!"

세훈이 내림과 동시에 이령이 재빠르게 스스로 문을 열고 내렸다. 어찌나 빠른지 실제로 땅에 내려선 건 세훈보다 먼저다.

유이령은 혼자서도 잘하는 아이였던 거다.

"왜요?"

뭐? 하고 뚱한 표정을 지은 이령이 이번에도 빠르게 앞장서 레스토랑으로 향했다.

"어?"

「같이 걸을 때는 잘났다고 먼저가지 말고요. 에스코트 하는 느낌이 중요해요. 등을 살짝 잡아준다든지. ……지키고, 보호하듯이요.」

"쟤가 먼저 가는데?"

맘대로 되는 일이 없어서 세훈은 황당해 죽을 지경이다. 며칠을 합숙하며 받은 교육인데 이렇게 한순간에 물거품이 되나. 지키고 보호하고 싶은데 쟨 도대체 왜 저래?

"앗! 맞다!"

「문은 당근 열어줘야 하는 거 알죠? 그리고 이건 상황에 따라 다른데 대표님이랑 이령 씨랑 키가 좀 차이 나니까…… 등 뒤에서 열어주면 약간 백허그의 느낌이 나면서 여자들은 느낌 있거든요. 키키키!」

"기다……!"

막 달려가는데 이미 늦어 있었다. 이령이 제 손으로 문을 벌컥 열고 들어가버린 거다. 다 망했다. 백허그고 뭐고.

"하……."

세훈의 한숨만 몽글몽글 허공으로 흩어진다.

"너 성격이 왜 이렇게 급해?"

먼저 들어간 이령을 따라 다부지게 쫓아가며 결국 참지 못한 불평을 늘어놓는데 이령이 돌아보았다. 순간 다음 미션이 떠올랐다.

「의자 빼주는 게 기본 매너인 건 알죠?」

이령의 손이 막 의자를 빼려던 참이었다.

앞선 실패에 의기소침해있던 세훈의 마음이 다급해졌다. 빠른 걸음으로 성큼 다가선 세훈은 이령이 붙잡고 있는 의자를 빼주었다. 곤란한 것은, 그 과정에서 그가 그녀를 밀어버렸다는 건데…….

"왜 이래요?"

거의 몸이 휘청할 정도로 밀려난 이령이 어이가 없다는 듯 세훈을 올려다보았다.

"아무 데나 앉으면 안 돼요?"

별 이상한 사람 다 보았다는 듯이 흘겨보며 반대편으로 가 앉는 이령을 보는 세훈은 의자 등받이를 잡은 채 처연했다.

세상에는 천적이라는 것이 존재한다던데 최세훈은 만난 적이 없었다. 왜 그런지 이제야 알겠다. 그 천적이 지리산에 숨어 있었으니까!

"뭐 하세요? 안 앉으세요?"

"앉을 거야."

속상했다.

"이거 가격표가 없어요."

메뉴를 뒤적이던 이령이 이상하다는 듯 물어왔다.

"원래 고급레스토랑은 다 그래. 나한테는 있어. 그냥 골라."

"그럼 그 메뉴판 줘봐요."

"볼 필요 없다니까? 먹고 싶은 걸로 골라."

"가격도 모르는데 어떻게 골라요?"

아니, 뭔 궁상을 이렇게 당당하게 떨어!

……라고 벌컥 소리를 지르고 싶었다.

성질대로 하고 싶은 걸 참느라 세훈은 숨을 몰아쉬었다. 남자가 여자한테 밥 한 번 먹이는 게 이렇게 어려운 일이던가?

「여자에게 최고의 남자는 입에 맛있는 거 넣어주는 사람이라는 말이 있어요. 솔직히 대표님 이령 씨 오고 나서 뭐 제대로 먹인 것도 없잖아요. 그러는 거 아니죠. 뭔가 먹이고 나서 계약서에 도장을 찍든 혼인신고서에 도장을 찍든 하는 게 남자의 도리라고요.」

남자 되기 정말 힘들다.

"내가 너 사주고 싶어서 그러는 거니까 맘껏 골라. 내가 알아서 낼게."

꾹꾹 참으면서 웃자니 자기가 생각해도 목소리가 살벌해진다. 입꼬리가 파르르 떨리는 게 어떤 방송 매체에서도 자연스러운 미소라며 칭송받았는데 유이령 앞에서는 그른 거 같다.

"아니면 내가 골라줄까?"

자상하게 굴려고 노력하며 세훈이 제의했다.

"아, 그게 좋겠어요!"

이리저리 뒤적이던 이령이 반색을 하며 웃었다. 오늘 만나고 나서 처음 보는 웃는 얼굴이었다.

그런데…….

심장이…….

세훈이 침을 꿀꺽 삼켰다. 관자놀이에서 땀이 또로록 흘렀다. 이령의 눈, 코, 입술이 반짝반짝 빛나는 것처럼 그의 눈동자를 채운다.

"너 왜 이렇게 이…….''

「틈틈이 예쁘다고 말해주세요. 아무렇지도 않게 시크하게 말하면 오히려 더 진심 같고 설렌다더라고요.」

예쁘다고 말하고 싶은데…….

"이쪽에 와인리스트가 있는데 볼래?''

세훈은 진심으로 현기증을 느꼈다. 차라리 거짓말을 시키면 하겠는데 마음속에 우러나는 말은…… 진짜…….

그리하여 처음으로 깨닫는 것이다.

최세훈은 수많은 여자들에게 "예쁘다." "매력있다." "귀엽다."고 평해왔다. 아니, 여자뿐 아니라 남자에게도 마찬가지. 그의 연예인들이었으니까 그러한 장점들을 찾아내고 극대화해주기 위해 몇 번이고 말해줄 수 있었다.

그러나 그 "예쁘다."와 지금 세훈이 느끼는 "예쁘다."는 아주 다르다는 것. 설명할 수는 없지만 비슷한 구석이 조금도 없다고 느낄 정도로 완전히 다른 것이다.

"이 시간에 술을 마시자고요?''

머리가 아찔해져서 쓸데없이 와인리스트를 넘기는 세훈의 속도 모르고 이령은 의아할 뿐이었다. 만약 그녀가 좀 더 관찰력이 있었다면 그의 마음을 알 수 있었을 텐데.

세훈의 귓가가 빨갛게 달아올라 있었다.

음식은 훌륭했지만 세훈은 거의 손도 대지 않았다. 단정한 자세로 음식을 입안에 넣는 이령의 모습을 보느라 바빠 포크를 들 틈이 없었다.

「이제 마지막, 대표님께 가장 필요한 스킬을 알려드릴게요. 사실 앞의 기술들은 대표님 몸에도 배어 있을 수 있는 매너들이에요. 하지만 지금 이 대목은 그렇지 않죠. 대표님에게 없는 거죠. 바로 '에코스킬' 남의 말 드럽게 안 듣는 우리 대표님을 위한 예시! 여자가 '우와! 신나!' 하면…… '신나?' 하고 부드럽게 웃으며 되물어주는 거예요. 또 '오빠! 돈가스가 맛있어요!' 하면 '응, 돈가스가 맛있어?' 하고 물어봐주고……. 할 수 있겠죠?」

이제 이것만 쓰면 되는데……, 에코스킬이라…….

이령이 하도 말이 없는 게 문제였다. 음식이 나와도 맛있어 보인다거나 하는 이야기 전혀 없이 말똥말똥한 눈으로 먹기만 하니…….

그러나 기다리는 자에게 복이 있다고 이령이 먹는 모습을 보고만 있자 이령이 입을 열었다.

"정말 안 드실 거예요?"

에코스킬 출동!

"정말 안 먹느냐고? 안 먹어. 입맛 없어."

띠껍게 들리는 건 기분 탓인가…….

이령이 이해가 안 간다는 듯 눈살을 찌푸렸다.

"그럼 왜 밥 먹자고 했어요? 아깝게!"

다시 한 번 출동!

"아까워어? 내가 돈 내는데 네가 왜 아까워?"

역시 띠껍다. 아무래도 이게 아닌 거 같은데…….

아니나 다를까 이령은 기분이 상한 얼굴이었다.

"아니, 누가 돈을 내든…….'"

다시 한 번?

"누가 돈을 내든?"

……안 되겠다. 분명 시킨 대로 했는데 세훈이 하니 '누가 돈을 내든이라니, 그게 제일 중요한데!' 하고 따지는 것처럼 들린다. 처음으로 자기 자신의 재능을 깨닫는다. 띠껍게 따지는 재능.

관둬야겠다.

하지만 이령은 이미 입이 댓 발 나와 있었다. 이해가 안 가는 남자다 싶었지만 오늘은 더더욱 이상한 거다. 아니면 지리산을 내려가야 하는 날이라 예민해져 있는 걸까?

"저기요…….'"

"저기…….'"

머뭇거리던 두 사람이 동시에 입을 열었다.

"먼저 말씀하세요."

"먼저 말해."

다시 동시.

잠깐 멋쩍은 침묵이 지나갔다.

"네가 먼저 말해."

세훈이 부드럽게 이령에게 발언권을 넘겼다.

"네, 다름이 아니라 저 이제……."

집으로 가야 할 것 같아요, 라고 말하는 일이 생각보다 어렵다는데 이령은 놀랐다.

"응?"

"저 이제 집으로 가야 해서요."

"집? 회사로 바로 안 가고? 왜, 뭐 놓고 왔어? 데려다 줄게."

전혀 이해하지 못한 세훈은 생뚱맞다는 표정이었다.

"아뇨. 그게 아니라…… 지리산이요. 우리 집."

세훈이 그대로 얼어붙었다.

왜 이 말을 하는 게 이렇게 어렵나 어색해하느라 이령은 세훈이 받은 충격을 눈치채지 못했다.

"가야죠. 이제 뮤비도 다 찍었으니까요. 지리산 집도 정리 다 되었다고 해요. 중호 오빠한테 전화가 왔었는데……."

"계약은? 계약은 안 해?"

청천벽력.

머릿속이 완전히 헝클어져 있던 세훈이 더듬거렸다.

이 타이밍에 집에 가겠다는 이야기는 그에게 청천벽력 그 자체였다.

전혀 상상도 못 했다. 언제나 그를 당황시키는 유이령이지만, 그녀와 있으면 항상 반전 같지도 않은 반전 때문에 괴롭지만 오늘이 단연코 최고였다.

핏기가 다 사라지는 느낌.

애인 만날 날을 손꼽아 기다리던 일등병이 휴가 나와서 이별통지를 받으면 이런 기분일까?

"뮤직비디오는? 그거 찍어야 하잖아."

이령이 황당한 표정을 지었다.

"뮤비 촬영 끝났잖아요. 스태프님들하고 쫑파티도 했는데…… 몰랐어요? 엄청 중요한 일인 것처럼 말하더니."

생각해보니 분했다. 진짜 엄청 중요한 일인 것처럼 사람 붙잡아두고선 신경도 안 쓴 거잖아. 거기다가 계약 얘기는 또 뭐야.

"그리고 계약 얘기는 예전에 끝났잖아요. 더 얘기 안 하길래 포기한 줄 알았는데."

"아, 아니, 그게 내가 요즘 바빠서……."

당황하는 세훈을 보며 이령은 서운함이 치솟아 올랐지만 꾹 참았다. 어쨌든 좋은 경험이었고, 신세를 진 게 너무나도 많은 거다.

"그동안 인사 못했는데 그때, 지리산으로 데리러 와줘서 고마웠어요. 처음에는 의심했었지만 그쪽 말이 옳았던 거 같아요. 나 여기 있었던 게 좋았어요. 많이 도움이 되었어요."

"그럼 가지 마."

순간 세훈의 목소리가 너무나 애절하게 울려서, 이령은 그가 우는 게 아닌가 생각했다. 그러나 그녀를 바라보는 눈빛은 물기 하나 없이 건조하고 깊었다.

"안 돼요. 나는…… 이 일은 못 해요."

할아버지와 약속이니까.

문득 이령은 어머니 이야기를 세훈에게 해볼까 생각했다. 왜 못하는지, 이유를 알려주고 싶었다. 그녀가 싫어서 그러는 게 아니라는 사실을, 진짜로 일이 즐거웠고 기회를 준 세훈에게 고마워하고 있다는 사실을 알려주고 싶었다.

아무에게도 하지 않은 이야기고, 심지어 마을 사람들은 이령이 어머니 이야기를 모르는 줄 아는데 그냥 하고 싶어졌다. 세훈에게라면 이야기해도 될 것 같았다.

하지만 정작 세훈 쪽은 이유까지 생각이 미치지 않은 상태였다. 갑작스레 망치에 얻어맞은 사람처럼 최세훈의 뇌는 완전히 서 있었다. 오늘까지 오직 잘 못하는 '여자 대하는 법'만 연구해서 매너 좋은 남자로 거듭나려고 했는데, 그러면 된다고 생각했는데 이게 웬 날벼락인지.

지리산?

서울에서 약 350킬로미터가 넘는 바로 그 산?

차로 달려도 네 시간이나 걸리는 바로 그곳?

이렇게 보내면…… 이제 못 보는 건가?

더 이상은 핑계도 없는데.

이게…… 마지막?

"그래서 지리산까지 데려다 주고 어젯밤 내내 우시다가 지금 출근하신 거라고요?"

데이트하러 간다던 사람이 연락이 끊겨 무슨 일인가 노심초사하던 허 실장은, 아침 일찍 죽상으로 출근한 세훈을 붙잡고 가슴을 쳤다.

"안 울었어."

귀가 축 처지고 꼬리가 늘어진, 버림받은 강아지 같은 표정으로 세훈이 대답했다.

"안 울긴! 가슴으로 울었구만! 어제 하루 종일 제가 몇 번이나 전화를 했는지 알아요? 다들 대표님 찾느라 난리 난리……."

일단 허 실장의 방자한(?) 언행을 용납한다는 것부터가 최세훈이 울었다는 증거였다.

"어떻게 되었나 했더니 고이 모셔다 드려요, 그걸? 그렇게 내가 교육했는데?"

"고이 모셔다 주진 않았어!"

세훈이 인상을 팍 썼다.

"그럼요?"

"너 그러는 거 아니라고, 애들한테 인사는 하고 가라고 야단쳤어. 되게 단호하고 무서웠어."

"그랬더니요?"

"사정이 있어서 급히 가야 한대."

"그래서요?"

"……데려다 줬어."

세훈이 책상에 엎어져버렸다. 밤새 제대로 자지 못하고 악몽에 시달렸더니 두통이 심각했다.

"에휴……."

책상에 엉덩이를 걸친 채 허 실장이 세훈의 어깨를 다독였다.

"매달려나보지 그랬어요. 가지 말라고…… 좋아한다고……."

"내가 왜?"

세훈이 버럭 소리를 질렀다. 그러나 이 질문에 대해서 허 실장은 할 말이 많았다.

"왜긴 왜예요! 그 말 하려고 나하고 며칠 밤낮을 진짜…… 대표님,

사람이 아무리 돈 많으면 뭐해요? 아무리 일 잘하면 뭐해요? 좋아하는 여자한테 좋아한다고 말도 못 하는 찌질이, 찌질이……."

"너……."

세훈이 이를 아드득 갈았다.

"내가 요즘 너한테 상냥했지? 응?"

허 실장이 움찔했다.

"대, 대표님이야 항상 저에게…… 모두에게…… 세상에게…… 상냥하……시……죠."

불호령이 내릴 줄 알았건만 아무 일도 일어나지 않았다. 세훈은 분노고 뭐고 다 귀찮은 표정이었다.

"그래요. 어쨌든 대표님은 하실 일은 다 하셨어요. 제가 봤을 때 그정도면 유이령 씨도 대표님 마음 알 거고……."

세훈이 고개를 갸웃했다.

"그래?"

"그렇지 않을까요? 그 정도 했는데 눈치 못 까는 여자가 있어요? 예쁘게 입고 가서, 꽃에, 비싼 밥에, 와인에, 에코스킬 쓰고…… 또 간다니 집까지 모셔다 드렸는데……."

"걔는 유기농이잖아."

세훈이 심란하게 고개를 저었다.

"눈치 없을 것 같아."

사실을 말하자면, 허 실장의 의견으로도 그랬다. 하지만 세훈의 의견과 달리 이건 유이령만의 문제가 아니었다. 세훈도 좀 그랬다. 세훈이 목매고 있다는 것은 가까이서 보는 허 실장은 알 수 있었지만 한걸음만 떨어져도 정말 안 그런 것처럼 보이는 거다.

마치 장 대표가 자기 원하는 걸 다 얻어놓고도 분한 그런 느낌이랄까? 최세훈은 져도 진 것 같지 않고 매달려도 매달린 것 같지 않은 기묘한 재주가 있었다.

그리고 좋아해도 거만한 느낌, 정말 쉽지 않은데. 사랑하면 누구나 약자가 된다는데 약자 중 최약자가 된 짝사랑의 와중에도 최세훈은…… 못됐다.

"연락하겠죠. 뭐 급히 돌아가야 할 사정이 있어서 그런 거라면……."

문득 궁금해져 허 실장이 세훈을 바라보았다.

"그런데 사정이 뭐래요? 왜 급히 가야 한대요?"

세훈이 눈을 동그랗게 떴다.

설마…….

"설마 안 물어봤어요?"

"헐?"

세훈이 완전히 당황하여 숨 끝을 놓쳤다. 진짜 왜 그랬을까? 그리고 보면 유기농…… 뭔가 할 말도 있어 보였는데.

머릿속이 엉망진창이었다. 가야 한다는 말을 들은 이후로 기억이 뚝뚝 끊겼다. 지리산을 가는 내내 거의 침묵이었던 것 같다. 오면서 혼자 운전한 기억은 아예 없고…….

"에휴……."

안타까워 죽겠다는 듯이 허 실장이 혀를 찼다.

"원래 그래요. 짝사랑하면 놓치는 것도 많고, 해야 할 것 못하고, 바보짓하고…… 딸꾹!"

세훈이 노려보는 바람에 허 실장이 숨을 들이마시다가 사레가 들었다.

"짝…… 뭐?"

"아, 아니이. 우리 대표님은 그런 거 안 하겠지만요오……. 제 말은 대표님이 그렇다는 게 아니라 짝사랑의 성격이 그렇다는 거였어요. 원래 사람들이 사랑에만 빠져도 좀 이상해지는데 짝사랑은 미쳐버리거든요, 아주."

세훈의 표정이 심각해졌다.

"짝사랑 증상이 어떤데?"

짝사랑의 정석

바람 잘 날 없는 초이 엔터테인먼트, 최근 직원들의 심정이 그랬다. 무슨 일을 해도 어떤 상황이 벌어져도 예측불허! 일촉즉발! 마치 외줄을 타는 느낌인 거다.

예를 들자면······.

한창 M-ster의 발라드 곡을 녹음 중일 때다. 녹음실에 있는 건 작곡가와 매니저 외에도 세훈과 허 실장.

다들 긴장하고 있는 것은 녹음 중인 곡이 초반에 까였던 '징징 짜고 축축 늘어지는' 노래였기 때문이다. 고치고 싶었는데······ 고칠 수가 없었던 작곡가는 사색이 되어 있었다. 노래라는 게 그랬다. 자기 맘대로 되지 않는 걸 어쩌겠나. 그의 기분에는 딱 이게 완성인데.

약간 바꾸긴 했지만 결국에는 '징징 짜고 축축 늘어지는' 범위를 벗어날 수가 없었다.

다들 눈치 보는 와중에 1차 녹음이 끝났다. 녹음실 안의 주현, 선우, 형식, 강혁, 기호, 세원, 윤까지 헤드폰을 낀 채 팔짱을 끼고 있는 세훈의 안색을 살폈다.

"턱이 딱딱하게 굳어 있지? 이 악물고 있는 거지?"

"이제 화낸다. 화낸다. 화낸다."

"우리한테 화내지 않겠지?"

"작곡가 형 잘려?"

"허 실장님이 먼저 잘릴걸?"

마이크가 꺼져 있는 줄 안 M-ster의 속닥임이 바깥쪽으로 다 새어나왔다. 민첩하게 날아간 허 실장이 마이크를 끄는 버튼을 누르고 헤헤 웃었다.

"별로시지……."

세훈이 고개를 절레절레 젓더니 박수를 쳤다.

"……않지요오?"

숨을 헉 들이마신 허 실장이 눈동자를 데굴데굴 굴렸다. 보통 저렇게 박수를 치는 건 좋은 사인인데…… 지금 이 노래는, 얼마 전에 까인 건데?

"너무 징징 짜고 축축 늘어지지 않아요? 안 그래도 살기 힘든 이 세상에 이렇게 우는 남자들은 매력…… 없……다고…….."

세훈이 크흡! 하고 숨을 들이마시더니 눈 사이를 눌렀다. 다들 너무나 놀라 소리를 지르지 않기 위해 손을 입안에 쑤셔 넣어야만 했다. 지금 최세훈이 감동한 건가?

가장 당황한 건 마이크 앞에 선 M−ster 여섯 명이었다. 그들이 언제부터 노래를 이렇게 잘했는가? 최세훈을 울릴 정도로?

"하, 진짜 심금을 울린다는 게 이런……. 이거 가사 누가 썼어?"

세훈이 감동한 얼굴로 오른손을 왼 가슴 위로 올렸다.

"기, 기호가 썼는데요."

허 실장의 의견을 말하자면 진짜 구린 가사였다. 어린 나이답게 절절한 짝사랑, 목숨 거는 짝사랑, 너밖에 없다고 내 눈에는 너만 들어온다고 외치는 원초적인 들이댐.

"기호가 이런 재주가 있었네. 얘 이쪽으로 한 번 키워봐도 되겠어."

"저, 정말요?"

당황하던 허 실장은 다음 순간 최세훈이 짝사랑 중이라는 것을 기억해냈다. 그것도 아이돌들의 나이대에나 어울릴 자기 자신의 감정에 솔직한 짝사랑.

그럴 때면 별거 아닌 사랑 노래가 모두 자기 주제가 같은 법이다. 가슴 아파서 들을 수 없지만 듣지 않을 수도 없어지는 거다.

"최고야."

최세훈이…… 고장 났다!

하지만 사실 세훈의 증상은 허 실장이 생각하는 것보다 심했다.

한밤, 세훈의 사무실.

세훈이 타닥타닥 자판을 두드리고 있었다. 보통 때는 끼지 않는 안경까지 낀 채 진지한 눈빛이었다. 엄청 중요한 일을 처리하는 듯 종종 손을 멈추고 생각에 잠겼다가 다시 자판을 두드린다.

그는 벌써 세 번째, 인터넷 Q&A 사이트에 질문을 올리고 있었다. 소문나면 '초이 엔터테인먼트' 주가가 엄청 하락할 일이라는 자각 따윈 없었다. 중요한 건 주가가 아니니까.

[그러고 나서 제가 손을 잡았는데 빼지 않았습니다. 이것은 오차범위 1.5퍼센트 이하로 그린라이트 아닌가요?]

엄청 자세하게 썼는데도 답글들이 자꾸 너 혼자만의 짝사랑이라며 여자는 관심 없다고 한다. 세훈은 답답해 죽을 것 같았다. 이렇게 뻔한데 도대체 왜 다들 다른 이야기만 할까?

최세훈은 다른 사람의 의견을 궁금해하는 사람이 아니라는 거, 정말 뻔하면 자꾸 물을 이유가 없다는 것까지 생각이 미치지 않았다.

뿐만 아니라 그 같은 사람들을 표현하는 인터넷 용어가 있다는 것도 그는 몰랐다.

바로 '답. 정. 너. (답은 정해져 있으니 너는 듣기만 해라)'

그러나 세훈이 원하는 답을 말해주는 사람은 아무도 없었다.

세훈으로서는 진정으로 처음 겪는 혼돈의 시간이었다.

푸른 어둠이 내려앉은 세훈의 침실.

깊게 잠든 듯 고른 숨을 내뱉던 세훈이 눈을 번쩍 떴다. 온몸은 어디서 맞은 듯 아팠고 머리는 욱신욱신 두통으로 깨질 것 같은데 잠이 오지 않았다. 아스피린, 타이레놀을 다 삼켜봤지만 소용없었다.

계속 가슴이 체한 것처럼 답답했다.

"솔직히!"

벌떡 일어난 세훈이 캄캄한 어둠 속에서 머리를 쥐어뜯었다.

"나 정도면 대박이지! 네가 먼저 좋다고 막 들러붙어야 하는 거 아냐? 나 책임지라고! 갈 데가 없다고! 집에 좀 있겠다고 그러면 안 돼? 그럼 쉬운데! 다 되는데! 내가 받아줄 건데! 왜 안 그러는데에에에에에!"

도저히 이해가 안 가는 상황이었다. 아무리 생각해도 간단한 일인데 왜 이렇게 뜻대로 되지 않을까? 정답이 있는데 왜 유이령은 모를까?

수시로 가슴 속에서 불길이 치솟았다가 차갑게 가라앉았다.

그리고 이 '가라앉는' 부분도 문제였다.

"아…… 왜 안 물어봤을까? 무슨 일이냐고 물어봤어야 하는데……. 그럼 내가 해결해줄 수 있었을 텐데. 그럼 아직 서울에 있을 텐데. ……혹시 내가 자기에게 관심 없다고 생각했나? 내가 잘 표현을 못 하니까. 그 꽃…… 잘 피어 있는데 뭐라고 했지?"

감정 기복이 말로 못하게 심각했다.

치솟을 땐 머리끝까지 치솟고, 가라앉을 때는 발밑을 파고 들어갈 정도로 깊고.

앞장서서 걷는 세훈의 뒤를 따르면서 허박지 삼총사는 서로의 등을 떠밀었다.

요즘 세훈은 말을 걸기 어려웠다. 좋을 땐 한 없이 좋지만 안 좋을 때는 어마어마하게 안 좋아서 아침마다 직원들은 아침마다 '오늘의 운세'를 보고 나왔다. 한결같이 못된 상사가 변화무쌍한 상사보다 낫다는 것을 모두 실감 중.

몇 차례나 가위바위보를 한 끝에 진 지 실장이 앞으로 나서며 세훈에게 말을 걸었다.

"이번 영화제에서 대표님이 꼭 시상자로 참석해주셨으면 좋겠다고 해서요……."

제안서를 쓱 내밀었는데 세훈의 손이 쓱 도로 밀어낸다.

"내가 거길 왜 가?"

허박지 삼총사가 바쁘게 시선을 교환했다. 이 반응은 애매했다. 기분이 좋은 건가 나쁜 건가?

그러는데 세훈의 걸음이 우뚝 멈춰 섰다. 연습실 앞이었다.

"이건 뭐야?"

연습실에서는 처음 듣는 음악이 쿵쾅쿵쾅 새어나오고 있었다. 음악이야 세훈이 세상의 노래 전부를 아는 것도 아니고 자기들끼리 멜

로디를 잡아놓을 때도 많으니 그러려니 하는데 들리는 소리가 괴상
했다. 영어도 아니고 중국어도 아니고 한국어는 더더욱 아니지만, 어
딘가 익숙하고 그리운 향기가 나는…….

세훈이 연습실 문을 벌컥 열었다.

"접물지요는 기소불욕, 물시어인, 행유부득, 반구제기[8](接物之要 己
所不欲 勿施於人 行有不得 反求諸己)……."

리드미컬하게 몸을 움직이며 랩을 하는 윤을 보던 세훈이 인상을
찡그렸다.

"이 외계어는 또 뭐야?"

다가온 안무선생이 어깨를 으쓱했다.

"이령 씨가 매일 중얼거리던 거 있잖아요."

남의 입에서 이름을 들은 것만으로 세훈은 숨을 멈췄다. 유이
령…… 이라고?

「비례물시, 비례물청, 비례물언, 비례물동이라더니…….」

처음 만날 때는 엉뚱하다 생각했던 그 언동이 갑자기 숨 막히게 그
리워졌다. 이상하다고만 생각했던 여자애였는데. 어쩌면, 처음 본 순
간부터 좋아했던 걸까?

---

8) 사물을 대하는 데 있어 중요한 점은 자신이 바라지 않은 일은 다른 사람에게 강요하지 말
고, 행하고서도 이루지 못한 일은 돌이켜 자기 자신에게서 원인을 찾아야 한다.

왜 좋아하는 걸까.

자신의 마음을 깨닫고 난 후부터 세훈이 계속 자신에게 질문했던 거다. 아니라고, 아니라고 생각하면서 궁금했던 것이기도 했다. 왜 최세훈이 유이령을 좋아하는 걸까? 예뻤지만 예쁜 여자야 널려 있었고, 착하지만 사람 착하다고 좋아해본 적이 없는 최세훈인데 왜 처음 보는 그 순간부터 무작정 그렇게 갖고 싶어 했던 걸까?

자기밖에 모르는 최세훈이 왜 그렇게 뭐든 다 해주고 싶은 기분이 드는 걸까.

결국…….

좋아하는 마음은, 그냥 좋아한다는 이유 외에는 아무것도 없다고.

아니라고 부정할 수 있다면 좋아하는 마음이 아니라고.

벌써 수백 번 좋아하는 게 아니라고 그만두겠다고 아니면 말라고 자존심을 세워보았지만, 여전히 어떤 순간에도…… 그리워하고 있었다.

자꾸 생각하고 있었다.

모든 신경이 유이령에게로 향해 있었다.

"대표님?"

갑자기 획 돌아 뛰기 시작한 세훈 때문에 당황한 건 허박지 삼총사였다. 어쩔 줄 모르고 서로 마주 보던 세 사람 중 그래도 뜀박질에 익숙한 허 실장이 세훈을 뒤쫓기 시작했다.

"대표님 스토옵! 스토옵!"

차 문을 열려는 세훈의 등 뒤에 코알라처럼 반짝 업힌 허 실장이 귀 따갑게 소리를 질러댔다. 쩌렁쩌렁 동네가 울리도록 큰 소리였다.

"야! 너 뭐 하는 거야?"

귀를 막으며 세훈이 진저리쳤다.

"어디 가시게요?"

"못 참겠어. 지리산 갈래. 가서 왜 갑자기 집에 가겠다고 한 건지도 물어보고, 계약하자고 졸라볼래."

등 뒤에 달라붙은 허 실장을 떼어내려 세훈이 몸을 비틀었다. 그러나 허 실장은 필사의 각오로 그의 목을 붙들고 늘어진다.

"조르면 해주겠어요?"

"해줄 거 같아."

"안 해줘요!"

답답한 노릇이었다. 짝사랑도 해본 놈이 한다고…… 잘나기만 했던 사람이 안 하던 짓을 하려니 바보가 따로 없다.

"서울에 데리고 있으면서도 못 한 계약을 지금 가서 할 거 같아요? 아니, 하고 싶은 게 계약이 맞긴 해요? 이럴 때는 충동적으로 행동할 게 아니라 마음을 진득하게 먹고 스스로를 돌아볼……, 웩!"

허 실장을 그대로 엎어 매친 세훈이 허리를 펴며 숨을 몰아쉬었다. 흐트러져 이마를 가진 앞머리를 쓸어 올리며 세훈이 단호하게 선언했다.

"몰라. 그런 건. 가면서 생각할래."

세훈이 다시 차 문을 열었다. 몸을 날려 그 문을 다시 닫으며 허 실장이 설득한다.

"그게 제일 안 좋은 건 거 알아요? 대표님처럼 아무 생각 없이 당장 마음만 급해가지고 뛰어가는 건 십 대 때나 하는 짝사랑이란 말이에요! 성질머리가 당최 왜 그래요?"

"어! 그래! 나 철없는 거 이제 알았어? 내 성질머리가 이런 걸 어쩌겠어? 이게 나야. 네가 적응해!"

평상시의 뻔뻔함을 완전히 회복한 세훈이 발로 허 실장을 밀어내고 차 문을 열고 들어갔다. 하지만 즉각 출발하진 못했다. 흥분상태라 시동 거는 걸 세 번이나 실패하고 네 번째 겨우 시동을 걸었을 때는 허 실장이 사이드미러를 끌어안으며 매달린 거다.

"그렇게 꼬시는 거 아니란 말이에요. 지금은 기다릴 때라고요."

차창 문을 연 세훈이 그런 그의 머리를 밀어내며 짜증을 냈다.

"네가 시키는 대로 해서 되는 것도 하나 없었어. 가서 그냥 단도직입적으로 얘기할래!"

"아 진짜! 단도 되게 좋아해! 사업은 그렇게 해도 될지 몰라도 연애는 아니라니까! 지금 짝사랑한다고 티 내요?"

"그래! 티 낸다!"

당당하게 외친 세훈이 허 실장을 밀어내고 차를 출발시켰다.

"와……. 진짜 짝사랑도 아무나 하는 거 아니구나."

멀어져가는 차 뒤꽁무니를 허탈하게 바라보며 허 실장이 고개를 저었다. 처음이라는 건 누구에게나 어려운 거긴 하지만…… 최세훈이, 저렇게까지.

저 최세훈이, 저렇게까지.

놀라운 일이었다. 짝사랑, 진짜 위험한 거였어.

고속도로를 시원하게 달리는 차의 액셀러레이터를 힘 있게 밟으며 세훈은 진작 이래야 했다고 생각했다. 며칠째 가슴을 답답하게 채우고 있던 체기가 싹 빠진 것 같았다.

지리산! 지리산! 아름다운 지리산!

처음에 왔을 때는 좁아 보이기만 했던 산길도, 울퉁불퉁한 짐승길도, 하늘을 **빽빽**이 메운 나무들도 모두가 좋아 보이기만 했다. 이령에게로 가는 길이었으니까.

여기가 거기 같고, 거기가 여기 같은 넓은 산이 다 맘에 들었다.

모두가 좋았다.

저 멀리, 이령의 집이 보였을 때는 감동스럽기까지 했다.

그러나…… 숨 차는지도 모르고 단숨에 뛰어갔을 때, 세훈은 문득 깨달았다. 호구가 짖는 소리가 들리지 않는다는 것을.

찬물을 뒤집어쓴 것처럼 순식간에 머릿속이 멍해졌다.

단 한 번도 생각해보지 않았던 부분이었다. 이령이 지리산에 없다는 것은. 당연히 그럴 수도 있다는 걸 예상했어야 하는데…….

허술하긴 해도 늘 닫혀 있던 울타리 문을 밀자 힘없이 열렸다. 집은 텅 비어 있었다. 작긴 해도 옹기종기 세숫대야와 비누들이 있던 펌프도 잠겨 있고, 신발들이 나란히 놓여 있던 댓돌도, 세훈이 빨래를 넣었던 빨랫줄도 깨끗했다.

방문을 열어보자 책도, 살림살이도 다 **빠져** 있는 공간이 세훈을 맞이했다.

장승처럼 우뚝 선 채로 세훈은 어찌할 바를 모르고 망연해 있었다.

그리고 깨닫는 것이다.

짝사랑이란 원래 잘하려고 하면 할수록 엉망진창이 되는 그런 것임을.

최세훈의 우울

마른하늘에 우르릉 쾅쾅 날벼락이 쳤다. 이어서 비가 쏟아지기 시작했다. 짙은 비 내음이 도시의 건물 사이를 채웠다.

어두운 하늘과 그 하늘을 긋는 번개, 허공을 진동케 하는 천둥…… 이 모든 것에 더해 초이 엔터테인먼트를 공포 분위기로 몰고 가는 것은 최세훈이었다.

지리산에 유이령이 없다는 것을 확인한 이후로 초이 엔터테인먼트의 분위기는 살얼음판이었다. 세훈이 모든 일을 보이콧하고 사무실에 틀어박힌 거다. 돈이 좋아서, 일이 좋아서 24시간이 아쉬웠던 최세훈의 변모에 제대로 적응할 수 있는 사람은 아무도 없었다.

똑똑.

노크해도 대답이 없는 것에 익숙해진 허 실장이 슬그머니 문을 열고 들어왔다.

"불이라도 좀 켜고 계시지."

불이 켜지자 캄캄한 사무실에 혼자 앉아 있던 세훈이 눈을 가늘게 떴다. 불도 안 켜고, 일단 켜지면 끄지도 않고, 뭘 먹겠다는 말도 안 하고 잠도 안 자고…… 그래도 아직 눈이 부시면 인상은 찡그리는 걸 봐서 살아 있긴 한 모양이었다.

"알아봤는데요……."

조심스레 말을 걸어보았지만 세훈은 의자에 꼿꼿하게 앉은 그 자세 그대로 미동도 않는다.

"유이령 씨요. 보고…… 하지 말까요?"

여전히 대답은 돌아오지 않는다. 허 실장에게 향해있는 시선도 딱히 평소처럼 못됐다기보다는 아무 감정이 담겨 있지 않다.

그래서 더 무섭지만.

"어머니 돌아가신 이후로 인연이 끊겼던 이모가 나타났대요. 그…… 할아버지 돌아가신 걸 어떻게 알았는지 이령 씨 여기 있는 동안 집으로 와서…… 같이 살자고 했나 봐요. 아무래도 젊은 아가씨가 혼자 산에서 살 수는 없으니까 잘된…… 일이지만 우리에게는 좀…… 그렇죠. 연락한다고 하긴 했다는데 아직 연락 온 적은 없고…… 휴대전화도 없으니 먼저 해볼 수도 없지만, 적어도 왜 사라진 건진 이제 안 거죠."

세훈은 계속 보고만 있었다.

"어디선가 잘 살고 있을 거예요."

조심스레 한 마디 덧붙여보았지만, 여전히, 세훈은 가만히 보고만 있다.

허 실장으로서는 정말 곤란한 상황이었다. 그가 세훈에게 조언한 것은 다 진짜였다. 수많은 세월 동안 차여본 허 실장의 경험을 통해 차곡차곡 쌓은 실전지침서!

그걸 아낌없이 푼 것은 최세훈이 잘되길 바라서였다. 연애가 잘 해결되어 다시 못돼 처먹은 최세훈으로 돌아와 대한민국 엔터 계의 돈을 싹 쓸어 모으길 바라는 마음, 그거 하나뿐이었다.

그런데 이렇게 될 줄이야.

이제 세훈이 어떻게 나올지 안 봐도 뻔했다. 조금 있으면 돌아올 민주만 놓쳐도 갈아 마시겠다, 씹어 먹겠다 으르렁대는 육식괴수가 바로 최세훈이었다. 그런데 소속 연예인도 아니고 그렇게 탐내 하던 대박 아이템…… 대박 아이템만도 아니고 짝사랑하던 여자를 놓쳤으니 목숨으로 갚으라고 으름장을 놓는다 해도 할 말이 없을 지경이었다.

"됐어."

무릎을 꿇을까 말까 고민하는데 세훈이 허탈하게 말했다. 몸을 의자 시트에 기대며 슬쩍 돌리는 동작이 쓸쓸하기 그지없었다.

머리가 아픈 듯 살짝 인상을 찡그리는 세훈의 얼굴 위로 다시 번쩍! 하고 번개가 어렸다. 나라를 잃은 듯 한숨을 쉬며 그가 조그맣게 중얼거렸다.

"우리 유기농……. 천둥 번개 진짜 무서워하는데……."

허 실장은 상황이 생각보다 훨씬 나쁘다는 것을 깨달았다.

처음 종현은 의심을 했다. 이건 신종 괴롭힘 수법이라고, 그렇게 생각한 거다. 대학교 때부터의 기나긴 인연 동안 종현은 단 한 번도 '기운을 잃은 최세훈'을 본 적이 없었다. 상담을 원한다고 처음 종현의 병원을 방문한 그 날에도 세훈은 당당했고 뻔뻔했고 사람 속을 뒤집었었으니까.

그러나 지금, 세훈의 어깨는 축 늘어져 있고 목소리에는 힘이 하나도 없었다. 가끔가다가는 이야기하다 말고 귀찮다는 듯 입을 다물기도 했다. 그러는 횟수가 많아지자 종현은 슬며시 고민스럽기 시작했다.

"너 나 걱정시키려고 이러는 거지?"

세훈이 뭐? 하고 묻듯 살짝 인상을 찌푸렸다.

"이렇게 심각하게 나와서 내가 막 걱정하고 그러면 또 돌변해서 나 전세금 날린 이야기랑, 여친한테 차인 이야기하려고 하는 거지."

"아, 그거."

세훈이 눈을 깜빡였다.

"그런 거 같으면 그만 이야기하자. 나도 힘들어. 허가 가보래서 오긴 했는데 할 이야기도 없고."

이번에는 종현이 눈을 깜빡였다. 할 이야기가 없어?

그동안 세훈을 상담하면서 종현은 단 한 번도 심각한 적이 없었다. 적어도 세훈은 '말'을 하고 있기 때문이었다. 현대 사회에서 많은 사람들이 스트레스를 받지만 그 사실을 '이야기' 하는 사람은 그래도 괜찮았다. 우울증이 깊어지는 것은 더 이상 이야기하기도 싫을 때였다.

"어…… 그러니까……."

종현이 세훈의 얼굴을 유심히 쳐다보았다.

"이런 문제는 원인을 알기만 해도 극복에 도움이 되거든. 그래서 하는 말인데, 내 생각에 너 지금…… 그냥 갖고 싶은 게 있는데 갖지 못해 그러는 거란 말이야."

"맞아."

"마, 맞아?"

이렇게 짧고 굵은 긍정은…… 익숙하지 않은 건데?

"자기 맘대로 안 되면 병나는 거 참 미숙한 거거든. 원래 인생은 맘대로 안 돼요."

"그렇지."

"그, 그래?"

이 낯선 상황 앞에서 종현은 마구 혼란스러웠다. 보통 이렇게 말하면 아니라며 온갖 잘난 척을 하던 세훈인데.

"아, 알면 정신 차려야지. 너한테 딸린 애들이 한둘도 아니고…….

간 애는 간 애야."

"알아. 뭐 까놓고 말해 사귀다가 찢어진 사이도 아니고……. 아, 말 나온 김에 나 진짜 반성하고 있다. 형 여자친구랑 헤어지고 빌빌댈 때 비웃었던 거…… 호구라고 놀린 거 다 사과할게."

"으응?"

"난 사귀지도 않고 손 한 번 안 잡…… 아, 아니, 손은 잡아봤구나. 포옹…… 아, 포옹도 했네. 그래, 키스도 안 해본 사이에……."

세훈이 뜨거운 숨을 토해냈다.

"키스는 안 해본 게 맞겠지? 한심하다. 뭐 이런 게 헷갈리냐."

헷갈리는 이유를 세훈은 이미 알고 있었다. 별별 상상을 다 한 거다. 짝사랑이란 마치 무차별적으로 몸 안을 점령하는 해독제 없는 독약 같은 거라서 경계도 없고 제한도 없고…… 눈을 뜨고 있을 때도 눈을 감고 있을 때도 유이령 생각만 났다. 유이령 생각을 안 하고 지냈던 시간이 생각나지 않을 정도.

"……나 진짜 제정신 아닌가 봐."

종현이 어깨를 움츠리며 손을 입안으로 쑤셔 넣었다. 안 그러면 비명을 지를 거 같았다. 눈앞에 앉아 있는 이 바람 빠진 풍선처럼 시든 남자는 대체 누굴까? 절대로 종현이 아는 그 최세훈은 아니었다. 그럴 리가 없었다.

지금 눈앞의 사람은 그냥 남자, 그것도 사랑에 빠져 다른 생각은 아예 못하는 바보 같은 남자 아닌가?

"이건 재앙이에요. 어떻게 좀 해봐요."

박 실장과 지 실장, 그리고 매니저들이 둘러싸고 압력을 넣고 있는 건 다름 아닌 허 실장이었다. 초이 엔터테인먼트가 공포시대로 들어간 지 일주일, 회사의 상황은 너덜너덜해지고 있었다. 무엇보다 괴로운 것은 당장 수많은 결정을 내려야만 하는 실무자들이었다.

"내가 무슨 힘이 있어? 문 박사님한테 보내봤는데 전화 왔더라. 최세훈 왜 그러냐고. 어떻게 하느냐고. 전문의가 해결 못 하는 걸 내가 뭘 어떻게 해?"

"왜요! 허 실장님이 대표님을 담당하고 있는 거잖아요. 우리가 애들 관리하는 것처럼!"

"맞아요! 책임져요! 어떻게 해!"

아우성을 치는 직원들을 밀쳐낸 허 실장이 녹음실로 들어갔다. 시끄러운 복도의 분위기와는 달리 녹음실 안은 적막, 그 자체였다.

막 노래가 끝났는지 세훈이 헤드폰을 벗고 있었다.

"어떠셨……."

"짜증나."

허 실장이 흡 하고 숨을 들이마셨다. 그러나 다행히도, 그 짜증은 그 누구를 향한 것도 아니었다.

"사랑 타령 진짜 듣기 싫어."

최세훈이 숨을 몰아쉬었다. 그리고 최근 회사 사람들을 공포에 몰아넣은 바로 그 '독백'을 시작했다.

"사랑이 밥 먹여줘? 뭘 내 마음이 어쩌네 널 생각하면 심장이 어쩌네. ……어쩌라고? 응? 어차피 이루어지지도 않을 건데! 내 것도 아닌데! 짝사랑 엿 같아!"

나오던 가수는 도로 문을 닫고 들어가 마이크 앞에 섰고, 작곡가와 허 실장을 서로를 얼싸안았다.

"노래는 괜찮아. 가사도 잘 뽑았네. 건조하지 않으면서도 너무 쥐어짜지도 않았어. 약간만 편곡하면 될 거 같아. 목소리 울림이……."

세훈이 낮은 숨을 토해냈다.

"더 좋아진 거 같아?"

어찌나 이를 악물며 말하는지 칭찬을 하는 건지 욕을 하는 건지 알 수 없을 정도였다.

"아주 심장을 쥐어짜서 뭉개네? 피가 터져. 피가. ……그래, 내가 가질 수 없다면 부숴버리는 게 나을지 몰라. 왜 내 것이 되지 않아? 응? 갖고 싶은데! 이렇게 좋아하는데!"

세훈의 숨이 거칠어졌다.

"갖고 싶어. 가져야겠어. 내가 못 가질 이유가 없잖아! 부숴서라도 내 옆에 두면 되잖아! 좋아하는데…… 그래도 되잖아!"

길길이 날뛰는 세훈을 피해 벽으로 붙으며 허 실장이 작곡가에게 속삭였다.

"괜찮나 봐. 요즘 저러는 건 다 맘에 들어서, 이입해서 저러는 거니까…… 편곡만 조금 더 해봐."

작곡가가 진심 못 살겠다는 얼굴로 부르르 떨었다.

"저거 어떻게 안 돼요? 나 요즘 심장 떨려서 못 살겠어요. 알잖아요. 나 연약한 거. 심장 약하고 막 그런 거."

"나야말로 어떻게 하고 싶어 미치겠는 사람이야."

허 실장이 한숨을 내쉬었다.

세훈의 사무실 앞, 문에 기대고 앉은 허 실장이 지나가던 주현과 선우를 향해 오른손을 들어 보였다.

"뭐 하세요?"

"너희들 가서 빵이랑 우유 좀 사와라."

"뭐 하시는데요?"

"몰라도 되니까 가서 맛있는 거로 좀 사와. 단 거로 사와. 초코 듬뿍 든 거."

카드를 주는 허 실장을 주현과 선우가 의아하게 쳐다보았다.

"내가 왜 그랬을까? 좋아한다고 말이나 해볼걸. 좋은 게 좋은 거지…… 대박 아이템은 무슨…… 사업은 무슨……."

세훈이 손수건으로 눈 아래를 누르며 훌쩍거렸다.

"걔가 눈치가 없어서 그렇지 내가 좋아한다고 했으면 냉정하게 내칠 애는 아니었는데……."

책상 위에 있는 것은 최근 민주에게 들어온 대본이었다. 눈치 없는 여자 주인공에게 들이대고 또 들이대다가 처절히 망가지는 남자의 이야기로 로맨틱 코미디였다. 그러니까 최세훈은 로맨틱 코미디 대본을 보다 말고 펑펑 울고 있는 거다.

"유기농이 나한테 자기 좋아하느냐고 두 번이나 물었는데에에에에에에에!"

대성통곡!

"그냥 좋아한다고 할 걸! 내가 왜 철벽을 쳤을까? 그깟 자존심이 뭐라고!"

손수건으로 눈을 누른 채 펑펑 울고 있는 세훈의 책상 위에 비닐봉지가 올려졌다. 주현과 선우가 사온 빵과 우유였다. 허 실장이 시무룩한 얼굴로 세훈을 응시한다.

"대본 괜찮아."

꺽! 하고 세훈이 치받는 울음을 삼키지 못하고 말을 놓쳤다.

"생각해보라고 해. 여주가 눈치는 좀 없는데 느낌이…… 느낌이…… 이미지 변신에도 나쁘지 않을…… 흑흑!"

허 실장이 말없이 대본을 치우고 세훈을 안아 토닥여주었다.

여기까지는 진짜 아무도 몰라야 했다. 어떻게든 허 실장이 안고 가야만 하는 문제였다. 그뿐인가?

"솔직히 내가 아쉬워? 지가 아쉽지. 뭘 봐도 날 잡으면 걔가 봉 잡는 거잖아. 나아? 뭐 얻을 게 있나? 그냥 좀 예쁜 거 빼고 걔가 볼 게 뭐 있어? 가진 게 있어? 그렇다고 교육 수준이 높아?"

자기 집 소파에 웅크리고 앉은 세훈의 주변에는 온통 군것질거리 투성이었다. 빈 피자 상자, 치킨, 맥주, 초코케이크까지…… 오늘 밤에 그가 통화하면서 작살낸 것들이었다.

통화 상대는 허 실장, 시간은 새벽 3시.

"그렇다고 애가 센스가 있나, 정신이 있나. 정신이 있는 애면 그렇게 안 사라져. 휴대전화라도 가지고 가지. 그게 뭐 대단한 거라고 집에 두고 가? 그거 엄청 비싼 거잖아? 내 번호도 저장되어 있고……."

지금의 세훈은 못된 세훈이었다. 다만 예전과는 달랐다.

본디 세훈은 못된 이야기를 할 때 진심으로, 마음 깊이 못됐었는데 지금은 아니었다. 스스로 아닌 거 알면서 말했고, 듣는 허 실장도 알면서 들어준다.

"가지고만 갔으면 아무 때나 연락할 수 있고…… 그럼 팔자 피잖아? 신데렐라가 따로 있어? 지리산 산골짜기에 살다가 서울에서 가장 비싼 땅에, 커다란 주택에……. 아, 애가 진짜 눈치가 없어가지고. 안타깝다! 안타까워! ……여보세요? 야?"

물론 알면서 들어주는 일은 너무나도 힘들다.

"야!"

도로롱, 하고 코고는 소리가 들리던 수화기에서 우당탕쿵쾅 시끄러운 소리가 나더니 잠긴 목소리로 허 실장이 묻는다.

— 그런데 왜 좋으신데요……?

세훈은 허 실장이 먹고살기 위해 그에게 붙어 있다고 생각했었다. 하지만 문득 아닐 수도 있음을, 단순한 고용주와 고용인의 관계는 아닐 수도 있음을 깨닫는다. 이런 거 힘들 텐데……. 애정이 없다면 못 견딜 텐데.

하지만 그건 그거고,

"누가 좋아한대? 지금은 안 좋아. 잠깐 마음이 갔던 거뿐이야."

할 말은 해야겠다.

전화기 저편에서 나라를 잃은 듯한 한숨이 되돌아왔다.

— 휴우…… 맞아요. 솔직히 제가 대표님 직원이라 하는 말은 아니고, 대표님하고 이령 씨 비교하면 대표님이 아깝죠.

"그치?"

— 대표님 좋아하는 애들 많잖아요. 모델 문수지도 아직 대표님 못 잊었다는데…….

계속해서 초코케이크를 밀어 넣느라 우적대던 세훈이 동작을 딱 멈췄다.

— ……대표님?

"내가 문수지한테 뭔가 잘못한 걸까?"

– 네?

몸을 기울여 들고 있던 케이크 접시를 내려놓고 세훈이 소파에 기댔다.

"문수지도 나처럼 괴로웠을까?"

누군가를 좋아한다는 게, 그런데 함께할 수 없다는 게 이렇게 괴롭다는 걸 처음 알았다. 그러고 나니 그가 냉정히 끊어냈던 다른 여자들이 떠올랐다. 너무 나빴지. 지옥 갈지도 몰라.

– ……대표님. 이러지 마세요.

허 실장의 목소리는 단 한 번도 그런 적이 없을 정도로 절절했다.

– 이제 케이크 그만 드시고 그냥 주무세요. 아무 생각도 하지 마시고요. 내일 아침 일찍부터 회의 있으시잖아요.

"근데 말이야."

세훈이 자세를 바로하며 정색했다.

"너 유이령 제대로 찾고 있는 거 맞아?"

– 왜요? 안 찾겠어요? 지금 유이령 씨 제일 찾고 싶은 사람이 대표님인 줄 아세요? 저라고요! 저!

얼마나 답답했는지 가슴 치는 소리가 전화기를 통해서도 텅텅 울렸다.

"그런데 왜 이렇게 못 찾아? 네 능력에?"

– SNS는커녕 메일 주소도 없는 사람을 어떻게 쉽게 뒷조사가 돼요! 나도 미치겠다고요!

깊은 밤, 초롱초롱하게 더 있는 별들 사이로 허 실장의 비명이 울려 퍼졌다.

으아아아아아아아아아아아아아아!

운명적 우연

지리산을 떠나는 날은 몹시도 화창했다.

　짐을 싸고, 또 산 아래까지 내리는 걸 도와준 건 슈퍼집 박 씨와 중호였다. 사실 가져갈 것이 그리 많지 않기도 했다.

"니는 호구만 잡아라!"

사투리로 말했던 중호가 다시 어색한 표준어로 말을 이었다.

"서운해서 어떻게 하니. 그래도 나는 다행이라고 생각한단다. 너 혼자 여기 사는 게 얼마나 마음에 걸리던지…… 이모가 나타나서 다행이구나."

"오빠……."

이령이 중호를 똑바로 바라보았다.

"오빠 말투가 어떻더라도 멋져요. 신경 쓰실 필요 없어요."

"그, 그래도……."

"고마워요. 오빠 진짜 좋은 오빠예요."

이령은 미소 지었다. 중호의 얼굴이 화르륵 달아올랐다.

"치아라!"

이령이 웃었다는 것만으로도 귀 끝까지 빨개진 중호이지만, 그가 모르는 것은 아니었다. 이령은 그의 짝이 아니었다. 순정뿐인 마음에도 아버지가 왜 언감생심 꿈도 꾸지 말라고 하는지 알 것 같은 것이다.

　어떻게 생각하면 이령은 천애 고아에 가진 것도 없는 어린 여자아이였다. 마을 유일한 슈퍼의 후계자인 중호가 탐내지 못할 이유는 전혀 없어 보이는.

그럼에도 불구하고 미묘하게, 유이령은 박중호에게 순정의 대상이었다. 현실감 없는, 마치 연예인을 좋아하는 마음. 때때로 리얼한 꿈을 꾸듯 미래를 생각하지만 결국에는 아니라는 것을 알고 있는.

그저 그 자리에 아름답게 있다는 것만 확인하면 행복할.

"서, 서울에 자리 잡으면 연락 줄 끼가?"

"당연하죠. 전화할게요."

"니 휴대전화라도 있으문…… 내사 마 먼저 전화하면 되는 긴데…… 그 치사한 놈이 쓰던 휴대전화를 빼사가고 지랄이……니."

최세훈의 이야기가 나오자 이령은 살짝 어깨를 움츠렸다. 지리산으로 돌아오고 나서 중호와 함께 때때로 서울 이야기를 했다. 그는 이령을 빼내 올 수 없다는 걸 안 장 대표가 자신에게 안면을 싹 바꾼 것을 몇 번이나 되새김했다. 상처를 받아도 단단히 받은 것이다. 덕분에 서울 사람들에 대한 불신은 심각해져 있다.

그러나 세훈은 그런 사람은 아니었는데…….

"빼앗아 간 건 아니에요. 제가 두고 왔어요. 비싼 거니까."

이령은 한 손으로는 호구 줄을 잡고 다른 손으로 작은 봇짐을 들었다. 그런 그녀의 손에서 봇짐을 빼앗아 지고 있던 지게 위에 얹으며 중호가 손가락을 휘휘 저었다.

"니는 순진해 빠져서 모린다! 그놈이 그놈이라케도 그 바닥은 영 아이다! 할아버지께서도 늘 말씀하셨지 않나!"

할아버지 이야기가 나오자 가슴이 뜨끔해졌다.

"됐다마! 가자!"

그래도, 거기서 본 아이들은 다 착했는데…… 연락한다고 하고 아직 한 번도 못 했다.

가끔 생각하면 꿈만 같았다. 서울에서의 시간들…… 마을에 내려 가서 가끔 티브이를 보다 보면 민주의 얼굴을 보았다. 민주의 말대로 대단한 스타인 듯 다른 아이들은 몰라도 민주의 얼굴은 채널만 돌리면 나왔다. 조금만 신경 쓰면 M—ster의 아이들도 찾을 수 있었다.

그 아이들하고 투덕이고 수다를 떨고 나란히 앉아 과일을 까먹고…….

하지만 무엇보다도 가장 기억이 선명한 건 최세훈이었다.

처음에 따박따박 따지며 인상을 찡그리던 얼굴, 고개를 수그리고 그녀를 빤히 쳐다보던 눈동자, 호구와 뛰면서 웃던 아이 같은 모습, 사람을 열 받게 하고, 알아듣지 못할 이야기를 하고 또 설레게 하던…….

"오빠……."

이령이 조그맣게 앞서 가는 중호를 불렀다. 그러나 이고 진 짐을 떨어뜨리지 않으려 신경을 곤두세우고 있던 중호는 이령의 목소리를 듣지 못했다.

"나는 그 사람이 날 좋아하는 게 아닌가 생각했어요."

아무것도 모르지만 그냥 느낌이 그랬었다. 남녀관계…… 그런 건 몰라도 그냥 호의적이라고, 말을 밉게 하는 와중에도 그녀를 진짜 걱정하는 거라고 그렇게 생각했었다.

같이 있으면 묘한 긴장감이 있는 것도…… 그 감정의 이름은 몰라도 굉장히 좋은, 어떤 것이라고.

"물순내이물거요, 물개거이물추[9](物順來而勿拒 物既去而勿追)라……."

---

9) 순리대로 오는 것을 거절 말고 순리대로 가는 것을 잡지 마라.

마음을 계속 써봤자 소용없다는 건 알지만, 할아버지, 자꾸 그 사람이 생각나요. 그 시간들은 정말 재미있었는데요.

이령의 이모는 서울에서 작은 김밥집을 하고 있는 성공한 자영업자였다.

"여기 건물이 다 병원하고 학원이라서 김밥 먹는 사람이 많거든. 원래는 한 칸만 썼는데 작년에 옆을 터서 확장했지."

손가락으로 V자를 그리는 이모는 나이에 비해 젊고 예뻤으며 성격도 서글서글하니 좋았다.

몰랐는데 이모 쪽은 가끔 할아버지와 연락을 했다고 한다. 잘 지낸다는 말도 들었고 사진도 몇 장 받았다고…… 결혼하지 않은 터라 유일한 피붙이가 궁금했고, 할아버지가 싫어해서 만나러 가지 못했을 뿐 잊은 건 아니라고 말하는 이모에게 이령은 금세 정을 느낄 수 있었다.

어머니가 이런 느낌이었을까?

"너희 엄마?"

이모는 어깨를 으쓱했다.

"나랑은 아주 다르지. 사진 보여줄까?"

이령은 심장이 쿵쾅거렸다. 아버지의 사진을 본 적은 있지만 어머니는 처음이었다. 사실 '엄마'라고 불러본 적도 없었다. 언제나 '어머니', 혼자 생각할 때조차 언제나 거리감 있게 그렇게 불렀다.

"여기 있다!"

이모가 가져온 오래된 앨범 속의 엄마는 놀랄 정도로 이령을 닮아 있었다. 왜 할아버지가 그녀를 볼 때마다 걱정했는지…… 절대로 연예인이 되지 않겠다고 약속하라고 했는지 이해할 수 있을 정도로.

"어렸을 때 사진은 너희 아빠를 더 닮은 거 같았는데 이제는 엄마 판박이네."

이모는 이령이 엄마를 닮았다는 사실에 별로 유감이 없는 듯했다.

"이모……."

"응?"

"엄마는 왜 날 낳고 집을 나갔을까요?"

물어도 되나 아차 했던 것은 이미 입 밖으로 말이 새어나간 다음이었다. 이모는 이령이 엄마가 돌아가신 게 아니라는 사실을 알고 있다는 것도 몰랐을 텐데…….

"……알고 있었어?"

잠깐 동안 아무 말 없던 이모는 억누른 숨을 내쉬며 어깨를 으쓱했다.

"하긴 나이가 몇인데 숨기겠어?"

아픈 기색이 스쳐 지나간 것은 잠시, 이내 이모는 처음 이령을 만났을 때 그랬듯 밝게 웃었다.

"우리 술 한 잔 할까? 이령이 술 마실 줄 아니?"

소주 하나를 까놓고 안주로는 곱창을 볶아 마주 앉자 묘한 느낌이 들었다.

초이 엔터테인먼트에서 민주와 소진 등과 논 것이 또래 여자애들과의 첫 관계였다면 이모와의 관계는 처음으로 연상 여자와의 관계였다. 당연히 있었어야 할 엄마와의 관계가 없었기 때문일까? 마주 앉는 것만으로도 이상하리만큼 감동적이고 마음이 따뜻해졌다.

"네 엄마는 원래부터 끼가 많았어."

소주잔을 기울이며 이모가 아련하게 언니를 추억했다.

"춤도 잘 추고 노래도 잘했어. 노는 것도 좋아했고 씩씩했지. 욱하기도 엄청 욱하고 감정 기복이 아주……."

"어? 저도 그래요!"

"그래?"

이모가 깔깔 웃었다.

"보기에는 안 그래 보이는데…… 모전여전인갑다!"

엄마와 닮았다는 말에 기분이 복잡해졌다. 할아버지께 죄송해야 하는 걸까? 아니면…… 그냥 그럴 수도 있는 일일까?

"뭐 할아버지가 너희 엄마에 대해 뭐라고 이야기했을지는 알겠어. 할아버지 입장에서야, 백년서생인 아들 꼬셔서 애까지 낳아놓고 집 나간 며느리를 용납할 수 없었겠지. ……근데 너희 엄마 그렇게 나쁜 사람은 아니야. 공맹 좋아하는 너희 할아버지는 싫어하셨지만, 그냥 무섭게 사랑에 빠져서 너희 아빠를 만났고……. 또 무섭게 꿈을 찾아 떠난 것뿐이야. 내가 살아보니 그래. 순간순간의 선택이 항상 잘한 건 아닌데, 그때는 어쩔 수 없었던 게 많아."

이모의 이야기는 추억으로, 한탄으로, 인생으로 길게 이어졌다.

"할아버지는 연예계는 허황된 바닥이랬어요."

"옛날에는 좀 그랬어, 얘. 건달들이 많이 하던 일이라……. 그 당시 소속사들 중에 깡패가 얼마나 많았는데!"

"깡패요?"

이령은 최세훈을 떠올려보았다. 다른 건 몰라도 깡패와는 억만 광년의 거리가 있는 사람이었다. 폭력 같은 것은 아주 극혐할 것 같은……. 힘이 있다 해도 결국에는 맞고야 말 그런 사람.

"킥!"

이령이 휘둘렀던 주먹에 나가떨어진 세훈을 다시 떠올리자 키득키득 웃음이 나왔다. 한 번 증명한 것처럼, 실제로 힘이 없어서는 아니었겠지만 이령으로서는 통쾌한 경험이었다.

처음에는 그렇게 싫기만 했는데…….

"요즘엔 다르더라……. 우리 가게 위층에 병원 많잖아? 그중에 성형외과 있지? 그 여자 선생님이 하는 병원. 거기가 진짜 유명한데라 연예인이 많이 오거든. 근데 다들 말갛고 착해. 신기하더라고."

"아, 저도 연예인 좀 알아요!"

이령이 눈을 반짝 빛냈다.

"네가? 누구 아는데?"

"강민주?"

"뭐어?"

이모가 호들갑을 떨었다. 술이 좀 올랐는지 볼이 발그레해져 있었다.

"강민주를 네가 어떻게 알아? 나 걔 노래 진짜 좋아하는데……."

"이모가 강민주 노래를요?"

"얘! 나이 들면 트로트만 들으란 법 있니? 봐봐…… 내가 휴대전화에 걔 노래 다 다운받아놨어."

이모가 보여준 휴대전화에는 정말 민주의 노래가 1집부터 쭉 다운받아져 있었다.

"솔직히 말하자면 난 민주가 7집 가수라는 건 몰랐어요."

춤도 추고 노래도 하고 연기도 한다는 것만 알았지……. 실제로 대단한 사람이었구나.

"이모 M-ster는 아세요?"

"M-ster? 걔넨 또 누구야?"

"앗! 여기 노래 하나 있다! 이거이거! 이 싱글, 제가 여기 뮤직비디오에도 나오거든요!"

"뭐어? 네가?"

세대 차이도 잊고 꺄악꺄악거리며 이야기를 하면서 이령은 편안함을 느꼈다. 엄마는 나쁜 사람이 아니었고, 연예계는 피해야만 하는 곳이 아니었다. 이모의 말은 마치 속박을 푸는 주문 같았다. 오랜 마음의 짐을 더는 느낌……

별거 아니었는데. 이렇게 별거 아니었는데.

"어떻게 하다가 뮤직비디오에 출연하게 된 건지 이 이모에게 소상히 아뢰어라!"

이모의 말에 웃으면서 이령은 아쉬워했다. 이모를 만난 다음에 최세훈을 만났다면, 그리고 초이 엔터테인먼트의 친구들을 만났다면 달라졌을까? 그렇게 불퉁하게 벽을 세우지 않고 모든 것들을 좀 더 다르게 받아들였을까?

기분 탓인지 거실장에 놓아둔 액자 속의 할아버지도 그렇게 기분이 나빠 보이지만은 않았다.

"컹! 컹컹! 컹!"

"아유, 호구야! 시끄러워!"

이모가 김밥집 문을 열고 나가 호구의 목줄을 끌러 잡았다. 성격이 좋은 호구는 김밥집의 마스코트로 금방 자리를 잡았다. 기가 막힌 것이 손님을 알아봐 꼬리를 흔들고 알랑방귀를 끼는 호객행위를 한다는 거다.

행패를 부리려는 사람을 제외하고는 짖어본 적이 없는 호구가 이렇게 짖을 때는 대개 화장실이 급할 때다.

"호구 오줌 누이고 올게."

"네, 다녀오세요."

인사한 이령이 가게 내부를 돌아보았다. 한참 폭풍이 지나간 다음이었다.

이모의 김밥집은 확장을 하는 것이 당연할 정도로 성황이었다. 특히 위층에 있는 학원의 중고생들이 주요 고객. 그래서 학생들이 몰려오는 점심시간은 정신이 하나도 없다.

그래도 지금은 뒤늦게 온 여고생 두 명과 혼자 온 남자 손님 한 명, 그리고 커플 한 테이블뿐이었다.

이령은 주문지를 집어 들었다.

"주문 확인하겠습니다. 떡볶이 1인분하고 튀김, 라면, 사이다 두 개 맞으세요?"

자주 오는 여고생 두 명이었다. 거의 매일 오는 데다 하루에 두 번 올 때도 있어 이령도 금세 얼굴을 외웠다.

"김밥도 먹을까?"

"돈 없어."

친구 말은 퉁명스레 자른 여고생이 이령을 향해서는 예쁘게 웃어 보인다.

"그냥 그것만 주세요."

"네에."

어쩐지 귀여워서 이령은 이 여고생들을 좋아했다. 둘이 투닥이는 걸 보고 있노라면 민주 생각이 나기도 했다. 민주도 처음에는 퉁명스러워 보였지만 나중에는 마냥 귀여웠었다.

"언니, 우리 이거 채널 돌려도 돼요?"

"예에!"

사람 없을 때야 뭘 하면 어떻겠냐며 이령이 웃어 보였을 때다. 돌아간 채널에서 익숙한 음악이 흘러나왔다. M-ster의 싱글 곡이었다. 그리고 하필, 화면은 뮤직비디오! 이령이 나오는데!

그런데…….

"어우! 존못 나온다! 존못!"

채널을 돌리던 여고생이 손을 멈추고 인상을 북 구겼다.

이유 없이 이령이 움찔했다. M-ster를 안 좋아하는 걸까? 사람마다 취향이야 다 다르니 할 수 없지만 괜스레 서운했다. 좋은 애들인데…… 매력 있는 애들인데…….

그러나.

"드릅게 안 예쁘지 않냐? 가만히 있어도 못 생기기 쉽지 않은데 무슨 빽이 있어서 뮤비에 얼굴을 박는 거야?"

성토하는 목소리에 이령이 미간에 주름을 잡았다. M-ster의 뮤비에 멤버들이 나오는 건 당연한 거니까…… 빽으로 나온다면…….

"을마나 신났겠냐? 뭣도 아닌 신인이 히로인이라니! 여섯 남자에게 구애를 받는 역이라니!"

헉! 이령의 이야기다!

깜짝 놀란 이령이 입을 가렸다. 눈동자를 데굴데굴 굴려보았지만 여고생 두 명은 물론이고 좌석을 차지하고 있는 손님 중 누구도 이령을 알아본 것 같진 않았다. 하기야 화장을 진하게 하고 옷도 달랐던 뮤비와 지금은 천지 차이긴 하다.

그래도…….

서운한 건지 아니면 다행인 건지 알 수 없는 감정을 누르고 있는데 신난 여고생의 목소리가 귀를 파고들었다.

"내가 하도 어이가 없어서 스틸 화면 고화질로 출력해서 눈을 팠지 롱!"

엥?

이령이 저도 모르게 손가락을 눈에 갖다 댔다. 눈을…… 파?

"뻘겋게 칠해서 소속사로 보냈잖냐, 으ㅎㅎㅎㅎ! 기를 팍 죽여놔야 쓸데없는 생각을 안 하……꺄아아아아아아악! 내 남편이 돠아아아아 아아아앙!"

이령의 눈을 판 여고생의 정체는 기호 부인이었다. 기호는 착한 애 인데 부인될 사람이 사람 눈을 파고 있다니…….

"꺄아아아아아아악!"

누구 부인인지 모를 다른 여고생도 돌고래 소리를 내기 시작했다.

다른 건 모르겠지만 두 사람 다 M-ster의 팬임에는 분명했다. 그리 고 이령을 싫어하고.

다행인 건 그들이 싫어하는 게 이령만은 아니었다는 거다. M-ster 멤버 빼고는 세상이 다 싫은 듯 뮤직비디오에 이어 기획사 탐방이 시 작되자 코디 욕을 가열차게 시작한다.

"헐, 코디가 안티 아냐? 눈을 감고 입혀도 예쁘겠구만 이 나쁜 삐리 삐리 같으니라고! 능력 없으면 일을 하지 말아야지!"

"저거 저거 저렇게 센스 없는데도 월급 받나?"

"우웩? 우리 오빠 뒤로 지나간 존못은 누구야?"

M-ster 멤버를 제외한 모두를 까고 있는 여고생들의 테이블 위에 이령이 주문한 음식을 올려놓았다.

혹시나 해서 얼굴을 머리카락으로 살짝 가렸지만 어차피 아무도 신경 쓰지 않는다.

"주문하신 거 나왔습니다."

"어? 우리 김밥은 안 시켰는데요?"

한쪽 눈은 티브이에 놓은 채 다른 쪽 눈으로 음식을 확인하던 기호 부인이 고개를 갸우뚱했다.

"장자 왈 어아선자도 아역선지 하고 어아악자도 아역선지[10](莊子曰 於我善者 我亦善之 於我惡者 我亦善之) 하라셔서요. ……서비스예요."

돌아서는 등 뒤로 혼란스러워하는 여고생들의 속삭임이 들려왔다.

"아역이 선짓국을 좋아한다고? 뭔 소리 했니 저 언니?"

"몰라. 서비스란 말 같은데. 외국인인가 봐."

"요즘 조선족이 많다더니…… 조선족인가?"

"……그런데 어디서 본 거 같지 않냐?"

"봤지. 붕딱아. 하루에 한 번씩 와서 떡볶이를 먹었는데 처음 본 얼굴이겠냐?"

"아니, 그게 아니라……."

하는 양이 귀여워서 이령이 피식 웃었을 때다. 다른 테이블에서 식

---

10) 나에게 선하게 하는 자에게 나 또한 선하게 할 것이오, 나에게 악하게 하는 자에게도 나는 선하게 할 것이다.

사하던 남자 하나가 그녀를 빤히 쳐다본다.

"손님? 뭐 필요한 거 있으세요?"

혼자 앉아 떡볶이, 김밥, 라면까지 먹고 있던 종현이 반쯤 남은 떡볶이 그릇을 들어 보였다.

"난 왜 서비스 안 줘요?"

"네?"

"나도 많이 시켜먹었어요. 선짓국…… 그거 나도 해달라고요. 난 계란 하나만 삶아주면 좋겠는데."

어떡하지…… 하고 머리를 긁적이는데 테이블 위에 올려놓았던 종현의 휴대전화가 울기 시작했다. 액정 위의 이름은 '병원'이었다.

"응……. 무슨 일 있어?"

대수롭지 않게 전화를 받았던 종현의 얼굴이 금세 사색이 되었다.

"뭐 최세훈이? 왜?"

계란 삶으러 가던 이령이 걸음을 멈췄다. 방금 뭐라고 했지? 최세훈? 제대로 들은 거 맞나?

"나 밥 먹는다고 해. 멀리서. 아주 머어어어어어언 곳에서. …… 뭐? 벌써 근처에서 식사 중이라고 했어? 아 왜애!"

절망스럽게 머리를 감싸 쥐었던 종현은 놀란 토끼 같은 표정으로 그를 바라보고 있는 이령을 향해 달걀 필요 없다는 표시를 했다. 지금은 달걀 먹을 때가 아니었다.

"지금 올라올 건지 걔가 잡을 때까지 기다릴 건지 선택하라고?"

종현이 울고 싶은 마음으로 자리에서 일어섰다.

"안 올라올 거면…… 절대 잡히지 말래?"

지갑을 열어 만 원짜리 한 장을 내미는 종현의 얼굴은 밥을 하나도 못 먹은 사람처럼 홀쭉했다.

최세훈은 정말 멀쩡해도 고민, 아니어도 고민인 문종현의 천적이었다. 기세등등해서 괴롭힐 때는 또 그대로 싫더니 요즘처럼 죽상을 해서 우는소리만 해댈 때도…… 싫다. 싫다. 너무 싫다.

아아, 이것이 애증인 걸까? 기가 산 것도 못 보겠고 기가 죽은 것도 못 보겠는 이 마음은…….

거스름돈도 받지 않고 순식간에 나가버린 종현의 뒷모습을 멍하니 보던 이령이 퍼뜩 정신을 차렸다.

"앗! 거스름돈!"

바쁘게 동전통을 챙기는데 종현과 엇갈려 들어온 이모가 그녀의 손을 붙잡았다.

"위층 의사선생님 거스름돈? 자주 오는 양반이니까 나중에 올 때 줘도 돼. 사람 괜찮아. 저 양반 계란 삶아주면 좋아하는데……."

이령은 김밥집 유리창 너머로 한숨을 푹 쉬며 목을 좌우로 푸는 종현을 보았다. 같은 건물의 입구로 쑥 들어갈 때까지. 위층의 의사선생님이라고?

이령이 곰곰이 생각하며 괜스레 시선을 천장으로 향했다.

분명 최세훈이라고 한 것 같은데…….

종현이 상담실, 바로 앞에서 간호사들이 수군대고 있었다.

이유는 간단했다. 상담실에서 거의 통곡에 가까운 비명이 새어나오고 있는 거다. 진료과목상 우는 환자가 드물진 않았지만 지금은 달랐다. 환자의 울음소리가 아니라 의사, 문종현의 애원 소리다.

"흑흑흑! 내가 잘못했다아아아아……. 그냥 계속 뻔뻔하고 못돼처

먹어라아아…… 제발……. 낯설다아…… 적응 안 된다아아아아…… ."

　한 시간 내내 축 늘어진 채 문종현의 애원(?) 끝에 덜 우울해보겠다 약속한 세훈은 병원 복도를 따라 걷다 걸음을 멈췄다. 생전 눈에 들어오지 않던 푸른 하늘을 향해 뻗어 있는 나뭇가지에 시선이 간 거다. 앙상하게 팔을 뻗고 있는 느낌이 잡을 수 없는 사람을 원하는 자신의 마음 같달까.

　바람이 불자 나뭇가지들이 마구 흔들렸다. 이 또한 그의 마음 같았다.

　언제나 뿌리 깊은 나무처럼 굳건했던 최세훈의 마음이 언제부터인가 본인도 잘 이해할 수 없는 색을 띠기 시작했다. 바람을 맞은 나무처럼 수없이 이파리를 떨구다 다시 무성해지고 꽃을 피우기를 반복하는 것을 분명 고통이겠지만 성장이겠지.

　"가야 할 때가 언제인가를 분명히 알고 가는 이의 뒷모습은 얼마나 아름다운가…… ."[11]

　문득 떠오르는 시를 읊자 가슴께가 뻐근해져왔다.

　"봄 한 철 격정을 인내한 나의 사랑은 지고 있다. 분분한 낙화…… 결별이 이룩하는 축복에 싸여 지금은 가야 할 때…… ."

　이대로 최세훈의 청춘은 지고 마는 걸까.

　유이령 없이는.

　왜 이렇게 되어버렸는지 몰라도 세훈은 이제 두 번 다시 맘껏 웃지도 못하고 진정으로 일하지도 못할 것 같다.

---

11) 시 '낙화' 中(이형기 作)

"무성한 녹음과 그리고 머지않아 열매 맺는 가을을 향하여 나의 청춘은 꽃답게 죽는다."

엘리베이터 버튼을 누르면서도 세훈의 비통함은 가시지 않았다.

차라리 이 마음이 없어지면 좋겠다고도 생각했다. 찾을 수도 없고, 가질 수도 없다면…… 잊어버렸으면 좋겠다고.

너무나 속상한 것은, 세훈은 이렇게 이령 생각만 하고 있는데 아마 그녀는 그렇지 않을 거라는 거. 최세훈이라는 이름 석 자도 완전히 잊은 채 살고 있을 거라는 것이었다.

물론 그것은 최세훈의 오해였다.

최세훈만큼은 아니었지만 이령 역시, 아까 종현의 입을 통해 '최세훈'이라는 이름 석 자를 들은 후 심란하기 그지없는 상태였다.

"물어볼 걸 그랬나?"

하지만 이상하지 않은가……. 느닷없이 처음 본 손님을 붙잡고 '그 최세훈이라는 사람, 혹시 몹시 신경 거슬리는 특이한 사람 아닌가요?'라고 묻는 것은.

물론 '엔터테인먼트 대표 아닌가요?'라고 묻는 방법도 있다. 이령은 깨닫지 못했지만.

다행히도 자주 오는 손님이라니까 다음번에 물어볼 수 있다는 것.

이령은 멍하니 창문 너머로 지나가는 사람들에게 시선을 둔 채, 자꾸만 최세훈을 신경 쓰는 자신에 대해 생각했다. 스스로가 생각해도 이상하긴 했다. 이제 다시 만날 이유가 없는 사람인데 이렇게까지 신경 쓰고 있다니.

하지만 이상하게도, 완전히 인연이 끊어졌다는 생각이 도저히 들지 않았다. 처음 봤을 때는 두 번 다시 볼 거란 생각 안 했는데 세훈이 지리산으로 찾아왔다. 갑자기 성을 내고 돌아가면서 전화하라고 하긴 했지만……, 아! 명함!

이령이 벌떡 일어났다.

세훈에게서 받은 휴대전화는 신세 지던 집에 두고 왔기 때문에 실제로 이령은 세훈의 번호를 몰랐다. 연락하고 싶어도 할 수가 없는 상태였다.

그런데 생각 난 것이다. 그때 명함을 받았었다. 처음 세훈이 지리산에 왔을 때.

"아니, 명함을 찾아서 어쩌려고."

이령은 다시 털썩 의자에 주저앉았다.

이미 그쪽은 이령을 까맣게 잊었을 수도 있었다. 바쁜 세계였다. 민주도, M-ster도 스케줄이 빠듯했지만 사실 그 회사에서 제일 바쁜 건 최세훈인 듯 보였다.

이령은 낮은 한숨을 내쉬었다.

일이나 하자 하고 칼을 집어 들었을 때였다.

"어?"

김밥집의 바로 옆에 위치하고 있는 건물의 출입구에서 남자 하나가 툭 튀어나왔다. 단정한 헤어스타일이나 호리하게 마른 몸매, 성큼성큼 걷는 오만한 걸음걸이 같은 것이 딱 최세훈 같았다.

아니, 최세훈이었다.

정신 차렸을 때는 가게를 뛰쳐나와 있었다.

"최세훈 씨!"

걸음이 어찌나 빠른지 따라잡기 위해서는 죽을힘을 다해야만 했다. 못 잡을까 봐 조바심이 일었다. 이대로 놓쳐버릴까 봐…… 심장이 쿵쾅쿵쾅 온몸에서 뛰었다.

그렇게 간신히 어깨를 잡아 돌려세운 순간…… 이령은 흠칫 놀라 물러섰다.

전혀 다른 남자다. 키, 옷, 헤어스타일은 비슷할망정 이목구비는 전혀 닮은 데가 없다. 날렵한 턱선을 자랑하던 최세훈과는 달리 넙데데한 얼굴, 총명해 보이는 눈과 반듯한 코, 모양이 잘 잡힌 입술과는 정반대되는 흐리멍텅한 인상…… 어떻게 착각했을까 싶을 정도로 아예 다르게 생겼다.

"헉! 칼!"

남자가 놀라 겁에 질린 얼굴로 뒷걸음질 쳤다.

그제야 이령은 본인이 겁에 질려 칼을 들고 뛰었음을 깨달았다.

"아, 이, 이건……."

이령이 얼른 칼을 뒤로 숨겼다.

"죄송합니다! 죄송합니다!"

몇 번이고 허리를 굽혀 인사하며 이령은 얼굴이 새빨개졌다. 도대체 왜 이렇게 뛰어나왔지? 그것도 칼을 들고 있다는 것까지 까맣게 잊어버리고!

"바보 같아……."

돌아서서 터덜터덜 걷는 걸음에 힘이 없었다. 민망해 입술을 어찌나 세게 깨물었는지 금세 부풀어오르며 쓰려왔다. 들고 있는 칼이 멋쩍어 시선을 두리번거리며 종종걸음치는데 옆얼굴이 따끔해왔다.

고개를 돌리자…… 세훈이 서 있었다.

거짓말처럼.

다시 시작

이령은 팔짱을 꼈다.

모든 것은 착각이었다. 처음에는 싫기만 했던 최세훈이 사실은 좋은 사람이었다거나, 보고 싶은 것 같기도 했다는 기분은…… 전부 다 기분 탓이었다!

슬쩍 시계를 보니 벌써 30분째, 세훈은 혼자 말하는 중이었다.

전혀 변하지 않았다. 환경세팅하는 습관까지도. 아무 데서나 말하면 되지 굳이 사람을 한강까지 끌고 오더니 고수부지의 좋은 바람을 맞으며, 숨도 쉬지 않고, 자신이 얼마나 화가 났었는지 서운했는지 이령이 얼마나 나쁜 아이인지 이야기하고 있다.

"그만 못 해요?"

이령이 세훈의 팔을 잡아 눌렀다.

"못 해! 내가 왜 그만해? 그동안 얼마나 답답했는데!"

즉각 날아온 답변에 이령은 웃고 말았다. 이런 식의 대꾸가 반가운 날이 올 줄은 몰랐다. 최세훈 아직 건재하네! 살아 있네!

"진짜 하나도 안 변했어요."

"사람은 원래 안 변해."

뻔뻔함도 여전했다. 사람을 속까지 다 훑어내리는 것 같은 시선으로 빤히 보는 것도.

"웃지 마."

웃는 이령의 입꼬리를 엄지로 원상복귀 시키며 세훈이 엄하게 나무랐다.

"예쁘게 웃는 거로 때울 수 있는 상황은 지났어."

그리고는 넥타이를 살짝 늦추며 바로 뒤쪽에 있는 편의점을 힐끗 보았다.

한강 편의점의 아르바이트생인 김 군은 손님들에게 무관심한 편이었다. 여기서 알바를 시작한 이후로는 별의별 꼴을 다 봤다. 서로 한 몸인 양 붙어서 라면을 먹는 연인들부터 원수 아닌가 싶은 목소리로 대화하는 부부까지…… 일일이 신경 쓰자면 끝도 한도 없을 거다.

그런데 지금 보는 커플들은 또 색달랐다.

남자가 여자 손목을 붙잡고 있었는데, 본드로 붙이기라도 한 것처럼 떼지 않는 거다. 아예 자신의 한 손은 없는 셈치고 있는지 한 손으로만 냉장고 문을 열고 페트병을 꺼내, 잡고 있지 않은 여자 손에 들려주고, 또 오렌지 주스 병을 꺼내 여자의 남은 손(=자신이 손목을 잡고 있는 손)에 들려주고, 마지막으로 커피를 꺼내 빈 손에 쥐고 무릎으로 냉장고 문을 닫는다.

이렇게 되면 여자의 손목을 잡은 손을 떼지 않고도 물 하나, 주스 하나, 커피 하나를 살 수 있긴 한데…… 세상 힘들게 산다. 암만 좋아도 그렇지 잠깐 손 놓으면 좋나? 그렇게 좋아?

"계산해주세요."

손님에게 간섭하지 않는 게 철칙이지만, 남자의 계획적인 쇼핑에 감동받은 김 군은 바코드를 찍으며 슬며시 웃었다.

"진짜 좋으신가 부다아아아……."

뭔가 번쩍! 했다.

고개를 들어보니 남자의 눈빛이었다.

"뭐라고 하셨습니까."

남자의 눈썹이 슬쩍 치켜세워졌다. 날카롭게 생긴 남자의 눈이 곧장 꽂혀 들자 김 군은 움찔했다.

"아, 아닙니다. 아무 말도 안 했는데요."

"이거 말씀하신 겁니까?"

남자가 아직도 잡고 있는 여자의 손목을 들어 보였다.

"좋아서 이러는 거 같아 보입니까?"

그랬는데…….

"진짜? 뭔가 기이이픈 속사정이 있을 것 같다는 생각은 안 듭니까?"

막 그렇다는 생각이 들기 시작했다.

"이 여자가 잠깐 눈 뗀 사이 사라져버린 전적이 있다든지! 그래서 제가 스트레스를 어마어마하게 받았다든지! 그런데 기적적으로 잡았다든지! 그때까지 제가 속이 문드러지다 못해 이제 심장, 폐, 간 구분이 안 되는 상태라는…… 그런 생각은 안 들어요?"

"완전 듭니다."

각 잡고 나온 대답은 100퍼센트 완전한 김 군의 진심이었다.

멀리서 볼 때는 남자도 잘생기고 여자도 예쁘고, 빼도 박도 못하게 선남선녀가 좋아 죽게 연애하는 중인가 싶었는데 가까이서 보니까 다르다. 둘 다 스트레스 받을 대로 받은 얼굴이었다.

남자도 여자도.

"왜 애먼 사람한테 시비를 걸어요?"

여자가 잡힌 손을 당기며 쏘아붙이자 남자가 잡은 손을 당기며 노려본다.

"이제 금방 너한테도 다시 시비 걸 거야. 조금만 기다려."

"하! 진짜!"

"진짜. 뭐?"

김 군이 남자가 내밀었던 카드를 얼른 돌려줬다. 이 사람들이 빨리 편의점을 나가 서로에게 시비를 걸기 시작하길 바라는 마음으로.

남자가 여자를 향해 턱짓을 했다. 할 말을 잊은 듯 남자를 노려보고 있던 여자가 마지못한 듯 남자의 지갑을 벌려주었다. 남자가 카드를 꽂아 넣었다. 이 기묘한 협동은 두 사람 다 자유로운 건 한 손밖에 없는 탓이다.

나름 죽이 잘 맞는 커플이라는 사실은 부정할 수 없다.

"자, 그럼 다시 시작해볼까? 계약을 안 한다고 하는 건 이해해. 그런데…… 읍!"

물을 마신 세훈이 다시 시작하려고 하는 순간 이령의 손이 그의 입을 막았다. 진짜 단 한 마디라도 잔소리를 더 들었다가는 주먹이 날아갈 것 같았다. 귀가 따갑다는 말이 뭔지 정확히 알 수 있었다.

"지금부터 3분만 이야기하지 말아봐요."

"애가 애…….."(내가 왜?)

"쉿!"

"아 아직 아고 시픈 마이…….."(나 아직 하고 싶은 말이…….)

"쉿!"

하고 싶은 말은 반도 못 했건만 말하지 못하게 하는 이령 때문에 세훈은 속이 답답했다. 아니면 답답한 건 입을 막고 있는 작은 손 때문일까? 그것도 아니면 그를 똑바로 바라보고 있는 커다란 눈 때문에?

두 사람의 시선이 곧장 부딪쳤다. 세훈의 복잡하고, 불안하고, 엉망진창이던 마음이 맑은 눈망울에 담긴 자기 자신의 모습을 확인하며 가라앉았다.

"미안해요. 이야기했어야 했다고 생각해요. 그런데 이야기하려고 하면 자꾸 막으니까……."

"애가?"(내가?)

사무실에서 회의한다고 지 실장에게 막혔을 때야 그렇다고 쳐도, 레스토랑에서는 좀 더 자세히 설명할 수도 있었다. 그러지 못한 게 이령도 좀 미안했다. 설명을 왜 이렇게 못 할까? 대화하는 게 왜 이렇게 어려울까?

이제는 할아버지와만 살았던 지리산에서의 시간에서 배우지 못했던 것도 배워야 할 때였다.

"나는…… 말을 잘 못 해요."

"으어 아아."(그건 알아.)

"그래도 해보려고 노력할게요. 그게 맞는 거 같으니까."

"……오아."(좋아.)

이령이 천천히 손을 내렸다. 마치 잘 짖는 강아지를 훈련시키는 훈련사처럼 조심스럽게. 그리고 그 강아지가 더 이상 안 짖는다는 것을 발견하고 뿌듯해하듯 웃는다.

그녀가 알기로 이 강아지는 천방지축이긴 했지만 좋은 강아지였다.

"난 연예인은 될 수 없어요. 할아버지와의 약속이었거든요."

세훈이 멈칫했다. 그의 눈동자가 깊어졌다.

"엄마가 미스 춘향 출신이었어요. 엄청 미인이셨대요. 나 낳고, 꿈을 찾는다고 나가셨어요. 그러니까, 돌아가신 건 아니죠. 지금도 어디 살아 계실지 몰라요. 아니, 아마 그렇겠죠. 그래서 할아버지는 연예계를 싫어하셨어요. 다른 건 몰라도 얼굴 팔아먹고 살겠다고 마음먹진 말라고…… 헛된 꿈 꿔서 내 인생을 뜬구름 위에 올려놓지 말라고……. 내가 처음부터 이 얘기를 안 한 건…… 좀 어려워서였어요. 할 필요가 없다고 생각하기도 했고, 그러다 보니 타이밍을 놓쳐서……."

세훈은 한참동안 가만히 이령을 빤히 쳐다보았다. 그러더니 짧게 대답했다.

"이해해."

의외로 너무나 쉬워서 이령은 당황했다. 최세훈은 이런 사람이 아니었는데……. 그가 집요하게 굴었던 모든 순간이 떠올라 그녀는 그를 바라보았다.

"원래 미인 가계였구나. 어쩐지 예쁘더라니."

"네?"

"그 당시 미스 춘향이면 진짜 미인이었던 거거든. 요즘이야 뭐 공신력이 많이 떨어졌다지만 당시 미인들은 다 미인대회로 몰렸으니까."

"……그래요?"

"할아버지도 싫어하실 만해. 어르신들이 많이 그러시거든."

이령은 갑자기 세훈이 어른처럼 느껴져서 낯설었다. 언젠가 티브이 속에서 봤을 때도, 너무 성숙한 어른 같아 보여 당황했었다. 연상이지만 항상 아이처럼 구는 그를 편하게 생각했었는데…… 차분하게 쳐다보는 눈빛을 똑바로 바라보기 어렵다.

"근데 옛날과 지금은 달라. 약속해서 하기 싫다면 강요는 안 할 거야. 그런데 다들 뜬구름 잡는 중은 아니라는 것만 알아주면 돼."

"그건…… 알아요."

다들 좋은 사람들이었다. 민주, M-ster, 그리고 수많은 연습생들과 매니저들, 직원들…….

"진작 말하지 그랬어."

세훈이 이령의 머리를 쓰다듬었다. 꼭 그동안 맘 고생했지…… 하는 것 같기도 하고, 잘 말했어…… 하는 것 같기도 했다.

"이모 만나고 나서 엄마 이야기하는 게 좀 편해졌어요. 그전까지는 말 안 했거든요. 말 하면 안 될 거 같아서."

세훈이 가만히 이령을 바라보았다.

"혹시 어머니 찾고 싶은 생각 있어?"

심장이 덜컹 내려앉았다. 생각해봤다. 사실 할아버지가 돌아가셨을 때부터 생각했었다. 할아버지에 대한 의리 때문에 부정했을 뿐이었다. 그러면 안 된다고 생각했을 뿐이었다. 일부러 억지로 생각을 가둬두었다. 그러던 것이 이모를 만나고 나서는 봇물 터진 듯 강해졌다.

엄마를…… 찾아볼까.

"모르겠어요, 아직."

이령의 목소리에서 망설임을 느낀 세훈이 빙긋 웃었다.

"편하게 생각해. 너 하고 싶은 대로 하는 거야. 어머니 문제도, 계약 문제도…… 뭐든 간에. 그러다가……."

이령이 세훈을 바라보았다.

세훈도 이령을 바라보았다.

"안 되면 그냥 나한테 오고."

눈이 마주친 채 이령의 눈이 가늘어졌다. 그러나 세훈의 시선은 변하는 법 없이 그대로 이령을 담는다.

"좋잖아. 어디에 있는지, 뭐 하는지 모를 때보다……."

사실 뭐라도 상관없다고, 세훈은 생각했다.

하고 싶은 말은 너무나 많았는데 이령이 조곤조곤 이야기하는 목소리를 듣자 뭐가 중요한가 싶어졌다. 이령에게도 이유가 있었고, 세훈에게도 이유가 있었고.

어쨌든 다시 만났고.

아무리 속을 끓였어도 어쨌든 지금은 만났으니까, 더 이상 욕심낼 것이 하나도 없다는 생각.

물론 이 순간의 해탈과 평화가 오롯이 세훈의 착각이라는 사실을 알게 되기까지는 오랜 시간이 필요치 않았다.

착각

민주와 주현, 선우, 형식은 얼마 전 그들이 찍은 화보가 실린 잡지에 코를 들이박고 있었다.

"이야, 잘 나왔네. 잘 나왔어!"

주현이 민주를 향해 박수를 보냈다. 짬밥이란 이토록 위대한 것일까? 그냥 보기에는 그들과 별로 다르지 않은 민주인데 카메라 앞에만 서면 결과물이 이토록이나 달라지는 건 왜일까? 찍을 때는 못 느끼는 차이가 왜 결과물에서는 도드라질까?

"너희들도 괜찮다, 뭐."

기분이 좋은지 민주도 주현과 선우, 형식을 치켜세워주었다.

"많이 늘었네."

민주는 화보를 찍는 걸 좋아했다. 연기를 하는 것도 노래를 하는 것도 다 좋았지만 평소와는 완전히 다른 느낌을 낼 수 있는 화보촬영이야말로 그녀가 가장 즐기는 일이었다.

그렇지만 민주가 더 좋아하는 일이 있었으니……

"야, 야, 별점 봐봐."

점을 보는 일이었다. 특히 별자리 운세!

"너희 뭐 하냐?"

민주 못지않게 별자리 운세에 관심이 많은 주현과 선우, 형식이 나란히 잡지의 운세란을 보고 있는데 허 실장이 회의실로 들어왔다. 그리고는 그가 들어오든 말든 신경도 안 쓰는 아이들이 뭘 보고 있나 들여다본다.

그러나 어쩌랴? 주현, 선우, 형식은 M-ster 중에서도 유난히 장대들이다. 허 실장이 어깨너머로 뭐 하는지 확인할 수 있는 키가 아니라는 거.

"뭐 봐? 뭐 보는데?"

"별자리 운세요."

폴짝폴짝 뛰며 어떻게든 같이 끼려고 하는 허 실장이 안타까워 자리를 비켜주며 형식이 대답해준다.

"별자리 운세?"

"네."

"황소자리! 황소자리 운세도 봐줘!"

민주가 허 실장을 바라보았다.

"허 실장님 황소자리예요?"

"아니. 우리 대표님. 딱 우리 대표님스럽지 않냐? 오죽했으면 조상들이 우이독경이라는 사자성어를 만들었겠어?"

민주가 콧방귀를 뀌었다.

"가만히 보면 실장님은 대표님 되게 좋아해. 왜 자기 운세를 안 보고 대표님 운세를 봐요?"

"너희들이 몰라서 그래. 이 나이 먹으면 리더의 운세가 곧 나의 운세야. 요즘처럼 엉망진창이면 내 운세가 망해. 그래서 뭔데? 황소자리 어떻대? 언제 정신 차린대?"

민주가 큼큼 하고 목을 가다듬고 낭랑한 목소리로 읽는다.

"사랑의 별이 가까워집니다. 오랫동안 기다렸던 인연이 있다면 우연히 만날 수도. 그대로 천천히 가까워지는 것도 나쁘지 않다고 생각할지 모르겠지만 장애가 나타나네요. 세상사 마음대로 되지 않는 법이지요."

"인연인가 봐."

사무실로 들어가자마자 세훈이 던진 말에 허 실장이 멈칫했다. 요 근래 못 본 밝은 얼굴인 것은 좋은데…….

"어떻게 이렇게 우연히 만나냐?"

이 데자뷔는 뭘까? 방금(아마도 연습실에서) 누군가(민주가) 한 말(읽어준 별자리 운세) 같다.

오. 랫. 동. 안. 기. 다. 렸. 던. 인. 연. 이. 있. 다. 면. 우. 연. 히. 만. 날. 수. 도.

세훈이 의자에 푹 기대며 숨을 크게 들이마셨다 내쉬었다. 얼굴에 만연해 있는 웃음을 지울 수가 없다.

"이대로 천천히 가까워지는 것도 나쁘지 않아."

그. 대. 로. 천. 천. 히. 가. 까. 워. 지. 는. 것. 도. 나. 쁘. 지. 않. 다. 고. 생. 각. 할. 지. 모. 르. 겠. 지. 만?

허 실장이 침을 꿀꺽 삼켰다. 그다음은 '장애'였다. '세상사 맘대로 되지 않는 법!'

"자, 잠깐만요."

허 실장은 진심으로, 온 힘을 다해 최세훈은 무탈을 바랐다. 평화롭길 바랐다. 예전처럼 가열차게 못된 상태로 일이나 하길 바랐다. 최세훈이 짝사랑을 시작한 이후로 되는 일이 하나도 없었다.

그런데…… 아직도 장애가 남았다면?

"대표님, 그러니까 지금 유이령 씨를 만나셨다고요? 우연히?"

"신기하지?"

세훈은 아무것도 모르고 마냥 행복한 얼굴이었다.

"나도 그래. 걔네 집 주소도 받아왔고 휴대전화도 하나 개통해주고 왔어. 안 받는다고 하는데 내가 어른스럽게 혼내줬어. 번호는 당근 저장해왔고, 내 번호도 알려줬고. 이제 됐어."

과연 됐을까?

이걸 어디서부터 어떻게 설명해야 하나 허 실장이 눈만 끔벅이고 있는데 세훈의 휴대전화가 진동했다. 슬쩍 팔만 뻗어 확인한 세훈의 얼굴이 빛이 폭발한 것처럼 밝아졌다.

"얘 좀 봐, 얘 좀 봐."

액정을 보여주는데 누가 보면 김혜수나 전도연한테 전화가 온 줄 알 듯한 뿌듯한 얼굴이었다.

"이럴 걸 어떻게 그동안 연락을 안 했대."

밀어서 잠금 해제하는 손가락은 차라리 춤을 추는 듯했다.

"여보세요?"

통화를 하는 세훈의 입가에는 미소가 가시지 않는데 그런 세훈을 바라보는 허 실장의 머리 위에는 먹구름이 가득했다. 머릿속에 온통 '장애'라는 단어뿐이었다. 산이 높으면 계곡이 깊다고 사람이 쭈욱 우울한 것도 걱정이지만 이렇게 들썩이면 정말 힘든데……. 천천히 잊어가길 바랐는데…….

아니나 다를까, 환하게 웃으며 전화를 받던 세훈의 표정이 굳었다.

허 실장도 함께 굳었다.

"어……, 어……. 알겠어."

세훈이 뭐라 말할 수 없이 눌린 목소리로 전화를 끊었다. 휴대전화를 잡은 손이 허벅지에 올려졌다. 방금 전까지 웃음이 만연했던 얼굴은 이제 심각해져 있었다.

허 실장은 가슴이 조여들었다.

"무, 무슨 일이래요? 유기농…… 아니, 유이령 씨가 뭐래요? 무슨 일 있대요?"

전전긍긍하며 허 실장이 묻자 세훈이 그를 향해 고개를 돌렸다. 본 적 없는 망연한 얼굴에 허 실장의 입술이 바짝바짝 말랐다.

"유기농이……."

들어본 적 없는 공기가 세훈의 목소리에 스며들어 있었다.

"유기농이……?"

저도 모르게 허 실장이 세훈의 말을 따라 했다. 긴장감은 최고조.

세훈이 벌떡 일어났다. 그의 숨이 가빠져 있었다.

"유기농이 집에 오래! 이모 여행 가신다고! 집 빈다고! 자기가 하고 싶은 게 있대!"

"헉!"

허 실장이 숨을 들이마셨다. 하고 싶은 거? 빈집에서?

"이거 무슨 뜻이야? 헐…… 유기농, 헐…… 대박!"

허 실장은 지금 이 순간이 최세훈을 알게 된 이후에 가장 그가 흥분한, 환하게 웃고 있는 순간임을 확신할 수 있었다.

말끔하게 차려입고 이령의 집 앞에 도착한 세훈은 룸미러로 옷매무새를 단속했다.

「하고 싶은 게 있어서요. 하나하나 해볼까 싶어요.」

하고 싶은 게 뭘까? 자꾸만 엉큼한 생각이 드는 건 최세훈이 엉큼

한 놈이라서일까? 아니면 18세기인 줄로만 알았던 유기농이 화끈한 걸까?

하지만 유기농이 '하나하나 하고 싶다'는 것이 달리 뭐가 있을지 상상이 가지 않았다.

'하나하나'라는 표현에서 '진도를 나가다'를 떠올리는 건 당연하지 않은가!

생각만 해도 흐뭇하고 만족스러워 발걸음이 절로 날아갈 듯했다.

띵동.

"오셨어요?"

문을 열어준 이령은 세훈이 들고 있는 장미꽃과 와인은 본 척도 안 하고 도로 집안으로 들어가버렸다.

"어…… 야?"

닫히는 문을 제 손으로 밀고 집 안으로 들어온 세훈은 약간 놀랐다. 그는 로맨틱 디너를 상상했는데 이 집에서 현재 일어나고 있는 상황은…… 명절이다.

사람이 많은 건 아니었다. 이령과 세훈, 단둘인 것은 사실이었으나 주방에는 찌개가 지글지글 끓고 있고, 조리대 위에 늘어서 있는 나물, 전…… 그리고도 이령은 도마에서 통통 무언가를 부지런히 썰어내고 있었다.

"뭐…… 해?"

"앉아서 잠깐 기다려요. 거의 다 되었으니까 손 씻고 오셔도 되고요."

이령은 밝게 웃었다. 그 해맑음에 세훈은 저도 모르게 따라 웃었

지만…… 이내 고개를 갸웃거리게 된다. 생각과는 많이 다른 상황인
데? 수줍은 미소, '와인 고마워요. 마침 취하고 싶었는데' 같은 끼부
리는 말들, 의도하지 않은 듯 이어지는 스킨십은 어떻게 된 거지?

　유기그릇에 차려진 밥상은 딱 봐도 범상치 않았다. 짐작 가는 바가
있어 세훈은 눈으로 반찬수를 세어보았다. 하나, 둘, 셋, ……여덟,
아홉!
　이것이 구첩반상!
　"유기농…… 너……."
　감격한 세훈을 보며 이령이 배시시 웃었다.
　"드세요. 엄청 집착했잖아요."
　이령이 찬들을 세훈 쪽으로 밀어주었다.
　"꼭 해주고 싶었어요. 마음에 걸렸거든요."
　"어?"
　세훈이 눈을 깜빡였다. 그러다가 마음속에 싹 틔운 질문을 던진다.
　"그럼 하고 싶다는 게…… 이거야?"
　"그럼 뭐겠어요?"
　그토록 원하던(?) 구첩반상을 손에 넣었는데 왜 가슴 한쪽이 이렇
게 무너질까?
　순진무구하게 그를 바라보는 이령의 눈에 세훈은 다시 한 번 그녀
가 18세기임을 깨닫는 것이다.
　"왜요?"
　빤히 보고 있는 세훈이 이상한 듯 이령이 그를 쳐다본다. 아무것도
모르는 눈. 예뻐가지고서는.

"아냐. 지금 먹으려고."

세훈이 수저를 들었다. 기대에 찬 이령의 시선이 느껴졌다.

문득 그 마음이 보였다. 이 아무것도 모르는 아가씨는 정말 '하고 싶은 일'이 세훈에게 구첩반상을 차려주는 일인 거다. 그가 투덜댔던 거, 집착했던 거를 기억하고 내내 마음에 걸렸던 거다.

"맛있다."

"진짜요?"

"응. 완전 맛있어. 나 최근에 밥 제대로 못 먹었거든."

아닌 게 아니라 최근에 밥을 제대로 먹은 기억이 별로 없다. 이령 때문에 속이 문드러져서 못 먹는 거라고 생각했는데 입이 이령에게 길들여져서 그럴 수도 있겠다는 생각이 든다.

"뭘 길들여져요? 몇 번이나 먹었다고."

분명 기분이 좋은 것 같은 얼굴인데 이령은 아닌 척 눈을 흘겼다.

"나 살 빠진 거 안 보여? 나 허튼소리 안 하는 사람이야."

"살이 좀 빠진 거 같긴 해요."

"내가 징징대는 거 진짜 싫어하는데…… 나 진짜 힘들었어."

"그쪽이 징징대는 걸 싫어해요?"

의외라는 듯이 이령이 어깨를 으쓱했다.

"야……."

어이가 없어 세훈은 한숨을 내쉬었다. 진짜 유이령 앞에서는 뜻대로 되는 게 하나도 없다. 그더러 징징댄다고 하는 사람은 세상천지에 그녀 하나뿐일 텐데.

"네 앞에서는 내가 좀 이상한 건 사실이야. 하지만 진짜 이게 내 모습이라고 생각하면 안 돼."

들은 척도 안 하고 밥을 먹으며 이령이 대충 대꾸한다.

"지금 이게 본모습 아니고요?"

세훈의 젓가락이 집으려던 반찬을 놓쳤다. 지금 이게…… 본모습이라고?

부모님 앞에서도 이런 모습이 아닌데?

꽂혀 있는 세훈의 시선을 느낀 이령이 고개를 들어 그와 눈을 맞춰왔다. 보고 싶었던 눈, 코, 입이 바로 손만 뻗으면 닿을 거리에 있었다. 함께 있으면 유치해지게 만드는 사람, 바닥의 바닥까지 드러내게 만드는 여자.

"그럴 수도."

천하의 최세훈을 이겨먹는 여자.

세훈이 싱긋 웃었다.

식사를 마치고 거실로 자리를 옮긴 후 이령이 내놓은 것은 사과와 홍차였다. 인상 깊은 건 사과가 토끼였다는 거다.

"너 과일 잘 깎는다."

"이건 이모한테 배운 거예요."

"오…… 되게 현모양처 같은데?"

"그 정도는 아니고요."

아까부터 계속되는 세훈의 찬사에 이령은 약간 붕 떠 있는 느낌이 들었다. 만드는 동안 이게 뭐하는 짓인가 투덜대기도 했는데 너무 맛있게 먹으니 흐뭇했다. 일부러 사과도 배운 것 총동원해 토끼로 깎아내왔더니 바로 눈치채고……. 최세훈은 뭔가 해주는 보람이 있는 남자였다.

"남자들의 꿈이야. 요리 잘하는 와이프, 단아한 와이프, 예쁜 와이프…… 넌 셋 다 해당돼. 역시 내 여자."

세훈과 이령이 동시에 굳었다.

세훈의 입술 사이를 뚫고 나온 마지막 말은, 결단코 의도한 것은 아니었다. 마음속으로야 별별 생각 다 했지만 세훈은 절대 과대망상증 환자는 아니었다. 이령과 자신의 관계를 누구보다 잘 알고 있었다.

그녀를 만난 게 기뻤지만 아직 시작도 하지 않은 단계임을 모를 리가 없었다.

그러나 마음은 그러지 않은 것은 사실이었다. 속으로는 별별 생각 다 하고, 이미 결혼식을 올렸다가 애를 셋을 낳았다가…… 아들을 낳았다가 딸을 낳았다가 이러다가 애 이름도 짓고 영어 유치원도 예약할 판이었던 것이다.

최세훈의 속마음이라고 하기에는 너무나 소박하고 유치한 것을 부정할 수 없다.

"내가 좋아하는 여자……란 뜻이었어."

정정했지만 조금도 나아지지 않았다. 이렇게 마음을 들켜버릴 예정이 아니었던 세훈은 미칠 노릇이었다.

"나 좋아해요?"

이령은 언제나 그렇듯 직구로 물어왔다.

그리고 세훈은 알았다. 이전에, 몇 번이나 물은 질문에 부정할 수 있었던 것은 세훈도 그렇게 생각했기 때문이었다. 처음이라서, 마음을 몰라서, 그냥 아니라고 당당하게 말할 수 있었다.

그러나 지금은 달랐다.

피할 수 없었다.

"알잖아."

"연예인 만들고 싶다는 의미로요?"

지금부터 해야 하는 말은 그에겐 결코 쉬운 일이 아니었다.

최세훈은 단 한 번도 '진심'이 아니었던 적이 없는 남자다. 어떤 일을 하든 그는 항상 진심이었다. 동시에 거절당하는 것을 두려워하지 않았다. 상대가 거절해도 어떻게 해서든 손에 넣을 수 있을 거라는 자신감이 있어서였던 듯하다.

하지만 지금, 이령 앞에서 세훈은 한없이, 한없이, 작아지고 있었다.

"아니."

짧은 침묵 후에 세훈이 짧게 대답하자 이령의 얼굴이 굳었다. 그 미묘한 반응에 세훈은 민감하게 반응했다. 도망가고 싶어졌다. '농담이지이.' 하면서 얼버무리고 자존심 강하고 차인 적 없는 자기 자신을 지키고 싶어졌다.

하지만 그럴 순 없다.

몰랐을 때는 모르되 최세훈은 지금 그의 마음을 명확히 알고 있었다.

"내가 널 헷갈리게 했다면 지금부터는 정확히 알아둬. 할아버지가 반대하셔서 계약 못 한다고 말 안 해줬더라도 난 너한테 계약하자고 안 했을 거야. 처음부터 그건 아니었던 거 같아."

"아닌 거…… 같다고요?"

"지난 건 모르겠거든. 난 진짜 네가 브라운관 속에서, 스크린 속에서 빛난다고 생각했었어. 그게 착각인지 아닌지 지금 와서는 모른다는 거지. 왜냐면……."

세훈은 잠깐 말을 멈췄다. 숨을 고르기 위해서였다. 말문이 자꾸 막혔다. 아무래도 장 대표에게 사과해야겠다. 왜 자꾸 말을 더듬나 짜증냈었는데 그럴 수 있다. 사람은 그럴 수 있어. 어떻게 말해야 좀 더 명확히 그의 마음을 설명할 수 있을까?

"지금은 내가 널 좋아하거든. 너무나."

이 외에 어떻게…… 더……?

세훈은 이령을 응시했다. 가만히 그를 바라보고 있는 그녀가 무슨 생각을 하는지 정말로 알고 싶었다. 그녀가 아직은 아니라는 사실을 그는 알고 있었다. 호의는 있다. 그러나 그 호의는 그동안 만나본 적이 없는 남자에 대한 호감정도이지, 결코 그가 그녀를 좋아하는 것과 같지 않았다.

아닐까?

세훈은 이령이 느끼지 못할 정도로 입 안의 살을 깨물었다.

최세훈은 유이령을 좋아한다. 그건 정확하다. 그런데 유이령의 마음을 잘 모르겠다. 어떨 때는 당연히 좋아하지 싶었다가 어떨 때는 무관심한 것도 아니고 싫어하는 거 같았다가…….

이게 어장관리인가? 18세기가 그런 걸 할 줄 알 리가 없다는 걸 제외하면 세훈은 이령에게 놀아나는 느낌이었다.

이령의 침묵은 길었고 세훈은 심장마비의 징후를 느꼈다.

"어……"

그리고 마침내 이령이 입술을 달싹였을 때,

때르르르르르르릉

집의 전화벨이 요란하게 울었다.

욕심

때르르르르릉.

요란하게 울리는 전화벨 소리에 이령의 시선이 돌아갔다. 그러더니 '어떻게 하죠?' 하고 묻듯 세훈을 쳐다본다.

이 중요한 순간에 전화, 그것도 요즘 시대에 집 전화가 웬 말이냐 싶었지만 세훈은 점잖은 어른처럼 고개를 끄덕였다. 생각해보면 18세기 유이령과 집전화는 꽤 잘 어울리기도 하다. 그가 좋아하는 여자의 고전적인 특색이랄까.

이령이 살짝 고개를 끄덕이고 전화를 받았다.

"여보세요? ……아, 안녕하세요."

이령의 시선이 슬쩍 세훈에게 다녀갔다. 눈치 보는 건가? 귀여운데? 흐뭇한 기분이 되어 세훈이 다리를 꼬았다.

"내일이요? 아……. 이모님은 지금 여행 가셨고 다른 분이 한 분 계시기는 한데, 그래도 제가 자리를 비우기는 좀 그래서요. ……네?"

여기까지만 해도 좋았다. 좋아하는 여자의 일상을 들여다보는 느낌이랄까.

이모를 도우며 잘 지내고 있구나. 오히려 지리산에서 혼자 살 때보다는 훨씬 가깝게 느껴진다. 김밥집이라니…… 어떻게 이모 직장도 이렇게 귀여울 수가 있어?

근데…….

"자, 잠깐만요! 장 대표님! 내일 안 된다고……. 네?"

쿠쿠쿠쿠쿵!

세훈은 지진을 느꼈다. 대한민국에서 일어날 리가 없는 진도 5 이상의 강력한 흔들림이었다.

방금 그의 귀가 제대로 들은 거 맞나? 장 대표? 장스 제작사의 그 대표? 장뚱땡이?

"이모가 없으시니까 저라도 자리를 지……, 헉!"

장 대표가 뭐라고 우기는지 난감해 보이던 이령이 뒤를 돌아보다 움찔했다. 세훈이 눈에서 레이저를 뿜고 있어서 그렇다.

"저, 저기요."

심상치 않음을 느낀 이령이 다급히 전화를 끊으려고 시도했다.

"대표님 죄송한데 제가 지금은 통화를 못 할 거 같아요. 다시 전화 드릴게요."

하지만 세훈에게는 조금도 위로가 되지 못했다. 다시 전화를 드려? 왜? 장뚱땡이랑 할 말이 뭐 있다고?

"네……. 네……. 아뇨, 저기요. ……어?"

세훈이 이령의 손에서 전화기를 빼앗아 끊어버렸다. 언제까지 장뚱땡이가 우기는 걸 받아줄 생각이야?

"아니, 지금 뭐 하는……."

"지금 그 장 대표가 나도 아는 그 장뚱…… 아니, 장 대표야?"

대답은 필요 없었다. 이령의 얼굴이 YES라고 말하고 있었다.

기가 막혀 세훈은 숨이 다 차올랐다. 그 시간…… 세훈이 이령을 찾느라 초코케이크 10판을 먹어치우고, 찔찔 짜느라 크리넥스 5통을 쓰고, 허 실장과 평생 한 것보다 더 길게 통화했던 그 시간이 무섭도록 허무해졌다. 그 동안 장 대표하고는 연락을 하고 있었어?

"나한테는 연락 안 하고 장 대표한테는 했어?"

"이, 이게 어떻게 된 거냐하면요……."

"장 대표한테도 구첩반상 차려줬어?"

"아니에요! 내가 왜 장 대표님한테 구첩반상을 차려줘요?"

"왜 장뚱땡이는 대표님이고 나는 그쪽이야? 너 한 번도 나한테 '님' 자 붙인 적 없잖아."

기가 막혀 이령이 헛웃음을 지었다.

"사람한테 장뚱땡이가 뭐예요?"

"내가 홍길동이야? 왜 호뚱호뚱을 못 해! 뚱땡이를 뚱땡이라 부르는 게 뭐 어때서!"

"사람 말을 좀 들어요! 왜 항상 자기 하고 싶은 말만 해요?"

이령이 간과했던 것은 최세훈은 평생 자기 하고 싶은 말만 하고 살아온 사람이라는 거다. 심지어 지금처럼 하고 싶은 말이 있었던 적이 없다.

443

"장 대표라는데 내가 지금 네 말 듣게 생겼어?"

최세훈 인생 최고로 유치한 순간이었다. 진심으로. 마음 깊이.

그리고 질투가 유치해지기 시작하면 본인도 괴롭지만 당하는 사람은 말도 못한다. 이성적이지도 않고 논리적이지도 않은 고집을 견딜 수 있는 자 누구랴?

"진짜 짜증 나! 장 대표님은 안 이래요, 적어도!"

그렇다 해도 숙련된(?) 여우라면 이런 말을 안 했을 거다. 불난 집에 부채질하는 것에 지나지 않으니까.

하지만 유이령이 누군가? 18세기, 욱하는 성질, 최세훈의 천적.

"말 다 했어?"

세훈의 목소리가 무섭게 깔리는 순간 이령은 말실수를 했다는 걸 깨달았다. 말 다 했다고 할 수도 없고, 다 못 했다고 할 수도 없고.

도대체 왜 이렇게 된 거지?"

인간의 욕심을 끝이 없고 그래서 고통받는다.

허 실장은 다시 등장한 수건을 이마 위에 얹고 소파에 누워 있는 세훈을 보며 한숨을 삼켰다. 개구리 올챙이 적 생각 못 한다더니, 어디에 있는지도 모르고 끙끙대며 찾아다닐 때는 언제고.

"대표님? 대표니임?"

세훈을 위에서 내려다보다 못해 수건을 치운 허 실장이 손가락으로 세훈의 눈을 뜨게 하며 불러댔다.

"너 진짜 계속 까불래?"

444

"아니요……. 다 까불었어요. 이제 안 까불 거예요."

세훈이 하도 매몰차게 손을 쳐내 시무룩해진 허 실장이 입을 멧 발 내밀었다.

"하지만요…… 그래도 어디 있는지 모르는 거보다 낫잖아요. 대표님 그동안 세상에, 감정 기복 심했던 거 생각하면……."

"그래서 더 열 받아! 내가 그렇게 찾아 헤매는 동안 왜 장 대표한테는 연락하는데?"

"……."

"왜?"

세훈의 감정 기복은 아직 끝나지 않았음에 틀림없었다. 찾는다고 해결되는 게 아님을 허 실장은 한탄했다. 이건 해피엔딩 외에는 답이 없는 건가? 그렇지 않으면 안 끝나는 건가?

"왜애애애애애애애!"

"제가 여자 맘을 어떻게 알아요."

"넌 나보다 낫잖아."

세훈의 말에 허 실장이 눈을 반짝 떴다.

"제가요? 제가 대표님보다 나은 게 있어요?"

세훈이 인상을 썼다. 그래서 허 실장은, 그가 최세훈보다 나은 것에 대해 자세히 듣고 싶은 욕망을 누르고 세훈이 듣고 싶은 이야기를 했다.

"잘은 모르겠지만 추측해보자면…… 대표님보다 장 대표님이 편해서 그랬을 수는 있어요."

"헐? 나보다 뚱땡이가 더 편해?"

"사실 대표님이 편한 스타일은 아니죠."

"헐?"

세훈으로서는 진짜 금시초문이었다.

"내가 왜 안 편해?"

허 실장으로서는 지금 몰라서 묻나 싶을 뿐이지만.

따지고 보면 장 대표는 이래도 헤헤, 저래도 헤헤…… 까칠하다고는 볼 수 없는 인물이었다. 욕심이 없는 건 아니었지만 기본적으로 사람에게 맞춰주는 데다가 알 수 없는 만만함이 묻어 있었고, 말도 쉽게 바꾸고, 그까짓 거 대충 넘어가는 면도 있는 쉬운 남자였다. 그뿐인가? 아직까지도 최세훈과 노는 걸 보면 뒤끝도 없다.

그러나 최세훈은…….

까칠하기 그지없는 지랄 맞은 성격은 기본이요, 어울리는 단어는 가시, 독선적이기 그지없는 성질머리에다 매너가 없는 건 아닌데 희한하게 차갑다. 그뿐인가? 가만있어도 뻗쳐 나오는 성질머리에 줘도 안 갖는 귀여움을 더하면 말 그대로 환장할 매력이 된다. 어느 장단에 맞춰?

이 모든 사실을 100퍼센트 순화하여 설명하자 단박에 세훈의 눈에서 불꽃이 튀겼다.

"등중⋯⋯."

세훈이 이를 악물었다

"믁드ᄆ끄 즈믓드르으 믈승슥흔 즈슬 흐그으 믈트드⋯⋯."

허 실장이 못 알아듣고 고개를 갸웃거렸다. 등중 믁드ᄆ끄 즈믓드르으⋯⋯ 뭐?

그러는 동안에 물음표를 뽕뽕 쏘아대고 있는 허 실장을 내버려두고 세훈이 거친 기세로 사무실 문을 밀고 나갔다.

허 실장이 이 알 듯 모를 듯한 암호를 해독한 것은 세훈이 뛰쳐나간 후 10분 정도 지난 후였다.

당장 막돼먹고 제멋대로에 몰상식한 짓을 하고야 말테다.

그리고 마지막으로 최세훈이 막돼먹고 제멋대로에 몰상식한 짓을 했을 때, 회사의 황금알의 낳는 거위 윤지원이 날아갔다! 손해는 최소 수십억 원!

"안 돼요오오오오오오오!"

기겁하며 비명을 지른 허 실장이 세훈을 잡으러 달려나갔다.

달려가 세훈의 등 뒤에 코알라처럼 달라붙으며 허 실장은 이제 그만 최세훈을 놓아줄 때가 아닌가 고민했다. 진짜 언제 어떻게 어디로 튈 줄 모르는 대표를 둔다는 건 너무나 괴로운 일이다. 사랑에 두 번만 빠졌다가는 회사 다 말아먹을 판이다. 그냥 못됐기만 했을 때가 좋았다고 말하는 것도 이제 지쳤다.

도대체 최세훈이 언제부터 돈에 초연했는가? 허 실장은 돈에 벌벌 떨고 돈만 알고 돈에만 관심 있던 과거의 최세훈이 너무나도 그리웠다.

같은 시각, 얼굴에 팩을 한 채 민주는 무섭게 따지고 들고 있었다.

"어떻게 이럴 수가 있어? 명심보감에 장유유서 이런 건 안 나오니? 내가 너보다 석 달이나 빨리 태어났는데…… 날 이따위로 대해? 내가 너 갑자기 집에 갔다고 한 건 이해했어. 사정이 있다니까 어떻게 해? 상황 정리되면 연락해서 무슨 일인지 말해주겠지…… 그랬다고. 그런데 연락을 안 해버려? 그냥 사라지면 끝이야?"

쏘아대는 민주의 말을 가만히 듣고 있던 이령이 슬그머니 반론 아닌 반론을 제기했다.

— 장유유서는 동몽선습인데…….

"돈몬성습? 동몬성…….."

중얼거리던 민주가 성질이 나 팩을 확 떼어버렸다.

"아, 내가 아는 몬은 구몬뿐이야! 돈몬인지 포켓몬인지는 모르겠고! 나 이번에 연기변신 성공기원 파티 하거든! 회사에서!"

— 연기변신 성공기원 파티?

"응! 너랑 이야기한 대로 존나 조선시대 삘로 존나 현모양처처럼 가보려고. 네가 제안한 거니까 너도 와서 성공 기원해줘야 해. 안 왔다가 망하면 네 책임이야! 몰라몰라몰라몰라!"

민주가 제 할 말만 다 하고 전화를 끊자 이령은 한숨을 내쉬었다. 회사에 문제가 있는 걸까? 대표나 소속 연예인이나 남의 말 안 듣고

447

자기 하고 싶은 말만 하는 건……. 휴대전화가 없고 연락처가 없는데 어떻게 연락을 한단 말인가.

하기야 민주는 이령에게 휴대전화가 생겼다는 말을 듣자마자 득달같이 연락해왔으니 그녀가 무심한 건지도 몰랐다.

미안해져서 이령은 고민했다. 그렇다고 해도 그 연기변신 성공기원 파티에 가는 건 좀 불편한데…….

아이들도 다 보고 싶긴 했지만, 최세훈이 그렇게 소리 지르고 나가버린 이후로 단 한 번도 연락한 적이 없어서 아무렇지도 않은 얼굴을 들이밀기가 민망했다. 스스로에게 잘못이 없다고 생각하는 건 아니었다. 전에도 한 번 장 대표와 비교해서 세훈을 화나게 만든 적이 있었는데 같은 실수를 또 한 거다.

그렇다고 해도 애도 아니고 그렇게 삐져서는…….

"에칭!"

어떻게 해야 하나 고민하다 으슬으슬 한기를 느낀 이령이 기침을 했다. 이모가 없어서 밥을 제때 안 챙겨 먹어서일까? 요 며칠 자꾸 어지럽고 목이 간질거렸다.

새삼, 이모와 함께 살게 되어서 다행이라는 생각이 들었다.

혼자 있을 때는 혼자라도 괜찮다고 생각했는데 이모와 함께 살게 되자 역시 누군가와 함께하는 게 좋다는 생각이 드는 것이다.

좋은 일이었다. 사람들과 함께한다는 것은. 그러니까…… 파티에도 가야겠지?

낮은 조도, 색색의 조명, 쿵쾅쿵쾅 시끄러운 음악 리듬에 맞춰서 몸을 흔드는 사람들.

문을 열었던 이령은 깜짝 놀라 도로 닫아버렸다. 이런 분위기인 줄은 몰랐는데.

다시 조심스레 문을 열자 음악소리가 귀를 때리는 것처럼 덮쳐왔다. 베이스가 둥둥댈 때마다 심장이 같이 뛰었다.

"누나아······!"

어쩌나 하고 두리번거리는데 멀리서 용케도 이령을 알아본 선우가 뛰어 달려왔다.

"왔어요? 누나 안 올까 봐 노심초사했잖아."

주현과 형식, 강혁까지도 달려와 이령을 감쌌다.

"왔네? 변호사에게 전화할 참이었는데 딱 맞춰서 왔어."

새침한 척 다가온 민주도 이령이 반가운 기색이 역력했다. 소진 역시 멀리서 다가와 아는 척을 한다.

"진짜 서운했어. 연락도 없이······."

"아, 미안. 너무 갑작스러운 일이 되어놔서······."

"미안하면 지금부터라도 열심히 연락해. 사람이 진전이 있어야지!"

쏘아대는 입과 달리 민주는 이령의 팔짱을 꼭 낀 채 그녀의 팔을 만지작거리는 거다.

"쟨 나 빼고 다 잘 지내지."

바에 앉아 신이 나서 까륵거리는 이령과 아이들을 바라보며 세훈은 이를 갈았다. 자기가 그렇게 소리를 지르고 왔으면 먼저 전화 한통 할 법도 하건만······ 그러지 않은 이령도 밉고, 그럼에도 불구하고 그녀가 온다는 소식에 파티장에 나와 있는 자신도 싫다.

"아오…… 웃어? 웃음이 나와?"

아는 척 안 하고 싶은 마음이 간절했지만, 다가가서 목소리가 듣고 싶은 마음이 더 컸다.

미칠 노릇이었다. 천하의 최세훈이 목소리가 듣고 싶다니?

"하……."

세훈이 마른세수를 했다. 열이 나는 것 같았다. 손끝이 바짝바짝 말랐다.

머리로는 이대로 파티장을 나가 이쪽의 일을 까맣게 잊어버리고 싶었다. 모르는 척하고 싶었다. 그래야 한다는 걸 알고 있었다. 그러나 동시에 그게 안 된다는 것도 알았다. 그게 되었으면 지금 이 순간까지 왔겠는가? 자기 맘도 모르면서 지리산으로 달려가던 그때부터…… 유이령에 관한 한 최세훈 뜻대로, 맘대로 된 적이 한 번도 없었다.

결국 세훈은 일어나 이령 일행에게 다가갔다.

"……왔어?"

어색하게 건넨 세훈의 인사에 역시 불편한 기색으로 이령이 고개를 끄덕였다.

"안녕하세요."

편안하던 분위기가 얼음물을 쏟아부은 듯 냉랭해졌다. 오지 말아야 할 데를 왔다는 듯 뻘쭘히 서 있는 세훈 때문이었다. 그리고 그 역시 그런 분위기를 읽었다.

"너……!"

다급하게 뻗은 세훈의 손가락이…… 소진을 가리켰다.

"저요?"

의아해서 소진이 똘망똘망하게 그를 올려다본다. 평소에는 소진이 있는지 없는지도 관심이 없던 세훈이다.

"술 마시지 말고 놀아."

소진이 눈을 깜빡였다. 도무지 이해할 수가 없었다. 당황스러운 건 소진만이 아니었다. 그 자리에 있던 아이들 모두 혼란스러웠다. 왜 술을 마시지 말라고 하지? 언제부터 세훈이 소진의 음주를 관리했지? 아무도 모르는 사이 소진이 초이 엔터테인먼트의 '관심 연습생'이 된 건가?

사실 세훈의 손가락이 가리키고 싶었던 것은 소진 옆에 앉은 이령이요, 말을 걸고 싶었던 것도, 참견하고 싶었던 것도 이령이다. 그런데 왜 그럴 수 없는지……. 제일 알고 싶은 사람이 최세훈.

다시 분위기가 어색해졌다. 이쯤 해서 애들끼리 놀라고 돌아서야 하는 게 맞는데.

"너 나한테 할 말 없어?"

세훈은 애꿎은 민주를 찔렀다.

"없는데요."

칼 같은 민주의 성격이 마음에 들지 않는 것은 처음이다. 언제나 그런 심플함이 강민주 최고의 장점이라고 생각해온 세훈인데.

"그럼…… 나 간다."

세훈의 말에 민주, 소진 이하 M-ster 전부 눈을 동그랗게 뜬 채 고개를 끄덕였다. 최세훈이 언제부터 가면 간다고, 오면 온다고 보고했지? 하는 얼굴이었다. 심지어 분위기 파악 못 하는 몇몇은 잘 가라는 듯 손까지 흔들어줘서 세훈의 속을 뒤집었다.

그렇게 돌아서며 나는 누군가, 여긴 어딘가……. 정체성에 대해 고민하는데 허리를 감아오는 손이 있었다.

문수지였다.

"뭐 해요?"

파티 마니아이긴 하지만 굳이 친하지도 않은 민주가 연 파티까지 온 거 보면 아직 최세훈을 포기 못 한 거다.

보통의 경우 최세훈은 '계약하지 않을 거면 말도 걸지 마.'의 포스를 풍긴다. 그러나 오늘은 입장이 좀 달랐다. 문수지를 막 스쳐 지나가려는 순간 이령과 눈이 마주친 거다. 그가 틀리지 않았다면, 이령의 시선은 그의 허리를 감고 있는 문수지의 손에 꽂혀 있었다.

순간 두 가지 상반된 충동이 최세훈을 갈랐다.

하나, 당장 문수지의 손을 떼어내고 이령이 혹시나 했을지 모르는 오해를 풀어준다.

둘, 이령이 질투했으면 좋겠다! 이 기회에(?) 세훈이 얼마나 매력적인 남자인지도 보여주고 장 대표에게만 전화했던 이령에게 복수한다!

굳이 따지자면 두 번째 쪽의 충동이 조금 더 셌다.

문제는…… 이령이 질투할까?

세훈은 스스로를 비웃었다. 유이령의 마음을 확인하고 싶어하는 그는 참으로 초라했다.

"저 아가씬 누구예요? 처음 보는 얼굴인데…….

문수지가 자연스럽게 세훈에게 기대며 물었다.

그런 그녀를 보고 있노라니 또 마음이 복잡해진다. 왜 문수지는 이령이 아닌 걸까? 왜 이령은 문수지처럼 하지 못할까?

둘 중 하나면 얼마나 좋을까? 세훈이 문수지를 좋아하거나, 아니면 이령이 문수지처럼 세훈을 좋아하거나.

"문수지 씨."

세훈이 그를 안고 있는 문수지의 손을 살짝 잡아떼어내고는 다독였다. 처음 계약하기 위해 받아줬던 때를 제외하고는 단 한 번도 없었던 그의 다정한 태도에 문수지가 당황했다. 다정한 최세훈이라니!

"왜, 왜요?"

경계하는 문수지를 보며 세훈은 가볍게 숨을 삼켰다.

"이제 그만해. 나는 문수지를 안 좋아해. 자기를 안 좋아하는 사람을 계속 좋아하는 건······."

문수지에게 하는 말인지 스스로에게 하는 말인지 알 수가 없다.

"본인을 위해서도 안 좋아."

문수지가 눈을 동그랗게 뜨고 세훈을 바라보았다. 하지만 세훈은 벌써 고개를 돌려 이령 쪽을 보고 있었다. 이미 그를 까맣게 잊고 민주들과 떠들며 웃고 있는 이령을.

인연

세훈의 사무실.

이제 허 실장은 세훈이 소파에 누워 있는 모습이 책상에 앉아 있는 모습보다 더 익숙해질 것만 같았다. 수건으로 이마를 덮고 있는 건 옵션이고.

답답해 죽을 일이다.

"심통을 부리려면 상대가 신경 쓰이게 부려야죠. 이건 뭐…… 대표님 속이 더 뒤집히고. 자학도 아니고 뭐예요?"

"신경 쓰라고 그런 거 아냐. 나도 지금 속 뒤집히는 중 아니고."

아침부터 소파에 누워 끙끙 앓는 게 속 뒤집히는 게 아니면 뭐가 속 뒤집히는 건지 알고 싶다.

"언제부터 대표님이 유이령 씨를 그렇게 싹 무시하셨어요? 인사한 게 다라면서요?"

"……."

"다 좋아. 그럼 언제부터 연기변신 성공기원 파티 같은데 끝까지 계셨는데요? 이건 뭐 나 빼졌다 시위하면서 같은 공간에는 있고 싶어서……."

세훈이 벌떡 일어나 허 실장을 노려보았다.

"너……."

찔끔한 허 실장이 사과할 준비를 하고 있는데.

"되게 잘 안다?"

허 실장이 땅이 꺼져라 한숨을 내쉬었다.

"대표님 같은 분은 몰라요. 질척대 미련학과가 있으면 제가 학과장 이거든요."

세훈도 따라 한숨을 내쉰다.

"넌 어떻게 이러고 사냐?"

고개를 절레절레 내저으며 세훈이 존경의 시선을 보냈다.

"할 수 없죠. 아쉬운 놈이 우물을 판다고……."

허 실장으로서는 세훈을 이해할 수가 없었다. 아직 최세훈은 허 실장이 겪은 것의 반의반도 안 겪었는데……. 제발 꺼져달란 말도 안 들어봤고, 술 마시고 뻗어 있는 걸 집에다가 데려다만 준 적도 없고, 아침저녁으로 출퇴근시켜주고 밥 한 끼 못 먹은 적도 없고, 빚 갚아 준 적도 없고…… 이 정도로 뭐 이렇게 힘들어하나.

"뭐 따지고 보면 이령 씨가 장 대표한테 연락 안 할 이유도 없고 대표님한테 연락할 이유도 없잖아요? 자존심 같은 거 버려요. 이령 씨 맘이죠!"

세훈은 잠깐 생각하는 시늉은 했다. 그동안도 내내 생각하던 주제였지만 다시 한 번 생각하는 척할 가치는 있었던 것이다.

그러나 결론은 언제나 하나였다.

"싫어."

최세훈은 죽어도 장 대표가 먼저인 유이령에게 치근덕대지 않을 것이다.

이령은 입이 댓 발 나온 채 김밥집까지 찾아온 장 대표를 응시했다.

"아, 진짜아! 이건 운명의 데스티니라고 해도 그러네!"

아니라고 진짜 그렇게 여러 번 말했는데 안 믿는 최세훈이 원망스러울 뿐이었다. 장 대표가 이령의 이모 집의 번호를 알고 있는 것은 진짜 100퍼센트 우연이었다. 물론 장 대표는 인연이라고 주장하고 있지만.

"솔직히 인연은 최 대표보다 나다? 지리산에서 처음 만난 것도 나고, 다시 찾은 것도 나고? 내가 유이령 씨를 키우는 게 맞다니까?"

이모의 김밥집의 건물주가 장 대표인 걸 어떻게 해?

그것도 떡볶이, 순대, 튀김, 어묵, 참치김밥, 치즈김밥을 좋아하는 장 대표가 툭하면 직접 사러 오는 걸 어떻게 해?

그러다가 이령을 발견한 걸 어떻게 해?

"인연이 보통이 아니야. 이모님이 내 건물에서 김밥집만 5년! 내가 진즉 알았으면 월세도 안 올렸지이이이이……."

"대표님 말씀이 맞는데요."

할아버지 이야기를 해야 할까? 엄마, 연예인, 마음의 빚…… 이런 이야기들을 장 대표에게도 해야 하나?

잠시 고민하던 이령은 입을 다물었다. 최세훈에게는 할 수 있었던 이야기지만 장 대표에게는 아니었다. 왜인지 몰라도 그랬다.

"그러니까아…… 내 말이 맞는데 왜 말을 안 들어어……."

장 대표가 가공할 귀염성을 보이며 졸라댔다.

"자세하게 말씀드리기는 좀 그렇고요."

난감해하던 이령이 문득 생각이 나 물었다.

"근데 처음에는 저한테 계약하자는 말씀 없으셨잖아요? 왜 갑자기……."

"아냐 아냐!"

정곡을 찔린 장 대표가 양손을 내저었다.

"처음부터 난 이령 씨가 딱 연예인이 되면 좋겠다고 생각했었어. 나…… 최 대표가 갖고 싶어 하니까 덩달아 탐내는 그런 사람 아냐. 정말이야, 믿어줘."

제 발이 저려 격하게 고개를 젓던 장 대표의 목소리가 갑자기 낮아졌다.

"그런데…… 최 대표가 진짜 이령 씨 좋아해?"

「지금은 내가 널 좋아하거든. 너무나.」

"예에?"

심장이 쿵 하고 발치로 떨어지는 느낌이 빨개져서 이령이 더듬거렸다.

"어떻대? 재능이 있대? 혹시 뭐…… 플랜 같은 건 말 안 해줬어? 배우로 키우겠다거나 가수가 좋다거나 그런 거."

"아아, 그건 잘 모르겠어요……."

또다시 착각했음을 깨닫고 괜스레 부끄러워하며 이령은 고개를 내저었다. 이 바닥의 단어 사용에는 영영 적응이 안 될 것 같다.

장 대표가 돌아가고 나서 이령은 가게로 돌아와 라디오의 음량을 높였다. 손님이 없을 때면 라디오를 듣는 게 요즘의 큰 즐거움 중의 하나였다.

이령은 모르는 게 많고, 그래서 라디오에서 나오는 노래나 이야기들에서 많은 것을 배우고 있었다.

그러나 가장 알고 싶은 것.

고백을 받았을 때 어떻게 해야 하나는 알 수 없었다.

분명, 그날 최세훈의 말은 고백이었다.

"치⋯⋯."

부재중 전화 하나 없는 휴대전화를 꺼내 확인하면 이령이 입술을 비쭉거렸다.

"이럴 거면 뭐 하러 휴대전화를 줘."

좋아한다고 말하고 돌아서서 말 한마디 안 하고, 삐지고, 거기에 다른 여자의 손을 잡는 남자를 어떻게 해야 하는지 이령은 몰랐다. 평생 처음 받아보는 고백인데 알게 뭐냐.

그리고 사실 만나야 뭘 하든 하지⋯⋯.

"진짜 만날 일이 없는 사람이구나."

티브이에서 보는 게 더 당연할 정도로, 사실 최세훈과 유이령은 마주칠 일이 전혀 없는 사람들이었다.

[이상한게요⋯⋯.]

라디오 DJ의 목소리가 유난히도 귀에 선명하게 와 닿는다.

[거짓말 같을 정도로 자꾸 마주치던 사람과 더 이상 마주치지 않을 때가 있거든요. 그러고 나서 생각해보면 사실 마주칠 이유가 없는 사람이었다는 거죠. 전혀 다른 세상에 살고 있는 사람이니까.]

서울과 지리산에서.

가장 화려한 곳과 가장 소박한 곳에서.

가장 현대적인 삶과 가장 고전적인 삶에서.

[그렇게 함께 있었던 그 아무렇지 않았던 모든 순간이…… 사실은 진짜 로맨틱한 순간이었다는 걸 깨닫게 되는 거죠.]

인연이 닿는다는 게 얼마나 대단한 기적인지.
"에칭!"
이령이 크게 기침을 하곤 코를 훌쩍였다.

김밥집 문을 열기 전에 이령은 아침마다 나오는 토스트 트럭으로 향했다. 이모와도 종종 사먹었지만 이모가 자리를 비운 요즘에는 매번 아침 메뉴로 활용 중이다. 너무 맛있어서 집에서도 만들어 먹어봤는데 이상하게도 같은 맛이 안 났다.
"치즈토스트하고 베이컨토스트, 그리고 두유 주세요. ……푸에칭!"
크게 기침하는 이령을 보고 토스트 아저씨가 눈을 동그랗게 떴다.
"에그야……, 감기 걸린 거 아녀?"
"그런가요? 며칠 전부터 계속 추웠다 더웠다 몸 상태가 영 안 좋긴 해요."
진짜 감긴가……? 이령은 고개를 갸웃거렸다. 잔병치레는 별로 없는 그녀였다. 그래서 더더욱 헷갈린다.
"공기가 안 좋아서 그런가……. 요즘에는 젊은 아가씨들이 너무 부실해. ……자! 치즈 하나 더 얹어줄 테니까 챙겨 먹고 꼭 약도 먹어."
"감사합니다."
인사하면 받는데 또다시 코끝이 간질거렸다.

"에칭!"

그 날 밤.

"우와……, 힘들어!"

집에 들어온 이령은 신발을 벗지도 않고 그대로 앞으로 쓰러졌다. 이모가 없어서 힘이 든 건지, 아니면 몸이 안 좋아 힘이 든 건지 구분할 수가 없었다. 온몸이 자근자근 쑤시는 것도 녹초가 되어 이런 건지 아니면 아픈 건지 모르겠다.

"으으……."

아니, 아픈 게 맞나 보다.

으슬으슬 떨려오는 어깨를 움츠리고 얼른 신발을 벗은 이령이 찬장으로 가 약 상자를 확인했다. 소화제뿐이었다.

"아, 맞다. 이모가 전에 다 먹었다고 했지."

해열제를 사다 놓으라고 했었는데 깜빡 잊었다. 시계를 보자 밤 10시. 창밖이 깜깜한 어둠으로 가득 차 있었다.

"약국 문 닫았겠다……."

물 한 잔을 따라 전자레인지에 넣고 돌리며 이령은 식탁에 앉았다. 이마를 식탁에 대자 차가워서 기분이 좋았다.

따뜻한 물 한 잔만 마시고 얼른 자야지. 그럼 좋아질 거야.

자고 싶은데.

뜨거운 숨을 몰아쉬며 이령이 몸을 뒤척였다. 몸은 천근만근 무거운데 머리는 얼음물을 들이부은 것처럼 쨍하니 잠이 찾아들 기색을 보이지 않는다. 이불을 덮고 있으면 덥고 젖히면 추웠다. 얼굴과 손끝, 발끝이 바짝 말라 있다는 기분이 드는 것이 착각인지 아닌지 모르겠다.

"최세훈 때문이야!"

존칭도 생략한 채 이령이 벌떡 일어났다.

도무지 맘에 안 드는 사람이다. 처음부터 그랬다. 기껏 초대해서 상을 차려줬더니 자기 삐졌다고 화를 내고 가버리고, 회사까지 찾아갔는데도 싹 무시하고, 다른 여자가 허리에 손을 감아도 그냥 두고, 심지어 손을 잡아 다독이기까지 하고. 이럴 거면 좋아한다고 말하면 안 되는 거 아닌가? 좋아한다고 한 건 진심이 아니었나? 그럼 왜 그렇게 말했지?

"진짜 싫어."

자기 기분 좋을 때는 벙긋벙긋 웃고, 뭔가 수틀리면 본 적 없는 사람처럼 안색을 싹 바꾸는 이상한 사람.

461

"짜증나."

가쁜 숨을 내쉬던 이령은 깊게 심호흡을 했다. 이 욱하고 치받치는 성질을 어쩌면 좋단 말인가.

"인일시지분[12](忍一時之忿 免百日之憂)이면…….."

마음을 가라앉히려던 이령의 음색이 허공에서 뚝 끊겼다.

그냥 분해하고 백일 동안 근심하지 뭐!

입술을 깨물고 확 누웠던 이령이 이불 아래서 마구 발버둥 쳤다. 열이 올라 그런가. 속이 부글부글 끓어 화가 치솟는다.

---

12) 한때의 분을 참으면 백일의 근심을 면한다.

같은 시각, 세훈 역시 잠을 못 이루고 있었다.

기분 나쁠 정도로 유치하지만 비밀스럽게 인정하자면, 세훈은 지금 차인 것이 분명해 보였다. 이럴 거였으면 좋아한다고 안 하는 거였는데. 망할 장풍땡이, 30초만 일찍 전화했어도 고백 따위는 없었을 건데.

"아······ 후······."

이리저리 침대를 굴러다니던 세훈은 결국 몸을 일으키고 말았다. 착잡하기 그지없었다. 차였다는 사실이 아니라, 그 사실에 대한 그의 마음이 그랬다.

자신이 생각해도 절절한 고백에도 불구하고 반응 없는 거 보면 유이령은 마음이 없는 게 분명하다. 연기변신 성공기원 파티인지 뭔지 개뿔 관심도 없는 자리에 끝까지 남아 있었는데도 유이령은 말 한 마디 걸어오지 않았다. 그도 먼저 걸진 않았지만 상황상, 먼저 말 좀 걸어줘도 되는 거 아닌가?

그런데도 포기가 안 되었다. 문수지에게 중뿔나게 조언을 늘어놓고 자기 자신은 어떻게든 꼬실 수 있지 않을까 미련이 남았다. 아니, 그 정도가 아니라 사실은 유이령도 그를 좋아하고 있을 거라는······ 그런데 표현을 못 하는 것뿐이라는 말도 안 되는 착각이 든다.

유기농이니까 몰라서 그래. 18세기 여자들은 수동적이었지. 사실은 지금 내 전화를 기다리는 거 아닐까? '좋아한다'라고만 말하는 건 부족하지 않아? 세 번, 네 번, 다섯 번쯤 찍어봐야 진짜 마음을 알 수 있는 거 아냐?

세훈의 손이 또 다른 의지를 가진 생명체인 듯 휴대전화를 들었다.

만지작만지작, 톡톡, 이렇게 뒤집었다가 저렇게 뒤집었다가 유이령의 번호까지 액정에 띄운 다음에…… 내려놓는다.

"안 돼. 최세훈. 더 가지는 말자."

세훈은 찌질하다고 욕했던 모든 연애소설, 드라마, 영화들에게 사죄하고 싶어졌다. 그 정도면 고상하구만 그가 왜 그랬을까?

"유기농, 나를 반성하게 만들다니."

최세훈이 웬만하면 반성 따위 안 하는데…….

"자존심이 있지. 나 말고 다른 남자한테 연락한 애…… 절대로…….'"

하지만 아무리 생각해도 말이 안 됐다.

"유기농 시력 안 좋은 거 아냐? 어떻게 장똥땡이일 수가 있어? 내가 아니고? 뱃살 취향이야? 이건 거의 근시, 난시, 원시 다 있어도 불가능하지 않아?"

기분 탓일까? 절대로 장 대표가 더 의지가 될 수는 없다고 생각하는 건 최세훈이 못됐기 때문일까? 진짜 장 대표가 훨씬 믿음직하고 편한 상대일까?

"그만하자."

세훈은 베개에 얼굴을 파묻었다. 이건 진짜 아닌 거 같았다. 사람이 유치해지다 못해 저열해지는 것도 정도가 있지. 좋으면 알아서 연락을 해올 것이 분명…….

그 순간 던져놓았던 휴대전화가 어마어마한 소리를 내며 진동했다. 깜짝 놀란 세훈이 휴대전화를 집어 들다가 놓칠 뻔하고 겨우 액정을 확인한다.

액정 위에 뜬 이름은…… '유기농'.

세훈의 손에서 휴대전화가 툭 떨어졌다.

순정

─ 지금 고객이 전화를 받지 않사오니…….

이령은 전화를 끊고 흘러내린 머리카락을 쓸어 올렸다.

병원의 시계가 가리키고 있는 시간은 새벽 2시였다. 이 시간에 전화하는 것은 누구에게든 무례한 일이었다. 안 받는 것이 당연했다.

하지만…….

전화번호부의 이름을 다시 훑어보았지만 몇 안 되는 저장번호 중 지금 이 시각에 걸 만한 사람은 전혀 없었다. 물론 최세훈도 '걸 만한 사람'에 속하진 않았다.

"아…….."

어떻게 해야 하나 알 수 없어 이령이 뜨거운 숨을 몰아쉬었다.

전화가 온 건 그때였다.

"아? ……여보세요?"

─ 전화했어?

혹시 자나 싶어 일찍 끊었는데 귀에 와 닿는 세훈의 목소리는 잠기가 없이 시크했다. 다소 차갑게 느껴질 정도였다.

"밤늦게…… 죄송해요."

─ 그래. 좀 늦은 시간이긴 하네. 무슨 일이야?

어떻게 말해야 하나 이령은 입술만 달싹였다.

그러나 이렇게도 시크한 목소리와는 달리 세훈의 집은 불안 최고조의 상황이었다. 전화를 걸기 전부터 우왕좌왕 서성이다가 간신히 소파에 엉덩이를 붙이고 앉아 통화 중이지만 손톱을 물어뜯으며 다리를 달달 떠느라 정신이 하나도 없다.

- 아, 저기…….

"말해."

차갑게 말하면서도 세훈은 떨리는 가슴을 이기지 못하고 벌떡 일어나다 테이블에 걸려 넘어질 뻔했다. 이리 뒤돌고, 저리 뒤돌고…… 교과서적인 정서불안 증상을 선보이는 중이다. 이령이 뜸을 들이는 통에 거의 머리가 마비되어 무슨 이야기를 하는지도 모르는 상황.

- 혹시…… 지금 와 주실 수 있으세요?

세훈이 우뚝 멈춰 섰다. 손에서 다시 한 번 휴대전화가 툭 떨어졌다.

"아, 아…… 여보세요?"

더듬거려 잽싸게 다시 휴대전화를 손에 쥔 세훈이 몸을 세우며 거칠어지는 숨을 눌렀다.

"뭐라고? 자, 잠깐 연결에 혼선이 있었던 것 같아. 잘 못 들었어."

- 이모가 해외여행을 가서 연락이 안 돼요. 그런데 제가 지금, 어……, 병원 응급실인데…….

순간 머릿속이 갑자기 불이라도 켜진 것처럼 밝아졌다.

"병원?"

- 네. 제가 입원을 해야 한다는데 보호자가 없으면 안 된대요. 혹시 오시기 힘들면 진짜 죄송하지만 주민등록번호라도 알려주시면…….

말하면서도 무척 곤란한 기색으로 이령이 말을 멈췄다.

- 여보세요?

"넌 왜 그 얘기를 지금 해!"

세훈이 저도 모르게 버럭 소리를 지르며 드레스 룸으로 성큼 들어갔다. 옷을 입고 도로 나오기까지는 긴 시간이 필요치 않았다.

세훈은 이령을 확인하고 곧장 의사를 찾았다. 이령에게는 한 마디도 건네지 않았다. 어쩐지 기가 죽어 이령은 무릎을 끌어안았다.

평소의 말끔한 차림새가 아닌 머리카락도 약간 흐트러지고 옷도 편안한 채로 의사와 이야기 중인 세훈은 어딘지 어른스러웠다. 서두른 기색이 역력해 지금까지처럼 완벽하지 않은데 오히려 그 어느 때보다도 믿음직스러운 건 왜일까?

달려와 줬어. 안 올 수도 있다고 생각했는데.

빤히 응시하는 것이 어색해 힐끔힐끔 훔쳐보고 있는데 이야기를 마친 세훈이 성큼성큼 다가왔다.

"됐어. 아침에 업무 돌아가는 대로 병실로 올라갈 거야."

"감사합니다."

세훈의 표정은 잘 읽을 수가 없었다.

"죄송해요."

잠깐 이령을 응시하던 세령은 말없이 시선을 돌려 응급실 내부를 훑어보았다. 계속 드나드는 사람들이 내는 소리와 뚫린 시야 때문에 편할 수가 없는 공간이었다. 그는 손을 뻗어 커튼을 반쯤 치고 옆에 있는 동그란 의자를 가져다 앉았다.

"어…… 계속 계시려고요?"

"그럼 가?"

세훈이 굴러다니던 신문을 집어 반듯하게 펴 시선을 두며 무심하게 물었다.

“전…….”

응급실은 너무나 불편했다. 아파서 침대 위에 누워 있는 이령의 입장도 그랬지만 보호자가 있을 자리가 전혀 없다. 등받이조차 없는 의자에 앉아서 몇 시간이나 버틸 수는 없는 법이다.

“괜찮아요.”

힘없는 목소리에 세훈이 신문에서 시선을 떼고 이령을 쳐다보았다.

“왜 아프고 그래…….”

목소리는 이령의 생각보다, 그리고 세훈의 생각보다도 다정했다.

“요즘 뇌수막염이 유행이래. 혹시나 해서 검사하려고 하는 거니까 너무 겁먹을 건 없어. 원래 의사들은 최악의 상황에 대비하니까.”

“늦게 전화 드려서 죄송해요. 안 하려고 했는데 꼭 필요하다고 해서.”

보호자가 필요하다는 말을 듣는 순간 이모보다 세훈이 먼저 생각났다.

“전화 잘했어.”

잠깐 이령을 쳐다본 세훈은 다시 시선을 내렸다. 잠깐 사이에 파리해진 이령의 얼굴이 마음 아팠다. 본디 최세훈이 남의 아픔에 잘 공감하는 사람이 아닌데. 아닐 텐데.

이렇게 가슴이 미어지기도 하구나. 누가 아프다는 사실만으로도.

“환자는 자.”

부러 짧게 말한 것은, 그러지 않으면 감정을 들킬 것만 같아서다.

“어어어어, 어어어어어, 의사 나와!”

쾅 하는 소리와 함께 들린 목청껏 소리를 지르는 목소리에 졸고 있
던 이령이 눈을 번쩍 떴다.

"너 면허 몇 번이야? 내가 전에 삼만 번대 의사에게 진료 받은 사람
이거든? 그 이후 번호는 의사 취급을 안 해요!"

의사 멱살을 잡고 늘어지는 남자의 코가 빨갰다. 척 봐도 술이 많이
취한 상태임이 분명했다.

급한 대로 의사들과 간호사들이 덤벼들었지만 취객은 힘도 셌다.

"어허이? 어허이? 이거 놔라이?"

이령은 고개를 돌린 채 소동이 일어난 곳을 바라보고 있는 세훈을
슬며시 훔쳐보았다. 얼마나 잔 걸까? 세훈은 약간 피곤해 보였고 평
소에도 날렵했던 턱 선이 한층 더 날카로워져 있었다. 평소엔 단정했
던 귀밑머리가 약간 일어나 있었다. 팔을 괴고 신문을 봤을까?

"지금 다들 내가 술 취했다고 생각하지? 응? ……딩동댕."

남자가 낄낄 웃었다.

"어떻게 알았는가? 티가 나는가?"

"네네, 엄청 납니다아."

"역시 배우신 분은 달라."

의사와 간호사, 달려온 경비원까지 붙어 실랑이를 시작했지만 남
자는 쉽게 끌려 나가지 않았다.

"이 시대의 진정한 의사는 누구인과아아아아아아아아아!"

팔을 번쩍 들고 펄쩍펄쩍 뛰기 시작하며 소리를 질러대는 바람에
이령은 머리가 아파왔다. 손을 올려 관자놀이를 누르는데 세훈이 고
개를 돌렸다.

왜 그랬는지는 모르겠는데 이령은 얼른 눈을 감고 자는 척을 하고

말았다. 괜스레 가슴이 두근거렸다.

잠은 조금도 오지 않았고 오히려 신경이 예민하게 일어나 옆에서 세훈이 움직이는 모습을 눈뜬 것처럼 느낄 수 있었다.

부스럭거리며 들고 있는 신문을 접어 내려놓고, 잠깐 이령을 쳐다 보다 흘러내린 이불을 고쳐 덮어주고…….

"우화화하하하하하하하하하하! 나는 지금 술 취했돠아아아아아아 아아아아아아아!"

짧은 한숨 소리와 함께 이령의 양쪽 귀 위에 커다란 손이 덮였다. 세훈의 손이었다.

"얼마나 취했게에에에에에?"

남자는 여전히 소리를 질러대고 있었지만 어쩐지 그 소리는 더 이 상 머리를 아프게 하지 않았다.

느낄 수 있는 것은 귀를 덮고 있는 세훈의 커다란 손. 그녀를 지켜 주려는 마음.

심장이 무섭도록 뛰어서, 그 소리가 들릴까 봐. 이령은 취객이 더 크게 소리를 질러주기를 바라게 되고 마는 것이다.

아침이 되어 원무과의 첫 출근자가 출근카드를 찍자마자 이령은 병실로 올라가게 되었다.

"일인실이에요?"

들어서면서 당황해하자 세훈이 어깨를 으쓱했다.

"원래 다인실 입원이 더 어려워. 요즘은 병실도 없고. 대기는 해놨 지만 어지간하면 여기에 있어."

"아…….."

병실비가 걱정되어 이령은 손가락을 꼼지락거렸다. 그녀에게는 변변한 보험도 없었다. 이모에게 너무 큰 부담이 되고 싶지는 않은데.

"그냥 있어. 응급실에 있다가는 병이 더 나겠더라. 거긴 왜 그렇게 시끄러워? 미친놈들은 다 응급실로 오는 건가?"

가만히 서 있던 이령이 어지럼증을 느끼고 보호자 베드에 앉았다.

"왜 거기 앉아?"

아까부터 세훈은 이령을 제대로 보지 않는다. 아니, 어젯밤에도 그렇긴 했다. 마지못해 눈을 마주칠 때도 기미가 어딘지 이상했다. 유이령이 아는 최세훈이 맞나 싶을 정도였다.

"혹시 화났어요?"

"내가 왜?"

"밤늦게 전화해서요…….'"

"아니. 얘기했잖아. 전화 잘했다고. 앞으로는 좀 더 일찍 전화하면 좋을 거 같아."

대답한 세훈이 다가와 이령을 번쩍 안아 들었다.

"앗!"

"침대 위에 누워."

이령을 침대에 눕힌 세훈이 개켜져 있는 이불을 펼쳐 덮어준다. 기운이 없던 차에 침대에 눕자 희한하게 몸이 힘이 쭉 빠졌다. 아닌 게 아니라 어제 제대로 잠을 자지 못했다. 쏟아지기 시작하는 잠을 억지로 이겨내며 그녀가 우물우물 말했다.

"저 이제 괜찮으니까 돌아가셔도 돼요."

잠깐 사이를 두었다가 세훈이 물었다.

"내가 있는 게 싫어?"

"아니, 그게 아니라…… 어제 잘 못 잤을 거잖아요."

당황하여 이령이 세훈을 바라보았다. 잠이 다 깼다. 그런 의미가 아닌데.

"너 나 안 좋아하잖아."

"아니에요."

"그럼?"

무심하게 물어보는 얼굴에 말문이 턱 막혔다. 그럼…… 뭘까? 유이령은 최세훈을 어떻게 생각할까?

이령은 막막한 기분으로 세훈을 바라보았다. 그 시선을 피하지 않고 세훈도 그녀를 마주 본다.

"……흠흠."

멍하니 시선만 마주치고 있는데 문 쪽에서 기침소리가 났다. 간호사였다.

"링거 좀 꽂게 잠시만요."

물러난 세훈이 이령을 빤히 쳐다보고 있었다. 마치 대답을 기다리는 것처럼.

당연한 일이었다. 세훈은 이령에게 자신의 마음을 말했다. 상황이 안 좋은 그녀를 위해 달려오기까지 했다. 그리고 물었다. '너 나 안 좋아하잖아.'

이령은 그에 대한 대답을 해야만 했다.

하지만 도대체 왜, 입이 이렇게 안 떨어지는 걸까?

인정해야만 했다. 언제나 옳은 최세훈의 말 그대로, 유이령은 아직 18세기에 머물러 있음을.

"그래서 인터뷰를 빵꾸내셨다고요?"

밤늦게나 회사로 들어온 세훈의 얼굴은 뻔뻔했고 허 실장은 없던 혈압이 생길 것만 같았다. 잘한다 잘한다 했더니 이제는 회사를 빠지는 게 아무 느낌도 없나 보다. 이 대표 놈이! 자기 회사라고!

"생방송도 아니었잖아. 약속이야 다시 잡으면 되지."

"이 바닥에서 평판이 생명인 거 모르세요? 인터뷰가 문제가 아니에요. 회의는요? 오늘 하루 종일 회의가 얼마나 창창이었는데 통화도 안 되고!"

"내가 전화를 언제 받을지를 또 너하고 이야기……."

"해야 해요!"

허 실장이 세훈의 말허리를 잘라 먹었다.

"이게 한두 번이 아니니까 그러죠! 대표님이 언제 전화 받을지 이제 제가 정할래요! 어쩔 건데요?"

세훈이 어이없어하며 바락바락 대드는 허 실장을 밀어냈다.

"너 지금 나 구속해?"

"네! 구속하는 거예요! 유이령 씨예요, 나예요? 내가 몇 년을 대표님은 모셨는데 어떻게 이럴 수가 있어요?"

보통 이쯤에서 쭈그러지는 허 실장인데 오늘은 달랐다. 악에 바친 허 실장의 모습에 당황한 세훈이 말을 더듬거렸다.

"너, 넌…… 애가 핏기 하나 없이 빌빌대는데 무슨 그런 생각을 해? 왜 그렇게 인정머리가 없어?"

"간디 났네! 간디 났어!"

씩씩거리던 허 실장이 속이 터지는지 빠른 걸음으로 사무실을 한 바퀴 휙 돌아와 제 자리에 섰다. 그리고는 얄밉게 고개를 씰룩이며 비아냥대기 시작했다.

"언제는 싫다더니, 싹 무시하더니 갑자기 왜 또 인도주의자야? 말을 해야 내가 맞추지…… 성격이 너무 자주 변하잖아요!"

"시끄러워! 내가 지금 너무 봐준다 싶지?"

세훈이 확 노려보았지만 허 실장도 이번엔 그냥 넘어갈 생각이 없었다.

"너무해요……."

울먹이기 시작한 거다.

도대체 얘가 왜 이러는지 알 수가 없는 세훈이 죽겠어 하며 팔목을 잡아 돌려세운다.

"왜 그래애……. 왜 너하고 유기농을 비교해?"

"제가 몇 년을 모셨는데, 어떻게 나한테 이래요?"

이제 허 실장은 아예 훌쩍이고 있었다.

"그래, 내가 잘못했어."

보다 못한 세훈이 사과했다.

"앞으로 잘할게."

내친김에 약속까지.

"진짜예요?"

허 실장이 애교스럽게 세훈을 올려다보았다.

그렇게 마주친 시선은…… 매우 걸쩍지근하고 이상하고 불편했다.

"?"

"?"

눈동자를 데굴데굴 굴리다가 시선이 허 실장의 팔목을 잡고 있는 세훈의 손으로 향했다. 두 사람이 올해 본 광경 중 가장 토 나오는 것이었다. 누가 먼저랄 것도 없이 거리를 확 벌리는 속도가 신속하다.

"어, 대, 대표님…… 연애하시는 거 저 찬성이에요. 그것 때문에 이러는 거 아니에요. 아시죠?"

"아, 알지. 안 그래도 병실에 꽃은 좀 그렇고 케이크 좀 알아서 보내라고 할 참이었어. 나 여자 좋아하잖아. 완전 좋아하잖아. 없이 못 살잖아. 그렇지?"

두 사람이 열심히 떠드는데도 사무실에 내려앉은 불편한 적막은 가시지 않는다.

"이게 다 스트레스 때문이야."

이모가 사과를 깎으며 비장하게 선언했다. 귀국해 김밥집 일 도와달라고 부탁한 아줌마에게 사정을 듣고 날아온 이모는 한바탕 눈물 바람을 끝낸 다음이었다. 우연히 이모의 여행 중에 아팠던 것뿐이건만 자신이 신경을 많이 못 썼다고 자책하는 통에 이령은 몸 둘 바를 몰랐다.

"네가 덤덤한 성격이라 티가 안 나서 그런 거지 서울 생활에 스트레스를 받은 거지."

"괜찮대요. 괜히 검사했나 봐요. 검사비 많이 나올 텐데……."

"아닌 게 아니라 보험은 좀 들어놔야겠더라. 지금이 문제가 아니라 나이 들어서가 문제거든."

"그래요?"

"응. 너야 김밥집 상속자니까 취업걱정은 안 한다고 쳐도 요즘 세상에 자영업이 좀 힘들어야지. 보험은 말 그대로 보험이야. 혹시나 하고 드는 거니까 한번 알아보자."

이령이 후후 웃고 말았다. 김밥집 상속자라니……. 친딸도 아닌 이령을 거둬준 것도 고맙기 그지없는데.

"이모, 제가 인복이 많은가 봐요. 잘할게요."

"아이고…… 지금도 차고 넘쳐요. 솔직히 너 아니었으면 내가 어떻게 이렇게 가게를 오래 비울 생각을 하겠니? 나는 너 와서 너무 좋아. 너무 좋아서 문제야. 너 하고 싶은 거 있는데 내가 앞길 막는 거 아냐? 아직 어린 애가 김밥집에서만 일하는 거 좋을 리가 없잖아."

하고 싶은 거…….

이령은 눈을 깜빡였다. 이령이 아는 것은 지리산, 김밥집…… 그리고 초이 엔터테인먼트뿐이었다.

"그리고 병원비는 내가 안 냈어. 너 데리고 온 남자가 다 내고 갔다던데? 누구니?"

"네?"

이모가 눈썹을 들썩거리며 의미심장하게 웃었다.

"내가 내가, 너 순진하고 아무것도 모르는 줄 알았더니! 네가 언니 닮아 인물이 있긴 해, 그렇지?"

신이 난 이모가 의자를 당겨 침대에 바짝 붙어 앉는다.

"누구야?"

그 순간 똑똑, 하고 누군가 병실 문을 노크했다.

선택

노크를 하고 문을 열었을 땐…… 입원실이 텅 비어 있었다.

세훈은 들고 온 케이크와 꽃을 내려놓고 눈을 가늘게 떴다. 고작 하루 병실을 비웠을 뿐인데 맘에 안 드는 기운이 느껴졌다.

그 기운은 정확하게 '그가 사오지 않은 곰돌이 인형'과 '떡', '케이크', '꽃'에서 정점을 찍었다.

"아, 저기……."

세훈은 지나가는 간호사를 붙잡아 세웠다.

"혹시 이 병실 환자 어디 갔는지 아십니까?"

"유이령 환자분이요? ……황 선생님하고 아까 나가신 거 같은데?"

한때 세훈은 이령을 찾기 위해 지리산을 탔다. 높이 1916.77미터의 산. 그 산을 다 뒤져 이령의 집을 찾아냈었다. 기껏해야 9층 종합병원 따위는 어려울 것도 없었단 이야기다.

세훈이 이령을 찾은 곳은 병원 정원이었다. 그녀는 환자들의 정서적 안정을 위해 잔디밭에 나무, 꽃 따위의 조경을 해놓은 정원 벤치에 앉아 있었다. 날이 좋아 웃는 얼굴 위로 내려앉은 햇살이 반짝반짝 빛나고 있었다.

이 아름다운 광경에 세훈이 열 받은 이유는…… 이령의 링거대 바로 앞에 서 있는 남자 때문이었다.

심호흡을 세 번이나 한 끝에 평정심을 찾은 세훈이 성큼 다가갔다.

"뭐 해?"

세훈이 아무렇지도 않게 이령의 옆에 앉자 그녀의 앞에 서 있던 의사, 황지혁이 움찔 눈치를 살폈다.

세훈을 더 열 받게 했던 것은 황지혁이 언젠가 이령이 말했던 '키만 멀뚱하게 커서 희멀겋고 마른 남자'에 속하지 않는다는 거다.

곰곰이 생각해보면 세훈을 열 받게 했던 시골 총각 박중호, 장뚱…… 아니, 장 대표, 그리고 지금 황지혁 사이에는 공통점이 있다. '키만 멀뚱하게 커서 희멀겋고 마른 남자'가 아니라는 거! 이령이 싫다고 했던 바로 그 특성을 가진 건 최세훈뿐이라는 거!

이러다가 키 작고 까무잡잡한데 통통한 남자 콤플렉스 생길 것 같다!

짜증!

"누구시죠? 담당의는 아니신 거 같은데."

세훈이 황선생의 이름표를 띠껍게 훑어보며 물었다.

"아, 저는 병동담당입니다. 이령 씨가 혼자 너무 심심해 보여서 산책 모시고 나왔죠."

"이모는 가게 때문에 들어가보셔야 해서요……."

어쩐지 변명하는 기분으로 이령이 덧붙였다.

"그랬구나……."

이령을 보며 웃는 세훈의 표정은 웃고 있어도 싸늘했다. 그러더니 어마어마하게 가식적으로 그녀의 어깨를 다독이기 시작했다.

"안 추워? 바람이 쌀쌀……."

이령의 어깨에 덮여 있는 웬 정체 모를 카디건을 인식한 세훈의 눈에서 불이 튀었다.

"괜찮습니다. 당직실에 두고 다니던 카디건 드렸어요. 쌀쌀한 날은 아니지만 조심하는 게 좋죠."

남자들의 시선이 마주쳤다.

의사선생이 몹시도 점잖게 말하긴 했지만 어투 사이에 숨어 있는 뿌듯함을 감출 수는 없었다. 세훈은 이를 아드득 물었다.

"그러셨구나아아……. 고맙습니다. 챙겨주신 덕에 우리 애가 따뜻하니 좋네요."

굳이 '우리' 애라고 말하는 세훈의 말에 섞인 공격을 의사선생이라고 못 알아볼 리가 없다. 황 선생의 눈썹이 치켜세워졌다.

"오빠 분이 있다는 말을 못 들었는데?"

"아, 그게…….'

이령이 설명하려는 것을 세훈이 잽싸게 가로채 들어갔다.

"오빠는 무슨……. 오빠 하다가 아빠 되는 그 오빠라면 맞지만 굳이 따지자면……."

문득 세훈은 길게 이야기할 필요가 없다는 걸 깨달았다. 그는 지갑에서 명함을 꺼내 황 선생에게 건네주었다.

"제가 키우는 애죠. 앞으로 뭐든 될 수 있는 완전 남. 남."

명함을 준 것은 순전히 압박이었다. 나 이렇게 잘났다. 알아서 기어라!

이거 하려고 그동안 밤잠 안 자고 일한 거였다. 같은 음악 수만 번 듣고, 눈 빠져라 대본 분석하고, 못하겠다고 나자빠지는 원석들 어르고 달래 일 시킨 거였다.

그리고 그 동안 최세훈의 노고는 단숨에 보상받았다.

"초이 엔터테인먼트…… 아아…… 어디서 뵌 분 같더라니."

몹시도 떨떠름해져서 황 선생이 입맛을 다셨다. 여기서 더 큰 한 방이 필요했다.

"병동담당이시면 레지던트이신가요? 담당 교수님은 누구시죠? 이 병원에 방송 때문에 저와 친한 교수님 몇 분 계시는데…….'

황 선생이 눈에 띄게 긴장하는 것이 보였다.

"송예주 교수님이신데요…….'

최세훈의 십 년 묵은 체증이 화아아아아악 뚫렸다. 그가 사악하기 그지없게 입꼬리를 끌어올렸다.

"아아아, 알죠. 송 교수님! 저하고 운동친군데! 요즘도 운동 열심히 하시나 모르겠어요?"

눈빛을 읽을 수 있는 사람이 있다면 지금 최세훈의 눈동자가 '넌 이 제 죽었다', '눈 감아봐. 깜깜하지? 그게 바로 네 미래야.' 같은 말을 하는 중이라는 걸 알 수 있었으리라.

"……열심히 하시죠."

반면 황 선생은 눈에 띄게 풀이 죽었다. 위계질서가 명확한 병원사회에서 교수의 위력이란.

"한번 송 교수님께 연락드려봐야겠어요. 우리 애 담당해주시는 분인데 어떤 분인지 알아봐야죠."

"아, 아니 그러실 것까지야."

"왜요…….'

최세훈이 싱긋 웃었다.

"혹시 의사라는 직위를 이용해 환자에게 접근하는 거나 아닌지, 업무시간에 일 안 하고 환자하고 노닥거리는 건 아닌, 연구할 생각은 안 하고 광합성에 치중하는 건 아닌지 확인해봐야 하는 거 아니겠어요?"

이령은 몰랐지만, 최세훈은 싸움에서 둘째가라면 서러워할 전투력을 가진 남자였다.

"뭐예요? 왜 내가 키우는 애예요?"

둘만 남게 되자마자 따지고 드는 이령을 보며 세훈은 뻔뻔했다.

"맞잖아. 먹이고 재운 적 있어, 아프면 응급실 지켜줘, 병실에 입원시켜줘, 이모 올 때까지 옆에 있어줘…… 이 정도면 키우는 거지 뭘 그래?"

"그 뜻이 그 뜻이 아니잖아요!"

"넌 그 뜻이 뭔 뜻이라고 생각한 건지 모르겠는데 내 뜻은 그거 맞아."

뻔뻔하긴 한데 차분했다. 이런 세훈의 태도는 이령을 움찔하게 만들었다. 평소처럼 팔팔 뛰고 투덕이고 싸우면 좋을 텐데 지금의 최세훈은 기묘하게 선을 긋고 있었다. 마치 다시 원래처럼 투덕이려면 이령이 선을 넘어와야 한다는 듯.

그 거리감이 이령을 불편하게 만들었다.

"화났어요?"

"내가 화가 왜 나? 왜 계속 물어?"

"화나 보이거든요. 내가 밤 늦게 전화한 게 많이 무례했던 일인가…… 반성하고 있어요."

세훈이 이령을 빤히 쳐다보다가 한숨을 내쉬었다.

"아니라고 했잖아. 전화해도 돼. 새벽 1시, 2시, 5시, 6시…… 아무 때나, 내킬 때 해도 돼."

숨을 고른 세훈이 다시 쏟아냈다.

"자꾸 모르는 척하고 싶은 것 같은데 난 그냥 넘어가지 않을 거야. 백 번 천 번이고 다시 말할 수 있으니까 네가 마음을 바꿔. 난 네가 나한테 기대는 거 좋아. 기대지 않아도 연락하는 거 좋아. 병원 오기 전에, 꼭 필요해서 전화한 게 아니라 그냥 심심해서 전화했다면 더 좋았을 거 야. 장뚱땡이한테는 안 하고 나한테만 전화하면 더 좋고."

이령은 그녀를 똑바로 바라보는 세훈을 가만히 올려다보았다.

이렇게 잘생긴 사람이었나? 잘 정돈된 머리카락, 짙고 올곧은 눈썹, 짙은 눈매, 하얀 피부, 잘생긴 귀, 날렵한 턱 선, 셔츠 사이로 미끄러져들어가는 목까지……. 이령은 저도 모르게 확 눈을 떴다. 심장이 쿵쾅거렸다. 얼굴이 빨개질 것 같은 느낌이었다.

"넌 아는 게 너무 없어."

세훈은 답답한 얼굴이었다.

"여우들은 정말 꼴 보기 싫은데, 요즘엔 차라리 여우가 낫다 싶어. 적어도 말귀는 착착 알아듣거든."

뭔가 거슬려 이령이 입술을 내밀었다.

"걔네들은 무슨 생각하는지 빤한데 네 머릿속은 도저히 모르겠다는 것도 맘에 안 들어. 깜깜하다고."

"그래서, 뭐요? 그럼 좋아하는 여우를 만나든지."

"그 말이 아니잖아."

세훈이 한숨을 토해냈다.

"됐다. ……언제 퇴원해도 된대?"

"되긴 뭐가 돼요?"

"너하고 내가 무슨 얘기를 해? 언제 퇴원하느냐고."

"내일이요. 검사 결과 나오고 아무 문제없으면 수속 밟으래요. 지금까지 얘기 잘하다가 왜 그래요?"

"내일 이모 오셔?"

"열도 내리고…… 크게 아픈 것도 아니라 혼자 가도 될 것 같은데 오신다고 하긴 했어요."

"이모 안 오시면 전화하고."

세훈이 이령의 어깨에 덮여 있는 카디건을 벗겨냈다. 찬 바람이 금세 얇은 환자복 사이로 스며들었다.

"그동안 심심해도 그 의사하고는 놀지 마."

"네?"

"걔 너 좋아해."

재킷을 벗은 세훈이 이령에게 자신의 옷을 입혀주었다. 체온이 어깨를 감싸 안는 느낌에 이령이 가볍게 몸을 떨었다.

"흑심이 드글드글한데 그걸 다 받아주고 있으면 오해한단 말이야."

"아니에요."

어쩐지 좀 부끄러워져서 몸을 빼며 이령이 고개를 저었다.

"의사선생님이잖아요."

이령을 노려보던 세훈이 옷을 확 여며주며 성질을 부렸다.

"의사는 남자 아냐? 사람이 말을 하면 좀 들어!"

순간 목이 졸려 캑캑대던 이령이 확 세훈을 밀어냈다. 하여튼, 감동이 삼 초를 못 가지.

"말 같은 말을 해야 듣죠! 뜬금없이! 그 선생님이 날 왜 좋아해요? 그저께 처음 봤는데!"

"이유는 모르겠고."

이령의 말투가 세지자 세훈 역시 말에 힘이 들어갔다.

"남자가 여잘 좋아할지 말지 결정하는 데 필요한 시간은 5초 이내야."

"말도 안 돼! 자기가 다 그런다고 남들도 그래요?"

"다 그래. 정말 다 그래!"

세훈이 화를 못 이겨 벌떡 일어났다. 도대체 유이령은 왜 이렇게 말을 안 들을까? 놀지 말라면 그냥 안 놀면 안 되는 문제인가? 그 사람과 본 지 이틀밖에 안 되었다고 자기 입으로 말했으면서 꼭 이렇게 따지고 들어야 하는 건가?

아무것도 모르면서!

말해도 못 알아들으면서!

말도 안 듣고!

"네가 남자에 대해 뭘 알아? 아무것도 모르잖아!"

"남자도 사람인데 모를 건 또 뭐예요? 다 똑같죠!"

"넌 내 마음도 모르잖아!"

세훈이 소리를 질렀다.

두 사람의 시선이 마주쳤다. 몇 번이고 만났던 바로 그 자리였다. 몇 번이고 좋아하느냐고 좋아한다고 그렇게 말하는 것이 옳았던 바로 그 자리였다. 좋아한다고 말했었던 그 자리였다. 어떻게든 선택을 해야만 하는 바로 그 자리.

"그쪽 마음이…… 뭔데요?"

아무리 말로 해도 안 되는 그 자리.

좋아하는데.

좋아한다는 것을 어떻게 설명할 수 있을까?

유이령에게는 그런 것이 필요하다는 것을 최세훈은 알았다. 이 고

483

루하기 짝이 없는 18세기의 아가씨의 마음은 쉽게 움직이지 않는 것이다. 몰라서 묻는 것이 아니다. 알면서도, 그 이상을 확인하고 싶은거다.

그래야만 선택할 수 있는 거다.

"너 알잖아."

세훈의 말에 이령이 입을 다물었다.

세훈은 가볍게 숨을 토해냈다. 턱에 손을 대고 잠깐 생각한다. 그가 겪었던 처음의 혼란, 그것을 이령이 겪고 있는 거라면 그는 기다려주는 것이 옳을지도 모른다.

세훈이 이 마음을 확인하기까지 시간이 걸렸듯이, 이령 역시 시간이 필요할 테니까.

아니, 아니었다.

세훈은 자신의 마음을 확인하려고 하는 거고 이령은 세훈의 마음을 확인하려 하고 있었다.

고로 최세훈은 보여줘야만 했다.

"!"

팔을 뻗은 세훈이 이령의 양팔을 잡고 당겨 입을 맞췄다. 입술을 아플 정도로 세게 부딪쳤다. 체온과 숨이 순식간에 섞였다.

눈이 동그래진 이령이 잠시 얼어붙었다 바동대기 시작했지만 세훈은 더 꼭 끌어안았다.

품 안에 안고 있자니 눈물이 날 것 같았다. 어이없지만 실제로 그랬다. 안고 있다는 사실만으로도 감동적이었다. 절대로 놓고 싶지 않을 정도로.

그러나 놓아야만 했다.

긴 키스 끝에 세훈이 이령을 놓아줬을 때, 이령은 숨을 몰아쉬고 있었다. 생애 첫 키스의 파장으로 눈동자가 심하게 흔들렸다.

"어떻게 할래?"

말을 할 생각도 못 하고 입만 벌리고 있는 이령을 향해 세훈이 아프게 물었다.

이런 건 진짜 최세훈의 취향이 아니었다. 그가 좋아하는 여자가 그를 좋아하고, 그래서 알콩달콩 행복해지는 것만 원했다. 너무 쉬운가? 아니 너무 어려운가?

"잘 생각해봐. 내가 널 좋아하는 건 정확히 이런 의미야. 난 네가 좋아. 너무 좋아. 미쳐버릴 거 같아. 아마 당분간은 변하지 않을 것 같아. 못 변할 거 같아."

"당분간은……요?"

한참 동안 숨까지도 멈추고 있는 듯했던 이령이 세훈을 올려다보았다. 굳어 있던 세훈의 얼굴에 균열이 생기며 가벼운 웃음이 스쳤다.

"설마 평생 내가 너만 바라볼 거라고 생각하는 건 아니겠지?"

말하는 순간 세훈의 마음속에 설마, 라는 두려움이 싹텄다. 지금 이 감정이라면 그럴지도 모르겠다는 두려움. 처음 느낀 이 감정이 사라지게 될까?

아아.

세훈은 눈을 감았다.

사라지게 되기를 바라는 걸까, 아닐까?

이령이 그에게 오지 않는다면 이렇게 아픈 기분은 다 잊고 싶었다. 온몸이 실제로 두들겨 맞은 것같이 아픈, 이대로는 살 수 없을 것 같앗다.

그러나 지금 이 기분을 잊고 싶으냐고 묻는다면…… 아니었다. 이 감정을 잊고, 부정하는 날은 오지 않게 되길 바랐다.

그런 감정이었다.

"그럴 수도 있겠지만 네가 나 싫다고 하면 안 그러려고…… 노력할 거야."

그럴 거다. 노력할 거다. 최세훈은 항상 노력했고, 그 노력의 대가를 얻었다.

"오래는 못 기다려. 그러니까 오고 싶으면 오는 거야."

제발.

제발.

제발.

"……가능하면 빨리."

세훈의 양손이 그를 바라보고 있는 이령의 뺨을 감쌌다.

고품격 짝사랑

소파에 길게 누워 이마 위에 손을 얹고 시체처럼 누워 있는 세훈을 허 실장이 다독였다.

"수건 적셔드려요?"

"아니, 됐어."

대답하고 일어나는 세훈은, 생각보다 담담했다. 그래도 책상으로 가 앉는 태도는 지금까지의 감정 기복을 생각하면 거의 담백할 정도 였다.

"뭐해? 일 안 해?"

허 실장이 흠칫해서 책상 위에 안고 있던 서류를 펼쳤다. 그러면서 도 계속 눈치가 보이는 것이, 아아, 이놈의 대표는 우울해도 걱정 아 니라도 걱정!

487

"괜찮으세요?"

무표정하게 서류를 보고 사인하고, 서류를 보고 사인하는 것만 반 복하는 세훈의 눈치를 살피던 허 실장이 결국 물었다.

"오히려, 괜찮네."

"하긴……."

허 실장이 안도의 한숨을 내쉬었다.

"할 건 다 해봐서 미련 없을 수 있어요. 솔직히 좋아하는 여자한테 뺨 맞아, 그 여자를 위해 목숨 걸고 비 오는 산을 타, 숙식 제공해주며 비위 맞춰, 맛난 밥 사줘, 꽃 사줘, 질투 작전 이용해, 아픈데 병간호 해, 매달려…… 더 이상 할 수 있는 게 뭐 있어요? 안 사귀어도 되겠네! 사귀지 않는 남녀 간에 할 수 있는 일은 다 했어요! 이건 진짜 세상에서 가장 완벽한 짝사랑이에요! 품격이 생길 정도야! 고품격! 퍼펙트! 언빌리버블!"

말하다가 흥분해버리는 것은 허 실장의 오래된, 나쁜 습관이다.

자신에게 향해있는 시리도록 차가운 시선을 느낀 허 실장이 헤헤하고 웃었다.

"진짜 다 했어? 더 할 만한 건 없어?"

날아온 질문에 허 실장은 기겁했다.

"더 하시게요?"

세훈이 허 실장을 노려보았다.

"아, 아니, 보통 이렇게까지 하진 않거든요. 누가 좋아도 적당히 중간에서 그만하죠. 에베레스트가 있다고 해서 누구나 다 올라가지 않는 것처럼요. 이 정도까지 하는 건 좀⋯⋯."

"그게 문제야."

세훈이 이를 악물었다.

"사람들이 왜 그렇게 대충 살아? 좋아하는데 왜 '적당히' 중간에 그만해?"

허 실장이 눈동자만 데굴데굴 굴렸다. 이게⋯⋯ 대답해야 하는 질문일까?

오늘은 집에서 쉬라는 이모에게 등을 떠밀려 집으로 들어온 이령은 침대에 털썩 드러누워 천장을 바라보았다. 무심코 입술을 어루만진다. 아직까지도 부드럽던 입술이 감촉이 남아 있는 듯했다.

"뭐야⋯⋯."

내가 뭔가 문제가 있는 걸까? 이령은 머뭇거렸다. 마음을 잘 모르겠다. 세훈의 마음이 아니라 그녀의 마음을.

세훈이 보고 싶고 만나고 싶은 마음이…… 그를 좋아하는 마음일까? 세훈은 어떻게 그렇게 당당하게 말할 수 있는 걸까? 그녀를 좋아한다고.

그러는데 가방 속에 넣어두었던 휴대전화가 진동하는 소리가 들렸다. 저도 모르게 벌떡 일어나다 이령은 어지럼증을 느꼈다. 당분간 몸조심하라고 그랬는데…….

그런데도 왠지 마음이 조급해져 빠른 걸음으로 가 가방에서 휴대전화를 꺼냈을 때, 왠지 모를 실망감에 한숨이 새어나왔다.

전화를 건 것은 민주였다.

"여보세요?"

─ 나와. 빨리.

테이블에는 휘핑크림이 가득 올려진 커피가 넉 잔 있었다. 석 잔은 민주 거였다. 하나는 이령 거.

"남친하고 헤어졌어어어어……."

와앙, 하고 울음을 터트리며 민주가 휴지로 눈을 눌렀다. 모자를 눌러썼지만 화려한 머리카락 색깔 때문에 안 그래도 눈에 띄는데 큰 소리로 우는 바람에 시선이 모이기 시작했다.

"너 남친 있었어?"

당황해하며 이령이 휴지를 건네주었다.

"요즘 남친 없는 사람이 어디 있냐?"

퉁명스럽게 대꾸했던 민주는, 이령에게 남자친구가 없다는 사실을 깨닫고는 코를 팽 풀었다.

"날 못 믿겠대. 자기를 왜 좋아하는지 모르겠대."

역설적으로 민주의 말에 이령은 순간 자신의 마음의 답을 찾았다. 왜 계속 머뭇거리게 되는가.

세훈을 못 믿는 거였다. 왜 이령을 좋아하는지 의심하는 거였다.

"미친놈! 남의 마음을 어떻게 알아? 그냥 말하면 믿어야지! 그런 말 하는 게 쉬운 줄 알아?"

「내가 좋아하는 여자……란 의미였어.」

「지금은 내가 널 좋아하거든. 너무나.」

「앞으로 뭐든 될 수 있는 완전 남. 남.」

「난 네가 좋아. 너무 좋아. 미쳐버릴 거 같아. 아마 당분간은 변하지 않을 것 같아. 못 변할 거 같아.」

"왜 좋아하느냐고 하는 거야. 자긴 평범한데. 내세에 드럼으로 태어나 죽도록 머리 얻어맞을 놈. 내가 알아? 어쩌다 보니 그렇게 됐는데. 좋아하는데. 그러고 싶지 않았어도 이미 그랬단 말이야."

「설마 평생 내가 너만 바라볼 거라고 생각하는 건 아니겠지? 그럴 수도 있겠지만 네가 나 싫다고 하면 안 그러려고…… 노력할 거야.」

새삼 깨닫는 거다. 노력한다는 말이, 얼마나 어렵다는 말인지를.

"네가 너무 예쁘잖아. 그래서 그런 거 아닐까. 난 이해가 가기도 해."

이령의 말에 와앙! 하고 2차로 격한 울음이 터졌다.

"얘, 얘······."

이령이 휴지를 건네주며 민주를 다독였다. 아까부터 시선이 점점 더 많이 느껴진다. 문제라도 생기는 거 아닐까?

"사람들이 너 알아봐. 그만 울어."

"모자 쓰고 퉁퉁 부어서 우는데 무슨 수로? 너 알아보는 거야."

"나?"

민주의 손가락이 가리킨 곳에는 M-ster의 뮤비가 나오고 있었다. 그 아래로 자막이 흐른다.

[M-ster의 히트 뮤직비디오 속의 그녀! 누구인가?]

같은 시각, 티브이를 보고 있던 장 대표가 한쪽 입꼬리를 비틀어 올렸다.

유이령이 이슈가 되고 있었다. M-ster의 뮤비에만 출현했을 뿐인데 인터넷에서 도대체 누구냐며 이런저런 추측이 나오고 있었다. 아무도 그렇게 말한 적 없지만 초이 엔터테인먼트 비장의 무기로 받아들여지고 있는 중인 거다.

"아······. 긴가민가했는데 터지네. 하! 이 귀신같은 최세훈 시키!"

장 대표가 고개를 절레절레 내저었다. 진짜 배우고 싶은 눈썰미다. 엔터 계에 종사하는 사람이라면 진짜 자기 손발을 다 잘라서라도 얻고 싶어할 그런 재능.

"하지만 최세훈이는 지금 유이령이 어디 있는지도 모르지."

으흐흐흐, 장 대표가 김치국을 사발째 들이마시기 시작했다.

"내 김밥집 월세를 포기하는 한이 있더라도!"

달콤한 상상에 살집 있는 뺨이 실룩이기 시작했다.

"우리가 데려오면 최세훈이…… 그 성격에 화병으로 죽을 거야! 음 화하하하하하하하하하!"

착각에 단단히 빠져 있는 장 대표의 웃음소리가 장스 제작사에 울려 퍼졌다.

민주는 눈을 가늘게 뜬 채 다디단 커피를 쭉 빨아 먹었다. 당최 이게 무슨 시츄에이션이야?

도망쳐 나왔을 때는 최세훈이 쫓아오리라고 당연히 예측하고 있었다. 몰랐던 것은, 성큼성큼 커피숍을 가로질러 온 세훈이 민주의 앞에 앉아 있는 이령을 발견하자마자 눈에 띄게 굳어버린 파트다. 파티장에서도 좀 이상하다는 생각은 했었는데 이제는 확실히, 너무너무, 실연의 상처를 잊을 정도로 이상하다.

"두 사람……."

이령의 말이 끝나기 전에 세훈이 말을 잘랐다.

"가자."

그리고는 민주의 손목을 잡아 일으킨다. 여기까지는 이상하지 않은데…….

"태워다줄까?"

내외라도 하듯 고개를 돌린 채 한 이 말은 이상했다. 분위기상 당연히 이령에게 한 말인데 왜 이령을 보지 않고 한단 말인가?

하지만 더 이상한 건 유이령이었다.

"아니요."

방금 전까지 커피도 잘 마시고, 민주의 말도 침착하게 잘 들어주던 이령의 눈동자가 심하게 흔들리고 있었다. 대답하는 목소리는 거의 들리지 않을 정도. 이것은 마치 술에 취해 뜻하지 않은 원나잇을 한 남녀가 아침에 되자 어색해하는 바로 그…….

"헉! 설마!"

민주가 눈을 휘둥그렇게 뜨며 손가락으로 세훈을 한 번, 이령을 한 번 가리켰다.

"두 사람!"

"설마, 뭐! 두 사람, 뭐!"

세훈이 인상을 북 쓰며 민주의 손가락을 접는다. 여기까지는 평상시의 단호하고 냉정한 최세훈 맞는데.

"그럼 택시 타고 들어가."

지갑에서 오만 원권 두 장을 꺼내 테이블 위에 올려놓으면서도 이령을 쳐다보지 않는 것은 확실히 이상하다.

493

"아! 괜찮아요!"

"아직 안색이 안 좋아."

이령의 얼굴은 본 적도 없으면서 안색은 어떻게 아냐고 놀리고 싶은 마음을 꾹 누르며 민주는 질질 끌려나갔다. 이것은 대사건이다! 강민주의 실연 따위가 문제가 아닌 거!

그날 밤, 이령의 방.

침대에 누운 채 이령은 쏟아지는 민주의 문자에 답을 했다.

─ 민주 : 잤지? 잤네. 잤어.

─ 이령 : 아니야!

– 민주 : 아니야?

– 이령 : 아니야. 그게 도대체 무슨 소리야?

– 민주 : 에이……. 잔 줄 알았는데. 딱 그런 분위기였는데. 그럼 썸 타는 거야?

– 이령 : 아니야.

– 민주 : 아니긴…… 귀신을 속여라. 우리 대표님이 너 좋아하지? 설마…… 찼어?

– 이령 : 그런 거 아니라니까?

–민주 : 너 우리 대표 별로야? 완죤 괜찮은데. 성질은 좀 별로인데 요근래에는 그런 것도 없고. 진짜 괜찮아.

– 이령 : 모르겠어.

– 민주 : 뭘 몰라? 좋아한다고 말해봤어?

– 이령 : 어떻게 해야 하는지 모르겠어.

– 민주 : 뭘 어떻게 해야 하는지 몰라? 우리 대표님이 좋긴 해?

좋아한다.

아마도.

안 좋아한다.

어쩌면.

어떻게 마음을 정확히 알 수 있을까?

이어지는 민주의 문자에 심란해져 이령은 돌아누웠다. 진짜 요즘 같아서는 입맛도 없고 다시 병이 날 것 같았다.

– 민주 : 알았다. 이 언니가 알아서 생각하마.

뭘 생각해. 언니는 또 뭐고……. 피식 웃은 이령이 눈을 감았다.

꿈을 꾼다면 누구의 꿈을 꾸고 싶을까?

사흘 후 김밥집, 포장을 마친 이령이 예쁘게 웃으며 봉지를 건네는 중이었다.

"6천 원입니다."

"저……."

안경을 쓰고 비쩍 마른 남학생이 어깨를 움츠리고 머뭇거렸다.

"네에?"

남학생이 내민 카드를 긁으며 이령이 습관적으로 대답했다.

"남자친구 있으세요?"

카드를 긁던 손이 허공을 짚었다.

"네?"

이령이 눈을 동그랗게 뜨자 당황한 남학생이 허둥지둥 카드에 사인을 하고 돌아섰다.

"어?"

남학생은 벌써 문을 열고 횅하니 사라졌는데 계산대에는 봉지가 그대로 있었다.

"손님!"

봉지를 집어 들고 빠르게 쫓아나갔지만 이미 남학생은 사라진 다음이었다. 거리에는 비가 내리고 있어 남학생이 달려나간 방향도 짐작할 수 없었다.

"어떻게 해……."

망연히 서 있는데 뒷주머니에 넣어두었던 휴대전화가 진동했다.

민주로부터의 메시지였다.

　– 민주 : 너 우리 대표님 중국 가는 거 알아? 당분간 안 돌아온다는
데? 이게 무슨 일이야?

　이령의 눈이 휘둥그레졌다. 중국? 당분간 안 돌아와?

　「그럴 수도 있겠지만, 네가 나 싫다고 하면 안 그러려고 노력할 거
야. 오래는 못 기다려.」

　민주와 함께 커피숍에서 본 게 그저께니까…… 겨우 사흘이 지난
것뿐인데. 이령은 아프도록 입술을 깨물었다.
　"뭐 이렇게 성질이 급해."
　간다고? 다시는 못 본다고?
　심장이 갑자기 미친 듯이 뛰기 시작했다. 피부에 열이 올라 감고 지
나가는 빗기운이 서늘하게 느껴졌다.
　이령은 세훈의 전화번호를 눌렀다. 응급실에서 전화를 한 것 말고
는 처음이었다. 생각해보면 어떤 용건 없이 누군가에게 전화를 하는
건 처음이었다. 아니, 용건이 있나? 무슨 용건?
　가지…… 말라고?
　귀에 와 닿는 신호음이 오늘따라 초조하게만 들렸다. 한 번, 두 번,
세 번, 네 번…… 이상하지만 받지 않을 거라는 확신이 들었다. 불안
이 확 심장을 내리눌렀다.
　"왜 안 받아……."

안내멘트로 넘어간 다음에야 전화를 끊은 이령은 발을 동동 구르다가 김밥집으로 들어갔다.

"이모!"

"으응?"

가게를 정리 중이던 이모가 깜짝 놀라 고개를 돌렸다.

"저 잠깐 나갔다올게요. 이건 안경 쓴 남자 손님이 두고 간 거예요. 오시면 드리세요!"

"애, 어디를 가! ……어머? 이령아! 우산이라도 가지고 가!"

마음이 급해 그냥 뛰어나오자 머리 위로 시원한 빗줄기가 내리꽂혔다. 이령의 머리 위로 먹구름이 꾸물꾸물 움직였다. 으르릉, 하고 낮게 천둥 우는 소리가 빌딩들 사이로 울린다.

"왜 안 받아."

버스 정류장에서 다시 전화를 했던 이령은 다시 안내멘트로 넘어가자 안타까워 발을 동동 굴렀다. 목을 빼보았지만 버스가 오는 기미는 없었다.

"앗!"

다시 전화를 하려고 손을 올리는데 비에 젖어 미끄러운 손가락 사이로 휴대전화가 빠져나가 도로 위로 뒹굴었다. 순식간의 일이었다. 바닥에 한 번 떨어졌던 휴대전화는 튕겨서 도로 쪽으로 밀려났다.

이령은 아무 생각 없이 휴대전화를 줍기 위해 손을 내밀었다.

몸이 확 돌아가며 당겨진 것은, 그리고 방금 이령이 서 있던 자리에 차가 정차하며 물보라를 일으킨 것은 정말 눈 깜짝할 사이였다.

"너 뭐 하는 거야?"

물보라를 흠뻑 맞아 젖은 세훈이 소리를 질렀다.

깜짝 놀라서, 이령은 숨을 몰아쉬었다. 세훈이 나타난 것도, 방금 전의 위기도 너무나 의외라 머릿속이 정돈되지가 않았다.

"아, 휴대전화가……."

이령은 고개를 돌렸다. 휴대전화는 이미 지나간 버스의 바퀴 아래에서 박살 나 있었다.

"아직 몸도 안 나은 애가 왜 이 비를 맞으면서……."

다음 순간 어마어마한 천둥소리와 함께 천지 사방이 번쩍! 히고 올었다.

"꺄아아아아아아아악!"

이령뿐 아니라 거리에 서 있던 모든 사람들이 어깨를 움츠리며 정지했다. 어마어마한 천둥 번개였다.

눈을 감으며 몸을 수그렸던 이령은 비가 그쳤음을 깨달았다. 차갑게 몸을 감아들던 빗줄기가 더 이상 느껴지지 않는다. 아니, 그럴 리가 없었다. 세훈이 그녀를 감싸 안은 것뿐이다. 머리통을 감싸 쥐고 가슴으로 바투 잡아당겨 꼭 안아주고 있는 것뿐이다.

"좋아해요."

이령이 세훈의 가슴에 얼굴을 묻으며 속삭였다. 들릴까 싶을 정도로 작은 목소리였지만, 들렸음에 틀림없다. 세훈의 온몸이 바짝 굳은 것이다.

"어떻게 하는 건지 모르겠지만, 그쪽은 좀 이상하고…… 말하는 게 진심인지 아닌지도 모르겠고……."

세훈이 안고 있던 이령의 몸을 살짝 떼고 눈을 맞췄다. 애가 어디 아픈가 하는 얼굴이었다. 그러더니 이렇게 말한다.

"아까 그 파트로 돌아가 봐. 나 좋아한다는 이야기."

이령이 다시 세훈을 끌어안았다. 얼굴 보고는 도저히 말 못 할 거 같다. 그래서 다음 고백도 가슴에 대고.

"내가 좋아하나 봐요. 왜 그렇게 되어버렸는지는 모르겠는데 그렇게 되어버렸어요."

하지만 세훈은 이령의 얼굴을 봐야만 했다. 그렇지 않으면 믿을 수 없을 것 같았다. 귀는 믿을 수 없다. 눈과 귀가 동시에 확인할 필요가 있었다.

그는 한 손으로는 이령의 등을 감싸 안고 다른 손으로 얼굴을 들게 했다.

"좋아해요."

그 상태로 이령이 다시 한 번 말했다. 빗소리, 사람들 소리, 차 소리, 그리고 심장 뛰는 소리.

비로소 세훈이 이령을 다시 끌어안았다.

"바보야."

그 품이 너무 따뜻해서. 이령은 그다지 솜씨가 좋지는 않았지만 그녀의 고백도 꽤 쓸 만했다고 여기기로 했다.

그리고 이상하지만, 일단 말하고 나니 제대로 말했다는 확신이 들었다.

"어디 가던 중이에요?"

"너한테 오고 있었어."

"왜요?"

"너 천둥 번개 무서워하잖아. 내가, 같이 있어주려고. 후회했거든. 너 증발했을 때."

좋아한다. 이런 남자를 좋아하지 않을 수 있다면 누굴 좋아할 수 있겠는가?

"그럼 중국 안 가는 거죠?"

문득 생각나 묻자 세훈이 의외라는 듯 눈썹을 치켜올렸다.

"나 중국 가는 건 어떻게 알았어?"

"하여튼요. 안 갈 거죠?"

"가야지. 일인데."

짧은 대답에 이령이 시선을 내렸다. 고백만으로는 안 되는 건가? 이미 결정된 걸 바꾸기에는 늦어버린 걸까?

자신의 잘못이었다. 말하고 나니 이렇게 당연한 걸 왜 오래 뜸을 들였을까.

"2박 3일도 못 참겠어? 같이 갈래?"

서운한 이령의 기색에 세훈이 달래듯 말했다. 그런데 그 내용이 문제다. 2박…… 3일?

"2박 3일이요?"

같은 시각, 안무 연습실에서 민주가 음흉한 미소를 짓고 있었다.

"2박 3일이면 당분간이지! 역시 난 이렇게 될 줄 알았다니까?"

어쨌든 모두가 행복해지면 되는 거 아니겠는가?

컹컹컹컹!

날씨 좋은 공원, 호구가 신이 나서 짖으며 쭉 뻗은 길을 쏜살같이 질주했다.

"어째 나오면 저 녀석이 제일 좋아해?"

투덜거리던 세훈이 이령과 눈이 마주치자 얼굴을 싹 바꿔 다정하게 웃었다.

"쟤가 좋아하니까 나도 막 행복하다고. 그런 의미지."

이령이 키득대자 다가온 세훈이 그녀의 손을 잡아 손바닥에 입술을 누르고 굳게 깍지 낀다.

묘한 기분으로 이령은 잡고 있는 손을 바라보았다. 그동안 수없이 손을 잡았지만, 이상하게도 다른 느낌이었다. 굳게 잡은 이 손을 놓을 일은 절대 없다는 기분.

"나 너하고는 안 헤어질 거 같아."

같은 느낌을 받은 듯 세훈이 툭 하고 내뱉었다. 그의 시선 역시 맞잡은 손을 향해 있었다.

"그래요?"

"이런 건 진짜 처음이거든. 너도 그렇지 않아? 진짜 처음 보는……완벽한……."

"짝사랑?"

이령의 대꾸에 세훈이 눈썹을 찡그렸다.

"아니면 말고요."

못마땅했지만 세훈은 이내 마음을 다잡았다. 유이령 튕기는 거 처음 있는 일도 아니고. 얘는 호호할머니가 되어도 튕길 것이 분명했다.

그렇다면 분명히, 세상에서 제일 예쁘게 튕기는 호호할머니겠지.

그러면 됐다.

"그렇다고 쳐. 하지만 짝사랑이라고 해도 고품격이야. 흔하고 찌질하고 그런 거 아니고."

"알았어요."

이령이 픽 웃었다.

세훈은 또다시 맘에 안 들었지만 참는 수밖에 없었다. 예쁜 거 믿고 까부는데 그 예쁜 것에 반한 남자가 다른 수가 있을 리가 없다.

"뮤직비디오 때문에 말 많다면서요?"

"응. 너 누구냐고 문의 전화가 하도 많이 와서 허 실장 지금 머리 빠져."

"어떻게 할 건데요?"

이령의 질문에 세훈은 의외라는 표정을 지었다. 아예 관심 없을 줄 알았는데 말끝에서 미묘한 미련이 느껴졌기 때문이다.

"데뷔하고 싶어?"

세훈의 질문에 이령은 시선을 들어 그를 바라보았다.

지리산에서는 행복했다. 할아버지, 슈퍼집 박 씨, 중호 오빠…… 사랑하는 사람들.

그곳에서 이령은 선택할 필요가 없었다. 모든 것은 정해져 있었고 그냥 그 길을 따라 걸으면 되는 것이었으니까.

그러나 이제, 이곳에서 이령은 다른 길을 걷기 시작했다.

그 첫 번째 선택은 바로 최세훈이었다.

이령에게 '선택'이라는 것을 가르쳐준 사람. 세상에서 가장 이상하고, 가장 제멋대로인…… 가장 사랑하는 사람.

그리고 이제 두 번째 선택.

"나는……."

길의 끝까지 질주했다 다시 달려오는 호구의 까만 콧잔등 위로 맑디맑은 햇살이 내려앉았다.

음악이 그쳤다. 땀에 젖은 M-ster의 여섯 남자들의 시선이 한쪽으로 꽂혔다. 연습실에 누워서 일없이 스마트폰으로 웹서핑 중이던 허 실장 쪽이다. 숨이 넘어가게 춤을 추고 노래를 하는 사람들 옆에서 홀로 유유자적한 저분은 왜 저리도 얄미운지.

"놀 거면 나가서 놀라고요!"

참다 못한 주현이 쫓아와서 허 실장을 일으켜 세웠다.

"다른 형들처럼 봐주는 척이라도 하든가! 의견이라도 제시하든가!"

선우도 달려들었다.

물론 허 실장은 자신을 둘러싼 M-ster 여섯 명의 항의에 절대 동조할 수 없었다.

"그럼 늬들이 대표님 비위 맞춰! 내가 얼마나 힘든 줄 알아? 잠깐 쉬는데 그걸 못 쉬게 해? 오죽했으면 내가 여기 몰래 숨어서……."

왕왕 대던 비글 여섯 마리가 즉시 입을 다물었다.

"여기서 놀면 시끄러울까 봐 나가 노시라는 뜻이었죠."

금방 꼬랑지를 내리고 연습 위치로 돌아가는 M-ster 아이들을 보며 허 실장은 혀를 끌끌 찼다. 아무것도 모르는 것들이!

간만의 평화였다.

최세훈이야 지금도 사방팔방 시비를 걸며 불을 뿜고 다니니 그걸 평화라고 부를 수 있나 싶지만, 허 실장 입장에서는 진실로 간만의 평화. 최세훈이 다시 못돼쳐먹고 돈만 밝히는 아름다운 시절이 다시 돌아온 것이다.

고로 본디 남의 연애에 관심이 없는 허 실장이지만 최세훈과 유이령에 관해서라면 좀 달라질 수밖에 없었다.

그들의 사랑이 영원하기를. 아무 일 없이 천년만년 행복하기를.

그리하여 최세훈이 연애는 슈퍼 을일지라도 일적으로는 계속계속 슈퍼 갑으로 존재하기를.

허 실장의 소망은 이틀 후, 즉각적인 위기를 맞았다.

오하나가 스캔들이 터졌을 때도 장 대표는 이렇게까지 절망하지 않았다. 워낙 예측 못하던 일을 갑자기 얻어맞은 것도 있었고, 분해하느라 절망할 겨를이 없었던 것도 있다.

그러므로 초이 엔터테인먼트의 사옥에서 호구와 산책 중인 유이령을 발견한 순간의 절망은 추운 겨울바다의 파도보다 더 시리고 아팠다.

"어? 어? 저…… 저……?"

그 동안 장 대표를 지탱했던 것은 8할이 복수심. 그리고 그 복수의 핵심은 바로 유이령 영입이었다.

단 한 명, 최세훈이 집착하면서도 갖지 못했던 유이령을 자신이 가지리라는 마음만으로도 열패감을 지울 수 있었는데…… 그 유이령이 여기에 있네?

"어떻게 된 거야?"

부들부들 떨며 묻자 김 대리가 어쩔줄 몰라 하며 대답했다.

"아, 아무래도 잡은 모양인데요?"

"어떻게? 내 건물 분식집에 있는 거 아무도 몰랐잖아?"

갑자기 지리산에서 사라졌다는 소식만 들었다가 단골 김밥 집에서 발견했을 때는…… 됐다고 생각했다. 드디어 딱 한 번이라도 최세훈을 이길 수 있다고. 하늘이 돕고 있다고.

그 오랫동안의 기대감 때문에 지금의 절망은 더 짙고 암울했다.

"그, 그러게요."

"우리만 알았잖아?"

"그, 그쵸."

"어디서 정보가 샌 거야?"

김 대리는 등 뒤로 식은땀이 주르르 흐르는 것이 느껴졌다. 장 대표의 품성을 알고 있기 때문이다. 일이 망가진 시점에선 반드시 누군가에게 책임을 물어야 하는데, 이번에는 그것이 자신일 것 같은 느낌.

"전 정말 모르는 일입니다. 도대체 누가 말했을까요?"

"몰라?"

"모릅니다."

"진짜?"

"진짜진짜진짜진짜루우……."

애원해보았지만 장 대표는 콧김을 풍 낄 뿐이었다.

"니가 허 실장이냐? 귀엽게 군다고 넘어가는 건 허 실장 정도지……."

그리고 보면 허 실장이 뭐라해도 상사복은 있다고 생각하는 김 대리다. 들들 볶기는 해도 깜찍하게만 굴면 최세훈은 은근 다 받아주지 않는가.

"가만 있을 수 없어."

장 대표는 그런 거 없다.

"이대로 다 빼앗길 수는 없어!"

애시당초 네 것이었던 것도 없다는 사실을 김 대리는 지적할 수가 없었다.

"오하나도 빼앗아갔는데 유이령까지!"

오하나는 네가 던진 거라고 말할 수 없다.

"으아아아아아아아아!"

두 주먹을 불끈 쥔 채 포효하는 장 대표의 분노가 그가 아닌 초이 엔터테인먼트로 향한 것만이 감사할 뿐.

장스 제작사에도 고용안정 도입이 시급했다, 정말.

"부숴버릴 거야아아아아아아아아!"

딴 생각하는 김 대리 앞에서 장 대표가 절규했다.

친한 기자의 연락을 받은 허 실장은 심란했다. 그리고 언제나 그렇듯 보고하기 위해 세훈의 사무실로 들어가는 순간, 훨씬 더 심란해졌다.

세훈과 이령이 나란히 앉아 꽁냥대며 잡지를 보는 중이었다.

그게 뭐 그렇게 심란하냐고 묻는다면, 최세훈이…… 천하의 최세훈이 몸을 이령 쪽으로 잔뜩 기울인 채 얼굴만면에 싱글벙글 미소를 지으며 눈이 하트가 되어 있기 때문이라고 하겠다. 저런 꼴…… 어욱, 토 나와.

"왜?"

하지만 허 실장을 향해 야리는 태도는 여전히 아주 싸가지없이 훌륭했기 때문에 살짝 안심하는 허 실장이다.

기. 사. 난. 대. 요.

이령이 옆에 있었기 때문에 허 실장은 입모양으로만 말했다.

"?"

인상을 찌푸린 세훈이, 세상에 다시 없이 다정한 남자처럼 이령에게 양해를 구하고 일어나 허 실장에게 다가왔다.

"이게 뭐야?"

아수라백작 뺨치는 이중인격…… 아니, 이중표정자가 살벌한 얼굴로 허 실장이 넘겨준 기사초고를 넘겨보았다. 제작사 대표와 신인 여배우 간의 스캔들 기사인데, 그 제작사가 바로 '초이 엔터테인먼트'라는 게 함정. 신인 여배우가 바로 '유이령'이라는 게 함정.

"유이령 씨요……. 장 대표님이 으마으마하게 헛물켜고 있었던 모양이에요. 여기 있는 거 보고 배신감에 치를 떠신다는데요?"

"미친 거 아냐? 처음부터 유기농은 내 거였는데 지가 왜?"

바로 몇 주 전까지 유이령이 자길 좋아하지 않는다며 케이크를 입 안에 쑤셔넣던 남자를 기억하지 않으려고 애쓰며, 허 실장이 고개를 끄덕였다.

"모르죠. 중요한 건, 이렇게 스캔들을 엮어서 내는 게……."

"뭘 알고 이러는 거야?"

"모르는데 소 뒷걸음치다 쥐 잡았다는 거죠. 우린 찔리잖아요."

"헐. 막아."

아주 잠깐 기 막혀하는 척하다가 세훈이 아주 쉽게 말했다. 분명 이미 나기로 결정된 기사를 빼는 일이 쉽지 않다는 걸 아는데, 모르기로 맘 먹은 듯했다.

"이걸 어떻게 막아요?"

507

"넌 할 수 있어."

이럴 때만 믿어주는 최세훈이 허 실장은 한결같이 싫었다.

"그냥 결혼발표는 어때요? 어차피 데뷔 안 한다면서요."

"어우, 야……."

최세훈은 아니라는 듯 고개를 저었지만, 허 실장은 봤다. 볼이 발그레해지며 입이 찢어지는 것을……. 결혼 생각만 해도 좋나 보다.

실실 웃던 세훈이 정색했다.

"혹시 데뷔할 수 있어. 그러니까 안 돼. 막아."

"데뷔할 수도 있어요?"

"응. 그리고 아직 이모님께 인사도 못 드렸는데 기자 몰리고 그러면 인상 나빠져. 어떻게든 막아."

최세훈에게 있어 '어떻게든'은 너무나 쉽다. 문제는 허 실장도 물들고 있다는 거. 세상에 안 되는 일이 어딨나 싶은 건, 대표에게서 배운 걸까 옳은 걸까.

"알았어요. 어떻게든 해볼게요."

"응."

"유이령 씨만 빼면 되는 거죠?"

"아예 다 빼면 좋지만 안 되면 그렇게라도 해봐."

세훈은 봐줬다는 듯 말했지만 사실 기사 하나 빼려면 반드시 그 자리를 채울 다른 – 거의 비슷한 강도의 – 스캔들이 있어야 하는 법이다.

세훈이 굳이 꼼꼼하게 따지고 들지 않는 것은, 허 실장이 그보다 훨씬 더 집요하게 손해 안 보는 방향으로 처리할 것을 믿는 게 첫 번째고, 두 번째는…….

"아이코! 우리 유기농 집에 데려다줘야겠다. 너무 늦었네."

유이령 챙기느라 너무 바빠서. 녹아버린 심장은 영 재생될 기미를 보이지 않았다. 연애하는 거 너무 좋아!

"똑바로 수습해."

마지막으로 허 실장의 미간 사이에 집게 손가락을 엄격하게 겨눈 세훈이 싱글벙글 웃으며 사무실로 들어갔다.

"이령아아, 집에 가자아♡"

이틀 후, '한밤의 연예가 통신'.

흥분한 목소리의 MC 정경오가 화면을 채우고 있었다. 간만의 대박 스캔들에 그의 눈빛이 빛나고 있었다.

[그 동안 관심을 한몸에 받아왔던 초이 엔터테인먼트 대표 최세훈 씨의 스캔들이 불거졌습니다. 많은 이슈에도 불구하고 진위여부는 한 번도 안 밝혀져서 더더욱 호기심을 자아냈는데요. 그래서 많은 사람들이 신빙성 있다고 고개를 끄덕이고 있죠.]

[네! 저의 한밤의 연예가통신에서는 독점적으로 관계자에게 직접적인 이야기를 들어봤습니다.]

리포터의 설명 이후에 나온 화면의 남자는…… 장 대표였다. 모자 이크로 눈을 가렸지만 그 풍채는 몰라볼 사람이 없으리라.

[……하고 싶은 말은 다 했고요. 음, 처음부터 좀 그랬어요. 특별하다고 해야 하나…… 묘하게 연결되어 있다고 해야 하나. 얼핏 보기에는 싸우

는 것 같았지만 마음 속 깊이 끌리고 있는 걸 느낄 수 있었어요. 심지어 가끔은 대놓고 특별 취급했고요. 최 대표가 그렇게 녹록한 사람 아니잖아요? 그래서 전 '아아, 얘들 뭔가 있구나.' 하고…….]

이어서 화면에 떠오른 것은…….
최세훈과 허 실장이었다!
지리산에 뛰어가려는 최세훈을 잡기 위해 뒤에서 매달린 허 실장의 모습을 절묘하게 찍은 사진들. 얼핏 보면 격정 멜로의 한 장면인 듯 두 사람의 표정은 절실하고 위험하고 애절했다.

[초유의 스캔들이긴 하지만 우리나라도 이제 개인의 성적 자유에 대해 인정해주는 분위기라는 걸 감안해보면요…….]

이어지는 리포터의 말을 차마 다 듣지 못한 세훈이 티브이를 껐다.
뒤에서 뿌듯한 표정을 짓고 있던 허 실장이 세훈이 노려보자 왜? 하고 뻔뻔하게 턱을 치켜들었다.
"이령 씨 이름만 빼라면서요! 타이틀 올라가 있는 스캔들 빼는 게 어디 쉬운 줄 아세요? 저니까 이 정도라도 한 거예요!"
"너……."
"진짜예요! 절대로 유명해지고 싶어서 이런 거 아니라고요! 이제 사람들이 제 얼굴 막 알아보고 어디 가면 서비스도 막 주고 그러겠지만 그걸 노리진 않았어요."
"너 이름이 빈이었어?"
쌩뚱맞게도 세훈이 허 실장의 이름이 떠 있는 화면을 가리키며 물

었다. 화면의 절반을 채울 정도로 큰 자막은 '최세훈의 연인, 허빈?'
이었다.

"아니! 대표님도 제 이름을 모르셨어요? 도대체 왜······."

"너무 안 어울리잖아!"

"왜요! 우리 아부지가 지어주신 제 이름이 왜요!"

"야! 빈 들어간 이름 중에 안 잘생긴 남자 있어? 원빈, 현빈, 김우
빈······ 다 완전 미남인데 네가 뭐라고 허빈이야?"

"헐! 헐!"

기가 막혀 펄펄 뛰는 허 실장을 두고 세훈은 시계를 보았다. 이령을
데리러갈 시간이었다.

이령과의 하루하루는 특별할 것이 하나도 없었다. 사실 최세훈의
입장에서는 다소 과하게 아무 일도 일어나지 않는 날들이었다.

같이 아침을 먹고 회사에 와서 이것저것 설명해주거나 보여주고,
앞으로 어떤 일을 할지 의논한다. 이령이 이모네 가게에서 일하는 동
안에는 몇 번이고 메시지를 주고 받고 서로의 식사를 챙긴다. 잠깐이
라도 보러 가서 손 한 번 잡아보고 돌아오는 날도 있었고, 안 좋은 일
이 있을 때면 괜히 서로에게 투덜거리기도 했다.

이런 일이 이렇게 매번 재미있고, 안정적인 기분을 느끼게 한다는
것을 세훈은 몰랐다.

– 여보세요?

"이령아?"

차를 타며 전화를 걸자 맑은 목소리가 응대해왔다.

– 우와! 오늘 사람 진짜 많았어요! 이모님이 사람 하나 더 써야겠

다고······.

"어이쿠! 저런!"

별거 아닌 일상의 이야기. 세훈은 그 이야기를 듣는 것이 너무나 좋았다.

물론 여기서 가장 행복해진 사람은? 문종현이지만.

세훈이 더 이상 상담이 필요하지 않을 정도로 행복해지자, 문종현은 기뻤고 그렇게 세계에는 평화가 왔다.

Love save the earth.

— fin.